T0267540

Tay Marley

EL QUARTERBACK Y YO

Traducción de Elena Macian Masip

Papel certificado por el Forest Stewardship Council®

Título original: *The QB Bad Boy and Me*

Primera edición: julio de 2024

© 2019, Tayler Marley
© 2024, Penguin Random House Grupo Editorial, S. A. U.
Travessera de Gràcia, 47-49. 08021 Barcelona
© 2024, Elena Macian Masip, por la traducción
Imágenes de interior: Freepik

Printed in Spain – Impreso en España

ISBN: 978-84-19746-82-5
Depósito legal: B-9.136-2024

Compuesto en Compaginem Llibres, S. L.
Impreso en Liberdúplex, S. L.
Sant Llorenç d'Hortons (Barcelona)

GT 4 6 8 2 5

Dedico este libro a los lectores.
No lo habría conseguido sin vosotros

NOTA DE LA AUTORA

Si has llegado hasta aquí desde Wattpad, antes de nada quiero agradecerte que me hayas acompañado durante este viaje. Puede que recuerdes a Spencer y a Grayson de la versión de Wattpad de *El quarterback y yo*. Son dos personajes muy importantes y, por supuesto, en este libro también desempeñan un papel esencial, pero ahora se llaman Gabby en lugar de Spencer y Josh en lugar de Grayson.

CAPÍTULO 1

¿Cómo es posible que un verano entero parezca un mero fin de semana y que cuando vuelves a clase el tiempo se ralentice otra vez? Esos tres meses de libertad se convierten en un recuerdo lejano cuyo sabor es sustituido por la amargura de la realidad. Una vez, leí una cita en Pinterest que decía que pintar el dormitorio de azul tiene un efecto tranquilizador, y por eso decidí tumbarme en el césped del campo del instituto y mirar al cielo. Mis largos mechones de pelo rubio ondeaban en la suave brisa. Inhalé aire fresco para dejar de sentirme asfixiada, pero, justo en ese momento, oí el graznido de la capitana de las animadoras.

—¡Dallas! ¡Has tenido todo el verano para descansar! ¡Levántate y a correr! ¡Ahora mismo!

A decir verdad, era una petición razonable: era el entrenamiento de la tarde y Emily Raeken —también conocida como la malvada dictadora— era mi capitana. Además, el campo tampoco era el mejor sitio para dormir la siesta. Giré la cabeza hacia un lado y vi decenas de zapatillas blancas corriendo a través de las briznas de césped, que se movían bajo la brisa como las olas del océano.

En ese preciso instante decidí empezar una campaña para alargar un mes más las vacaciones de verano. Días como aquel no deberían malgastarse en los confines del instituto, sino viajando, creando recuerdos, en la carretera, o en la playa, o en cualquier otra cosa que una considerara que merecía la pena. Mi idea personal de un verano bien aprovechado consistía en bailar bajo el sol y las estrellas, visitar el lago, hacer maratones de Netflix y ver fútbol americano.

—¡Que te levantes, Dallas! ¡O te pasarás el resto de la tarde haciendo esprints! —Daba la impresión de que su paciencia estaba a punto de agotarse.

—Solo un año más —murmuré para mí mientras me ponía a cuatro patas y me preparaba para correr de un lado a otro con el resto del equipo.

Un año más como animadora. Un año más en el Instituto Archwood. Un año más en Castle Rock, Colorado. Solo me quedaba un año para mudarme a California y, por fin, vivir la vida que siempre había querido.

Ejecuté todos los ejercicios, pruebas de agilidad, carreras de obstáculos, saltos y esprints esforzándome al máximo, porque, al fin y al cabo, por mucho que detestara la animación deportiva y todo el pijerío que venía con ella, no era propio de mí hacer nada a medias. Si quería tener posibilidades de asistir al Instituto de las Artes de California para labrarme una carrera como bailarina, no me quedaba otra que seguir en el equipo.

En nuestro instituto no había grupo de baile y en el pequeño estudio del pueblo solo ofrecían ballet y claqué. La vieja amargada que lo llevaba no me dejaba dar clases de danza contemporánea, quién sabe por qué. Creo que simplemente estaba acostumbrada a su manera de hacer y no quería compartirlo. Y, aunque yo había intentado convencer al instituto de que sería beneficioso formar un grupo de baile, no había habido forma. Dedicaban toda la financiación al fútbol americano, a la animación y a los clubes académicos, así que había tenido que conformarme con el equipo de animadoras, consciente de que eso daría una buena impresión en la solicitud para la universidad.

Tras un entrenamiento extenuante, me sequé las gotas de sudor que me cubrían el cuerpo con una toalla e hice una mueca al ver que Emily venía directa hacia mí. El sol se reflejaba en su melena caoba y le aportaba un halo brillante. Parecía un ángel del terror.

—Nueva regla —me informó con aire aburrido—. A partir de ahora llevaremos el uniforme en los entrenamientos. El próximo día no vengas sin él.

—Eso no tiene sentido. —Me miré los shorts y el sujetador deportivo—. Siempre hemos llevado ropa de deporte para los entrenamientos. Tendré que comprar más uniformes si tenemos que ponérnoslo para entrenar.

—Pues compra uno o dos más —contestó como si nada.

—Valen unos doscientos dólares. —Resoplé—. No todo el mundo tiene ese dinero.

—Los entrenamientos serán con el uniforme —ordenó, y se volvió moviendo la melena. En su rostro había innegables signos de júbilo. Habría podido jurar que causar dolor la excitaba.

Me sentí tentada de discutir con ella, pero me mordí la lengua. Esa norma nunca había existido y me habría jugado el cuello a que seguía sin existir. A Emily le gustaba provocar ciertas reacciones en mí, y a menudo me pinchaba con la esperanza de obtenerlas. Creo que tenía mucho que ver con el hecho de que su «estatus» me importaba un bledo. Ella se colocaba en la cima de la pirámide social y yo me negaba a ponerme a la cola. Pero, además de ser la capitana, el destino había tenido a bien gastarme una broma aún más cruel: la entrenadora era su madre… Aunque esa mujer no aparecía nunca. Y con «nunca» me refiero a nunca. El año anterior había hecho una aparición estelar en la fiesta de Navidad, presumiendo de Louboutins y rebosando de prepotencia. Pero, al margen de aquello, la que tomaba todas las decisiones era Emily. Ella decidía quién entraba en el equipo y quién no, qué coreografías hacíamos y cómo las hacíamos; decidía la frecuencia de los entrenamientos y nos presionaba. Sin embargo, a sus coreografías les faltaba originalidad, y yo ya estaba harta de ejecutar todo el tiempo los mismos pasos en un orden distinto.

Respiré hondo, cogí mi mochila de las gradas y me dirigí a los vestuarios, que estaban al otro lado del campo, donde los jugadores de fútbol americano estaban practicando sus ejercicios.

También era su primer entrenamiento del año. Probablemente, la mayoría de ellos, si no todos, se habían pasado el verano entero aquí haciendo esos mismos ejercicios; al parecer, para ellos no había nunca descanso. Nuestro equipo era uno de los mejores de todo el estado, así que el entrenador Finn los hacía trabajar duro y se aseguraba de que entrenasen casi todos los días.

Noté la vibración de mi móvil, que estaba dentro de la mochila de gimnasia. Era Gabby, mi mejor amiga y más o menos la única persona de aquel instituto con la que toleraba pasar una cantidad considerable de tiempo.

> Oye, sé que solo estamos a lunes, pero ya tengo el fin de semana en mente. Hazme un FaceTime cuando llegues a casa y hacemos planes.

Sonreí, consciente de que lo más probable era que intentase convencerme para ir a una fiesta, ya que pensaba que mis «contactos con los populares del insti» tenían que aprovecharse.

Gabby adoraba la vida social. Aunque las dos pasábamos desapercibidas, le gustaba soltarse la melena y pasárselo bien. Casi siempre que salíamos era porque ella quería, pero la acompañaba porque, si no lo hacía, no tenía a nadie más con quien ir.

Mientras escribía mi respuesta y visualizaba los saltitos que daría mi amiga al leerla, una voz masculina en la distancia captó mi atención:

—¡Cuidado!

Un balón de fútbol americano surcaba el aire directo hacia mi cara. Por instinto, levanté los brazos y lo cogí al vuelo antes de que me rompiera la nariz y, sobre todo, el orgullo… Porque habría sido humillante.

Un quarterback corpulento se quitó el casco y dijo:

—¡Lo siento!

Estaba a casi quince metros de distancia, pero lo reconocí de inmediato por lo increíblemente guapo que era.

Drayton Lahey, el quarterback del equipo. El capitán de los Lobos de Archwood.

Tenía los mechones castaño claro despeinados y empapados en sudor, pero seguía pareciendo un modelo de revista. Empezó a correr suavemente hacia mí, dio una palmada y extendió los brazos, pidiéndome el balón. Su cuerpo musculoso resultaba dominante; su piel aceitunada resplandecía. ¿Cómo se las arreglaba para que hasta el sudor fuese atractivo?

Sin embargo, me ahorré la baba que se me podría haber caído porque, a pesar de no saber mucho sobre el capitán de nuestro equipo de fútbol americano, sí sabía que era desagradable, escandaloso e inoportuno…, y me había dado cuenta de todo eso sin ir a ninguna clase con él. Ese año íbamos juntos a Economía.

Eché el brazo hacia atrás, di un paso al frente y lancé el balón directo hacia él. Fue un lanzamiento perfecto, y él lo atrapó con una sola mano. La expresión de sorpresa que afloró en sus rasgos no me pasó desapercibida. Algunos de sus compañeros de equipo silbaron y oí la palabra «Hulka» en la distancia. Era como si no concibieran que una chica fuese capaz de lanzar un balón.

Puse los ojos en blanco, cogí mi teléfono y mi mochila del suelo y continué caminando hacia los vestuarios. Adiós a mis intenciones de pasar desapercibida. Era de esperar que algo tan simple como lanzar un balón bastase para atraer la atención de aquellos chicos, lo que demostraba lo poco desarrollados que estaban los cerebros adolescentes.

Cuando salí del vestuario, el cielo ya se había teñido de rojos y naranjas, como si alguien hubiese dado una pincelada en el horizonte para que se viera en el lienzo la transición de un hermoso día a una noche clara. Sin embargo, mi buen humor se derrumbó al llegar a mi coche, que estaba en el aparcamiento, y ver que en el parachoques trasero había una abolladura y un arañazo de color negro. Acaricié el golpe con un gesto de frustración. El culpable, fuera quien fuese, no se había quedado por ahí cerca para darme sus datos, y la falta de consideración me enfurecía.

Podía perdonar que me abollaran el parachoques, pero no que salieran huyendo después.

Puede que mi coche fuese una carraca, y no un Jeep de cincuenta mil dólares como los de algunos de los chicos de por aquí, pero era el único que tenía y no podía permitirme que nadie lo abollara y se largara sin apoquinar.

Entré en el coche y cerré con un portazo que mostraba mi frustración, para luego recorrer el trayecto de cinco minutos hasta casa con el ceño permanentemente fruncido.

La puerta del garaje ya estaba abierta, así que metí el coche y salí, todavía resoplando. Luego recorrí deprisa el estrecho camino que llevaba a los escalones de la puerta principal. Nada más entrar, cerré de golpe y lancé mi mochila a la esquina del salón.

—¿Nathan? —llamé a mi hermano mayor y tutor legal con la esperanza de que pudiese darme información de utilidad para resolver el problema con el coche. Sin embargo, en el pequeño salón abierto no había ni rastro del mayor de los Bryan, y nuestra casa de dos habitaciones no era tan grande como para que no me hubiera oído. Era evidente que no estaba, así que me reservé la frustración para más tarde y fui a la nevera a coger una botella de agua, que me bebí entera para calmar la sed.

He ido a echar un partidillo con los chicos. Nos vemos luego.

La notita, que estaba sobre la encimera, no me sorprendió. Me encontraba ese tipo de mensajes a menudo. Mi hermano de veinticinco años trabajaba como entrenador en el Centro de Estudios Superiores Arapahoe, que estaba aquí, en Castle Rock, aunque en el instituto había sido el quarterback estrella. Parecía que tenía el camino hacia el éxito profesional totalmente despejado, pero, por desgracia, una lesión en el manguito rotador había frustrado todas sus ambiciones a los dieciséis años.

En su día, no le había dado mucha importancia y la había tratado con inyecciones de cortisona y rehabilitación, pero debería haberse operado cuando se lo había recomendado el especialista en lugar de decidirse por lo contrario por estar en mitad de la temporada. Lo pospuso demasiado tiempo y, al final, los daños en la articulación se hicieron permanentes. El especialista le dijo que nunca podría jugar profesionalmente. Aun así, Nathan todavía les daba mil vueltas a algunos de los chicos del equipo. Había aceptado el final de su carrera con una actitud deportiva y disfrutaba entrenando a sus estudiantes.

En ese momento, sonó el timbre y me sobresaltó tanto que me derramé el agua encima.

—Genial —mascullé mientras me dirigía a la puerta. Tras abrirla, enarqué una ceja, sorprendida—. ¿Qué haces aquí?

Ante mí estaba Drayton Lahey con una camiseta de tirantes ajustada y unos vaqueros. Por mi mente se cruzó un recuerdo de nuestro intercambio de aquella misma tarde. Quizá había venido para reclutarme para el equipo.

«Ja, ja. Ya me extrañaría», pensé.

—Bonito sujetador. —Señaló con la cabeza el sujetador de encaje negro que se me transparentaba bajo la camiseta blanca, pero si pensaba que me iba a avergonzar o a empequeñecer porque me hubiera visto la ropa interior, se equivocaba de plano. Lo miré con una expresión aburrida sin quitar la mano del pomo de la puerta.

—¿Te has perdido?

—Qué va. Le he dado un golpe a tu coche en el insti. —Sacó un paquete de cigarrillos, se puso uno entre los labios y se palpó los bolsillos en busca de un mechero.

—¿Podrías no hacer eso?

Esperé a que volviera a guardar el cigarrillo, pero no lo hizo. Logró incluso encontrar el mechero antes de que yo me inclinara hacia delante, le arrancara ese palito lleno de muerte de la boca y lo partiera en dos, sin inmutarme ante la incredulidad que le deformaba el rostro. Pensaba que un deportista tendría suficiente sentido común para no fumar.

—¿Has sido tú? —pregunté, concentrándome de nuevo en la situación que me ocupaba: Drayton Lahey le había dado un golpe a mi coche.

—Sí, lo siento. —Se recuperó de mi asalto contra su bastoncillo de cáncer, aunque no parecía sentirlo en absoluto.

—¿Cómo has sabido dónde vivo? —le pregunté con aire escéptico mientras él se apoyaba en el marco de la puerta con una actitud caballeresca.

—Te he seguido.

—¿Y no me lo podías decir en el instituto? —Al ver que no contestaba, lo entendí—. Ah, ya veo. No querías que nadie te viese hablando conmigo.

—¿Qué? No, no —contestó tartamudeando de la sorpresa.

—No te molestes en negarlo. Ven. Si no te han dado demasiados balonazos en la cabeza, quizá sepas arreglarlo.

Pasé por su lado y bajé los escalones en dirección a mi coche.

—En realidad pensaba darte algo de dinero —murmuró mientras me seguía.

—¿Lo dices en serio? —Di media vuelta y me detuve ante él—. Pero ¿qué clase de hombre eres?

Casi me eché a reír al ver la expresión herida que afloraba en su rostro. Era evidente que ese golpe contra su masculinidad había tenido un efecto perjudicial para su fanfarronería. Yo ya sabía que tener pene no era lo mismo que nacer con una carrera en mecánica, pero no había podido resistirme a esa metafórica patada en la entrepierna.

—Mira —me dijo en tono cortante, sin hacer referencia a mi pulla sobre sus habilidades—, no ha tenido nada que ver con que la gente me viese hablar contigo. Estaba esperando en mi moto a que llegase el dueño del coche que había golpeado y entonces he visto que… te cabreabas un montón. Así que he pensado que era mejor ahorrarme el numerito en el instituto y venir aquí.

Miré su elegante moto negra, que estaba aparcada junto a la carretera. Tenía una abolladura visible en un lado, y me estremecí al verla. Era peor que la de mi coche, eso seguro. No entendía cómo se las había arreglado para hacer esa cagada, pero decidí no preguntárselo.

—En fin, valoro que hayas venido a confesar. Creo que costará unos… —Entorné los ojos como si estuviese calculando mentalmente—. Seis mil dólares, quizá hasta siete mil.

—No te pases. —Resopló. Se sacó una gorra negra del bolsillo trasero de los vaqueros y se la puso hacia atrás después de secarse el sudor de la frente.

—Te la has puesto mal. —La señalé—. La gorra no sirve de nada si la visera no está hacia delante.

—Pero queda mejor hacia atrás. —Se encogió de hombros. Ay, tenía razón. Las gorras hacia atrás me volvían loca—. De todos modos, ¿qué más te da? Toma. —Se metió la mano en el bolsillo delantero y sacó un fajo de billetes—. Para que arregles el coche.

Me quedé tan anonadada al ver que aquel tío iba por ahí con fajos de billetes de cien dólares en el bolsillo que no reparé en el monovolumen que aparcaba junto a la curva. Sabía que era el del compañero de trabajo de Nathan, que tenía varios críos: así lo indicaba la pegatina que llevaba en la ventanilla de atrás, en la que aparecía una familia de seis monigotes.

—¡Dallas! —me llamó mi hermano mientras bajaba del asiento trasero. Miró a Drayton mientras se echaba la mochila a la espalda y cerraba la puerta del coche.

—Hola, Nathan. —Sonreí mientras me metía el dinero en el bolsillo, y él me lanzó el balón de fútbol americano que llevaba en la mano.

—¿Nathan Bryan es tu hermano? —preguntó Drayton emocionado—. Joder, ¡eres una leyenda! El entrenador todavía tiene una foto tuya en su despacho.

Nathan estrechó la mano que le tendía Drayton mientras su expresión confundida se transformaba en una de orgullo.

—¿Juegas en Archwood?

—Soy el quarterback —respondió Drayton cruzándose de brazos, con lo que destacaba todavía más sus abultados músculos. El derecho estaba decorado con una manga de tatuajes que, sin lugar a dudas, le había realizado un artista de gran talento. Eran preciosos. Había un grupo de motos, calaveras descoloridas y flores muertas. Tenía incluso un par de balones de fútbol americano escondidos, pero eran pequeños y sutiles y parecían estar hechos de humo. En su muñeca empezaba una carretera que recorría toda la obra de arte, hasta llegar al hombro, y al final se veía a un niño y una niña de espaldas, caminando hacia un atardecer. Era como un boceto a lápiz y se asemejaba a un recuerdo envuelto en humo y niebla. Me pregunté cuál sería el significado oculto tras él.

«No lo mires».

—Por eso has aprendido a lanzar así…

Drayton me estaba hablando a mí, así que aparté la vista de sus bíceps y sus tatuajes a toda prisa.

—¿Qué quieres decir? —preguntó Nathan.

—Esta tarde, en el entrenamiento —contestó Drayton—, ha estado a punto de llevarse un balonazo épico, pero lo ha cogido al vuelo y lo ha devuelto. Tiene muy buen brazo.

—¡Toma ya! —Nathan me miró con orgullo—. Debe aguantar que recurra a ella casi cada día para entrenar. —Me dio un golpecito en el brazo y luego señaló su mochila—. He comprado carne para hacer una barbacoa, Dal. Esta noche no tienes turno en el restaurante, ¿no? Y también tengo cervezas frías en la nevera. ¿Quieres quedarte…?

—Drayton, y por su…

—¡No, no puede! —lo interrumpí antes de que aceptara la invitación—. Tiene cosas que hacer.

—¡Mira por dónde! —Drayton miró la pantalla apagada de su móvil con una sonrisa maliciosa—. Me acaban de cancelar los planes. Resulta que sí puedo quedarme.

—Qué bien. Dallas, ¿no quieres cambiarte de camiseta? —Nathan entró en casa y Drayton y yo nos quedamos enfrentados en un concurso de miradas.

—¿Qué te crees que estás haciendo? —le pregunté, ignorando que tenía la mirada fija sobre la camiseta en cuestión, que yo sabía muy bien que debía cambiarme. Pero solo era un sujetador. Es por todos sabido que las chicas llevan sujetador.

—Quedarme a disfrutar de una barbacoa y unas cervezas. —Se encogió de hombros y por fin me miró a los ojos—. ¿Qué iba a hacer?

—¿Por qué? ¿Desde cuándo somos amigos?

—En realidad, me quedo para hablar con tu hermano. Seguro que me puede dar buenos consejos para los partidos. —Esbozó una sonrisa perezosa y luego se inclinó hacia mí. Noté su aliento en mi cuello, el olor de su piel suave—. Y no creo que debas cambiarte la camiseta. Me parece que te queda bien.

CAPÍTULO 2

Me refugié en mi habitación para llamar a Gabby por FaceTime. Su precioso rostro reaccionaba ante cada palabra: tenía los ojos como platos y una expresión de entusiasmo tras las gafas.

—Están hablando sobre fútbol. Sin parar. Delante de la barbacoa, como si fuesen un par de viejos amigos —dije.

—De lo que estén hablando me da igual. —Resopló mientras se enrollaba un rizo largo y oscuro en el dedo—. ¡Drayton Lahey está en tu casa! ¡En una barbacoa!

—Ya lo sé. —Solté un gemido—. Es como una película de terror.

—¿No te parece que está bueno? —preguntó Gabby.

—Sí, pero eso no cambia el hecho de que sea un im...

—¿Dallas? —Tras llamar a la puerta, Drayton asomó por una rendija y miró a su alrededor hasta que me encontró, en una esquina bajo la ventana—. La cena está lista.

Se apoyó en el marco de la puerta con las manos en los bolsillos y una sonrisa relajada, como si no fuese lo más raro del mundo que estuviese en mi habitación.

—¿Es é...? —empezó a preguntar Gabby.

—Eh... *¡Cállateadiósnosvemosmañana!* —Colgué a toda prisa, me puse de pie y me alisé el top negro que me había puesto después del incidente con la botella de agua.

Drayton me miró con una sonrisa petulante.

—¿Estabas hablando de mí?

—Pues sí —confesé—. Al parecer, circula cierto rumor sobre Mara Linden y tú. —Mencioné su nombre porque, por desgracia para mí, pertenecer al equipo de animadoras significaba pasarse

20

las veinticuatro horas del día, siete días a la semana, oyendo cotilleos sin importancia, quisiera o no. Sabía perfectamente que se había acostado con ella en una fiesta en una piscina a principios de verano, concretamente el Cuatro de Julio—. Se ve que va diciendo por ahí que tienes un pene diminuto y que eres malísimo en la cama. —Puso una cara tan graciosa que me sentí tentada de sacarle una foto: su expresión de arrogancia se esfumó y, en su lugar, apareció una de vergüenza. Tragó saliva de forma visible—. Las animadoras llevan todo el día hablando del tema.

Era una verdad a medias. Sí, llevaban todo el día hablando del tema, pero de forma halagadora, porque, al parecer, Drayton era tan increíble como parecía. Por supuesto que lo era.

Le dediqué una sonrisa comprensiva y le di unas palmaditas en el brazo al pasar por su lado, ignorando el deseo impulsivo de dejar la mano sobre su bíceps unos segundos más de lo apropiado.

—Huele bien. ¡Me muero de hambre!

El aroma a barbacoa había llenado el pasillo. Siguiéndolo, salí al patio por la puerta de atrás. Nathan había dispuesto la comida en la mesa de pícnic. Comíamos así muy a menudo: ninguno de los dos era un gran cocinero, así que la parrilla nos resultaba fácil y cómoda. Lo que no era normal en aquella estampa era el quarterback cachas de mi instituto moviendo una silla para sentarse como si fuera parte de la familia.

Era evidente que Drayton se había recuperado del golpe a su ego: estaba apoyado en el respaldo, bebiendo cerveza y guiñándome el ojo. Que supiera que me sentía incómoda y lo estuviera disfrutando hacía que me entrasen ganas de quitarle el botellín de un manotazo.

—En serio, ¿qué haces aquí? —le pregunté con el ceño fruncido, inclinándome sobre la mesa—. No me creo que no tengas nada mejor que hacer.

—Dallas. —Nathan me dirigió una mirada de advertencia mientras se sentaba—. ¿Qué te pasa hoy?

—Lo que me pasa es que ni siquiera conoces a este tío. Va a mi instituto, pero tú lo has invitado a cenar. Es raro.

—Siempre invito a tus amigos cuando están aquí a la hora de cenar. —Nathan empezó a cortar su bistec—. Nunca te había parecido mal.

—¿Qué amigos? —Hice una mueca extrañada—. Tengo a Gabby y a nadie más.

—A veces hay chicos cuando llego a casa. —Nathan se encogió de hombros—. Podría ser un hermano mayor sobreprotector, pero en lugar de eso los invito a cenar. Qué maleducado por mi parte.

Se pensaba que no sabía que los invitaba para interrogarlos y montar un numerito en plan «soy el hermano mayor y te mataré». Exhalé y me percaté de que Drayton me estaba mirando con una expresión curiosa y confiada.

Por mi parte, durante la cena solo hubo silencio. Mientras tanto, le mandaba a Gabby mensajes para tenerla informada, y ella no hacía más que pedirme fotos del cachas que estaba sentado al otro lado de la mesa. Sin embargo, no pensaba arriesgarme a que me pillara sacándole fotos... Me lo recordaría hasta el fin de los tiempos.

Drayton y Nathan charlaban sobre la temporada de fútbol americano, que estaba a punto de empezar, y sobre un par de partidos fuera de casa que los Lobos de Archwood habían organizado.

Ir a jugar fuera de casa no estaba mal. A las otras animadoras les encantaba ir a esos partidos, porque significaba pasar una noche en un hotel bonito, lejos de sus hogares. Y aunque según las normas todo el mundo debía respetar el toque de queda y quedarse en la habitación que le habían asignado, casi nadie lo hacía. Yo, en cambio, dormía, comía, ejercía de animadora y esquivaba cualquier intento de comunicación por parte de los demás. Nunca me había interesado hacer amigos, teniendo en cuenta lo desesperadamente que deseaba marcharme al año siguiente.

Drayton y yo recogimos los platos. El sol se había puesto y las lámparas solares que bordeaban el patio proporcionaban un resplandor tenue.

—¿Puedo preguntarte una cosa, Pompones?

—¿Pompones? —Miré atrás mientras él me seguía al interior de la casa.

Sonrió, pero no me ofreció ninguna explicación para el mote.

—¿Dónde están tus padres?

—Murieron en un accidente de coche cuando tenía nueve años. Nathan tenía diecisiete —respondí de espaldas a él mientras llenaba el fregadero de agua caliente y jabonosa. La muerte de mis padres había sido dolorosa. Todavía lo era, de hecho, y los echaba muchísimo de menos, pero ya no me costaba tanto hablar de ello—. Mi abuela ayudó a Nathan a cuidarme hasta que murió, cuando yo tenía quince años.

—Joder. Qué putada. ¿Estás bien? —Se apoyó en la encimera y suspiró.

—Sí. —Lo miré con aprensión—. Ha pasado mucho tiempo. —Su preocupación, de no haber sido tan extraña, me habría resultado incluso cómica—. Ahora ya puedes irte a casa —le dije para ofrecerle una excusa y que no tuviera que quedarse a charlar después de cenar. Siempre me sentía maleducada si me iba demasiado rápido después de comer en casa de alguien.

Empecé a fregar los platos, pero reparé en que no se había movido del sitio. Mantuve la cabeza gacha, negándome a levantar la vista hacia el chico al que pensaba que tenía calado. No estaba preparada para admitir que quizá no fuese tan capullo. De repente, se apartó de la encimera y yo suspiré aliviada, pensando que tal vez se marcharía…, pero cogió un trapo y comenzó a secar los platos.

—¿Qué haces? —pregunté. Había empezado a silbar una melodía alegre mientras secaba el plato que tenía en la mano—. En serio, esta noche ya ha sido lo bastante rara sin que Drayton

Lahey seque los platos en mi cocina. ¿Eres consciente de que no habíamos hablado nunca?

—No me llames así —ordenó—. Llámame Dray. ¿Y quién tiene la culpa de esa falta de conversación? Eres antisocial de narices.

—Pues no —balbuceé—. Solo soy… reservada.

—Reservada, ¿eh? —Siguió secando platos con una sonrisa prepotente y escéptica—. ¿Eres igual de reservada con los tíos que rondan por aquí por las tardes?

Albergaba la esperanza de que no se hubiese fijado en aquella pullita de Nathan, que todavía no había vuelto de atender esa «llamada» que había oído hacía diez minutos.

—Eso no es asunto tuyo.

—Vamos, tengo curiosidad —insistió.

—Yo también tengo una pregunta. —Coloqué otro plato en el escurridor con la esperanza de haber cambiado de tema con la naturalidad suficiente—. ¿Sabe Emily que estás aquí?

—Emily y yo no estamos juntos, Pompones —contestó—. No tiene por qué saberlo.

—¿Y sabe ella que no estáis juntos? —pregunté divertida. Observé su espalda esculpida mientras se dirigía al armario a colocar el plato—. Porque a mí me da la sensación de que está convencidísima de que sí.

—No le hagas mucho caso. Nunca he estado interesado en ella, pero tiene sus propios problemas. Me sabe mal, así que si quiere fantasear con una relación, que lo haga.

Me pregunté si me daría más detalles sobre esos problemas, pero siguió secando platos con los labios sellados. Me hizo sonreír. Comprendí que quizá lo había juzgado demasiado rápido; no era tan malo como su comportamiento sugería. Terminamos de fregar en un silencio cómodo, intercambiando solo miradas de soslayo como si compartiésemos un secreto… Lo que, a partir de entonces, era cierto. No creía que nadie se fuese a enterar de que había pasado aquí la tarde. Mientras yo vaciaba el fregadero, él se sacó el móvil del bolsillo y murmuró:

—Creo que debería ir tirando. —Leyó la pantalla y se volvió a meter el móvil en el bolsillo. Sus ojos verdes recorrieron la estancia un instante antes de detenerse sobre los míos—. Dile a tu hermano que gracias por la cena.

—Claro —contesté.

Lo acompañé a la puerta y me apoyé en el umbral mientras él salía hacia la noche oscura. Admiré la elegante moto aparcada junto a la curva, iluminada por el halo incandescente de una farola. Miré a Drayton de arriba abajo, apreciando sus brazos tonificados, pero, para mi sorpresa, más preocupada por que su piel perfecta quedase expuesta.

—¿Es seguro ir en moto en camiseta?

—No lo sé. —Sonrió y, apoyando un brazo en el marco de la puerta, se inclinó hacia mí—. ¿Quieres que me quede en tu cuarto por si acaso?

—Guau. —Me eché a reír y le di un empujoncito en el pecho—. Qué ingenioso. Te doy un diez por el esfuerzo.

Él se rio.

—Llevo la chaqueta en el compartimento del asiento. Y el casco. Yo siempre uso protección. —Enarcó las cejas.

—A ver si lo adivino —contesté, sin intención de seguirle el rollo—. Es de cuero.

—Por supuesto. Así es más seguro —respondió mientras bajaba los escalones—. No es porque me haga parecer más guay. Buenas noches, Pompones.

Lo observé ponerse la chaqueta, que le quedaba como un guante, y casi quise cuestionar de nuevo el mote…, pero no lo hice. Se colocó la gorra de tal forma que pudiera ponerse el casco y, cuando deslizó una pierna sobre el asiento, las luces de la calle se reflejaron en la visera tintada. El motor rugió de forma imperante y escandalosa, pero no pude evitar contemplarlo con admiración mientras se marchaba. La noche al completo había sido inesperada, pero no estaba decepcionada con el resultado. No estaba decepcionada en absoluto.

CAPÍTULO 3

Decidí arreglar el coche cuanto antes, así que el martes por la mañana lo llevé al taller a primera hora y le pedí a Gabby que me siguiera con el suyo para llevarme luego al instituto.

—¿Cuánto me va a costar, Harry?

Harry era un anciano muy amable. Hacía unos veranos, antes de que me contratasen en el restaurante, había trabajado para él haciendo tareas de poca importancia, como limpiar u ordenar por un poco de dinero al contado.

—Bueno, querida… —dijo, mientras se recolocaba la gorra manchada de grasa y examinaba el parachoques abollado—. Te lo puedo hacer por cuatrocientos cincuenta. No puedo bajar más.

Era un muy buen trato. En cualquier otro taller, una reparación de ese calibre me habría costado mil dólares. Después de pagarle, como me sobraron unos cien dólares, contemplé la posibilidad de comprarme algo de ropa, pero descarté la idea de inmediato. Sabía que debía devolverle el resto a Drayton.

—Gracias, Harry. ¡Me has salvado la vida!

—Puedes venir a buscarlo el jueves. —Dio unos golpecitos en el capó y le hizo un gesto a Tony, uno de los mecánicos más jóvenes, para que cogiera las llaves y lo metiese en el taller.

—¡Gracias, Harry! —repetí mientras cruzaba la carretera correteando en dirección al coche de Gabby, que me estaba esperando—. ¿Todavía no le has arreglado el aire acondicionado a este cacharro? —Me abaniqué la cara con la mano, ansiosa por disfrutar de un poco de aire fresco. Gabby se estaba haciendo selfis mientras *Nothing Breaks Like a Heart* de Miley Cyrus y Mark Ronson sonaba por los pequeños altavoces.

El aire acondicionado del pequeño Mazda de Gabby se había muerto al principio del verano, y, aunque el otoño estuviese al caer, un poco de fresco seguía siendo muy necesario. Llevaba las ventanillas bajadas, pero la brisa era cálida, así que no servía de mucho.

—¡Ahora recuerdo por qué hemos ido en mi coche todo el verano! —protesté mientras me secaba las gotas de sudor de la frente. Me cogí la parte delantera de la camiseta y la sacudí para abanicarme.

—¿Crees que a ti el calor te supone un problema? —Se señaló la cabeza, con todos sus gruesos rizos recogidos en un moño—. ¿Sabes lo que pasa cuando tienes pelo afro con este calor? Crece tanto que necesita su propio código postal. ¿Ves con lo que estoy lidiando? Llevo seis productos diferentes.

Me reí.

—Sí, puede que…

—¡Aaah! —me interrumpió Gabby con un chillido de emoción. Se agarró del volante y empezó a dar saltitos en su asiento—. ¡Me acabo de acordar! Cuéntame lo de anoche. ¡Quiero saberlo todo!

—Ya lo sabes todo.

—¡No, no! Anoche me dijiste que «no había pasado nada», pero me niego a creer que no pase nada si Drayton Lahey está cenando en tu casa. No tiene sentido.

—Para serte sincera, Nathan y él se tiraron toda la noche hablando de fútbol americano. Luego me ayudó a fregar los platos y se marchó. Ah, y me dijo que en realidad no está saliendo con Emily.

Decidí guardarme para mí la parte de su poco sutil tonteo conmigo. No necesitaba un dolor de cabeza justo antes de clase.

—Ah. —Enarcó las cejas de forma sugerente mientras aparcaba—. Entonces te ha dejado claro que está disponible, ¿no?

—No es para tanto, Gabs. No le busques tres pies al gato.

Salimos del coche y suspiró con una expresión soñadora. Aunque mi mejor amiga se emocionase en exceso y viera cosas donde no las había, yo adoraba su entusiasmo por el amor.

—No me puedo creer que hayas cenado con Drayton Lahey.

—Por favor, no lo idealices. —Entrelazamos nuestros brazos y empezamos a caminar hacia el edificio de ladrillo visto—. Es jugador de fútbol americano, no es que pueda curar con las manos.

—Pero seguro que hay otras cosas que sí puede hacer con las manos. —Me dio un suave codazo y curvó los labios en una sonrisa maliciosa.

—Te lo he puesto en bandeja —me lamenté.

Ese día, Drayton y yo no teníamos clase de Economía, así que decidí esperar al entrenamiento que había a la hora de comer para devolverle el cambio. Me senté en la cafetería con Gabby, que me puso al día sobre los últimos cotilleos mientras nos comíamos un bocadillo. No se relacionaba mucho con los demás, pero sí escuchaba, y le encantaba: le encantaba el instituto, los grupitos y el drama. Amaba todas aquellas dinámicas desde la distancia, sin inmiscuirse en el meollo del asunto. Sin embargo, sí compartía sus descubrimientos conmigo, y yo respondía con sonrisas, asentimientos y palabras cuando la ocasión lo requería. No es que me interesara mucho, pero le seguía la corriente. Cuando me estaba contando la fiesta de la salida del armario de Dave Lowinsky, la interrumpí y me puse de pie.

—Tengo entrenamiento con las animadoras. ¿Quieres venir a verlo?

Negó con la cabeza y agitó su bocadillo a medio comer en el aire. Hablar tanto significaba comer menos.

—Iré a la biblioteca. ¿Nos vemos en Inglés?

—Claro. —Gabby adoraba los libros y la biblioteca. Era donde encontraba la munición para todas sus fantasías románticas y, además, tenía un buen grupo de amigos con los que se sentaba a leer.

El día anterior había recibido más atención de la necesaria de nuestra capitana, así que me había traído el uniforme para el entrenamiento, a fin de evitar que Emily me tuviera otra vez entre ceja y ceja. Me cambié y salí al campo para unirme al resto de las animadoras, que, para sorpresa de nadie, iban vestidas con su ropa deportiva habitual.

—¿Por qué te has puesto el uniforme, Dallas? —preguntó Emily con desdén. Algunas de las chicas soltaron una risita—. Esto es un entrenamiento.

Supongo que podría haber discutido y pataleado, haberle dicho que era una zorra horrible y sádica por llegar a esos extremos para humillarme, y eso que solo era el segundo día del curso. Sin embargo, decidí ser la más razonable de las dos y me quité la falda y el top para quedarme con unos shorts y un sujetador de deporte.

—¿Mejor? —Le sonreí y lancé el uniforme hacia mi mochila, que estaba en las gradas, detrás de nosotras.

Emily se limitó a empezar a dar órdenes para el calentamiento. Tras unos veinte minutos de intensidad constante, por fin nos permitió tomarnos una pausa. Mientras bebía agua, vi a Drayton en mitad del campo charlando con algunos de sus amigos. La camiseta negra se le pegaba al torso, y me descubrí una vez más admirando cada centímetro de su increíble cuerpo.

—¡Dray! —lo llamé—. Hola —saludé al llegar a él. Me sentía un poco incómoda, pero no estaba segura de por qué. Sin embargo, esa sensación se acrecentó al ver que no me respondía. Me miraba con el rostro inexpresivo—. No ha costado tanto como pensabas. —Me decidí por una explicación sucinta para que sus amigos no se enterasen de que me había abollado el coche. Supuse que por eso estaba tan nervioso. En fin, los chicos y su orgullo...—. Aquí tienes el resto del dinero.

Miró los billetes, pero no hizo ademán de cogerlos. Su mirada osciló rápidamente entre el dinero y sus amigos, que nos observaban con curiosidad.

—Guárdatelo para el próximo encargo. —Sonrió con arrogancia, más pagado de sí mismo que nunca—. La hierba es buena, ¿no?

El grupo de bobos sin cerebro ahogó un grito al unísono. Abrieron los ojos como platos y me miraron de arriba abajo. Era evidente que en sus mentes simples habían nacido todo tipo de escandalosos pensamientos sobre la animadora drogadicta. Fulminé a Drayton con la mirada, incitándolo a que corrigiera la historia que acababa de contar, mientras intentaba no pensar en que con ese comentario parecía que él también tuviera algo que ver con las drogas, aunque la información no me sorprendía. Muchos estudiantes del instituto eran viejos amigos de la maría.

—Anoche lo pasé muy bien. —Me guiñó un ojo—. Tenías razón, Maxon. Es muy flexible.

—¡Guau! —exclamó Maxon, uno de los defensas—. ¡¿Qué?!

Maxon y Austin se dieron palmaditas en la espalda. Reían y comentaban como idiotas, pero yo no despegué la mirada de la de Drayton. Creí ver una chispa de arrepentimiento en sus iris de un verde intenso, pero no duró más que un instante: sus hermosos rasgos no tardaron en recuperar la frialdad anterior.

—Yo también tenía razón —salté—. Eres decepcionante.

Le lancé el dinero y di media vuelta. No era la misma persona con la que había hablado la noche anterior y me decepcionaba que me hubiese afectado tanto. Sin embargo, si así era como quería comportarse, allá él. No es que fuéramos grandes amigos, pero no quería tener nada que ver con alguien que tenía dos caras. Mientras volvía con mi equipo, reparé en que Emily nos estaba observando con el ceño fruncido en señal de desaprobación. No merecía la pena aguantar lo mucho que me fastidiaría si se pensaba que iba a por su chico. No por alguien como Drayton.

Tras un entrenamiento largo y extenuante, que sin duda fue diez veces más duro de lo normal porque Emily tenía la mosca detrás de la oreja, salí del vestuario de las chicas. Drayton me estaba esperando en el vestíbulo del gimnasio, apoyado en la pared.

—Dallas. —Vino hacia mí, pero lo ignoré sin pensármelo dos veces. Salí y empecé a bajar las escaleras de cemento. Sin embargo, no logré alejarme mucho antes de que se me pusiera delante, impidiéndome el paso—. No debería haber dicho eso. —Me puso las manos en los hombros y bajó la vista para mirarme a los ojos.

—Haz el favor de no hablarme. —Me lo quité de encima—. Nunca más, a poder ser.

—Me siento como un imbécil. —Se metió las manos en los bolsillos—. Les he dicho que no era verdad. Te juro que lo he arreglado.

—Gracias, pero sigo sin querer hablar contigo. No me interesa ser amiga de alguien que no es siempre la misma persona. Y tampoco me interesa que Emily me eche del equipo de animadoras.

—Ella no haría eso. No puede.

—¿No conoces a tu ex? —Negué con la cabeza y moví la mano con impaciencia—. Como te he dicho, Drayton, no quiero tener nada que ver contigo. Anoche estuvo bien y pensaba que estabas menos vacío, que no eras tan superficial. Pero supongo que me equivocaba. Adiós.

Intenté sortearlo, pero me cogió de la muñeca y me obligó a volverme.

—No quería hacerte daño. Vamos, ¿qué puedo decir o hacer para arreglarlo?

—Si no sabes la respuesta a esa pregunta, no creo que puedas hacer nada. —Aparté la mano.

Me di la vuelta y me marché. Él me llamó de nuevo, pero no miré atrás. Por suerte, durante el resto de la tarde no pasó nada fuera de lo normal. Nadie susurró al verme pasar, ni me miró como si acabase de descubrir que era una porrera roba-quarterbacks. Supuse que Drayton había cumplido su palabra y había cortado cualquier chismorreo de raíz. En la clase de Lengua, Gabby no me dijo nada, y de haberse corrido la voz ella se habría enterado sin duda. Esa tarde, cuando entré en su caluroso coche, me sentí aliviada.

—¡Hola, hola! —Sonrió y arrancó. Yo bajé la ventanilla de inmediato—. Anoche cuando te llamé íbamos a hablar sobre el finde, pero acabamos hablando sobre Drayton.

—Menuda pérdida de tiempo —masculé. Gabby me miró con extrañeza—. Nada, nada. ¿Qué vamos a hacer este finde?

—Vamos a Cripple Creek. Inauguran una discoteca para mayores de dieciséis. No sirven alcohol, obviamente, pero sí se puede bailar, y siempre podemos tomar algo antes en tu casa.

Puse los pies en el salpicadero y suspiré. No habría sido mi primera opción, pero bueno.

—¿Y cómo vamos a llegar hasta allí? Está a hora y media en coche.

—¿En autobús?

—¿Y para volver a casa? El autobús no circula hasta tan tarde.

—Podemos ir en autobús y volver en Uber.

—Será un Uber bastante caro.

—Podemos pagarlo a medias.

—Vale. Me parece un buen plan —contesté.

Gabby estaba a mi lado cuando la necesitaba, así que yo también estaba ahí para ella. Era imposible que sus colegas de la biblioteca la acompañaran a bailar; yo misma se lo había preguntado una vez.

—Iré a tu casa sobre las tres —me dijo—. Y no te olvides: si mi madre te pregunta, pasaremos la noche haciendo ese trabajo de Lengua sobre las primeras bibliotecas y sus historias.

—Pues claro. Soy consciente de que no puedo contarle a tu madre adónde vamos, Gabs. No te preocupes.

Gabby vivía con su madre y no conocía a su padre. Camilla y él no tenían una relación seria cuando la habían concebido, y él no se sentía preparado para ser padre a los diecinueve años. Gabby no le dedicaba ni un segundo de sus pensamientos. Antes sí que deseaba que él hubiera estado presente, pero cuanto mayor se hacía, mejor comprendía que no necesitaba ningún padre. Sin embargo, al estar sola, Camilla hacía el papel de madre y también el de padre, y se lo tomaba muy en serio. Era muy estricta.

La ausencia de una figura de autoridad en mi casa significaba que Nathan y yo podíamos entrar y salir tanto como quisiéramos. Mi hermano hacía todo lo posible por establecer algunas normas, pero a menudo era él el primero que dormía fuera de casa, ya que estaba ocupado acostándose con medio Castle Rock. Además, sabía que yo no era muy sociable.

—¿Y si el sábado vamos de compras? —Gabby aparcó al lado de mi casa, pero no apagó el motor. Empezó a dar saltitos en su asiento, emocionada.

—Vale, pero entonces ven por la mañana en lugar de a las tres, ¿vale? Así nos dará tiempo a todo.

—¡Sí! —Dio una palmada—. ¡Qué ganas!

CAPÍTULO 4

El sábado por la mañana me dolían los músculos, mi estrés no estaba a unos niveles saludables y mi capacidad mental para aguantar a deportistas sin cerebro se había agotado. El instituto, el entrenamiento con las animadoras y el trabajo en el restaurante después de clase me ocupaban muchísimo tiempo. Me había olvidado de que el día tenía tan pocas horas.

Eran las nueve de la mañana y ya me había duchado, vestido y había hecho café. Todo ello gracias a Gabby, que había aparecido en mi cuarto a una hora intempestiva, como si la alimentara una energía de otro mundo. Nathan y ella estaban sentados el uno al lado del otro en la barra de la cocina, en un extremo del salón, leyendo juntos el *Denver Post* (Nathan estaba inmerso en la sección de deportes). Mientras tanto, yo, de pie delante de la pila, intentaba despertarme con la ayuda de la cafeína.

—¿Qué hacéis hoy, chicas? —preguntó mi hermano.

—Nos vamos de tiendas. —Gabby volvió la página, sin duda buscando librerías nuevas, y se ganó una mirada contrariada de Nathan. Me miró dubitativa: no sabía si podía contarle o no que íbamos a comprar modelitos para esa noche.

—Esta noche vamos a Cripple Creek. —Di un trago de café—. ¿Y tú qué vas a hacer?

—¿A la inauguración de esa discoteca para críos? —Hablaba como un viejo que veía con malos ojos las locuras de la juventud.

—Sí. Se llama Ilusión. —Miré por la ventana, desde donde se veía al hijo de los vecinos, que iba arriba y abajo por la calle en bicicleta. Hattie, una señora mayor que trabajaba conmigo en el restaurante, estaba al otro lado de la calle, regando una franja de césped reseco que había frente a la entrada de su casa. En definitiva, intentaba evitar la mirada de mi hermano, que casi me estaba agujereando un lado de la cabeza.

—¿Y cómo vais a llegar hasta allí?

—Vamos a coger el autobús —respondió Gabby como si tal cosa.

—¿El autobús? —Nathan nos miró como si hubiéramos perdido la cabeza—. Ni hablar, no podéis coger el autobús por la noche. Ya os llevaré yo.

—Nathan, está a una hora y media de la ciudad. No pasa nada por coger el autobús. —Enjuagué mi taza, me acerqué a la barra y apoyé las manos en la encimera—. Para volver llamaremos a un Uber.

—Cállate. —Se puso de pie y me señaló con un gesto autoritario—. Os llevo yo porque, obviamente, querréis beber antes de ir. Y no pasa nada, pero tened cuidado. Mucho cuidado. Podéis llamar a un Uber para volver, lo que queráis… Pero nada de autobuses. Por la noche, ese autobús está lleno de gente rara. No es seguro.

—Está bien. —Sonreí y me recogí la larga melena en un moño—. Gracias.

—Tengo que irme. —Se dirigió a la puerta principal y cogió las llaves del colgador—. Tengo entrenamiento, como siempre, y esta noche una cita. Volveré para llevaros antes de salir.

Nathan y yo compartíamos nuestro pequeño Toyota Corolla. Yo lo usaba para ir al instituto y al trabajo. A él lo llevaba un compañero durante la semana, pero disponía del coche el resto del tiempo, porque yo siempre estaba o con Gabby o en casa. Nos iba bien así. Para él, había sido un alivio que lo recogiera del taller hacía un par de días, justo a tiempo para su fin de semana.

⚡

Esa tarde, Gabby y yo volvimos a casa con un modelito nuevo cada una, emocionadas por la noche que nos esperaba, y con un Uber reservado para las dos de la madrugada. Esperaba que la noche no fuese un bajón y que no quisiéramos marcharnos antes.

Pasamos unas cuantas horas en casa, comiendo algo y bebiendo unas cuantas cervezas antes de arreglarnos. Había preparado dos bocadillos enormes de beicon, tomate y lechuga y había dejado la cocina hecha un desastre.

—Si me como todos esos carbohidratos me hincharé —protestó Gabby mientras señalaba el bocadillo de forma agresiva—. Y el vestido que me voy a poner es ajustado. Es un problema.

—O te lo comes o no vamos, Gabs.

—Pareces mi madre.

Me eché a reír y le di un mordisco a mi bocadillo.

—Es que no es la forma más sana de pensar. Cómete el bocadillo.

Siempre que salía con el estómago vacío, Gabby se convertía en una borracha de manual y se ponía como una cuba más rápido que la típica tía alcohólica en la barra libre de una boda, así que, a pesar de sus protestas, se lo comió, porque sabía que yo tenía razón.

Mientras yo limpiaba la cocina, charlamos sobre el instituto, las clases y los profesores, tanto los deprimentes, a los que no podíamos ni ver, como los brillantes, que nos encantaban. Ninguna de las dos teníamos en mucha estima las clases de Matemáticas. Química y Biología nos divertían a veces, cuando en lugar de teoría hacíamos prácticas. A Gabby le encantaba Lengua; era su asignatura preferida. A mí era la que peor se me daba: en más de una ocasión, la había convencido para que me escribiera las respuestas sobre las lecturas por el simple hecho de que era capaz de coger un libro cualquiera y leérselo sin saber siquiera de qué iba. Por otro lado, ella estaba un poco molesta por no ir a Economía con Drayton y conmigo. Quién sabe qué se creía que se estaba perdiendo.

—En Economía te puedes sentar con él y mirarlo y…

—Estás increíble —la interrumpí, intentando distraerla.

Llevaba un vestido ajustado verde oscuro. Su piel color marrón cálido había estado expuesta al sol durante el verano y el moreno le aportaba un resplandor broncíneo que quedaba espectacular con el vestido. Además, tenía una figura increíble, con un cuerpo esbelto y largas piernas. No creía que supiera lo mucho que envidiaba ese cuerpo nato de bailarina. Estaba conforme con las curvas que Dios me había dado, pero no me habría opuesto a contar con unos centímetros más de altura. Gabrielle me sacaba media cabeza, y eso si no llevaba tacones.

—¡Gracias! —exclamó mientras se alisaba el vestido delante del espejo que colgaba del interior de la puerta del armario.

Se puso las lentillas para no tener que salir con las gafas. Mientras nos maquillábamos, cada una en un espejo, mi pequeño altavoz inalámbrico reproducía *Youngblood* de 5 Seconds of Summer. Gabby estaba sentada delante de la puerta del armario y yo me maquillaba sentada en la cama de matrimonio con un espejo de mano. Cantábamos a voz en grito y, cuando terminamos, empezamos a mover las caderas de un lado a otro al ritmo de la música. Yo tardé un poco más en arreglarme porque cuando oía la música enseguida me dejaba llevar, moviendo los brazos y las piernas al compás y sintiendo el ritmo hasta los huesos. Para mí, no había una sensación mejor que la de bailar mientras el resto del mundo se desvanecía.

—No entiendo por qué estás tan en contra de las discotecas —dijo Gabby, al tiempo que se ponía sus sandalias de tacón—. Te encanta bailar.

—No estoy en contra de las discotecas —contesté mientras cogía mis zapatos de terciopelo negro con plataforma—. Estoy más bien en contra de esa masa sudorosa y alcoholizada de cuerpos que se restriegan a tu alrededor.

Me miré al espejo por última vez. Mi vestido era un poco más corto que el de Gabby. Era de color oro rosado, tenía un

escote pronunciado y la cintura entallada. La tela era aterciopelada y me favorecía, y el bronceado me aportaba calidez,
cuando normalmente habría estado más pálida. Me sentía
bien, lo que era prometedor, y me descubrí sonriendo cuando
oí que Nathan nos llamaba desde el salón. Mi larga melena
rubia caía como una cascada ondulada sobre mi espalda, llevaba una leve pincelada de sombra de ojos color bronce en los
párpados y había terminado el look con un pintalabios *nude*.

—Vamos allá.

⚡

Ilusión era tal y como me esperaba. Cuando por fin entramos,
después de hacer cola durante una hora, nos encontramos con
el típico ambiente nocturno, oscuro, ruidoso y con humo artificial que flotaba en el aire. Las luces brillantes del techo iluminaban a la multitud que bailaba en medio de la pista. Era un
local enorme, y en las paredes, a unos tres metros de altura, había unas plataformas donde bailaba todavía más gente. Algunos
disparaban agua a los demás con pistolas de plástico. En el fondo de la sala había un escenario con más bailarines alrededor de
la cabina de DJ, que era enorme. Dentro había una chica entusiasta que tenía a la multitud enfervorecida.

—¡Qué pasada de sitio! —Gabby me agarró del brazo emocionada. Gritó tanto para que se la oyera por encima del remix
de Calvin Harris que hasta me estremecí.

Estaba borracha, y yo también. Habíamos compartido una
botella de bourbon disimuladamente en el asiento de atrás durante la hora y media que había durado el trayecto. Yo misma
la había escondido debajo del asiento después del vigesimo-
quinto cumpleaños de Nathan, que había sido a principios de
julio.

—Está muy bien —grité.

De repente, un desconocido alto y de piel oscura se detuvo
delante de nosotras. El pelo le llegaba a los hombros, y lo tenía
medio recogido. Su aspecto era algo desgarbado y tenía las

facciones muy marcadas. Se inclinó hacia Gabby emocionado, mirándola a los ojos.

—¿Gabby Laurel?

—¡Sí! Tim, ¿verdad? ¡Hacía siglos que no te veía! —Gabby se volvió hacia mí y me gritó al oído—: Tim era mi profesor particular hace unos años, cuando él iba al último curso.

Ahora que lo decía y que me fijaba mejor, me di cuenta de que me resultaba familiar, aunque estaba un poco más mayor y tenía el pelo más largo y piercings en el labio, la ceja y la nariz. Era mono, o eso me parecía, y no se me pasaron por alto los ojitos con los que Gabby lo miraba.

Se sacó una petaca del bolsillo con disimulo y sonrió.

—¿Queréis una copa?

—Sí —contestó Gabby.

—No —respondí al mismo tiempo—. No seas tonta. —Le di un codazo, frustrada por tener que explicarle por qué no debía aceptar una bebida que ya había sido abierta de un casi desconocido en un bar.

Gabby vaciló un momento y se tambaleó cuando un grupo de chicas pasaron por nuestro lado. Tim la sujetó por la cintura.

—Ya ha bebido suficiente —le dije—. Y yo.

—Sí. —Gabby se echó a reír y abrazó a Tim, rodeándole el cuello con los brazos—. Pero podríamos bailar.

Él asintió.

—Me encantaría.

—¡Vamos!

Gabby me cogió de la mano y los seguí, contenta de poder ayudarla a ligarse a un chico mono, siempre que fuese con cuidado. Me sentía un poco sujetavelas al notar el calor que emanaba de ellos mientras bailaban frotándose el uno contra el otro. De todos modos, yo iba lo suficientemente borracha como para que no me preocupase demasiado, y la pista de baile estaba tan abarrotada que nadie se daría cuenta de que me encontraba sola. Estaba rodeada de cuerpos; melenas que me azotaban desde todas las direcciones y brazos sudorosos que se frotaban contra el mío. De vez en cuando, algún que otro tacón se me clavaba en el pie.

De repente, justo cuando había alzado los brazos al aire y mecía las caderas, una voz profunda y hermosa que me resultaba familiar me llegó por encima de la música. Me puse de mal humor al instante.

—Hola, Pompones.

Me volví y me encontré frente a frente con Drayton, que estaba espectacular con unos vaqueros negros y una camiseta blanca de cuello de pico que dejaba al descubierto su manga de tatuajes y sus gruesos bíceps, por no mencionar las venas de sus brazos. Ay, señor, las venas de sus brazos...

—¿Por qué no puedes dejarme en paz? —le pregunté.

—Este es mi amigo Josh —contestó, ignorando mi pregunta. Señaló al chico que estaba a su lado, que iba como una cuba, o al menos esa era la sensación que daba, porque se mecía hacia los lados y no parecía capaz de centrar la mirada. Era un poco más bajito que Drayton, pero alto de todos modos, y tenía un bonito cuerpo delgado y tonificado y el pelo rubio oscuro peinado hacia atrás.

—Hola, Josh. —Le sonreí justo cuando el brazo de Tim volvía a aparecer delante de mis narices para ofrecerme de nuevo la petaca. Negué con la cabeza y le aparté el brazo, llevándolo tras de mí, mientras veía cómo Drayton lo fulminaba con la mirada. Me volví hacia Josh y sonreí—. Mira, si te pareces a Drayton, no tengo nada que decirte, pero si eres una persona decente, es un placer.

Josh asintió despacio, vacilante, y Drayton puso los ojos en blanco.

—No le hagas caso —le dijo mientras me dirigía una mirada penetrante y devastadora—. Es maleducada y poco razonable.

—¿Perdona? Eres tú quien me está estropeando la noche.

No era ningún secreto que el alcohol solía tener un efecto negativo en mí. Era famosa por ponerme irracional, poco razonable

—tal y como Drayton había señalado sin cortarse un pelo— y bastante difícil. Gritaba, me enfadaba... Era consciente de ello, pero no podía evitarlo. Me ponía de los nervios.

—¡Me voy a bailar! —grité, pasando de cómo me recorría el pecho con la mirada para luego descender hacia mis piernas. No disimulaba en absoluto, y yo odiaba las sensaciones que despertaba en mí—. Déjame en paz. Tienes dos caras, y esta noche mi nivel de tolerancia está muy bajo. Que te den y piérdete.

Me di media vuelta y tuve el placer de encontrarme con algo que me distrajo de inmediato: Tim y Gabby tenían sus respectivas lenguas en la garganta del otro. Me alegré por ella; merecía divertirse un poco. Tras empezar a bailar, miré atrás y vi que no había ni rastro de Drayton. Tampoco es que quisiera que se quedase cerca... De hecho, no quería. No quería en absoluto.

Dos horas después, el chico con el que llevaba media hora bailando me obligó a hacer una mueca de disgusto. En un principio me había parecido estupendo: tenía una sonrisa muy mona, los brazos bonitos... Hasta que me di cuenta de que apestaba a orina. Tenía la esperanza de que no fuese él, pero sí, era él. Estaba segura. Atisbé a Gabby y a Tim al lado de la fuente de agua, todavía intercambiando saliva.

Me incliné hacia el apestoso, cuyo nombre desconocía, e intenté no inhalar.

—Voy a... dejar de bailar contigo. —Ni me molesté en buscar una excusa para decírselo con un poco de tacto, porque, la verdad, si el chico tenía tan poca higiene personal como para oler como un inodoro, no se merecía mi tacto.

Me abrí paso entre la masa de cuerpos, cubierta del sudor de los demás. No me dolían los pies; estaba acostumbrada a pasar mucho rato de pie, aunque solía hacerlo con zapatos un poco más cómodos. De todos modos, no me suponía un problema. Cuando por fin dejé atrás al grueso de la multitud, respiré un aire más puro, lo que me hizo anhelar salir al exterior.

Gabby me vio acercarme a ella y acudió corriendo, dejando a Tim junto a la barra. La humedad no había sido muy amable con su pelo: este había doblado su tamaño y los rizos se habían descontrolado.

—Dallas... —Se lanzó a mis brazos riendo, medio saltando de emoción y medio tropezando—. ¿Te parecería muy mal que me fuese con Tim?

—¿Qué...? Oh. Hum. —Miré hacia el fondo y entorné los ojos. La sala daba vueltas a mi alrededor. Estaba segura—. No, supongo que no.

Chilló de emoción, pero el fuerte bajo de la música ahogó el sonido.

—Pero ¿cómo? —Las dos nos tropezamos, así que nos agarramos para no caernos—. No puede conducir.

—No. —Sonrió—. Tiene un Uber esperándolo. Pagamos el nuestro a medias de todos modos, te daré mi parte. Pero ¿te importa?

Tendría que esperar hasta las dos de la madrugada, y quedaba mucho rato. Todavía era medianoche.

—Reservaré otro. No pasa nada. Vamos, te acompaño fuera.

En la acera, que también estaba abarrotada, Gabby me dio las gracias y yo saqué una foto de ella y de Tim subiendo al Uber y otra de la matrícula. Luego los saludé con la mano con una sonrisa orgullosa. Le había hecho prometer a Gabby que me mandaría su dirección. Se la sabía de cuando él le daba clases particulares. Me daba la sensación de que todo iría bien, pero le pedí que me llamase al llegar de todos modos.

Inhalé aire fresco. La calle estaba llena de gente que se chocaba entre sí. Los sábados por la noche en Cripple Creek nunca eran tranquilos. En aquella calle, los bares y los casinos se extendían hasta donde me alcanzaba la vista. Había hombres y mujeres mayores y bien vestidos que fumaban, gritaban y se reían. Era un ambiente emocionante y lleno de vida, pero yo ya estaba lista para meterme en la cama.

Me saqué el móvil del sujetador —sí, sabía que era super-peligroso, pero ¿dónde lo iba a meter si no?— y abrí la aplicación de Uber para reservar otro coche. Intenté no tambalearme ni chocarme con nadie, pero, de repente, me di de bruces contra un pecho alto y firme.

Levanté la vista y ahí estaba Drayton, dándole una calada a su cigarrillo.

—¿Y ahora qué? —pregunté.

—¿Adónde vas?

—Adonde me dé la gana —le espeté, rodeando su estúpido cuerpo escultural. Me estaba comportando fatal y lo sabía, pero no podía evitarlo. Me alcanzó y empezó a caminar a mi lado, ya sin el cigarrillo, con las manos en los bolsillos.

—Es peligroso que vayas sola de noche.

«Tiene razón», pensé.

—Déjame en paz —masculle. Todavía no había conseguido reservar nada porque no lograba centrar la vista—. Ve a atender a alguna niñata tonta que esté esperando tus atenciones.

—¡Para! —Me cogió del codo y me dio la vuelta para que estuviéramos cara a cara. Contemplé su expresión furiosa. Respiró hondo y miró primero a un lado de la calle y luego al otro antes de mirarme a mí—. Olvídate de lo capullo que he sido, ¿vale? Apárcalo un minuto y sé razonable. Deja que te lleve a casa, por favor.

—No. No me subo a coches de desconocidos.

Sacudí el brazo para soltarme y seguí andando, chocándome con varias personas por el camino. Lo oí gritar por encima del murmullo de las conversaciones.

—¡Pues vale! ¡Como tú quieras!

Mira que era arrogante y creído y estúpido y atractivo. Por eso me sacaba de quicio. Era guapísimo, y por mucho que quisiera darle un bofetón en la boca cada vez que decía alguna estupidez, lo cierto era que también quería besarlo. Nunca me había sentido tan confundida. Seguí caminando con la mirada fija en el pavimento agrietado y lleno de basura, pero esos pensamientos todavía danzaban por mi mente.

Y fue entonces cuando me di cuenta de que ya no había ruido y las calles estaban más vacías, casi desiertas. ¿Cuánto tiempo llevaba caminando? ¿Dónde estaba? Me encontraba rodeada de edificios altos, oscuros y vacíos. Las luces de la calle de los casinos aún se distinguían, pero se veían más lejanas.

De repente, un cuerpo duro arremetió contra mí, una mano me tapó la boca y me arrastraron a un callejón estrecho y oscuro. Se me heló la sangre. El corazón me latía tan rápido que casi me dolía. Me sentí paralizada, enjaulada por el miedo, hasta que la adrenalina se ralentizó lo suficiente para que mis instintos tomaran las riendas. Me retorcí con violencia y pateé mientras intentaba chillar, pero de nada me sirvió: mis gritos quedaban sofocados por completo y no había nadie a mi alrededor. No lograba zafarme de aquellos brazos férreos, que no tardaron en hacerme desaparecer en las profundidades de aquel callejón, lejos de la vista de cualquiera. Las construcciones que había a los lados ni siquiera eran bloques de apartamentos, sino edificios industriales que estarían desiertos hasta el lunes. Nadie me encontraría. Nadie me oiría.

Me empujaron de frente contra la fría pared de ladrillos. Las lágrimas me empezaron a rodar por las mejillas; temblaba de terror, buscando desesperadamente alguna idea brillante que me ayudase a no convertirme en una estadística más.

Mi agresor me cogió del brazo con fuerza y me dio la vuelta, arreglándoselas para no destaparme la boca, y me empujó de nuevo contra la pared. Entonces me encontré cara a cara con Drayton, que me miraba con una ira inconcebible.

Me quitó la mano de la boca y exhalé un suspiro alto y jadeante, acompañado de sollozos desesperados. Me llevé una mano al pecho, a punto de derrumbarme. Era consciente de que ya no estaba en peligro, pero mis hombros subían y bajaban con rapidez, al compás de mi respiración entrecortada.

—¿Qué coño haces, Drayton? —grité mientras me frotaba las mejillas con las palmas de las manos—. ¿Es que te has vuelto loco?

—¿Eres consciente de lo fácil que ha sido? —chilló. Su cuerpo casi me aplastaba contra la pared; sentía su aliento caliente abanicándome la cara mientras me miraba con una furia aterradora—. ¡No creo que haga falta que te explique cómo habría terminado esto si no hubiese sido yo!

—¡Eres un idiota! ¡El único agresor esta noche eres tú! —le espeté con desdén, intentando con todas mis fuerzas que no me temblase la voz para no parecer tan frágil.

—¿Eso crees? —Soltó una carcajada fría y cruel y señaló el final del callejón con la cabeza—. Ahora verás.

Esperamos durante lo que se me antojó una eternidad en silencio, con los cuerpos apretujados el uno contra el otro. El corazón me latía desbocado por culpa de su proximidad. Me atreví a mirarlo de soslayo y descubrí que su expresión mutaba en una de frustración. Señaló el principio del callejón. Vi pasar a un hombre de mediana edad con un gorro andrajoso manchado de amarillo nicotina y una parka demasiado grande llena de agujeros. No pude evitar estremecerme al ver que miraba a un lado y al otro. Sin embargo, como estábamos escondidos en los confines de la oscuridad, no podía vernos.

—Te estaba siguiendo desde que has salido de la discoteca —murmuró Drayton. Levanté la vista y vi que me observaba consternado—. Me he tenido que subir al coche para llegar antes que él.

Tragué saliva con fuerza al comprender lo extremo de la situación. De no ser por Drayton, la noche podría haber terminado de una forma muy distinta, y me sentía indudablemente agradecida. Me puse de puntillas y le rodeé el cuello con los brazos. Él se puso rígido un instante, pero poco después me abrazó y escondió la cara en mi cuello.

—Deja que te lleve a casa, por favor. —Se apartó, pero no me quitó las manos de la cintura. Una descarga eléctrica me recorrió el cuerpo; su contacto puso fin a cualquier pensamiento coherente. No pude más que asentir, y una expresión de alivio afloró en su rostro. Me puso a su lado y me guio hacia el principio del callejón—. He llamado a la poli para informarlos sobre el comportamiento sospechoso de ese tío —me dijo—. Qué puto asco.

El trayecto de vuelta a Castle Rock no estuvo mal. Drayton conducía un Jeep oscuro con los cristales tintados, asientos de cuero y muchos botones en el salpicadero. Cogía el volante con fuerza, con ambas manos, y aquella mirada furiosa insistía en seguir en su rostro. Al principio, ninguno de los dos habló, pero, para mi sorpresa, no era un silencio incómodo.

—¿Qué hace tu hermano esta noche? —me preguntó con un tono más despreocupado de lo que revelaba su postura. Estábamos pasando junto a los pequeños establecimientos que había cerca de casa: la tienda, la lavandería, el restaurante, la hamburguesería…

—Pasará la noche fuera —respondí con curiosidad. «¿Qué más le dará?», pensé. Drayton asintió y, al llegar a la siguiente intersección, giró a la derecha en lugar de a la izquierda, que era la dirección que me habría llevado a casa—. ¿Qué haces? ¿Adónde vamos?

—A mi casa.

—¿Qué? ¡No! ¡Déjame en la mía!

—No hay nadie para cuidar de ti —se limitó a contestar. La luz de las farolas iluminó su rostro inexpresivo.

—No necesito que cuiden de mí —le espeté, empezando a perder los nervios. Y eso que me había quedado encantada con que me llevase en cuanto me había dado cuenta de que era seguro y de que me ahorraba un Uber carísimo—. Soy muy capaz de cuidar de mí misma.

—Claro. —Resopló—. Por eso llevas una hora y media balanceándote de lado a lado, ¿no?

—¡Drayton, llévame a casa! —grité, golpeando la consola central del coche con la mano—. ¡Esto es una tontería! ¡Nadie me va a secuestrar en mi propia casa! ¡El único que me está secuestrando eres tú!

—Pero ¿por qué no te callas y dejas que cuide de ti? Joder, Dallas, ¿tienes que discutir por todo?

—¿Cuidar de mí? —chillé, indignada por su lógica, aunque quizá tuviera razón—. ¡No soy ninguna niña, joder!

—Vienes a mi casa conmigo y no hay más que hablar.

CAPÍTULO 5

Lo último que me esperaba que sucediera en una noche de chicas era terminar secuestrada por el quarterback del instituto. Todavía no tenía claras sus razones, pero, de momento, había decidido dejar de resistirme.

—Eres increíble —protesté. Drayton no me contestó.

Necesitaba asegurarme de que Gabby estuviese bien. Me había prometido que me mandaría un mensaje cuando llegasen a casa de Tim y habían salido antes que nosotros. Drayton no me quitó el teléfono de las manos ni exigió saber a quién escribía, así que me lo tomé como una buena señal. Al fin y al cabo, bien podría haber estado mandando un mensaje de socorro.

Pasamos junto al instituto, cuyo cartel estaba iluminado por las lucecitas de jardín que había escondidas entre las piedras y los arbustos falsos. Siempre me resultaba extraño ver el instituto por la noche, tan silencioso y vacío. De algún modo, me parecía más grande cuando no había cientos de estudiantes paseándose por las inmediaciones.

Unos diez minutos después, entramos en la parte más elegante de la ciudad, con casas más nuevas y bonitas. En Castle Pine Village, las calles estaban resguardadas, escondidas entre la densa arboleda y las carreteras sinuosas.

Drayton giró hacia un camino de entrada bloqueado por unas puertas. Supongo que apretó algún botón, porque estas se abrieron para volverse a cerrar tras nuestro paso. Siguió conduciendo por una calle estrecha y llena de curvas. Sendas hileras de árboles se erigían a un lado y al otro; salvo por los faros del coche, la oscuridad era completa. De repente, entre aquel precioso follaje, apareció una casa que no se parecía a nada que hubiese visto nunca.

Decir que era preciosa era quedarse corta. Era elegante, con una fachada de ladrillos en varios tonos de blanco y muchísimas ventanas. Drayton apagó el motor y bajé del coche sin dejar de admirar lo que él llamaba hogar y yo habría llamado paraíso. Miré a mi alrededor y vi que a ambos lados de la calle nacían unas pendientes que desembocaban en el bosque. La fachada frontal de la casa estaba iluminada por unas luces suaves y anaranjadas sujetas a los ladrillos. Era enorme.

—¿Vives aquí? —murmuré mientras intentaba empaparme de todo.

—Bueno, sí —contestó apoyándose en el coche para encenderse un cigarrillo. Fruncí el ceño, pero le dejé hacer. Estábamos en su casa.

—¿Sería de mala educación que te preguntara a qué se dedican tus padres?

—Mi madre tiene una empresa de productos orgánicos para el cuidado de la piel, L. E. Skincare. —Dio una calada a su cigarrillo y exhaló con la mirada fija en el suelo.

—Vaya. —Asentí—. ¿Es tu madre la que gana el pan? ¿Qué hace tu padre?

—Varias cosas.

Empezaba a darme cuenta de que era bastante parco en palabras, y yo tampoco era dada a insistir para obtener detalles. Pero entonces comprendí que tal vez no tuviera padre y me estremecí. O igual lo tenía y su relación era complicada. Tragué saliva con la esperanza de no haber metido la pata, aunque Drayton fuese un capullo.

Echó a andar hacia la casa mientras fumaba. El humo se elevaba a su alrededor. Incluso la entrada era alucinante: tras subir dos escalones, llegabas a un descansillo más grande que mi dormitorio. La puerta estaba flanqueada por dos jarrones de cemento que eran casi más altos que yo, y a ambos lados había unos ventanales de cristal traslúcido que ocupaban casi toda la pared exterior. Brotaba mucha luz del interior, tanta que pude ver cómo Drayton apagaba el cigarrillo y lo tiraba en el jarrón izquierdo. Luego se volvió hacia mí y me hizo un gesto con la cabeza.

—Entremos.

Eso quería hacer yo. Tenía muchísimas ganas; el interior debía de ser precioso. Sin embargo, me crucé de brazos y dije:

—No, no puedes ir por ahí secuestrando a la gente. Es de mala educación.

—Es ilegal, si somos precisos. —Bajó los escalones y vino directo hacia mí—. Pero no te estoy secuestrando. Te estoy cuidando. Deja de quejarte y entra.

Me negué a que su insistencia por cuidar de mí me pusiera nerviosa. Ese no era su verdadero yo. Estaba otra vez con aquel jueguecito de las dos caras.

—No.

Él sonrió y, en voz baja, dijo:

—Si gritas, cabrearás a mis padres.

Y entonces, por segunda vez aquella noche, me puso las manazas encima. Me cogió en brazos y me echó por encima de su hombro, y yo gruñí debido al impacto de su fuerte deltoides en mi barriga. En aquella situación había varios factores que me desconcertaban: en primer lugar, el vestido que llevaba puesto era demasiado corto para que me cogiera así; me había quedado con el culo al aire. En segundo lugar, sus manos estaban muy cerca de dicho culo. Y, por último, boca abajo no podía contemplar aquella casa tan preciosa.

Una vez dentro, Drayton subió unas escaleras, caminó unos pasos, abrió una puerta de una patada, me depositó en el suelo en la oscuridad y desapareció para reaparecer en cuanto encendió una lamparita.

—Esta no es la habitación de invitados…

Estaba demasiado borracha para reparar en los detalles. Su dormitorio estaba decorado con colores neutros y una moqueta suave. En mitad de una pared que cruzaba la habitación en sentido diagonal y luego doblaba una esquina, había una cama gigantesca. En el otro extremo de la habitación había una chimenea y un televisor de pantalla plana colgado encima. En otro lado, unos ventanales que se extendían del suelo al techo mostraban los gruesos árboles verdes del exterior, que proporcionaban intimidad y encanto. Las paredes estaban decoradas con camisetas de fútbol americano y otros recuerdos.

—¿Los Cowboys de Dallas? ¿No eres de los Broncos?

Drayton se quitó la camiseta y se encogió de hombros.

—No soy de aquí.

Desapareció tras una esquina y oí que abría una puerta. Al escuchar el sonido del agua, supuse que tenía un cuarto de baño privado. Me quedé donde estaba, todavía preguntándome cómo narices había terminado allí. No lograba quitármelo de la cabeza, pero entonces una pequeña vibración en el interior de mi sujetador me distrajo.

> Ss bien. M as despertao. Buemas niches.

No pude evitar reírme al leer el mensaje de Gabby, lleno de faltas de ortografía. Seguro que estaba todavía más borracha que yo.

—Toma.

Una prenda de ropa de color blanco me golpeó en la cara. Mis reflejos no estaban en su mejor momento. Cuando me la quité de encima, vi que Drayton se dirigía tranquilamente hacia su cama completamente desnudo, salvo por unos calzoncillos de Calvin Klein. Tenía los muslos gruesos propios de un jugador de fútbol americano y el torso esculpido hasta niveles que deberían estar ilegalizados.

Se subió a la cama con una sonrisa perezosa en la cara. Se tumbó, se puso un brazo detrás de la cabeza y me miró, allí plantada con la camiseta colgando de una mano y el móvil en la otra. Esperaba no parecer tan tonta como me sentía.

Por fin reaccioné. Señalé la puerta y dije:

—En esta casa tiene que haber una habitación de invitados.

—Pues no. —Sonrió—. Si quieres dormir en el suelo, no pasa nada. Aunque no será muy cómodo.

Lo dudaba. Hasta la moqueta parecía de lujo. Había una razón por la que había insistido en que me quedara a dormir. Tenía que haberla. No sabía cuál era, pero me sentía cada vez más cansada y me había quedado bastante claro que él era tan testarudo como yo.

—Me gustaría aclarar una cosa. —Me dirigí a la cama y dejé el móvil en el lado libre—. No habrá sexo. Para que ninguno se confunda.

—Pompones… —Se apoyó en un codo y me miró de arriba abajo como si le diera pena—. No quiero acostarme contigo. Las chicas hostiles no son mi tipo. Además, tengo métodos más efectivos para llevarme a chicas a la cama que no impliquen arrastrarlas hasta mi casa contra su voluntad.

—Yo no soy hostil —protesté mientras doblaba la esquina para ir al baño. Dejé la puerta abierta y me pasé la camiseta por encima de la cabeza antes de quitarme el vestido por abajo. Lo aparté de una patada, metí los brazos en las mangas de la camiseta y luego me quité los tacones. Me estremecí al notar los azulejos fríos bajo los pies descalzos—. Estoy molesta porque eres molesto —añadí mientras volvía del baño. Me detuve junto a la cama.

Drayton puso los ojos en blanco y se volvió hacia mí. Me ponía un poco nerviosa meterme en la cama sin que me invitara a hacerlo de nuevo. Cuando su mirada se detuvo sobre mí, abrió más los ojos y bajó la vista hacia mis muslos, justo donde terminaba la camiseta. Sin embargo, fue un gesto momentáneo: no tardó en desviar la mirada hacia el techo.

—Métete.

—Esto es raro. —Vacilé, pese a que él había dicho exactamente lo que yo esperaba que dijera.

—¿Por qué? Se trata solo de dormir en la misma cama. —Se encogió de hombros—. No voy a tocarte.

—Qué arrogante eres. —Aparté el edredón azul oscuro, dejando su cuerpo al descubierto, y me acosté a su lado. Para mi vergüenza, no pude evitar inhalar aire con brusquedad al volver a ver su figura esculpida—. Yo tampoco tengo intención de tocarte. Nunca.

Se rio y apagó la lamparita, sumergiéndonos en la oscuridad.

—Oye, ¿qué ha pasado con tu amigo? —pregunté sobresaltada al recordar que había ido a la fiesta con alguien—. ¡¿Lo has dejado en Cripple Creek?!

—¿Qué? ¡Claro que no! —resopló—. Se ha ido a casa con una tía.

—Ah. —Me puse de lado y me apoyé en un codo para poder analizar su reacción a mi siguiente pregunta. La luz tenue que lo iluminaba desde atrás dibujaba su silueta—. Drayton, ¿por qué me has traído aquí? Podría haberme ido a mi casa. No estoy tan borracha.

«Estoy como una cuba», pensé.

El silencio era absoluto salvo por su profunda respiración. Empecé a aceptar que, una vez más, no pensaba responderme. Pero, de repente, se produjo un movimiento brusco y, para cuando mi cerebro comprendió lo que estaba viendo, Drayton ya estaba encima de mí y yo, atrapada bajo su peso. Había puesto sus fuertes brazos y piernas a ambos lados de mi cuerpo y su rostro estaba a escasos centímetros del mío.

—¿Qué haces? —murmuré, apenas capaz de atisbar su ardiente expresión entre las sombras.

—Estamos solos. —Hablaba con una voz baja y llena de excitación; noté una peligrosa sensación en la boca del estómago—. Los dos estamos medio desnudos, a los dos nos gusta pasárnoslo bien… Nadie tiene por qué enterarse.

Tenía la garganta tan seca que no podía ni hablar. Mi mirada oscilaba entre sus labios y la oscuridad de sus ojos. Percibía el calor de su cuerpo sobre el mío. Me rozaba la cara externa de los muslos con las piernas; su pecho acariciaba el mío. Bajó poco a poco el rostro hacia el mío, creo que esperando a oír mi negativa.

«Di que no. Di que no. Di que no».

Cuando noté que sus labios suaves y gruesos rozaban los míos de forma casi imperceptible, cerré los ojos. La voz de advertencia de mi mente se apagó bajo el peso de su aroma embriagador y su aliento cálido chocando contra mi piel. Sin embargo, antes de que nuestros labios se encontrasen por fin, me besó la frente con suavidad. Levanté la vista y lo descubrí mirándome con una sonrisa petulante.

—Se me ha ocurrido demostrarte que podía tenerte si me lo proponía.

Volvió a su sitio con un suspiro de satisfacción, dejándome completamente acalorada. Respiré con dificultad mientras intentaba asimilar lo que había estado a punto de hacer. Culpé al alcohol.

—Te odio, te lo juro —le espeté. Me di la vuelta para quedar de cara a la puerta y no tener que ver ese estúpido rostro.

Nos quedamos en silencio, no por primera vez aquella noche, en aquel ambiente cargado de tensión. No entendía qué tenía ese chico, pero estaba decepcionada por no haber logrado sacar su lado más dulce, aquel que había visto cuando habíamos cenado juntos. No me importaba su sentido del humor, ni las insinuaciones, ni siquiera que me provocase de ese modo, pero aquella actitud de capullo zalamero me daba asco, y me defraudaba demasiado para mi gusto. La quietud reinaba en el cuarto, salvo por nuestra respiración.

—Lo siento, Dallas.

Contraviniendo mi sentido común, me volví y lo fulminé con la mirada.

—¿Acabas de decirme que lo sientes?

—Sí. —Suspiró y se apoyó en un codo. Se me había acostumbrado la vista a la oscuridad, así que fijé la mirada por encima de sus hombros, negándome a permitir que viajase hasta su pecho—. No tendría que haber hecho lo que acabo de hacer, y tampoco debería haber dicho lo que dije el martes. No estuvo bien.

—¿Sabes qué más no ha estado bien? —Yo también me apoyé en un codo—. Fingir que me atacabas en Cripple Creek. Te lo digo en serio. Me has traumatizado.

Algo se contrajo en su expresión. Por un instante, sus rasgos se llenaron de frialdad.

—Te habrías traumatizado todavía más si te hubieran violado.

—Es verdad. —Tragué saliva. Su mirada penetrante me inquietaba—. Pero ha sido cruel, reconócelo…

—No me hacías caso ni te comportabas como un ser humano racional. He hecho lo que tenía que hacer. —Se pasó una mano por el pelo—. ¿Te he asustado? ¿Volverás a ir sola de noche?

—Sí, me has asustado. Y no, no lo volveré a hacer. Pero de normal tampoco lo haría. Simplemente, hoy se ha dado así.

—Mira, no voy a pedirte disculpas por haberte dado una lección, pero sí te las pido por haberte asustado.

—Van de la mano, ¿no? Te perdono, pero estás a prueba. Si vuelves a cometer alguna estupidez por el estilo tendrás que comer con una pajita durante el resto de tu vida.

—Madre mía, Pompones. —Retrocedió un poco—. Pues sí que eres violenta.

—Pues sí. —Sonreí—. Tengo una pregunta.

—Adelante.

—¿Eres camello? Después de la tontería que dijiste el otro día, tengo curiosidad.

—Qué va. —Se echó a reír—. De vez en cuando me fumo un porro en una fiesta, pero ya está.

Cuando estaba a punto de preguntarle qué le había llevado a hacer un comentario tan estúpido sobre mi consumo de drogas, mi teléfono se iluminó y vibró. Lo cogí de encima del edredón, al lado de Drayton, y me tumbé boca arriba para leer la pantalla.

—¿Tinder? —Drayton se acercó a mí. Parecía un poco escandalizado—. ¿Usas Tinder?

—¿Sabes lo que es el derecho a la intimidad? —Alargué un brazo y dejé el móvil en la mesita de noche.

—No necesitas Tinder. —Me evaluó con la mirada de nuevo y me sonrojé—. Estás lo bastante buena para ligar sin la ayuda de internet.

—No quiero salir con nadie. —Noté un cosquilleo en el estómago—. Y tampoco quiero enrollarme con gente del colegio. Normalmente, cuando necesito rascar donde pica, entro en Tinder para conocer a gente que no vive en Castle Rock. No es para tanto. ¿Podemos irnos a dormir ya?

—Un momento, un momento… —Drayton alzó una mano y me señaló—. ¿Me estás diciendo que tú, Dallas Bryan, usas Tinder para buscar rollos porque no quieres compromisos?

—Te juro que si tengo que hacer alusión a algún doble rasero te arranco la lengua.

—No, si no te juzgo —me aseguró—. Solo me estaba preguntando dónde has estado toda mi vida.

—Qué asco. No.

Me pregunté si mi negativa habría sonado tan poco entusiasta como la sentía. ¿Estaba dispuesta a hacerlo? No. Pero fantasear con ello… era muy probable.

—No es que quiera… —Dibujó unas comillas en el aire— rascarte donde pica, pero ¿por qué no? ¿Qué tengo de malo?

—¿Además del hecho de que me has hecho quedar como una drogadicta, has fingido atacarme en un callejón oscuro y te has negado a dejar que me vaya a mi casa?

—Sí.

—En primer lugar, que te has comportado como un capullo. Conmigo fuiste de una manera y luego en el instituto te convertiste en una persona completamente distinta. Provoca un poco de rechazo. En segundo lugar, que tendríamos que vernos todos los días y eso complica las cosas. Por mucho que la gente diga que no tiene por qué pasar, pasa.

Omití el dato de que tenía pensado mudarme el junio siguiente y no quería sentirme unida a nadie, que era la razón por la que mantenía mi vida amorosa fuera de los confines de la ciudad.

—Lo entiendo. Pero, en mi defensa, diré que soy siempre la misma persona, esté con quien esté —replicó.

—No. El martes, en el entrenamiento, fuiste un capulloególatra. Tu personalidad cambió por completo. Es difícil de explicar. Fue asqueroso.

Tiró de la esquina de su almohada.

—Lo siento. No sé qué me pasó.

—En fin, supongo que tampoco estás tan mal. —Sonreí—. Simplemente, no quiero acostarme contigo.

Él me devolvió la sonrisa.

—Pues hace diez minutos no me ha dado esa impresión.

—Estoy borracha —le espeté. Él se echó a reír mientras yo me apoyaba en la almohada—. Buenas noches.

—Buenas noches, Pompones.

⚡

A la mañana siguiente descubrí varias cosas. La primera fue que Drayton dormía como si se hubiera muerto: ni roncaba ni se movía. Tuve que asegurarme de que respiraba. La segunda, que su dormitorio era aún más bonito de día. Las agujas verdes de los pinos y los abetos del exterior acariciaban los ventanales; era como si estuviésemos en mitad del bosque. Y, por último, que me daba vergüenza recordar los detalles de la noche anterior. Estaba muy borracha.

De repente, fragmentos de la conversación resonaron en mi mente, burlándose de mí. Cada recuerdo que resurgía me resultaba más humillante que el anterior. Cuando llegué al casi beso y recordé lo poco que había tardado en rendirme a sus encantos, me tapé la cara con las manos y gemí en silencio.

Lo mejor sería salir de allí cuanto antes. Si Nathan no había vuelto a casa, no tardaría. Cogí el móvil, que había dejado en la mesita, e hice una mueca al ver qué hora era: casi las once y media. Mi hermano estaría en casa seguro. Bajé de la cama y la rodeé a toda prisa para ir al baño. Cerré la puerta tras de mí e intenté pensar en el mejor plan de acción. ¿Volver a casa a pie? No, mejor llamar a un taxi. Tenía el pelo y el maquillaje hechos un desastre. ¿Ponerme el vestido o quedarme con la camiseta de Drayton? Tendría que optar por el vestido. Irme con su ropa sería aún peor que irme con la misma ropa que la noche anterior. Mientras blasfemaba entre dientes contra mí misma, intenté quitarme la pintura negra de debajo de los ojos y me recogí el pelo en un moño alto.

Cuando por fin estuve todo lo presentable que iba a estar, abrí la puerta del baño… y casi morí de un ataque al corazón. Drayton estaba apoyado en el marco de la puerta vestido solo con unos pantalones de chándal grises y una sonrisa traviesa. Llevaba el pelo alborotado de dormir y, si soy sincera, estaba guapísimo.

—Buenos días, Pompones. —Me sonrió—. Te he oído hablando sola. Qué mona.

—Cállate. —Pasé por su lado—. ¿Puedes llevarme a casa, por favor? Iba a pedir un taxi, pero como ya estás levantado…

—Ya lo creo que estoy levantado. —Me di la vuelta y lo descubrí mirándome las piernas.

—Tienes mucha labia, más de la que te conviene. Pero conmigo la malgastas.

—Ponte cómoda. Dame diez minutos para que me duche y te llevo a casa, Pompones.

Cerró la puerta y unos segundos después me llegó el sonido del agua. Pasé diez o quince minutos sola con mis pensamientos, que oscilaban entre la admiración por la casa preciosa en la que me encontraba e imaginarme a Drayton en la ducha. Me preocupaba, me alarmaba, más bien, y no parecía ser capaz de parar. ¿Cuál era mi problema?

También mandé mensajes a Gabby y a Nathan. Mi hermano me informó de que todavía no había llegado a casa y Gabby aún no me había contestado cuando oí que Drayton cerraba el grifo.

Salió vestido con unos pantalones cortos, una camiseta y el pelo mojado y despeinado. Me dejó casi sin respiración.

—¿Estás lista?

—Sí.

Lo seguí. Cuando salimos del dormitorio, logré ver mejor aquella casa increíble. Al otro lado de su habitación había un salón con sofás de ante blanco, un televisor de pantalla plana, una cocina abierta, una chimenea y más ventanales rodeados de árboles. Se trataba de un espacio muy abierto y a la vez íntimo. Entre los tonos grises y blancos dominantes, había algunas pinceladas de azul en los cojines y la decoración. La planta superior continuaba tras una esquina, pero no llegamos a doblarla. Bajamos las escaleras y me di cuenta de que el vestíbulo era aún más grande de lo que recordaba.

—Necesito beber un poco de agua. ¿Quieres? —me preguntó Drayton cuando llegamos a la planta baja. Se agarró a la parte final de la barandilla para girar y se adentró en el pasillo que había a la izquierda de las escaleras, que llevaba a una cocina.

El suelo de piedra era de distintas tonalidades terrosas. Los armarios eran de madera blanca y las encimeras de mármol negro. Al fondo, tras las ventanas y las puertas correderas de cristal, se veía una terraza con una piscina azul oscuro rodeada de piedras, como si se tratara de una poza natural. A su alrededor, sobre el cemento, descansaban unas tumbonas. El concepto dominante era un estilo moderno pero natural. Era imponente.

La cocina no estaba vacía, lo que no me sorprendió. Lo que sí llamó mi atención fue su ocupante: aunque estuviese de espaldas a nosotros y mis recuerdos de la noche anterior fuesen borrosos, me di cuenta de que se trataba del amigo de Drayton.

Estaba delante de la nevera rascándose la nuca. Ya no tenía el pelo tan repeinado y liso como cuando nos habíamos conocido.

—Hola, Josh. —Drayton no pareció sorprenderse al encontrarlo rebuscando en la nevera.

Josh lo saludó con la mano sin volverse.

—Qué hay, tío. —Sonaba cansado—. Me muero de hambre. Mamá solo compra zumo orgánico. ¿Puedes pedirle que pille gofres cuando haga la compra? Qué pasada anoche, por cierto. Necesito una ducha. —Se metió algo en la boca y cerró la nevera mientras masticaba—. Me apesta la po... —Al darse la vuelta, escupió lo que se estaba comiendo—. Ay, Dios.

—Hola. —Lo saludé con la mano.

—Hola —respondió. Se golpeó el pecho con un puño, tosiendo, y fulminó a Drayton con la mirada—. ¡Gracias por avisar!

—De nada, tío. —Drayton se echó a reír y le dio una palmada en la espalda al pasar por su lado. Luego abrió la nevera—. Cuéntanos más sobre tu polla apestosa.

—Cierra el pico —le ordenó Josh con los dientes apretados. Luego se volvió hacia mí—. Perdona.

—No pasa nada. ¿Lo pasaste bien anoche?

—Sí. —Asintió con una sonrisa—. ¿Y tú? ¿Qué te pareció Ilusión? ¿Volverías?

—Supongo que sí, aunque probablemente bebería menos y sería más selectiva con mis compañeros de baile. Creo que bailé con medio Cripple Creek.

Él se rio y se puso el pelo detrás de las orejas.

—Pues conmigo no, y es una pena. Ese vestido es precioso.

—Ah. —Sonreí—. Gracias.

—A ver, polla apestosa —gritó Drayton—. Ve a ducharte. Vamos, Dallas.

En el coche, eché otro largo vistazo a la casa, por si nunca más volvía a verla, y luego me giré hacia Drayton, que estaba apoyado con un codo en el reposabrazos. Con la otra mano sostenía el volante mientras conducía el coche por el camino serpenteante.

—¿Es tu hermano?

—Mi mejor amigo. Lo conocí cuando nos mudamos aquí, cuando yo tenía trece años. Vive con nosotros. Sus padres se trasladaron a Canadá hace seis meses y entonces él salía con alguien y no quería irse, así que mamá le dijo que podía quedarse a vivir con nosotros siempre que a sus viejos les pareciera bien. Y así fue.

—¿No va a nuestro instituto?

—Antes iba al Rock Canyon, pero lo dejó hace un par de meses. Ahora trabaja para mi madre, como su asistente o algo así. Se graduó a distancia.

—¿Y qué pasó con su novia?

—Lo dejó por un tío del equipo de natación de su instituto. Él lo pasó mal, ya te imaginas. Por eso dejó el instituto.

—Qué bien que tus padres lo hayan acogido. Deben de ser increíbles.

—No están mal.

Se detuvo frente a mi casa y, aunque no estaba desvencijada ni en un mal vecindario, empalidecía al lado de la suya. Vivíamos en la parte más antigua de la ciudad, conocida como los Meadows, donde el terreno era vasto y desigual. Las casas estaban muy cerca las unas de las otras y todas eran parecidas. Éramos afortunados por tener aquel hogar, aunque fuese más bien pequeño. Había sido la primera casa de nuestros padres, que habían muerto antes de la reforma que tenían planeada.

—¿Gabby? —murmuré al ver a mi mejor amiga sentada en la puerta con la cabeza en las rodillas. La melena, que había recuperado su forma salvaje original, le tapaba el rostro—. ¿Es que no nos ve?

—No, las ventanillas están tintadas.

—Ya. —Me volví hacia él—. Gracias por lo de anoche. Por tus métodos poco convencionales para cuidar de mí.

—Cuando quieras. No te olvides de llamarme cuando te apetezca un poco de diversión sin compromisos.

Solté una risita y abrí la puerta del Jeep.

—Sí, claro.

—¡Oye, Pompones! —me llamó antes de que cerrase—. Perdóname otra vez.

—Ya está olvidado.

Me dirigí a la puerta de mi casa con los tacones colgando de una mano y me detuve ante Gabby, que todavía tenía la cabeza sobre las rodillas.

—¿Una mala noche? —bromeé. Levantó la vista para dirigirme una mirada sarcástica y ahogué un grito: tenía un moratón oscuro e hinchado en el ojo derecho y el puente de la nariz—. ¿Gabs, qué te ha pasado?

La hice entrar en casa a toda prisa, la senté en el sofá y le di un vaso de agua y una bolsa de hielo. Luego me senté a su lado.

—¿Gabrielle? ¿Qué ha pasado? ¿Quién te ha hecho esto?

—Créeme, me lo merecía. —Se echó a reír sin ganas mientras se ponía la bolsa de hielo en el ojo—. Me siento tan estúpida…

De repente, Nathan nos interrumpió al llegar. Entró en casa lanzando las llaves a lo alto y atrapándolas en el aire, orgulloso de sí mismo.

—¡Hola, chicas! —canturreó. Tras cerrar la puerta, se fijó en la cara de Gabby. Adoptó una expresión furiosa y, antes de que ninguna de las dos pudiera decir nada, salió a toda prisa de la habitación y se fue por el pasillo. Gabby y yo nos miramos confundidas ante el sonido de unos golpes sordos—. Muy bien. —Nathan reapareció con un bate de béisbol en la mano—. ¿A quién tengo que partirle la crisma?

—Nathan, ha sido una chica. —Gabby se rio—. No creo que puedas partirle la crisma a una chica con un bate de béisbol.

—Hum… —Bajó el bate—. ¿Tiene coche? No me importaría reventarle algún cristal.

—Aunque apreciamos mucho tanto heroísmo, Gabby ni siquiera me ha contado a mí lo que le ha pasado todavía. ¡Relájate un segundo!

—Tim tiene novia —murmuró mi amiga—. No tenía ni idea. Ha llegado a su casa esta mañana mientras dormíamos.

—¿Quién es Tim? —Nathan dio unos golpecitos en el suelo con el bate.

—Un chico con el que me acosté anoche.

—Ya… Bueno… Vale. Voy a ducharme. —Nos señaló con el bate mientras retrocedía—. De eso ya os podéis encargar vosotras solas.

—¿Qué le pasa? —preguntó Gabby cuando Nathan se marchó.

—Para él eres como una hermana pequeña. Tiene tantas ganas de saber de tu vida sexual como de la mía.

—Hablando de tu vida sexual… —Se removió en el sofá, emocionada—. ¿Quién te ha traído a casa esta mañana?

—Ni lo sueñes. —Si le contaba que había pasado la noche con Drayton le daría demasiada importancia—. Tienes que contarme qué ha ocurrido.

—Ya te lo he contado. Una zorra… Bueno, vale, una zorra no, era su novia. Ha entrado en la habitación de Tim, nos ha encontrado en la cama, se ha vuelto completamente loca y me ha dado un puñetazo en toda la cara. Ni siquiera estoy enfadada por eso. —Resopló—. Estoy enfadada porque tenía novia. Me ha usado y él me gustaba. ¿Te acuerdas de que cuando me daba clases particulares estaba coladita por él?

—Gabs, has pasado con él una noche.

Me sentí un poco culpable por quitarles importancia a sus sentimientos, pero no había visto a ese chico en años. ¿Cómo era posible que un rollo de una noche de borrachera se convirtiera en algo auténtico con tanta rapidez? Gabby siempre había tenido el mismo problema: se lanzaba a ciegas sobre cualquier chico que la hiciera sentir especial o deseada sin pararse antes a conocerlo, o sin tomarse las cosas con calma, y siempre terminaba herida.

—Ya sé que te parecerá una estupidez —murmuró—. Pero creí que conectábamos y pensé que la cosa tenía potencial, ¿sabes? —No esperó a que le contestara—. Pues claro que no lo sabes. —Lanzó los brazos al aire—. ¡Tú no eres romántica!

¿Romántica? Una vez, Gabby le dijo a un chico que había defendido sus gafas en el primer año de instituto que estaba enamorada de él. Habían mantenido tres conversaciones, que básicamente habían consistido en hablar de su aversión a que se metieran con ellos por llevar gafas. Yo no habría considerado romántico su exceso de entusiasmo. Lo habría definido como poco saludable.

—Oye, no es que el romanticismo no me interese. —Me fulminó con la mirada—. Sí me interesa. Pero prefiero esperar a estar en California para encontrarlo.

—¿Por qué sigues hablando de California?

Gabby nunca se había mordido la lengua al expresar su desagrado por mi intención de ir a la universidad en otro estado. Estaba totalmente en contra de mi futuro traslado. No tenía ninguna duda de que la echaría de menos, y había intentado convencerla de que viniera conmigo en más de una ocasión, pero no quería dejar sola a su madre.

—Gabs, si me aceptan, me iré a California. Ya sabes que el otro día empecé a escribir la solicitud.

—Puede que te rechacen. —Se encogió de hombros y se llevó la bolsa de hielo de nuevo a la mejilla, estremeciéndose—. Al menos, eso espero.

—¿Esperas que no me acepten en la universidad de mis sueños?

—No, claro que no. —Se dejó caer en el sofá—. Pero no quiero que te vayas, ¿vale?

—Pienso irme de Castle Rock aunque no me acepten en CalArts —le recordé, sonriendo ante su mirada de cordero degollado—. Pero siempre seremos mejores amigas. Hermanas.

No importaba cuánta distancia hubiera entre las dos. Gabby era mi amiga del alma y siempre lo sería.

—Sí. —Sonrió.

Pasamos el resto del domingo en casa. Nathan hizo gofres, pero no se los comió. Desayunó un batido de proteínas y salió a correr. Yo cogí el altavoz inalámbrico y pasé un par de horas practicando algunas coreografías que había montado durante el verano mientras Gabby leía en el sofá.

—No entiendo cómo eres capaz de hacer eso con resaca —comentó sin despegar la vista del libro electrónico.

Para mí, la danza era una cura. Me liberaba, me aclaraba las ideas y me hacía sentir viva y llena de energía. Ese día, además, me distraía para que no tuviera que revivir la noche anterior una y otra vez. Apartaba la imagen en la que me comportaba como una niñata irracional con Drayton, en la que casi le besaba. Aplasté los pensamientos con una pirueta para que la humillación no me dejase sin aliento. Beber no merecía la pena. Demasiadas consecuencias.

CAPÍTULO 6

El lunes por la mañana, en el instituto, esperé al lado de mi coche a que llegase Gabby. La idea de encontrarme con Drayton me ponía nerviosa. ¿Volvería a comportarse como un capullo? ¿Se metería conmigo por lo borracha que iba la otra noche? ¿Les contaría a sus amigos que yo había pasado la noche en su cama sin más ropa que unas bragas y su camiseta?

Preocuparse no servía de nada. Él era como era; mientras no sembrase rumores, no tendríamos ningún problema.

Exactamente cuatro minutos después, Gabby aparcó a mi lado. Este año estaba intentando llegar tarde el menor número de veces posible. El anterior había tenido un historial de asistencia terrible por lo mucho que había faltado a primera hora: se quedaba leyendo en el coche antes incluso de salir de casa.

—Parece que tu ojo ya está bien —le dije.

—Tengo unas setenta y dos capas de corrector.

—¿Por qué setenta y dos? ¿Por qué no setenta o setenta y cinco? Ahora en serio: ¿qué dijo tu madre?

—Le dije que me habías dado un golpe haciendo una pirueta.

Nos pusimos a reír como locas, tanto que la gente que pasaba por el aparcamiento nos miraba raro. Lo más gracioso era imaginar que hubiera pasado de verdad. Yo bailaba danza contemporánea con una fuerte influencia del hiphop. Normalmente, los movimientos eran rápidos y secos, aunque incorporaba pasos de ballet, sobre todo en las coreografías más suaves y emotivas.

Gabby dejó de reírse al atisbar algo detrás de nosotras: el Jeep. El de las ventanillas oscuras y las llantas enormes. La puerta del conductor se abrió y, por supuesto, quien salió de dentro fue Drayton.

—Ese Jeep... —exclamó Gabby con voz aguda, señalándolo con tan poca sutileza que fue como si lo hubiese anunciado con un megáfono—. ¡Es el que te trajo a casa el domingo! ¿Drayton? ¿Pasaste la noche con él?

—¡Calla, Gabby! —Me volví—. Que viene. Luego te lo cuento.

Hizo como si se cerrase la boca con una cremallera. Lo rápido que recuperó la compostura me impresionó: cuando Drayton se detuvo junto a nosotras y me sonrió, ella se cruzó de brazos y adoptó una expresión neutra.

—¿Qué tal? —me preguntó Dray.

—Bien.

Miró a Gabby un segundo, pero luego me volvió a mirar a mí con curiosidad.

—¿Qué le ha pasado a tu amiga?

—¿Gabby, quieres decir? —pregunté, señalándola con la cabeza.

—Así que tú eres la famosa Gabby. —Le tendió la mano. Me di cuenta de que ella estaba intentando no estallar de la emoción—. ¿Qué te ha pasado?

Las palabras salieron precipitadamente de mis labios antes de que pudiera pensar lo que estaba diciendo:

—Se metió en una pelea... con un tipo... ¡en un bar! Le dijo que meneara ese culito que Dios le había dado, ella le contestó que... era un palurdo y entonces él le dio una bofetada. Después de eso, Gabby le dio una paliza con un taburete. Lo molió a palos... ¡Está en el hospital! No te metas con Gabby.

Drayton parecía receloso, pero no nos acusó de mentir. ¿Es que no se me había podido ocurrir una historia más creíble? Hasta la que mi amiga le había contado a su madre tenía más sentido.

—Eso... No te metas conmigo —repitió ella echándose a reír—. Tengo que irme.

Se dio la vuelta, casi chocándose con dos chicas de segundo, y cruzó el aparcamiento a toda prisa.

—Eso no es lo que pasó de verdad, ¿no? —preguntó Drayton mientras caminaba a mi lado. No pude evitar fijarme en las miraditas de las niñatas creídas de las que Emily se rodeaba. Y tampoco pude evitar que me dieran igual.

—No —confesé—. Pero dejémoslo así. La verdadera historia es un poco… un poco vergonzosa.

—¿Qué pasó? ¿Se dio contra una puerta o algo por el estilo? —preguntó con brusquedad—. No tendrá un novio que le pegue o algo así, ¿verdad?

Su tono feroz me cogió desprevenida. Ignoré las mariposas de mi estómago. Se le daba muy bien el papel de protector.

—No, no, para nada —le aseguré—. No tiene novio, y tampoco fue un accidente doméstico.

—¿No me vas a contar lo que pasó de verdad?

—Lo siento. —Me encogí de hombros—. Código de amigas. Estoy legalmente obligada a guardar el secreto.

Drayton me abrió la puerta. La gente seguía mirándonos.

—Lo entiendo, Pompones. Lo cierto es que es una de las cosas que me gustan de ti.

Estuve dando vueltas a sus palabras hasta que llegamos a mi taquilla.

—¿Hay más de una cosa que te gusta de mí?

—Hasta luego, Dallas.

Justo cuando sonó la campana, echó a andar por el pasillo y desapareció entre la masa de estudiantes. Estaba deseando que llegara el momento en el que una conversación con Drayton resolviera alguna de mis dudas, en vez de generarme otras nuevas.

Abrí la taquilla y saqué los libros de la primera y la segunda hora: Lengua, con Gabby, e Historia. Al cerrar la puerta, me llevé un susto de muerte: Gabby me estaba esperando detrás, dando saltitos con una sonrisa de oreja a oreja.

—¡Cuéntamelo todo! ¿Estáis saliendo juntos? ¡Me encanta!

—En primer lugar… —Hice un gesto hacia ella, que estaba haciendo un bailecito de felicidad—. Estás muy mona. Y en segundo lugar… ¡no! No somos nada.

Nos abrimos paso hacia el aula.

—Entonces ¿cómo terminaste en su casa? —insistió ella—. ¿Cómo acabó llevándote a casa el domingo? ¡Necesito saberlo todo!

—Tus ansias de escándalo nunca dejan de sorprenderme.

—¡Cuéntamelo!

—Vale. Me acabé yendo sola sin querer, borracha y distraída… Drayton me encontró y se ofreció a llevarme a casa. Dijo que era peligroso que fuese sola por la noche. Fue muy… convincente.

—Tiene que haber más. Te quedaste a dormir en su casa.

Nos sentamos la una junto a la otra en los pupitres. Miré a los estudiantes que había a mi alrededor y negué con la cabeza.

—Dormimos y ya está. Charlamos un poco, pero no pasó nada más.

Omití la parte en la que su espectacular cuerpo esculpido había estado encima del mío durante unos segundos. Cada vez que lo recordaba me quedaba sin respiración, y si se lo contaba a Gabby, ella no sería capaz de contenerse. También alimentaría sus esperanzas de que ocurriera algo más, y aquello no era una opción.

—Está bien. —Tras mirarme unos segundos con unos ojos como platos, resopló—. Qué aburrido. Qué aburrida eres.

—Pues sí. —Suspiré—. Esa soy yo.

⚡

Aquella tarde, cuando aparqué en el restaurante, estaba hecha unos zorros. Tenía los músculos doloridos y las articulaciones me gemían a modo de protesta. El entrenamiento del equipo de animadoras había sido brutal, y las sesiones no iban a ser menos duras ahora que estaba a punto de empezar la temporada. Nathan me había mandado un mensaje:

> D, deja las llaves en el coche, que esta tarde
> lo necesito.

Después de echar un vistazo al aparcamiento, metí las llaves debajo del asiento. Castle Rock era una ciudad segura, al menos casi siempre. No era perfecta, pero podría haber sido mucho peor. Escribí una respuesta a toda prisa mientras me dirigía a las puertas del restaurante.

> No salgo hasta las nueve. ¿Puedes venir
> a recogerme, por favor?

Cuando entré en el viejo establecimiento, el ajetreo de cada tarde ya se respiraba en el ambiente. Nuestro pequeño restaurante local, el Rocky Ryan, capturaba la esencia de aquel rinconcito del mundo. El suelo era de piedra, las paredes estaban pintadas de un gris parecido al del cielo y decoradas con fotografías de las montañas y las rocas rojizas del Jardín de los Dioses. A Ryan, el dueño, le encantaba pasar tiempo allí. Las vistas eran espectaculares.

—¡Siento llegar tarde! —le dije a Stefan mientras salía corriendo del cuarto del personal atándome un delantal azul con mi nombre.

Stefan era mi compañero de trabajo, y lucía un peinado pelirrojo con raya al lado inmaculado y una postura con la que podría haber rivalizado con la realeza. Echó un vistazo al reloj mientras aceptaba un billete de diez dólares de un cliente y me sonrió.

—Llegas justo a tiempo.

—¡Pedido! —gritó Joe, el cocinero, desde la cocina, mientras deslizaba un plato por la ventanilla que separaba sus dominios del mostrador. Me fijé en los pedidos que colgaban de la banda magnética que había sobre la ventanilla e hice una mueca. La tarde no iba a ser tranquila.

Me acerqué a la mesa donde esperaban dos de nuestros clientes habituales con dos platos de gofres con todos los aderezos posibles. Los Fisher eran una pareja de octogenarios que venían una vez a la semana para tomar juntos unos gofres. Me parecía lo más encantador del mundo.

—¿Quieren algo más?

—No, cariño. —La señora Fisher me dio unos golpecitos en el brazo y me dedicó una ancha sonrisa que le enfatizaba las arrugas—. Estás muy guapa, Dallas.

Le sonreí y le di las gracias. Siempre que me veía me decía lo mismo; era muy dulce. Sentía envidia de sus nietos. Me recordaba a mi abuela, siempre prodigando sonrisas y halagadores cumplidos.

El ritmo de la tarde no aminoró. Retiré platos usados de mesas vacías, rellené tazas de café y serví jarras de agua. Cuando terminé mi tercera vuelta rutinaria a la sala, no quedaba nadie que esperase o quisiera pedir algo más.

—Estás bailando otra vez —comentó Stefan entre risas mientras yo esperaba otro pedido junto a la ventanilla de la cocina.

No me molesté en darme la vuelta, pero no pude evitar soltar una risita. Los clientes solían comentar que bailaba por el restaurante mientras servía la comida y limpiaba las mesas.

—Buenas tardes —saludó Stefan con su impecable educación—. ¿En qué puedo ayudarle?

—Tenía la esperanza de que me sirviera ella —respondió una voz familiar—. Si no está muy ocupada.

Me volví y, tras reparar en la mirada confundida de Stefan, vi a quién pertenecía la voz.

—¿Josh?

Josh estaba más arreglado que el domingo. Llevaba el pelo peinado hacia atrás hasta la nuca, donde se le rizaba un poco, y vestía una camiseta ajustada azul claro y unos vaqueros negros. Lucía un pequeño pendiente en una oreja y una cadenita en la muñeca.

—Hola —saludó señalándome con una tarjeta de crédito—. No sabía que trabajaras aquí.

—Sí, hace tiempo. —Le hice un gesto a Stefan para que me cambiara el sitio y él obedeció con una sonrisa, cogiendo los platos que yo estaba esperando—. A media jornada, normalmente después del instituto.

—Tiene sentido. Yo suelo venir a comer. Las hamburguesas están buenísimas.

—¿Y qué te trae por aquí esta tarde?

—Dray acaba de salir del entrenamiento de fútbol. —Señaló a su espalda y dirigí la vista al aparcamiento. Cuando vio que me quedaba mirando el coche, añadió—: Está hablando por teléfono con su padre, así que he venido solo yo. Ya le saludaré de tu parte. Estáis juntos, ¿no?

—No —contesté, conteniendo la risa y negando con la cabeza—. ¿Drayton y yo? Qué va.

Josh miró atrás, ya que había llegado una pareja y estaban esperando. Stefan acudió enseguida a atenderlos en la otra caja registradora.

—Ah, perdona. —Se volvió hacia mí—. Lo había dado por hecho.

—No pasa nada. —Le dediqué una sonrisa tensa y me fijé en que tenía los ojos azul oscuro, casi grises. Era un color muy bonito—. ¿Querías pedir algo?

—Ah, sí. —Sacudió la cabeza, como si quisiera aclararse los pensamientos, y echó un vistazo a la pizarra que yo tenía detrás—. Quiero… una hamburguesa de pollo con beicon y guacamole y una doble de ternera sin salsas y espinacas en lugar de lechuga. Una Coca-Cola, un agua, unas patatas fritas grandes y… —Alargó la vocal con una vocecilla—. ¿Una cita contigo para el primer partido de fútbol del Archwood de la temporada el viernes por la noche?

—¿Qué clase de monstruo quiere espinacas en lugar de lechuga? —solté sin pensar. Josh era muy mono, con esa sonrisa atractiva y esa ternura en la mirada. Era un poco más pálido, con músculos menos definidos, y su presencia no me atontaba tanto como la de Dra… Tragué saliva, avergonzada, al darme cuenta de que lo estaba comparando con su mejor amigo. Sentí náuseas—. No soy muy de citas. —Hice una mueca al ver que se le borraba la sonrisa. Me sentí como si le acabase de dar una patada a un perrito—. O sea…, prefiero las cosas más desenfadadas, sin compromisos, más informales. Prefiero dejarlo claro desde el principio, ¿sabes?

—Informal y sin expectativas, ¿ese es tu rollo? —preguntó Josh.

—Sí. —Asentí mientras le acercaba el datáfono—. Diecisiete dólares.

Pasó la tarjeta por la máquina mientras yo lo observaba, sintiéndome bastante mal por haberlo rechazado. Hacer *swipe* a la izquierda en Tinder era mucho menos cruel que rechazar a alguien en persona.

—Bueno —añadí antes de pensármelo mejor—. Yo estoy. En los partidos. Soy animadora. Pero después del partido hay una fiesta. Supongo que conoces a Maxon.

—Claro. —Sonrió y deslizó el datáfono hacia mí.

—Podríamos ir juntos. Si no te importa que no haya compromisos.

—Me encanta que no haya compromisos. —Se metió la tarjeta en el bolsillo—. Salí de una relación hace poco, así que me viene genial.

—Vale. —Sonreí y asentí, aunque en realidad no tenía ni idea de qué estaba haciendo.

—¿Vamos directamente después del partido?

—¿Te importa venir a buscarme a casa? Así me puedo cambiar.

—Claro.

Apunté mi número en una tarjeta del restaurante y la metí dentro de la bolsa de la comida cuando estuvo lista. Me guiñó un ojo, me dijo que estaba deseando que llegase el viernes y yo lo observé mientras se marchaba, sumida en un estado de estupor.

Aquello no era tan distinto de mi forma habitual de hacer las cosas. Simplemente, no era un completo desconocido ni había quedado con él a través de Tinder. Era el mejor amigo de Drayton y su compañero de piso. En fin.

Quizá fuera divertido.

CAPÍTULO 7

La semana pasó sin más incidentes con Drayton. Charlamos en Economía, nos echamos unas risas en el campo durante el entrenamiento… Y yo estaba decidida a ignorar que cuando oía sus carcajadas me temblaban un poco las piernas y que su estúpido sentido del humor me hacía reír como una tonta. No mencionó en ningún momento que Josh y yo nos hubiéramos mensajeado para el viernes, así que yo tampoco lo hice. Sin querer ser desagradable, no era asunto suyo, aunque Josh fuese su mejor amigo.

Me pasé toda la semana debatiéndome entre cancelar o no la «no cita» con Josh. Me sentía dividida, y así estuve hasta que llegó el viernes, cuando pensé que, al cuerno con ello, no podía cancelar la cita el mismo día. Habría sido de mala educación.

Gabby y yo nos sentamos al final de las gradas, junto al túnel que había a la izquierda del campo. El espectáculo de las animadoras no tardaría en empezar, pero Emily todavía no nos había llamado a formar, así que me dediqué a contemplar cómo los estudiantes comenzaban a llenar las gradas emocionados y expectantes.

Me había pintado dos rayas granates en cada mejilla y había completado el look con un pintalabios rojo vivo y un lazo blanco alrededor del moño. Nuestros uniformes no estaban mal: un top corto granate y blanco y una falda con un triangulito recortado en una esquina. La tela era suave pero robusta; tenía que serlo, para que no se nos rompiera la falda cuando nos abríamos de piernas o cogíamos a una de las chicas después de un salto.

—¿Estás segura de que esta noche no puedes venir? —le pregunté a Gabby por enésima vez.

Ella hizo un puchero. Era evidente que le dolía que le recordase que su madre le había pedido que se pasase la noche ayudándola a amasar el pan. Camilla trabajaba como panadera en el Horno de Barb.

—Me encantaría, pero la verdad es que tampoco querría ir de sujetavelas.

—No sería en ese plan. —Le di un codazo suave.

—¡Dallas! —Emily estaba en la entrada del túnel, moviendo el brazo con furia—. ¡Vamos!

Alcé un dedo como pidiéndole que esperara y ella dio un pisotón.

—Tengo que irme —le dije a Gabby mientras me enrollaba un mechón de su pelo en el dedo. En ese momento, un par de chicos de primero pasaron corriendo por mi lado y estuvieron a punto de tirarme al suelo.

—¡Pásalo bien esta noche! —Gabby suspiró y se subió las gafas por el puente de la nariz—. Que quede claro que estoy muy triste.

—Ha quedado claro. —Me eché a reír. Emily volvió a llamarme a gritos—. Luego te escribo. ¡Pásalo bien amasando pan!

—¡Capulla! —me gritó mientras yo cruzaba corriendo la pista en dirección al túnel.

En el interior, estaban organizando la alineación: cada miembro del equipo de fútbol iba con una de las animadoras. Emily me agarró del codo y me arrastró hasta el final.

—Vas con Austin.

Me puse al lado del corpulento receptor, que se contoneó y se me acercó demasiado para mi gusto.

—¿Qué tal?

Hice una mueca. Su melena negra se veía aplastada y grasienta, e hizo un ruido muy desagradable con la nariz. Suspiré y me puse de lado al ver que se inclinaba hacia atrás para mirarme el culo.

—Cambio —gruñó una voz autoritaria. Alguien me cogió del codo y me arrastró al principio de la alineación. Casi no me dio tiempo a ver que ponían a Aria en mi lugar.

—Perdona, Drayton —protestó Emily mientras venía hacia nosotros—. No, no puedes cambiar la alineación. Soy la capitana de las animadoras. Ponla en su sitio.

—«¿Ponla en su sitio?». No soy un mueble —le espeté con el ceño fruncido.

—Y yo soy el capitán del equipo de fútbol —respondió Drayton en tono cortante—. Asúmelo, Emily. Está conmigo.

Su tono no admitía réplica, y su expresión le indicaba a Emily que debía dejarlo correr, porque él no tenía ninguna intención de discutir. Me sorprendió que Emily no fuese su pareja original, teniendo en cuenta que los dos eran los capitanes del equipo y que ella estaba ligeramente obsesionada con él. Se hizo un silencio incómodo en el túnel mientras Emily volvía a su sitio. Notaba la atención de los demás incluso sin volverme. Drayton miró al frente y cogió el casco con fuerza con la mano izquierda. Resultaba difícil no reparar en lo guapo que era.

Maxon no tardó en romper el silencio: su voz reverberó por las paredes de cemento.

—Drayton, ¿no decías que entre tú y Pompones no había nada?

Su tono jocoso provocó varias exclamaciones de los demás. Me sentí avergonzada al preguntarme cuántas veces habría sido la protagonista de las conversaciones entre ellos, y también por la inmadurez de la mitad de aquellos idiotas. Drayton puso los ojos en blanco, pero le bailaba una sonrisilla en los labios.

—Pues no. He estado demasiado ocupado con tu madre.

—¡Que te den, Lahey!

El inicio del partido estaba cada vez más cerca y la tensión no hacía más que aumentar.

—¿De qué iba eso? —susurré.

—No estoy enrollado con su madre, Dallas. —Negó con la cabeza.

—No. —Puse los ojos en blanco—. ¿De qué iba eso de cambiarme de sitio?

—Te notaba incómoda. A veces, Austin es un gilipollas. No es para tanto —contestó como si tal cosa.

No le discutí que su compañero era un poco asqueroso. Me dio un codazo, sonrió y señaló el final del túnel con la cabeza.

—¿Preparada?

Miré adelante y vi que los de primero ya habían ocupado su lugar frente al túnel, donde sostenían una enorme pancarta que Drayton tendría el honor de romper.

Una voz atronadora resonó a través de los altavoces, dando pie al inicio.

—¡Un aplauso para vuestro quarterback, el capitán del equipo de los Lobos de Archwood…, Drayton Lahey!

Salí corriendo a su lado, representando el personaje de la animadora entusiasta. Lo seguí cuando rompió la pancarta, recibido por una oleada de vítores de los estudiantes.

Mientras Drayton corría despacio, animando a los espectadores, hice una voltereta hacia delante, un salto mortal y aterricé con una sonrisa deslumbrante y los brazos extendidos. Nos pusimos junto al entrenador Finn, en el centro del campo, Drayton en un lado y yo en el otro, los primeros de la alineación. Él, con el casco colgado de la mano, sonrió y me miró a los ojos. Me olvidé de la multitud. Fue una mirada corta, fugaz, pero me dejó sin respiración.

El resto del equipo de fútbol y del de animadoras vino detrás. Las chicas hacían acrobacias a su elección o meneaban las caderas. Animarlos con todas nuestras fuerzas era parte de nuestro trabajo, así que cada vez que presentaban a alguien chillábamos y aplaudíamos, y yo fingía que todo aquello me importaba.

El espectáculo que hacíamos en los partidos de nuestro instituto era bastante impresionante. El entrenador Finn se encargaba de levantar los ánimos:

—¡Esta temporada es nuestra, como la del año pasado y la del anterior! ¡Este equipo es el alma del fútbol americano de Colorado! —Alzaba más la voz a cada segundo que pasaba—. ¡Nuestro capitán, nuestro quarterback, Drayton, es un auténtico líder que infunde fuerza y pasión a su equipo! ¡Y os prometo que este campo tan verde se teñirá de rojo cuando derrotemos a nuestros enemigos! —Algunas de las animadoras intercambiaron miradas de preocupación. A veces, el entrenador Finn se pasaba de intenso—. ¡Los Lobos no tendrán piedad! ¡Traeremos la copa a casa una y otra vez, porque somos depredadores y ellos son nuestras presas!

Siguió durante un largo rato. Nadie podía acusar al entrenador Finn de no ser apasionado. Estaba un poco loco, pero creía en su equipo.

Luego, las animadoras ejecutamos otra de las coreografías básicas de Emily, aunque a la gente pareció gustarle. Mi posición era la de voladora, y debía admitir que era una de las cosas que más me gustaban de ese deporte. Era muy emocionante, y confiaba en las cuidadoras aunque no fuesen mis mejores amigas. Las chicas asumían sus posiciones como si fuese una cuestión de vida o muerte —de hecho, podía serlo, si aterrizaba sobre mi cuello—, así que sabía que estaba en buenas manos. Emily también era voladora. Menos mal, ya que habría tenido que reconsiderar lo de la confianza si le hubiese correspondido a ella cogerme.

Después del espectáculo, nos dispersamos a esperar el inicio del partido. Esa noche jugábamos contra el Greenbell Valley. Todo el mundo estaba convencido de que sería una victoria fácil, pues la última vez les habíamos dado una paliza. Tanto los jugadores como las animadoras tenían que quedarse en el instituto entre el espectáculo y el partido para reducir el riesgo de que alguien llegase tarde. Para sorpresa de nadie, la entrenadora Raeken no estaba, pero Emily estaría más que dispuesta a darnos órdenes a gritos en lugar de su madre. Aunque, por supuesto, como de costumbre, ella también se había largado.

El resto del equipo estaba en la pista, al lado de la valla. Algunas de las chicas estaban apoyadas en ella, charlando con sus amigas o sus novios, y otras estiraban. Yo charlaba con Melissa, una de las bases, que era alta y muy musculosa.

Mientras el cielo se oscurecía, los estudiantes de Archwood y del equipo rival iban llenando las gradas, que empezaban a abarrotarse de familias y alumnos, de nuestro instituto en un lado y del rival en el otro. Enormes halos de luz rodeaban el campo verde y lo iluminaban. Pronto, unos suaves cánticos llenaron el aire. Nuestro lado de las gradas estaba repleto de pancartas y banderolas granates, mis compañeros de clase lucían nuestros colores y una canción rítmica brotaba de los altavoces de tamaño industrial y mantenía vivo el ambiente mientras esperábamos.

Melissa se disculpó y se fue a hablar un momento con su hermana antes de que empezara el partido. Me di la vuelta y me estampé contra un pecho duro… Y cómo no iba a estarlo, si llevaba puesto el equipo de protección.

—Mierda, perdón, no hago más que chocarme contigo… Menos mal que usas protección —bromeé al ver que se trataba de Drayton. Me miró un poco raro, tan guapo y taciturno—. ¿Qué?

—¿Vas a salir con Josh esta noche?

—Más o menos. Recuerda que no salgo con nadie. Es una cosa informal. Vamos juntos a lo de Maxon.

—No, no vas a ir —sentenció—. No con él.

—No me gusta nada ese tonito. —Si esperaba que me acobardase o me echara atrás solo por la mirada asesina que me estaba lanzando, no sabía lo que se le venía encima—. Y sí que voy a ir.

—No, no vas a ir.

Lo repitió más despacio, como si estuviese hablando con una idiota. Lo fulminé con la mirada y, tan despacio como él, contesté:

—Sí, sí que voy a ir.

—¿Por qué? ¿No dices que no sales con nadie? Nunca vienes a estas fiestas. Nunca. ¿De qué va esto entonces? ¿Por qué vas ahora, y por qué con Josh?

—Te repito que no es una cita. Se lo he dejado claro y no hay expectativas. Los dos pensamos igual y, además, sí que voy a fiestas… De vez en cuando.

—¡Dray! —lo llamó un jugador desde el campo. Ya llevaba el casco puesto y le hacía señas para que fuera.

—No te líes con él —me advirtió. Quizá me lo imaginara, pero me pareció que me lo estaba suplicando.

—¿Por qué te importa?

—Me importa porque no quiero ver sufrir a mi mejor amigo. Otra vez.

Apretó los dientes con fuerza, tanto que le palpitó la mandíbula. Era un claro gesto de frustración. Se dio la vuelta para ir al campo y yo me quedé sin palabras. ¿Qué había esperado que me contestara? Nada. No había esperado nada. Habría estado más satisfecha si esa conversación no hubiera tenido lugar.

⚡

Solo quedaban unos segundos de partido cuando los jugadores volvieron a formar. Drayton estaba en su posición, en la línea del centro, y movía la cabeza a un lado y a otro como si estuviese evaluando al equipo. En aquel momento, reinaba el mayor silencio que podía producirse en un partido: no se oía más que un leve murmullo del público y algunos gritos de apoyo de ambos bandos en las gradas.

Tardó un segundo o dos en dar una palmada. Ninguno de nosotros oyó lo que había dicho, pero lo vimos señalar a alguien de la línea de defensa y luego cuatro de ellos se desplegaron. Atisbé varias líneas verticales por las que podrían pasar limpiamente, pero habría sido demasiado evidente. Sus defensas se habrían abalanzado sobre nuestros receptores.

Drayton le hizo un sutil gesto con la cabeza a uno de los corredores, pero no fue lo bastante sutil. No entendía por qué estaba desvelando su jugada de ese modo. Rotó su hombro izquierdo, se agachó y gritó para dar comienzo a la entrega del balón. En cuanto tuvo el balón en las manos, nuestros contrincantes fueron a por nuestros receptores. Drayton dio un paso atrás y le lanzó el balón con un pase pantalla al que estaba más lejos, uno de nuestros jugadores más altos, que saltó después de que un esquinero del Greenbell intentase bloquearlo. Atrapó el balón y le hizo un pase lateral a un segundo corredor, que ya avanzaba hacia la zona de anotación.

Nadie esperaba que utilizaran dos corredores en una misma jugada, pero debían de haberlo planificado con antelación, ya que la ejecución fue perfecta. La rotación del hombro izquierdo había sido una señal; muy inteligente por su parte.

El equipo rival casi interceptó al corredor, Derek, pero este esquivó hábilmente al defensa y recorrió las últimas yardas hasta anotar. La multitud se puso en pie.

Terminamos el partido con 46-18 a nuestro favor, y lanzaron el balón a las gradas. El resto del equipo corrió hacia Derek para celebrarlo y lo alzaron en volandas.

En nuestro lado de las gradas, la gente chillaba. El entrenador Finn aplaudía. Nosotras empezamos con nuestra coreografía de ganadores, y, mientras mis compañeras me alzaban en el aire para ejecutar un *liberty*, vi como arrastraban a Drayton entre un mar de músculos. Aquella jugada me había parecido imposible, pero era el quarterback del equipo por una razón. Sabía lo que hacía.

A mi alrededor, todo el mundo seguía emocionado, pero me fui al banquillo a recoger mi mochila en cuanto terminamos con la última coreografía. Estaba al lado de la valla. No me pareció necesario volver a los vestuarios, ya que tenía pensado regresar a casa a ducharme y cambiarme. Mientras me dirigía a la puerta, eché un vistazo a mi móvil para ver si había recibido algún mensaje. Tenía unos siete de Gabby y uno de Josh.

—Dallas.

Levanté la vista y descubrí a Nathan al otro lado de la valla. Había escondido su pelo rubio ceniza bajo un gorrito y se había puesto una cazadora con el cuello alzado.

—Hola. —Le sonreí y le di un puñetazo juguetón en el hombro bueno. El malo todavía le dolía de vez en cuando—. ¿Qué pasa?

—Nada, había pensado en venir a decirte que lo has hecho muy bien y todo eso.

Me eché a reír y me recoloqué la mochila en el hombro.

—¿Qué te ha parecido esa jugada?

—Brillante —contestó con orgullo—. Me alegra saber que el equipo sigue estando en buenas manos.

Miró a su alrededor con los ojos llenos de nostalgia. Mi hermano y yo siempre veníamos juntos a los partidos antes de que me uniera al equipo de animadoras. Nos encantaba ver juntos el fútbol americano, desde que éramos pequeños. Primero era yo la que iba a verlo jugar, y ahora era él quien venía a verme a mí. Papá habría estado orgulloso de que los dos hubiéramos heredado su amor por este deporte.

En ese momento, reparé en una pelirroja bajita con el pelo muy rizado y las piernas cortas. Parecía aburrida, casi impaciente. Parpadeé y señalé a mi hermano.

—¿Te has traído una cita a un partido del instituto? —Me sonrió a modo de respuesta, pero no era una sonrisa genuina. Más bien fue una mueca, en plan «me has pillado»—. No tienes vergüenza —lo regañé, divertida.

—Oye. —Me señaló con el dedo índice—. Esa no es forma de hablarle a tu hermano mayor, que te ha criado.

—Disculpa —contrataqué—. Me crio la abuela. Cuando murió, yo ya era lo bastante mayorcita para cuidar de mí misma.

—En fin. —Nathan resopló, movió los pies sobre la tierra seca y se cruzó de brazos, a la defensiva—. No tengo nada que decir porque tienes razón. Tu novio ha jugado muy bien.

—No es mi novio.

—Como hablas tanto de él, pensaba que sí.

«No hablo de él. ¿O sí?», pensé.

—Te odio.

⚡

Cuando llegué a casa, me duché y me pasé un buen rato quitándome la pintura de las mejillas. Después me trencé el pelo mojado, dejando sueltos algunos mechones para que me enmarcaran la cara, que estaba roja e irritada por culpa del exfoliante. Me apliqué la base de maquillaje, un poco de bronceador e iluminador y luego me puse la máscara de pestañas. Con eso bastaría.

Todavía hacía calor, así que elegí un bonito mono blanco de manga larga que tenía un escote elegante pero no demasiado recatado. Le mandé un mensaje a Josh y me senté en el salón a esperar mientras me ponía unas sandalias de tacón. Tenían las suelas gruesas, así que me regalaban unos diez centímetros de altura.

Cuando vi que se acercaban unas luces, me asomé por la ventana y vi el Jeep. Vacilé un instante, pero luego recordé que Drayton había ido al taller a buscar su moto después de que le arreglasen la abolladura, así que ya no necesitaba el coche que compartía con Josh. Cerré la puerta con llave y bajé los escalones de la entrada con cuidado.

—Estás muy guapa —me alabó Josh mientras me sentaba en el asiento del copiloto.

—Gracias. Tú también.

Y lo estaba: llevaba el pelo peinado hacia atrás, como de costumbre, una camisa azul de manga corta y unos pantalones cortos blancos.

—El partido ha ido bien, ¿no? —Me sonrió. La luz de las farolas iluminaba la mitad de su sonrisa—. Aunque yo tenía más ganas de que llegase el descanso. Estabas genial mientras te lanzaban a lo alto. ¿Es difícil? Creo que a mí me darían ganas de vomitar. Pero tú vas volando por los aires y ni siquiera parece preocuparte caer sobre las manos de otra persona.

—La clave es la confianza. Aunque aterricemos mal, las cuidadoras nos atraparán. Son rápidas y están atentas. Tienen que serlo, ¿sabes? Se lo toman muy en serio. A veces pienso que no reciben la atención suficiente. Esas chicas son muy fuertes. Y las bases también.

—Parece divertido.

—No está mal —admití. Era un deporte serio, pero era divertido. Aunque no tenía ni punto de comparación con la danza.

Subió el volumen desde un botón del volante y empezó a mover la cabeza al ritmo de una canción de Imagine Dragons. La conversación se apagó, así que pasé los siguientes quince minutos mirando por la ventanilla, hasta que llegamos al barrio de Drayton.

En lo primero que me fijé al llegar a casa de Maxon fue en que no se parecía en nada a la de Drayton. No estaba mirando a las montañas ni rodeada de árboles. Enfrente había una entrada de cemento blanco tan grande como un aparcamiento, con una rotonda hecha de arbustos alrededor de la cual habían aparcado los coches. La casa era enorme y tenía unas vistas impresionantes del pico Pikes y de las enormes colinas del parque Daniels.

Cruzamos el salón y subimos directamente a la planta superior, siguiendo la música. Unas puertas correderas que llegaban hasta el techo permitían que los invitados estuvieran tanto en el interior como en el exterior. Salimos al patio a contemplar las vistas, tan bonitas que quitaban la respiración. No podía ni siquiera llamarse patio, porque se trataba de un vasto espacio con un campo de césped que no terminaba nunca. Josh me dio la mano para ayudarme a bajar las escaleras que rodeaban la casa y llevaban a la parte trasera, donde había bancos de cemento alrededor de una hoguera de piedra. Todo el espacio estaba iluminado por lámparas solares y repleto de estudiantes que bebían y bailaban. Un perro adorable correteaba por allí.

La gente hacía el tonto, jugaba con el balón en el campo o a las cartas en la larga mesa de madera que había en el exterior, bajo el porche. Me sentí tentada de mandarle un vídeo a Gabby, pero me pareció cruel, ya que no había podido venir y se pondría celosa.

—Allí hay bebida. —Josh señaló una de las siete neveritas enormes llenas de hielo y cerveza—. ¿Quieres una?

—Sí, por qué no.

—¿Buscas un asiento?

Miré a mi alrededor y vi una tumbona vacía. Fui hacia ella en cuanto Josh fue a por las bebidas, pero alguien me detuvo antes de que llegara.

—Hola, Drayton. —Lo saludé con indiferencia al recordar la discusión que habíamos tenido antes del partido.

—Te he dicho que no vinieras con él.

Llevaba el pelo alborotado y una camiseta ajustada que me hacía agonizar, dejando al descubierto la manga de tatuajes. ¿Era necesario que fuese tan atractivo? No me parecía justo.

—No recuerdo haberte concedido el derecho de decirme con quién puedo o no puedo pasar mi tiempo. —Sabía que estaba enfadado, pero eso no me detuvo—. ¿Qué problema tienes conmigo? ¿Es porque uso Tinder? Porque le he dejado claro que soy el tipo de persona que no busca nada serio y a él le ha parecido bien. No le voy a hacer daño. He sido sincera con él desde el principio.

Josh apareció a mi lado y me tendió un botellín de cerveza antes de que Drayton pudiera responder. Le di las gracias al aceptarla, intentando parecer lo más despreocupada posible, como si no acabase de estar discutiendo con Drayton porque él y yo hubiésemos venido juntos a la fiesta.

—Hoy has jugado bien —dijo Josh tendiéndole la mano. Ambos se dieron un apretón y luego una palmadita en la espalda.

—Gracias, tío. —Drayton le sonrió—. Que lo pases bien.

Clavó su mirada de desaprobación en mí por un instante fugaz, pero luego se unió a su grupo de amigos, que estaban sentados en los bancos de piedra. Becca, una chica con el pelo negro que formaba parte del equipo de animadoras, se sentó a su lado y le puso esas garras de manicura perfecta en el brazo. Sin embargo, las apartó en cuanto Emily la fulminó con la mirada desde el otro lado de la hoguera.

Me daba igual. No pensaba pasarme la noche pensando en Drayton. No se estaba comportando de forma razonable. Me había acusado de hacerle daño a su mejor amigo cuando había sido lo más sincera y directa posible.

Josh y yo nos sentamos en la tumbona a tomarnos la cerveza. Mientras contemplábamos la escena que teníamos delante, le dije:

—Drayton me ha contado que tus padres viven en Canadá. —Él asintió y dio un trago de cerveza—. ¿Vas mucho por allí?

—En Navidad y por mi cumpleaños. Para Acción de Gracias me quedo aquí. Los Lahey saben celebrarlo muy bien.

Quise desviar la conversación de Drayton.

—Supongo que debe de hacer mucho frío en Navidad.

Se echó a reír.

—La verdad es que lo odio… Alberta es la tierra del hielo. Aunque supongo que debería alegrarme porque no me obliguen a ir más a menudo…

—¿No te llevas bien con tus padres?

—Sí, diría que sí. Hablamos por teléfono una vez por semana. O sea, no hay tensiones entre nosotros, pero no estamos tan unidos como otros padres con sus hijos, ¿sabes a qué me refiero?

Asentí y di otro trago de cerveza. Era muy afortunado por tener a sus dos padres aún, pero yo había adoptado la costumbre de no juzgar a los demás por sus relaciones con sus padres y sus madres. No era justo.

—¿Por qué eligieron Canadá?

—En realidad, Canadá los eligió a ellos. A mi madre le ofrecieron un trabajo de directora general en un hospital de Calgary. Es cirujana. Se ha pasado toda su carrera trabajando para conseguir un puesto como ese y por fin reconocieron su esfuerzo, así que lo aceptó.

—Ah. Me alegro por ella. —Sonreí.

Cuando nos terminamos nuestras respectivas cervezas, me ofreció otra, pero dije que no. Una era más que suficiente.

—¿Bailamos? —Dejó el botellín de cerveza en el cemento y se levantó.

No estaba muy segura de que aquello que estaba pasando allí contara como bailar, pero dejé que me llevara hacia el montón de adolescentes desenfrenados que se movían al ritmo del electropop. El cielo negro estaba cubierto por un manto de estrellas y la brisa era lo bastante fresca para que no tuviéramos demasiado calor. Josh me abrazó por la cintura mientras los altavoces externos reproducían a todo volumen un remix de *Dancing on My Own*.

—¡Bailas muy bien! —me gritó, compitiendo con las voces de las chicas que chillaban y reían a nuestro lado.

Estuve a punto de contestarle que aquello no era bailar, sino moverse, pero me contuve y sonreí.

—¡Gracias!

Me asió con más fuerza de la cintura, clavándome los dedos. Le rodeé el cuello con los brazos mientras nuestros cuerpos se movían juntos al ritmo de la música. Estábamos muy cerca, no había duda, y a medida que el ritmo aumentaba y se aceleraba lo hacían también nuestros movimientos. La rígida barrera de no conocernos se derrumbó y nos presionamos el uno contra el otro. Él me contemplaba con la mirada ardiente y los labios entreabiertos.

Cada vez había más gente a nuestro alrededor. Estábamos apretujados entre parejas y grupitos de chicas sobreexcitadas. La atmósfera se iba calentando más y más, tanto por la temperatura como por nuestra actitud. Sus manos abandonaron mi cintura para recorrer mi espalda, hasta llegar a la nuca. Me sentía observada; no lograba deshacerme de la sensación de que alguien me miraba. Habría apostado a que sabía de quién se trataba, pero no pensaba mirar. Me negaba a ceder al deseo de buscar sus ojos estoicos y reprobatorios.

Josh inclinó la cabeza y apoyó la frente en la mía. Luego, bajó las manos a mis caderas y me atrajo hacia sí. Jadeaba, y yo también. Me rozó la piel con los labios entreabiertos y después retrocedió lo justo para mirarme la boca. Sabía lo que quería. Como él no se lanzaba, lo hice yo. Me puse de puntillas y lo besé.

No empezamos lento. Fue un beso urgente y pasional, la clase de beso que debería haberme dejado descompuesta y ansiando más. Sin embargo, no sentí más que una ligera satisfacción por lo bien que besaba.

Paramos para respirar, aunque sin separarnos demasiado. Josh soltó una fuerte carcajada y exhaló. Quería más. Se mordió el labio y tiró de mí otra vez. Me traicioné a mí misma al volverme y mirar a Drayton, que me observaba desde donde estaba sentado. Me miraba fijamente con una tormenta en los ojos.

—¿Nos vamos? —le propuse a Josh.

Enarcó una ceja, sorprendido, pero asintió de buen grado.

—Sí, claro. Vamos.

⚡

Dos horas después, cuando salí de casa de Drayton, la oscuridad del exterior era completa. Era poco más de medianoche y mi casa no estaba muy lejos, pero me dio un poco de miedo bajar por ese camino rodeado de bosque. Parecía una escena de *Viernes 13*.

Cuando empecé a caminar por el enorme aparcamiento de piedra, oí el rugido familiar de un motor encendido. Todavía estaba lejos, pero no tardó en acercarse, hasta que un faro brillante iluminó los árboles que bordeaban el camino y apareció Drayton montado en su moto. Me preocupaba que pasara eso desde que Josh me había traído aquí, pero como Drayton se había quedado en la fiesta, había supuesto que no habría peligro.

Se detuvo a mi lado y yo fingí que no estaba guapo hasta decir basta con aquella cazadora de cuero. Bajó la pata de cabra, apagó el motor y se quitó el casco. Me parecía fascinante que nunca llevase el pelo hecho un desastre, con todos los cascos que tenía que ponerse.

—Pompones —dijo a modo de saludo mientras apoyaba el casco en el manillar.

—Drayton.

—Huyendo a escondidas, ¿eh? Muy elegante.

—En realidad no. No nos hemos acostado, así que no diría que estoy huyendo.

Hizo una mueca y miró a la casa con las cejas enarcadas.

—¿Dónde está Josh? ¿Qué haces aquí sola?

—Está durmiendo. Yo me voy a casa.

—¿Cómo te vas a casa? Y te juro que como me digas que te vas andando, la voy a liar.

—Me voy… ¿volando? —Esbocé una sonrisa tímida e hice una mueca.

Me tendió el casco y ordenó:

—Sube.

—Eres muy exigente —protesté mientras cogía el casco a regañadientes.

Se apoyó las manos en los muslos y suspiró.

—Sube, por favor. Te llevo a casa.

—No es la primera vez que oigo eso.

—Si pensara arrastrarte dentro de casa, no me molestaría en pedirte que te subieras a la moto.

No supe muy bien a qué se debían mis reparos, pero obedecí. Quizá no tuviera que ver con el miedo, sino con que estábamos muy cerca, y solo de pensarlo notaba un cosquilleo en el estómago. Subió la pata de cabra y cogió el manillar sin dejar de observarme.

—¿Te da miedo, Bryan?

Aquello era un desafío, no había duda.

—Claro que no. —Di un paso hacia él—. Pero aprecio el funcionamiento de mi cerebro y prefiero que mi piel esté pegada a mi cuerpo, y no al asfalto.

Puso los ojos en blanco y señaló el casco.

—Ponte eso. —Giró el manillar y encendió el motor. Cuando cobró vida, me estremecí—. Conmigo estás a salvo, te lo prometo.

Sus palabras me impactaron más de lo que esperaba. Fue por su tono de voz. Era evidente que hablaba en serio. Tal vez no fuese muy transparente con determinadas cosas, pero cuando era sincero era inconfundible.

Puse un pie en uno de los estribos y me subí tras él.

—Agárrate.

Cuando le rodeé la cintura me alegré de que no pudiera oír mi corazón. Entrelacé los dedos por delante de su torso, notando el frescor de su cazadora de cuero en los brazos y el pecho. Él miró atrás, mostrándome media sonrisa y su fuerte mandíbula. Nunca me había sentido más traicionada, y el traidor era mi corazón, que bombeaba descontrolado por alguien por quien de ningún modo quería sentir nada. No era justo. No tenía ningún control sobre ello.

CAPÍTULO 8

Cuando arrancó, el impulso me hizo retroceder con brusquedad. Sin embargo, mis dudas y mi vacilación se fueron con el viento, reemplazadas por la adrenalina que me corría por las venas. No tenía ni idea de lo embriagadora que podía ser la sensación de volar a través del aire nocturno encima de una moto. Recorríamos las calles silenciosas como un rayo; no había nadie más en la carretera. Me aferraba a él con fuerza, pero alzaba la cabeza para no perderme el paisaje.

Las barreras y los confines que representaban las ventanillas de un vehículo habían desaparecido y, en lugar de admirar las vistas, formaba parte de ellas. La sensación de estar presente era tan poderosa que ni siquiera notaba el frío en la piel desnuda. Me sentía viva y libre.

El motor rugió y la moto avanzó a toda velocidad. Me agarré de la cintura de Drayton con más fuerza y noté que se reía. Yo tampoco pude contener una carcajada. Quise arrojar los brazos al aire, gritar, sentir que nada se interponía entre el viento y yo. Comprendí como nunca antes lo que significaban las endorfinas, noté cómo la euforia crecía en mi interior, amenazando con estallar dentro de mi pecho. Nos saltamos el desvío que llevaba a mi casa, pero me dio igual. Podría haber seguido así durante horas.

Pasamos por la zona en obras de los Meadows, donde las excavadoras y los camiones dormían hasta que saliera el sol. Drayton ignoró las señales de «Prohibido el paso» de la carretera y sorteó con la moto obstáculos que no habría superado un coche, hasta que el asfalto se convirtió en gravilla y polvo.

Condujo el vehículo por el vasto terreno dejando una nube de polvo a nuestro paso. Al final volvimos a la ciudad, pasamos junto al cementerio y el museo. Poco después, estábamos a los pies del parque Rock.

La barrera de acero que cerraba la entrada del aparcamiento no detuvo a Drayton. Entre ella y el cerco había un espacio estrecho, pero lo bastante ancho para que cupiéramos. Las ramas y las hojas de los árboles nos azotaron al pasar, pero como iba despacio no nos hicieron daño. Luego volvió a revolucionar el motor y se dirigió al camino.

Al llegar a una zona bordeada de arbustos y pequeños árboles, apagó la moto y bajó la pata de cabra. Había una valla que cercaba el borde del acantilado y bancos con pequeñas placas conmemorativas de metal.

—Ha sido genial —dije mientras me quitaba el casco. Salté de la moto y me lo puse debajo del brazo mientras me colocaba junto a Drayton, repleta de adrenalina y emoción.

Él se apoyó las manos en los muslos y me pidió:

—Ven aquí.

Di un paso al frente.

—Te has despeinado con el casco. —Sonrió y me peinó con los dedos los mechones que habían quedado fuera de la trenza. Un cosquilleo me recorrió la espalda—. Ya está. A veces pasa. Aunque nunca había llevado a una chica de paquete.

—Le devolví el casco con una sonrisa desconfiada—. Es verdad —me aseguró. Pasó una pierna por encima del asiento y puso el casco encima. No estaba a la defensiva, solo me estaba informando—. Las dos chicas con las que he salido desde que me la compré no han querido montarse.

—No es para todo el mundo. —Me encogí de hombros y me fijé en las vistas mientras él se pasaba una mano por el pelo alborotado, lo que provocó en mí una reacción más fuerte de lo que el gesto merecía—. Esto es precioso. Nunca había venido de noche.

Caminamos hasta un banco que había frente a la valla y nos sentamos. El paisaje me dejaba sin respiración: la vasta infinidad, las colinas lejanas que se unían a las estrellas que brillaban al borde de la tierra, la ciudad, que iluminaba la oscuridad con un brillo multicolor; los faros que se movían a toda velocidad, como luciérnagas…

—No está mal.

Hablaba con tono indiferente, pero su expresión lo traicionaba. Yo no sabía si admirar las vistas o su fuerte mandíbula y su suave sonrisa. Me pregunté si se habría dado cuenta de que lo observaba, porque se tocó el pecho, como si buscara algo, y luego se metió la mano en el bolsillo interior de la chaqueta, negándose a mirarme.

Cuando sacó el paquete de cigarrillos, me mordí la lengua para no decirle que olía de maravilla y no tenía por qué estropearlo. Miré al frente y dejé que pasaran unos segundos, hasta que se lo volvió a meter en el bolsillo.

—Me pregunto cuánto durará tu carrera antes de que dejen de funcionarte los pulmones —murmuré.

Él resopló y me dio un pequeño codazo.

—No fumo tanto.

—¿Por qué lo haces?

—Por nervios —admitió en voz baja—. Es un vicio, supongo. Me ayuda a no tartamudear ni alterarme. Me permite centrarme por un momento. A veces, cuando lo necesito.

Se había encendido uno conmigo en más de una ocasión. Me fijé en que tenía los dedos apretados, pero no dejé que notara que me había dado cuenta.

—No me parece que seas alguien que se pone nervioso. —Intenté mostrarme despreocupada en lugar de obsesionarme con que me acababa de admitir que lo alteraba.

—La última vez que lo comprobé, yo era un ser humano.

—Eso no lo sé. Cuando lanzas el balón en el campo, pareces un poco superhumano.

—Es mi aspecto el que hace que te cuestiones a qué especie pertenezco, ¿no? ¿Cómo nos llamáis las chicas a los deportistas? ¿Dioses griegos?

—¿Quién nos ha vendido?

No fue capaz de seguir impasible y estalló en carcajadas. Fue inesperado, pero el sonido de su voz me envolvió, y lo cierto era que me encantaba. Me reí con él y noté la fuerza de mi sonrisa en las mejillas.

—¿Por qué no habíamos hablado nunca? —me preguntó—. Hace mucho tiempo que vamos juntos al instituto. Ni una conversación.

—Bueno… —Me encogí de hombros—. Hubo una. Muy breve. Unidireccional, incluso. Intentaste sentarte a mi lado en el autobús el año pasado, cuando íbamos a un partido, y yo llevaba puestos los auriculares. Te oí…, pero fingí que no.

—Me acuerdo. —Se revolvió en su asiento con la boca abierta—. ¿Me oíste? ¡Qué esnob!

—No estaba de humor. Se te oía desde tres filas más atrás.

—Me parecía que estabas buena. Estaba haciendo un esfuerzo.

Mi corazón dio un estúpido saltito, pero lo ignoré. Lo mejor que pude.

—Si lo que entiendes por hacer un esfuerzo es preguntarme si llevo pantalones espaciales porque mi culo es de otro mundo, he de decir que tu falta de labia me da vergüenza ajena.

—Vamos, los peores piropos nunca fallan. La chica en cuestión se ríe y eso me brinda la oportunidad de decirle que tiene una sonrisa bonita. Tú ni te inmutaste.

—La frase era tan mala que me dolió.

—Qué difícil de complacer. —Me dio otro pequeño codazo y se volvió para contemplar las vistas. Sin embargo, al hacerlo se acercó sutilmente a mí y nuestros muslos se rozaron.

—Me encanta Colorado. Las vistas, las montañas… Son preciosas. —Suspiré satisfecha y él asintió—. Pero la única montaña a la que quiero subirme eres tú.

Se quedó boquiabierto. No se lo podía creer. Luego aulló y dijo:

—Eso ha estado muy bien, Pompones. ¡Toma ya!

—Y así es como se hace, quarterback. Así es como se hace.

Nos echamos a reír a carcajadas, sin filtro, dejando que nuestras risas resonaran en la noche. Cuando nos calmamos, ambos estábamos sin respiración.

—Que quede clara una cosa. —Me sonrió—. No me opondría a tu oferta de exploración. Puedes subirte en mí cuando quieras.

—Tienes mucha más labia sin esas frasecitas para ligar. —Asentí, pero me negué a mirar su sonrisa traviesa. Era demasiado tentadora—. Se nota la experiencia.

—No tanta como la gente del instituto se cree que tengo.

—La gente va a tener una opinión hagas lo que hagas —dije. No quería ser demasiado directa y que se cerrara en banda—. Lo mejor es hacer lo que tú quieras. Tus amigos de verdad seguirán a tu lado.

Levantó la vista y me clavó una mirada penetrante.

—Pero ¿queda gente de verdad hoy en día?

—Sí. —Sonreí—. Unos pocos.

Me aguantó la mirada unos segundos y luego desvió la atención hacia mis labios. Sin embargo, el instante fue fugaz. Bajó la cabeza y se pasó una mano por el pelo.

—No pretendía enfadarme tanto por lo de Josh. Es que… es un romántico. Lo suyo es el amor y el compromiso; y sé que no es lo tuyo. No quiero que sufra.

Me gustó que no estuviese siendo solo estúpido y posesivo.

—Tiene sentido. Lo entiendo.

—Pero has sido sincera con él, y él ha dicho que le parecía bien. No debería haberme metido.

—Yo haría lo mismo por Gabby; no tienes por qué darme explicaciones. De todos modos, creo que es mejor que Josh y yo solo seamos amigos.

Drayton parecía aliviado. Relajó los hombros y una sonrisa de satisfacción asomó a sus labios. Era guapísimo. Nos quedamos en la cima de la colina un rato más; con los cuerpos cerca el uno del otro, rodeados por la paz que flotaba en el ambiente. A decir verdad, habría podido seguir allí durante horas. Sin embargo, me llevó a casa, y el trayecto de vuelta fue tan grandioso como el de ida. Cuando llegamos, bajé de la moto y le devolví el casco.

—Tengo una idea —dijo.

—Ay…

Soltó una risita.

—¿Crees que a Gabby le interesaría conocer a Josh?

La sugerencia me dejó agradablemente sorprendida.

—No creo que no le interese.

—Se me ha ocurrido que quizá neutralice lo que él pueda sentir por ti. Conmigo no funcionaría, pero no tenemos los mismos gustos.

Se puso el casco mientras yo intentaba asimilar el cumplido velado que acababa de hacerme.

—Espera, ¿qué has dicho?

Revolucionó el motor y sonrió.

—Mañana te escribo. Les organizaremos una cita para comer.

Se bajó la pantalla del casco y se marchó, y me dejó, una vez más, con más preguntas de las que tenía al inicio de la conversación. Sin embargo, entré en casa con una sonrisa pintada en los labios.

⚡

A la mañana siguiente, rodé en la cama y sonreí al recordar lo inolvidable que, inesperadamente, había sido la noche anterior.

Alargué una mano para coger el móvil de encima del edredón. Mi vista tardó un poco en acostumbrarse a la luz de la pantalla, pero, cuando logré desbloquearla, no me sorprendí ni lo más mínimo al ver que eran ya las nueve y que Gabby me había mandado tres mensajes.

¿Cómo fue la fiesta? ¿Cómo es la casa de Maxon?
Me han dicho que es UNA PASADA.

¿Podemos hacer fiesta de pijamas esta noche?

¿Te tiraste al tío bueno?

Empecé a escribir una respuesta, pero enseguida decidí llamarla. Esperé a que contestara con la mirada fija en el techo.

—¡Hola!

—Sí, la casa era una pasada. Sí, podemos hacer fiesta de pijamas esta noche. Y no, no me lo tiré. No me apetecía.

—Hum… —musitó—. ¿No te parece interesante que tu vida sexual haya desaparecido desde que Drayton entró en escena?

—¿Cuándo fue eso?, ¿hace dos semanas? —Subí mi melena al aire y la solté distraída. Repetí el gesto—. He quedado con chicos tres veces en todo el verano, Gabs. No soy una ninfómana.

—Una podría pensar que no hay nadie que se pueda comparar con él —continuó, como si no me hubiera escuchado.

—He pensado una cosa. —Decidí ignorarla también—. Josh, el chico con el que salí anoche, es supermajo. Es alto, guapo… ¿Te gustaría conocerlo?

—¡Oh! —Su grito sonó a acusación—. Claro, pásame tus sobras como si fuese un perro callejero.

—No son sobras. Es un chico muy simpático, atractivo y bastante romántico. Solo se me ha ocurrido que quizá te interesara, pero, si no, le diré que…

—Espera un momento —me interrumpió—. Puede que sí me interese.

—Vale, bien. ¿Qué tal si…?

—Pero ¿no os liasteis? —me cortó de nuevo—. ¿Hasta dónde llegasteis?

—Nos besamos un poco mientras veíamos una película. Fue decoroso. No nos tocamos ni por encima ni por debajo de la ropa. Y luego se quedó dormido. No pasó nada más, te lo prometo. La verdad es que no es mi tipo.

—De acuerdo —respondió sin inmutarse—. Puedo vivir con eso.

—Pues vente a casa. Y ponte guapa. Has quedado con él para comer.

—¡¿Qué?!

—¡Hasta ahora!

Cuando llegó, veintiocho minutos después, estaba hecha polvo y había venido arrastrando una mochila gigantesca hasta mi habitación. Me senté en la cama, ya que todavía no me había levantado. Gabby vivía en la calle de al lado, así que no me sorprendió que hubiese tardado tan poco en llegar; lo que me resultaba gracioso era que parecía que se hubiese traído su armario entero. Drayton me había mandado un mensaje dos minutos antes para decirme que por su lado todo había salido bien y que llegaría con Josh a la una en punto.

Gabby se duchó y pasó un par de horas decidiendo qué ponerse y domando su melena. Era un proceso que requería paciencia, los productos adecuados y un plan alternativo. Fracasó con la primera opción —rizos controlados y naturales— porque hacía demasiado calor, así que la peiné con dos trenzas francesas. Luego se sentó delante del espejo de la puerta del armario con el teléfono delante para ver un tutorial sobre cómo conseguir una cara perfecta con productos del supermercado —aunque, por supuesto, los de Gabby eran más oscuros—, y empezó a maquillarse mientras en la pantalla la gurú de belleza de YouTube Shaaanxo se aplicaba la base de maquillaje.

Mientras tanto, yo me tumbé en la cama boca abajo y miré Tinder.

—Me encanta su acento —comenté—. No sé qué tiene el acento de Nueva Zelanda, pero no me canso de escucharlo.

—Ya —coincidió Gabby mientras copiaba lo que veía—. Y sus perros, Zeus y Lewie. Me encantan.

—Son una monada.

—Tengo ganas de ver qué hace este año para Halloween. ¿Te acuerdas de hace un par de años, cuando intenté seguir su tutorial de maquillaje de ciervo? Menudo fracaso.

—Ya —murmuré. Estaba en racha; había deslizado la pantalla hacia la izquierda tantas veces que había perdido la cuenta. De repente, me quedé con el dedo suspendido sobre un perfil que conocía muy bien.

Drayton Lahey.

Estuve a punto de resoplar por la nariz al ver la foto. Estaba al lado de su piscina, con la gorra hacia atrás, sin camiseta y con un balón en la mano. Estaba buenísimo, pero era muy evidente que lo sabía. Había puesto Cripple Creek como ubicación, y me pareció tan obvio que no me quedó más remedio que sonreír. Sin embargo, cuando toqué el botón de información y leí la biografía, me quedé a cuadros.

Aquí estoy, poniéndome a tiro para una animadora rubia que quizá quiera que le rasque donde pica. Le encanta que monte en moto y espero que a ella le encante montarme a mí.

Solté tal carcajada que Gabby dejó de maquillarse para mirarme.

—Nada, un vídeo —mentí sin dejar de reírme y señalé la pantalla del móvil—. Ese de la chica y…

—Ah, ya sé cuál es.

Gabby asintió y volvió a su maquillaje. Me alegré de que supiera de qué estaba hablando, aunque no lo supiera ni yo. Deslicé a la derecha e hicimos *match*. Le escribí un mensaje enseguida.

> ¿Te has hecho Tinder?

> Quería ver a qué venía tanto alboroto.
> Ya tengo 106 *matches*.

> Por supuesto. ¿Alguna potencial candidata?

Gabby estaba guapísima, con un maquillaje suave y sutil que realzaba su belleza natural. Se puso de pie y se alisó el vestido veraniego, que era de color mostaza con botones y un estampado de flores. Las zapatillas blancas que se había puesto conjuntaban a la perfección.

—¿Seguro que está bien?

—Estás perfecta. —Contemplé sus largas piernas con la envidia habitual—. Va a caer rendido a tus pies en un segundo.

—Igual me pongo las lentillas.

—Estarás impresionante de cualquier manera —le aseguré mientras cogía el teléfono. Había recibido una notificación. Era él otra vez.

> Todavía no hay candidatas. Además, no confío en las chicas que utilizan esta app. Seguro que todas tienen una pinta rara y son unas locas de los gatos.

> ¡Yo la uso! ¿Tengo pinta rara y soy una loca de los gatos?

> No tienes pinta rara, eso seguro, y sobre lo de los gatos… Ni idea. No me sorprendería.

> Cállate. ¿Está emocionado Josh con la cita?

> Sí, nos estamos haciendo trenzas y hablando de lo especial que va a ser.

> ¿Eres siempre tan sarcástico y gilipollas?

> Bastante a menudo.

Media hora después, la voz de Nathan me llegó desde el otro lado del pasillo.

—¡Dallas! ¡Invitados!

Gabby se quedó paralizada unos diez segundos… y luego implosionó. No paraba quieta, se mordía las uñas, me preguntaba una y otra vez en susurros si era mejor que se cambiara… Me levanté de la cama, la agarré de los hombros y la miré a los ojos desorbitados de color marrón oscuro.

—Todo va a ir bien —le aseguré—. Es un chico majísimo. No será una mala primera cita, ni siquiera si no hay química. Es así de dulce.

Cuando llegamos al salón, nos encontramos a Nathan al lado de Drayton y Josh. Aunque mi hermano era bajito, igual que yo, los tres juntos hacían que la sala pareciera pequeña. Nathan nos daba la espalda, así que los otros dos nos vieron primero. Por mucho que me apeteciera admirar el aspecto de Drayton con un pantalón de chándal y una camiseta de manga larga ajustada, me fijé complacida en que Josh ponía unos ojos como platos. No podía quitarle la vista de encima a Gabby.

—Os dejo. —Nathan sonrió y se excusó.

Cuando llegamos frente a los chicos, se hizo el silencio. Esperé a que Gabby se presentara, pero pronto me quedó claro que no era capaz de hacerlo. Sin embargo, Josh le tendió la mano antes de que me diera tiempo a hacer los honores.

—Tú debes de ser Gabby. Yo soy Josh.

—Hola. —Soltó una risita nerviosa.

Miré a Drayton, que estaba mirando el móvil con una mano metida en el bolsillo.

—Perdonad. —Lo bloqueó y nos sonrió—. Tenía que ver si una chica me había contestado en Tinder. —Resoplé de forma escandalosa y poco atractiva—. Bonito pijama. —Señaló la camiseta y los pantalones cortos que había llevado toda la mañana. Había estado tan concentrada en asegurarme de que Gabby estuviese contenta con su aspecto que no me había dado tiempo de cambiarme.

Era una situación un poco incómoda. Josh y Gabby se sentían atraídos el uno por el otro: intercambiaban miradas furtivas, pero también estaban inquietos y muy callados. Esperaba que la cosa remontase cuando se quedaran a solas.

—En fin, rompamos un poco la tensión que hay en el ambiente —intervino Drayton en voz alta. Fue bastante intrusivo, pero mejor que aquel silencio tan incómodo—. Josh y Dallas se enrollaron anoche y ahora, menos de veinticuatro horas después, él va a salir con Gabby. Es raro, sí. ¿Qué más da? Id a comer.

Gabby estaba horrorizada y Josh se mostró ligeramente exasperado, pero no sorprendido. Me impresionó que Drayton resumiera la situación con tanta sencillez; sin embargo, había funcionado. La tensión se disipó y los cuatro nos echamos a reír. Josh por fin pareció darse cuenta de que yo también estaba presente y me sonrió de forma educada y comprensiva. Se fueron en el coche de Gabby y dejaron el Jeep allí. Drayton y yo miramos cómo se marchaban desde la entrada como unos padres orgullosos. Esperaba que fuese bien. Lo último que quería era que acabase siendo un desastre y sentirme responsable de la tristeza de Gabby.

—Bueno. —Drayton se metió las manos en los bolsillos y me miró. Linda, la vecina que vivía dos casas más abajo, pasó por delante de nosotros con el perro y nos observó con poca discreción—. ¿Has comido?

—Me he tomado un café.

Me cogió del bíceps y apretó. Me sorprendió, no por lo repentino del gesto, sino por la electricidad que sentí.

—Eso no puede ser lo habitual —sentenció, soltándome—. Me refiero a lo de tomar un café y ya está. Tienes demasiado músculo para saltarte comidas.

—Me gusta comer —le aseguré, divertida. Me sentía halagada.

Miró hacia el interior de la casa.

—Madre mía, Pompones. Mira que eres directa. Yo estoy más que dispuesto.

Le di un cachete en el pecho. Gabby y Josh se habían ido hacía rato, pero seguíamos en los escalones de la entrada. La temperatura era cálida y agradable.

—¿Quieres que te haga un bocadillo? —le ofrecí, preguntándome cómo retorcería la pregunta con un doble sentido. Estaba segura de que encontraría el modo.

Sonrió y se dio la vuelta para entrar.

—Por qué no.

CAPÍTULO 9

Habían pasado dos semanas desde la cita de Gabby y Josh. Y, aunque estábamos a mediados de septiembre y empezaba a refrescar, su romance florecía como si fuese primavera. Desde aquel sábado al mediodía habían quedado dos veces y, mientras tanto, se escribían mensajes continuamente. Gabby estaba encantada con su nuevo romance y yo no podía sentirme más feliz por ella.

Estábamos sentadas en el aparcamiento del instituto, rodeadas de animadoras y jugadores de fútbol que guardaban sus mochilas en el maletero del autobús y se hacían selfis. No era habitual que las animadoras fuéramos a los partidos que se celebraban fuera de casa. Pero la madre de Emily supervisaba el club que recaudaba los fondos para alquilar el autobús y, aunque su especialidad no fuese precisamente preocuparse de sus tareas, tenía muchos contactos y era capaz de reunir una suma increíble simplemente llamando a su círculo elitista y pidiéndoles que compraran productos de los Lobos de Archwood.

Esa tarde, la entrenadora Raeken nos había honrado con su presencia. Su melena rubio platino estaba oculta debajo de un gorro para el sol y se había puesto unas gafas de marca que le tapaban la mitad de la cara. Al verla llegar, pensé que vendría con nosotras, pero se limitó a reunir al equipo, dar un discurso para levantar los ánimos e informarnos de que tenía un compromiso previo. Luego se marchó y dejó a su engendro al mando. Una cruel broma del destino.

—Fort Collins está a una hora y media de aquí —comentó Gabby mientras rascaba la gravilla con el pie. Estábamos en la acera, a varios metros del resto del grupo, donde reinaba la emoción, y allí nos quedaríamos hasta la hora de la salida—. No entiendo por qué os tenéis que quedar a dormir.

—Porque uno de los padres se quejó de que viajáramos tan tarde por la noche —contesté mientras me ataba los cordones—. La asociación de padres decidió que es mejor que descansemos bien en lugar de estar en la carretera cuando ya está oscuro, por si tenemos un accidente o algo así.

Ella se encogió de hombros.

—Supongo que tiene cierta lógica.

En ese momento, atisbé a Drayton cruzando las puertas del instituto. Estaba con sus amigos, pero cuando me vio sonrió y asintió a modo de saludo. Era una actitud respetuosa y sin vergüenzas, lo que marcaba una gran diferencia respecto a nuestra relación de hacía tres semanas. Desde aquella noche en el parque Rock habíamos pasado un poco más de tiempo juntos. Habíamos charlado en el campo y, además, había venido a comer al restaurante en más de una ocasión. Parecía estar siempre cerca, incluso cuando no tenía ninguna razón para estarlo.

—Me parece que alguien está pensando en compartir cuarto con un quarterback que yo me sé. —Gabby me dio un empujoncito con una sonrisa traviesa en los labios.

Negué con la cabeza, exasperada.

—Para nada.

—Estás…

—¿Hacemos algo mañana, cuando vuelva? —pregunté para interrumpir su acusación, con la esperanza de distraerla—. Podríamos ir al cine o a la bolera. A no ser que tengas planes con Josh.

—Hemos quedado esta noche. —Sonrió, tiró de uno de sus rizos y lo soltó para que volviera a su lugar—. Así que suena bien. Pero a la bolera no. Eres demasiado buena, es injusto.

Resoplé por la nariz. En ese momento, el entrenador Finn se acercó a la puerta del autobús y gritó:

—¡Arriba! Tachad vuestro nombre de la lista y elegid un asiento. ¡Ahora mismo!

Gabby y yo nos pusimos de pie. Ella se alisó la falda y yo me recoloqué los pantalones cortos. Me dio un abrazo y me dijo que me echaría de menos, y eso que solo estaría fuera una noche. Era adorable.

—No hagas nada que no haría yo.

—¿Y qué no harías tú, Gabby? —respondí entre risas cuando me soltó.

Su sonrisa taimada me dijo todo lo que necesitaba saber.

Mientras me dirigía al autobús, Drayton apareció a mi lado. Me puso un brazo sobre los hombros, envolviéndome con su fragancia. Era dulce, un aroma suave y especiado con notas afrutadas. Era masculina pero deliciosa, y perduraba.

—¿Te sientas conmigo?

—Vale.

—¿Cómo les va a nuestros tortolitos? —Señaló hacia donde estaba Gabby—. ¿Está tan coladita como Josh?

—Espero que sí. Hacía mucho tiempo que no la veía tan feliz. Es bonito.

Pareció sorprenderse ante mi respuesta.

—Pensaba que te daría asco. —No me había pasado desapercibido que su brazo tatuado y firme todavía me mantenía muy cerca de su cuerpo.

—Claro que no —me defendí—. Es tierno. Quiero que se enamoren, se casen y tengan bebés.

Cuando llegamos a la puerta, me soltó para que tachara mi nombre de la lista. Sin embargo, alguien lo llamó antes de que pudiera seguirme. Nos dimos la vuelta y vimos que el director le hacía señas para que se acercase.

—Guárdame el sitio. —Suspiró aburrido—. Tengo que ir para que me suelte otro discursito sobre lo importante que es que traiga la victoria a casa.

Pasó junto a los últimos estudiantes que esperaban para subir detrás de nosotros. En el autobús había aire acondicionado.

Estaba bien; los asientos eran anchos y parecían cómodos, y había un baño al fondo. Hacia la mitad había varios sitios libres. Me senté junto a una ventana y disfruté de unos tres segundos de tranquilidad antes de que, para mi decepción, Emily se sentase a mi lado. Parecía contrariada. Llevaba el pelo caoba recogido en un moño alto y tirante que había atado con un lazo plateado.

—Como capitana, creo que es importante que hablemos. De mujer a mujer. —Hizo una pausa—. Tus intentos de acercarte a Drayton dan vergüenza ajena. Él es muy majo, así que jamás te lo diría, pero no te mueves en los ambientes adecuados. La gente como nosotros viene de familias de buena posición, y eso va acompañado de ciertas expectativas. Tú vienes de lo más bajo.

—Emily... —Traté de no reírme—. Esto sí que da vergüenza ajena. Tú, no yo.

—¿Perdona?

—Que alguien sea rico o no me da exactamente igual. Para mí no significa nada.

—Ya, claro. Eso es justo lo que diría una zorra sin blanca —replicó ella.

—Puedo permitirme el instituto, el equipo de animadoras, la comida y un coche. Tengo trabajo y todo lo que necesito. Estoy bien así. Que me sobre tanto el dinero como para no saber ni qué hacer con él no es una de mis metas. Tú tienes tus objetivos, pero eso no quiere decir que sean los mismos que los míos. Estoy bien. ¿Algo más?

Casi le salía humo de las orejas.

—O sigues las reglas o pierdes tu sitio en el equipo de animadoras. Y adiós a CalArts. Tú eliges.

Se levantó y se fue al fondo del autobús. Odiaba que tuviera ese poder de decisión. Ni siquiera iba de farol: había recurrido a su madre para echar a animadoras del equipo en otras ocasiones. De hecho, tenía la sensación de que la única razón por la que yo no había corrido la misma suerte era porque, si me echaba del equipo, a mí no me quedaría nada que perder.

Sin embargo, en lugar de acatar sus órdenes, dejé que Drayton se sentase a mi lado apenas unos momentos después, cuando apareció por el pasillo. Se escucharon varias voces masculinas de protesta desde el fondo del autobús, pero él fingió no oírlas y se sentó en el asiento. Su insistencia en pasar tiempo conmigo empezaba a afectarme un poco.

El autobús arrancó y estuvimos la siguiente hora y media compartiendo auriculares y hablando de nuestra música preferida, la nueva y la vieja. A los dos nos encantaba Lauv. Yo le di a conocer a Drax Project y él me enseñó a Blackbear, y a ambos nos gustaron muchísimo nuestros nuevos descubrimientos. También nos echamos unas risas entrando en nuestras cápsulas del tiempo de Spotify y escuchando las canciones que nos habían acompañado durante nuestra juventud.

Cuando llegamos a Fort Collins, el autobús se detuvo frente a un pequeño motel de dos plantas con un balcón que recorría toda la fachada. La barandilla era de acero oxidado y a las puertas les habría venido bien una capa de pintura, pero no estaba del todo mal. Era lo que podíamos permitirnos con el discreto presupuesto destinado al alojamiento. El entrenador Finn nos reunió en el aparcamiento mientras su ayudante, Lincoln, iba a la recepción a por las llaves.

—¡Escuchad! —gritó el entrenador Finn. Drayton seguía a mi lado—. Las normas son las mismas de siempre. Prohibido salir de vuestras habitaciones después de las once. Prohibido mezclarse. Están prohibidos el alcohol, las drogas y el sexo.

Algunos de los estudiantes se rieron con disimulo. Las normas no habían cambiado, pero ellos tampoco. El sexo y el alcohol eran inevitables, así como mezclarse en las habitaciones durante la noche. Probablemente, la mitad ya habían hecho planes para luego.

—Nos vamos al instituto Sheridan a las seis. Si llegáis tarde, el autobús se irá sin vosotros —continuó el entrenador

Finn, que leía de su portapapeles y se rascaba el pelo negro y enmarañado. Siempre tenía pinta de acabar de recibir una descarga eléctrica. Se quedó en silencio unos segundos y chasqueó la lengua mientras recorría el papel con la mirada—. Ah, sí. Esta tarde se ha hecho un anuncio en el instituto que no debéis de haber visto. Se ha pospuesto el baile de bienvenida.

Se oyó un grito de indignación colectiva por parte de las chicas, aunque algunos de los chicos también estaban decepcionados.

—Que no cunda el pánico. —El entrenador resopló—. Ha pasado del 29 de septiembre al 26 de octubre.

—Pero ¡ese es el fin de semana de Halloween! —protestó Aria.

—Y el mismo fin de semana que el último partido de la temporada —añadió Maxon.

—Si es que llegáis. —El entrenador Finn se encogió de hombros—. No me parece que tengáis las prioridades en orden.

—¿Por qué lo han pospuesto? —preguntó Becca mientras se enrollaba el pelo negro en un puño.

—Tienen que hacer reparaciones en el gimnasio y no quedan fondos para este mes, de ahí el cambio de fecha. Y ahora se acabó la discusión. Lincoln os entregará las tarjetas de las habitaciones. Buscad la vuestra y organizaos. Nos vemos a las seis, que nadie se olvide.

Había quedado claro que no se iba a hablar más del baile de bienvenida, pero eso no evitó que las chicas siguieran quejándose. Tendrían que cambiar sus citas para peinarse y maquillarse, volver a alquilar las limusinas… Algunas de ellas incluso perderían las fianzas. Pobrecitas.

Mi habitación estaba en la segunda planta. Pasé la tarjeta, abrí la puerta y entré, pero Melissa pasó por mi lado de inmediato y fue directa hacia la cama que había junto a la ventana.

—¿Puedo quedarme con esta? —Dejó su mochila encima—. Gracias.

No me importaba lo más mínimo qué cama me tocase, así que no se lo discutí. La habitación era lo bastante espaciosa. Había una cómoda, un baño pequeño y una segunda cama junto a la pared donde estaba la puerta. Habíamos dormido en sitios peores.

—Bueno… —Melissa se sentó en el borde de su cama y cruzó las piernas—. Se supone que ahora tengo que hacerme amiga tuya y enterarme de todos los detalles. De lo tuyo con Dray. Me lo ha pedido Emily. —Se puso las manos sobre la cabeza—. Pero la verdad es que me da igual a quién te folles.

—Puedes informarla de que Dray y yo no estamos follando.

—¿Por qué no? —preguntó en tono de burla.

—Somos amigos. —Me subí a mi cama y me senté en la misma postura que ella.

—Ya, amigos. Bah —contestó, mientras estudiaba una de sus largas trenzas, que parecían de terciopelo negro—. Eso ya lo he oído otras veces.

—Nuestra relación no es así.

—¿Eres lesbiana? Porque ese tío podría hacer que un hetero se cambiara de acera.

—Tampoco es para tanto —masculló—. Y no, no soy lesbiana. Somos amigos, ya te lo he dicho.

—Ya. —Se encogió de hombros y se puso a mirar el móvil—. Bueno, da igual. Luego se lo digo a Emily. Cuenta conmigo, aunque te sueltes la melena con él… Me caes bien. Eres un poco callada, pero… eres una de esas tías calladas con un par de huevos. Y eso lo respeto.

Me eché a reír. Melissa me caía bien, quizá incluso más ahora que sabía que no era una de las marionetas de Emily. Además, era un alivio que no me hubiese tocado compartir cuarto con alguien peor.

⚡

El partido de aquella noche era en el campo de fútbol del instituto Sheridan. Las Panteras eran un buen equipo. En el pasado habíamos perdido contra ellos en alguna ocasión, pero esta vez nuestro equipo confiaba en la victoria, incluso cuando el partido estaba llegando a su final e íbamos 28-26. Para ganar, necesitábamos o un *touchdown* o un gol de campo. No había sido fácil: los del Sheridan habían peleado con todas sus fuerzas. Ambos equipos estaban agotados, pero todavía no había terminado, así que nosotras seguíamos animando.

Drayton reunió al equipo y luego se alinearon para ejecutar una jugada. Él ocupó su puesto, justo detrás del centro. La tensión podía cortarse con un cuchillo. Drayton gritó y dio un paso atrás después del *snap*. Los defensas del equipo contrario atacaron entre los crujidos de sus cascos y sus hombreras, pero él movió el brazo, dio un paso a un lado y evitó perder el balón. Cuando los defensas atacaron de nuevo, Drayton se volvió y lo lanzó a través de un estrecho espacio que atisbó entre los jugadores. Aterrizó en las manos de Derek, el corredor. Sin embargo, Derek tenía a las Panteras al lado y lo arrojaron al suelo antes de que pudiera correr diez yardas. El balón quedó oculto un instante, hasta que, de repente, salió despedido desde debajo de la montaña de jugadores y cayó en manos del equipo rival. Lanzaron el balón hacia su zona de anotación, pero Maxon lo interceptó de un salto y se lo pasó a Drayton. Los segundos desaparecieron del reloj, pero Drayton dio un paso atrás y lanzó un Ave María que surcó cuarenta yardas por los aires hacia Austin, nuestro receptor abierto, que lo atrapó en la zona de anotación. *Touchdown.*

La celebración estalló de inmediato. Acabábamos de ganar otro partido.

Ver a Drayton lanzar el balón tan lejos tenía algo especial. Era poderoso, como si no le costase esfuerzo. Hacía que me temblaran un poco las piernas, lo que debió de ser obvio, porque más tarde, en nuestra habitación, Melissa lo mencionó.

—Qué hombre, ¿eh? Cuando lanza el balón… —Estaba en el baño y había dejado la puerta abierta. No podía verla, pero la oía abrir y cerrar sus productos de maquillaje.

Eran las diez. El entrenador Finn había terminado la última ronda de inspecciones en las habitaciones hacía quince minutos y a Melissa y a mí nos había encontrado en pijama. Ahora ella llevaba una falda de cuero, un top y unos zapatos de plataforma. Drayton me había escrito justo después del partido para preguntarme si iría con los demás a una fiesta que se celebraba en un pequeño lago que había a diez minutos del hotel, pero le había contestado que no. Lo último que quería era pasar tiempo con él cuando Emily estuviese mirando.

Melissa salió del baño. Tenía la piel bronceada y resplandeciente.

—No se le puede dar mal lanzar un balón —contesté—. Es el quarterback.

Melissa volvió a soltar un ruidito de incredulidad.

—Te ha impresionado. Me he dado cuenta. —Se miró una última vez en el espejito de al lado de la cama y sonrió—. ¿Seguro que no quieres venir, tía?

—Seguro.

No me habría importado hacer algo, pero no eso. Abrí la aplicación de mensajes de mi móvil y empecé a escribir.

> Oye, igual sí que me apetece hacer algo esta noche. Pero no quiero beber con los demás. Sin compromiso, pero si quieres hacer otra cosa, avísame.

—Tú misma. —Melissa se encogió de hombros, se aplicó un poco de brillo de labios y luego se metió el tubito en el sujetador—. Yo me voy de caza.

Abrió la puerta, miró a la izquierda y la derecha para comprobar que no hubiera nadie y se fue.

Drayton respondió a mi mensaje antes de lo que esperaba.

Ven a mi cuarto. Se me ocurren muchas cosas que podemos hacer. ;)

¿Es que solo sabes pensar en una cosa? Ahora voy.

Hacía calor; el aire acondicionado debía de estar apagado, porque cuando terminé de vestirme me sentía acalorada. Me había puesto un top corto de manga larga con los hombros al descubierto y un par de vaqueros que me quedaban ajustados en los sitios adecuados. Llevaba el pelo suelto, luciendo mis ondas naturales, y no me maquillé mucho simplemente porque no quería perder más tiempo.

La habitación de Drayton estaba tres puertas más allá, hacia el fondo del pasillo. Después de comprobar que no hubiera ningún supervisor por los alrededores, llamé dos veces y contemplé el número 15 de latón durante unos seis segundos, hasta que la puerta se abrió. Drayton iba sin camiseta, vestido solo con unos pantalones de chándal y su característica gorra negra hacia atrás.

—Vaya, ¡no pensaba que fueses a venir de verdad! Entra antes de que alguien te vea.

—No he venido a echar un polvo. Quítatelo de la cabeza.

Estaba muy mono cuando ponía morritos, pero no pareció sorprenderse al escuchar que no había ido a realizar actividades ilícitas. Su habitación era muy parecida a la mía; quizá un poco más grande.

—¿Dónde está tu compañero? —pregunté mientras me apoyaba en la puerta.

Él se dejó caer de espaldas en la cama de al lado de la puerta y se puso un brazo detrás de la cabeza. No quería mirarlo. No quería. Pero lo hice. Tenía la piel cálida, bronceada, tan suave… Me entraron ganas de deslizar la lengua por las hendiduras de su abdomen.

Madre mía.

—Derek se ha ido con los demás.

—¿A ti no te apetecía ir?

Negó con la cabeza.

—Es un aburrimiento. Me han hecho una oferta mejor.

—Qué más quisieras.

—Bueno, entonces ¿qué vamos a hacer, Pompones?

—No tengo ni idea —admití. Seguía apoyada en la puerta en un intento por no sentarme a su lado, porque entonces tal vez le habría acariciado el torso y me parecía poco apropiado—. Creo que ha sido una idea estúpida. No tengo ningún plan. Olvídalo.

Me di la vuelta para irme, pero se levantó de un salto de la cama y se puso delante de mí. Estaba tan cerca que tuve que echar la cabeza hacia atrás para mirarlo. Su mano envolvió la mía, que ya estaba apoyada sobre la manija de la puerta a sus espaldas, y empezó a darme vueltas la cabeza.

—Tengo una idea. O dos. ¿Confías en mí?

Tres semanas antes le habría contestado que no. En este momento, tendría que haberme mostrado algo reacia, pero no fue así. Era inexplicable. Confiaba en él. Fingí dudar durante unos segundos, pero luego asentí.

—Sí.

—Bien. Voy a vestirme.

Tras lo que me parecieron apenas unos instantes, nos encontrábamos en el barrio viejo de Fort Collins, entre sus edificios históricos restaurados y el aire cargado de aromas de comida exquisita. La música nos llevaba a través del centro de la ciudad, lleno de callejones mágicos de inspiración europea, con macetas repletas de flores y guirnaldas de lucecitas entre las farolas. Había una enorme fuente redonda con focos azules que iluminaban los chorros de agua que surgían del suelo en una sucesión rítmica, y también zonas adoquinadas donde sentarse adornadas con árboles pequeños. Mientras paseábamos entre la gente, descubrimos que el centro estaba lleno de pianos cubiertos de obras de arte, callejones románticos, restaurantes acogedores y plazas.

Nos paramos a escuchar a una banda que tocaba en directo sobre un tablado. Yo me movía al ritmo de aquella música fantasiosa, sonriendo y viviendo aquel momento al máximo. Mientras tanto, Drayton me observaba.

Después pasamos frente a una pequeña floristería. El dueño estaba al lado, y en el suelo había varios botes de pintura y pinceles. Nos ofreció uno a cada uno para que aportáramos nuestro granito de arena a la pared de cemento, ya decorada con cientos de pinceladas desordenadas. Drayton eligió el azul y yo el plateado, y ambos dejamos nuestra marca.

Luego entramos en un callejón. Las aceras estaban repletas de adolescentes y parejas, todos muy emocionados. Caminamos el uno junto al otro, con cuidado de no perdernos, hasta que llegamos a una puerta negra. Drayton la abrió. Nos encontramos frente a unas estrechas escaleras que descendían hacia la oscuridad, pero él no se lo pensó dos veces y yo lo seguí. A medida que bajábamos, la melodía del bajo se oía cada vez más fuerte. Al final de la escalera había una cortina. Drayton la apartó y yo pasé tras dirigirle una mirada de curiosidad.

Frente a una puerta había un segurata con una cabeza calva enorme y pálida. Me observó con atención, hasta que vio a Drayton y su expresión pasó de la frialdad y la dureza a la alegría y la calidez.

—¿Qué tal, Caleb? —lo saludó Drayton mientras me rodeaba con un brazo. Cuando me tocó, la adrenalina empezó a correr por mis venas.

—No me va mal. ¿Cómo está tu padre?

—Como siempre —respondió Drayton a toda prisa y con indiferencia. Me acercó un poco más a él—. Dallas, este es Caleb. Caleb, ella es Dallas. Mi novia.

«Un momento».

«¿Qué?»

Me quedé un poco aturdida y me perdí el resto de su corta conversación. No entendía muy bien qué narices acababa de pasar.

—Podéis entrar, pero comportaos.

Caleb se apartó y entramos a una discoteca, una discoteca de verdad, con un bar, adultos y unas luces con un halo azul que hacían que todo lo blanco de la estancia pareciese fluorescente, mi top incluido. Drayton tiró de mí hacia la barra. Debía de haber otra entrada, porque no hacía más que llegar gente por una puerta al otro lado de la sala.

—Dray —grité para que me oyera sobre un remix de *Kiss and Make Up* de Dua Lipa—. ¡No me he vestido para ir a una discoteca!

Se inclinó hacia mi oído. Su aliento era cálido.

—Estás perfecta.

Nuestros dedos se entrelazaron y nos abrimos paso entre el grupo de gente que rodeaba la barra. Nunca lo habría logrado yo sola, pero, gracias a su envergadura, llegamos a la primera fila enseguida. Me rodeó la cintura con el brazo y me colocó delante de él, de forma que quedé contra la barra y sus brazos a ambos lados de mi cuerpo, creando un espacio seguro para que nadie me pisara.

—Una Coronita y un martini de fruta de la pasión —le pidió al camarero.

—Qué elección más interesante —bromeé.

Me di la vuelta y entonces me percaté de lo cerca que estábamos el uno del otro: pecho contra pecho. Bueno, pecho contra nariz. Manteniéndome protegida entre sus brazos, se inclinó hacia la barra y me miró.

—¿Por qué le has dicho al portero que soy tu novia?

—Porque no deja entrar a cualquiera. Tenías que ser alguien importante para mí; si no, no lo habría permitido.

—Tiene sentido. —Me di la vuelta otra vez. Moví la cabeza al ritmo de la música agarrada al borde de la barra, ignorando la sensación que me provocaba el pecho de Drayton contra mi espalda. Olía tan bien…

El camarero nos dio las bebidas. Drayton cogió la cerveza y dejó el martini para mí. Sí, sabía a batido de fruta de la pasión, pero estaba contaminado por el sabor del alcohol… y la combinación era asquerosa. Hice una mueca de disgusto mientras Drayton me miraba divertido. Luego me quitó la copa y me dio la cerveza. Me sorprendió que bebiera con la pajita; era lo más gracioso que había visto nunca. Era alto, musculoso y viril, y se estaba bebiendo un martini helado con una pajita. No podía dejar de reírme.

—¡Gracias! —le grité entre una carcajada y otra, alzando la botella. Esbozó una media sonrisa y me guiñó un ojo.

Cuando nos terminamos las bebidas, dejamos la botella y la copa en la barra y él me volvió a dar la mano para guiarme entre la gente. No le costaba ningún esfuerzo; era casi imposible de ignorar. Era un adolescente y aún iba al instituto, pero actuaba con una gran seguridad en sí mismo, como si fuera alguien importante. Sin embargo, no era arrogante. Ni siquiera lo hacía a propósito: él era así.

Nos paramos en mitad de la pista de baile y Dray puso las manos a escasos centímetros de mi cintura, por encima de la piel desnuda, pero sin tocarme, hasta que asentí para darle permiso. Me cogió de las caderas, yo coloqué las manos en su nuca y empezamos a bailar al ritmo de un remix de *Let Me Hold You (Turn Me On)* de Cheat Codes y Dante Klein. No había forma de evitar el golpe de melena o el pisotón ocasionales, pero no tardamos en dejarnos llevar. Nuestros cuerpos se presionaban el uno contra el otro; movíamos las caderas al compás. Noté cómo sus manazas me apretaban con más fuerza, cómo me observaba mientras bailábamos. Me dio la vuelta de manera que mi espalda descansara contra su pecho, y yo descendí hacia el suelo de forma pausada, para luego subir meneando las caderas, con las manos en el pelo.

Noté de nuevo sus labios contra mi oreja.

—Me alegro de ser yo quien está bailando contigo esta vez —me dijo elevando la voz—. Me puse celoso cuando te vi haciéndolo con Josh.

Mi estómago dio un salto mortal. Me alegré de que no pudiera verme la cara. Sus manos se deslizaron sobre mi vientre y me acarició mientras yo seguía frotándome contra él. Me cogía con fuerza y desesperación.

Cuando me volví a dar la vuelta, di un paso atrás para bailar sola. La música me guiaba; la canción era una pasada. Cerré los ojos y levanté los brazos. Era consciente de lo sensual que resultaba el vaivén de mis caderas, pero lo fui aún más cuando abrí los ojos y descubrí a Drayton a pocos centímetros de mí, contemplándome con la mirada colmada de anhelo, de ganas. Aquello era peligroso. Estaba al borde de un precipicio. Pero me sentía tan bien...

Tras una hora bailando sin barreras, decidimos que necesitábamos un poco de aire fresco. Drayton me informó de que aquel solo era el primer destino de la noche.

—Queda mucha noche por delante, Pompones. —Se metió las manos en los bolsillos y, con un tono provocador, añadió—: Y también por detrás, si te apetece...

Qué capullo. Volvimos a pasear por el centro y descubrimos que la noche seguía tan viva como antes. Apenas eran las doce.

—Bailas muy bien, Pompones. —Me dio un codazo y miró al suelo—. O sea..., ya sé que la mayoría de la gente es capaz de bailar en una discoteca. Pero tu cuerpo... fluye. Es como si la música no tuviera el control. Lo tienes tú. El ritmo te sigue a ti. —Me dejó sin respiración. Nadie había descrito así antes mi forma de bailar. Nadie—. Es orgánico. —Se aclaró la garganta y sonrió—. Sabes moverte.

—Gracias —contesté mientras me peinaba el pelo húmedo con las manos.

—Una observación —murmuró, con una sonrisa cómplice—. No te gusta ser animadora. Solo lo haces porque en el instituto no hay equipo de baile. Es una alternativa.

Intenté disimular lo halagada que me sentía porque se hubiese dado cuenta sin que se lo contara.

—Tienes razón. Ser animadora es divertido, pero no me gusta tanto como la danza.

—¿Es ese tu plan para la universidad?

—Sí, ese es el plan —contesté—. He solicitado plaza en tres universidades: la de Colorado, la SMU, en Texas, y Cal-Arts, en California. Pero quiero ir a CalArts.

—California es tu sueño, ¿no?

—Sí, algo así. Quiero un cambio. Aunque no sea para siempre, quiero vivir algo nuevo. Algo diferente.

—Yo he estado en California. Está muy bien. Bueno, hay partes que no, pero creo que eso pasa con cualquier sitio. Todas las ciudades tienen sus ventajas y sus inconvenientes.

—Sí, claro —coincidí—. ¿Y tú? ¿Sabes dónde quieres ir?

—No estoy seguro. La verdad es que no me importa demasiado. Mientras pueda jugar al fútbol... Mi padre insiste mucho en que vaya a Baylor, en Waco, su *alma mater*. Una larga lista de Laheys han ido a esa universidad. Yo le he dicho que no me importa dónde vaya, pero él está empeñado.

—¿Por eso eres aficionado a los Cowboys? ¿Tus raíces están en Texas?

—Mi madre es de Dallas. Se conocieron allí.

—¿Tu padre no es de Texas?

—Qué va. De Colorado de toda la vida. Pero su padre también fue a Baylor. Retirarse aquí se ha convertido en una especie de tradición.

—¿Retirarse? ¿A qué se dedicaban? ¿Al fútbol americano? ¿Es una tradición familiar?

Se quedó en silencio un instante.

—Sí.

—¿Jugaban en la liga nacional?

Hizo una larga pausa. Vi que movía los dedos en el interior de los bolsillos. Parecía nervioso, y tardó un buen rato en contestar.

—Sí. No se lo digas a nadie, por favor. He conseguido ocultarlo hasta ahora.

—¿Por qué quieres ocultarlo? —No me podía creer que su padre y su abuelo hubieran jugado en la liga nacional.

—Porque cuando la gente lo sabe, me siento demasiado presionado. Ser el quarterback ya supone bastante agobio. Mi padre y mi abuelo jugaban en la misma posición, así que el estrés y las expectativas vienen de varias generaciones... —Se rio, pero parecía tenso. Nervioso.

—¿Cómo has conseguido guardar el secreto? ¿Cómo es que nadie ha reconocido a tu padre o a tu abuelo? ¿Viven también por aquí?

—Mi abuelo murió en un incendio cuando yo era un bebé y mi padre nunca viene al instituto. Me da mi espacio. Y, además, se retiró hace mucho tiempo.

Era evidente que no quería hablar de ello; de hecho, me sorprendió que me hubiese contado tanto. Pero si no quería presumir de su padre, la estrella del fútbol, yo tampoco le iba a insistir.

Al no estar abierta a potenciales relaciones y vínculos románticos, nunca antes había compartido tantas cosas con nadie. Nunca había podido contarle tanto de mí a nadie, así que jamás había experimentado lo bien que me hacía sentir.

Mientras paseábamos y charlábamos, estábamos tan a gusto que perdí la noción del tiempo y la distancia. Cuando Drayton se detuvo por fin, estábamos frente a una casa preciosa de estilo colonial. Miré mi móvil y vi que habíamos caminado durante una hora: ya era la una de la madrugada y en la calle no había ni un alma.

—¿Qué vamos a hacer? —susurré, porque todo estaba tan silencioso que no me atrevía a hablar a un volumen normal.

—Ven conmigo —me pidió con una sonrisa traviesa. Me puse en alerta al instante. No sabía qué íbamos a hacer, pero sospechaba que no era buena idea. Lo seguí de puntillas por el camino de setos de la casa en dirección a una verja protegida con un cierre de tecnología punta. No entendí por qué, pero aquello no disuadió a Drayton. Sin aviso previo, se puso detrás de mí y me cogió de las caderas—. Hora de hacer de animadora —susurró antes de lanzarme al aire.

Yo era voladora, pero me lanzó fatal. Tampoco podía culparlo: estaba acostumbrado a lanzar balones, no seres humanos. Me agarré de lo alto de la valla y la salté antes de aterrizar al otro lado. Poco después, Drayton cayó junto a mí con una sonrisa triunfal.

La casa contaba con un jardín fastuoso. Debía de pertenecer a una familia, porque vi una cabaña en un árbol con la que yo, de niña, solo podría haber soñado. Había una cama elástica enorme y unos columpios al fondo, mientras que lo demás estaba ocupado por un porche, una piscina, un jacuzzi y un jardín extraordinarios.

Drayton me cogió de la mano y tiró de mí hacia la piscina. Levantó el cerrojo de la puerta de la forma más silenciosa que pudo y los dos caminamos por el cemento que rodeaba el agua.

—En serio, ¿qué vamos a hacer? ¿Me vas a ahogar? —No sabía por qué seguía susurrando.

—Venga ya… —Puso los ojos en blanco. Entonces empezó a quitarse la camiseta, y con ese gesto se esfumó cualquier pensamiento sensato que yo pudiera tener—. Vamos a bañarnos desnudos, Pompones.

—Estarás de broma. —Mi suave risa se me quedó atorada en la garganta cuando se bajó los pantalones y se quitó los zapatos—. Madre mía. Vas en serio.

—Pues sí —contestó con una sonrisa.

—Esto es una locura. —Se quedó plantado delante de mí, desnudo salvo por los calzoncillos de Calvin Klein. Yo no sabía qué hacer.

—Pues sí, lo es. —Asintió—. De eso se trata. Disfruta un poco de la vida, Pompones. Y no lo olvides: confía en mí.

Mi atención iba de la casa a la piscina, y luego a la casa otra vez, pero decidí que me arrepentiría más si no lo hacía. ¿De qué servía ser joven sin un poco de diversión irresponsable de vez en cuando? Me quité los zapatos de una patada y metí el móvil en uno de ellos para que no se me mojara.

Cuando me incorporé, Drayton me guiñó un ojo, deslizó los pulgares a ambos lados de sus calzoncillos y se los bajó, dejando expuestos sus encantos en toda su gloria. Me quedé mirándolo. No lo pude evitar. Y empecé a arrepentirme de ser tan reacia a montarme en algo que no fuera su moto.

Cuando se dio la vuelta y saltó al agua, sentí que necesitaba un momento de pausa. Él me hacía gestos con la mano para que me metiera.

—¡Vamos, Pompones! ¡Está buenísima!

—Date la vuelta —le ordené después de quitarme el top. Revelé mi sujetador de encaje blanco, pero nada más.

—Oye, ¡tú me has visto como mi madre me trajo al mundo!

—¿Cuántos años tienes? ¿Cinco? Date la vuelta.

Puso los ojos en blanco, pero me obedeció y se giró de cara a la valla negra. Terminé de desvestirme a toda prisa. El corazón me latía desbocado, temeroso de que alguien nos estuviese observando o nos descubriera, pero no podía negar lo emocionante que era aquello.

Una vez desnuda, respiré hondo y me metí en el agua. Esperaba que estuviera congelada, pero me llevé una agradable sorpresa cuando percibí que estaba ligeramente cálida.

—Ya puedes mirar —le informé mientras caminaba dentro de la piscina. Estaba oscuro. Solo la luna y las estrellas iluminaban el cielo, así que, aunque estuviéramos cara a cara, no había mucho que ver.

—¿Qué tal la locura? ¿Cómo te sientes? —preguntó con una sonrisa.

—No sé qué siento —admití mientras acariciaba la superficie lisa del agua con los brazos—. Pero la verdad es que es una pasada.

—Mola dejarse llevar de vez en cuando, ¿no?

—Te mueres de ganas de decirme «te lo dije». —Sonreí—. Va, adelante.

—Te has metido en el agua. Con eso me basta.

No había mucho espacio entre nosotros. Nos miramos. Se levantó viento y noté frío en la cara y los hombros mojados. Me estremecí, y Drayton se dio cuenta. Se acercó a mí; sus piernas rozaron las mías bajo la superficie.

—¿Tienes frío?

Tragué saliva y me hundí un poco más, hasta que el agua me llegó a la barbilla.

—Estoy bien.

—¿Puedo calentarte?

Lo estaba esperando. El chiste. Las insinuaciones. Sin embargo, su expresión era sincera. Y entonces noté sus manos sobre las caderas. Me sobresalté, pero me quedé inmóvil, sintiendo el martilleo de mi pecho mientras él tiraba de mí para abrazarme.

Nuestros cuerpos se tocaron. No nos separaba ni un centímetro. Notaba su cuerpo, lo notaba en su totalidad. Me rodeó con los brazos y me acarició la parte baja de la espalda con el pulgar. Tenía los labios entreabiertos. Yo también, y sentía que me faltaba el aire.

Se oía tráfico en la distancia, las hojas se movían bajo la brisa fresca en la oscuridad. El agua ondeaba con ligereza y el filtro de la piscina se abría y se cerraba. Sin embargo, los fuertes latidos en mi pecho y mis oídos sofocaban todos los sonidos que nos envolvían. Se acercó un poco más a mí. Cuando aproximó su rostro, lo vi tragar saliva. Aquello no era como la primera vez, cuando solo quería provocarme. Él también estaba nervioso. Mientras el corazón me latía con todas sus fuerzas, mientras ciertas partes que exigían atención se llenaban de calor tras haber expulsado sin piedad al frío de la noche, yo también me acerqué a él.

Justo cuando nuestros labios se rozaron por primera vez, se encendió una luz cegadora desde la terraza trasera. Fue inesperado y abrupto, así que nos separamos dando un respingo.

—¡Mierda! —exclamó Drayton. Me rodeó la cintura con el brazo y me llevó hasta el borde de la piscina. Estábamos asustados; yo incluso tenía ganas de vomitar—. Baja todo lo que puedas.

Nos apoyamos contra el bordillo y nos sumergimos todo lo posible. Me quedé quieta como una estatua.

Oí el ruido de unos pasos que se acercaban. Me temblaban las manos. Intenté con todas mis fuerzas no respirar demasiado fuerte, pero me resultaba casi imposible no hiperventilar. En ese momento, la voz de una mujer reverberó en el aire.

—Te he visto, Drayton.

Me volví hacia él boquiabierta. No me lo podía creer. Seguía presa del pánico, pero también estaba muy confundida. Drayton bajó la mirada, derrotado, pero no me cabía duda de que la chispa que centelleaba en sus ojos verdes era de diversión.

—Hola, tía Cass —dijo.

—Hay dos toallas aquí, en la puerta —respondió su tía. Sonaba como si estuviese sonriendo—. Venid a verme cuando terminéis... lo que sea que estéis haciendo.

Un segundo después, cuando oímos que se cerraba la puerta, Drayton levantó la vista y me dedicó una sonrisa de oreja a oreja. Luego se agarró del bordillo. No tuve ocasión de intentar comprender lo que estaba pasando porque salió de la piscina y no pude hacer más que comérmelo con los ojos.

—Ahora te traigo la toalla —se ofreció. Caminó hacia la puerta goteando agua y con los pies desnudos—. Toma —me dijo unos segundos después. Me di la vuelta y vi que me tendía una toalla blanca grande. Ya se había enrollado la suya alrededor de la cintura. La llevaba baja, dejando expuesta la línea en forma de V de sus caderas. Agaché la mirada hacia el agua que ocultaba mi cuerpo, dubitativa—. No voy a mirar —me aseguró.

Giró el cuello y cerró los ojos con fuerza. Era muy dado a hacer comentarios pervertidos y bromas sexuales, pero muy respetuoso. Apoyé las palmas de las manos en el borde de la piscina y me impulsé para salir. Luego me tapé con la toalla a toda prisa. Él mantuvo los ojos cerrados en todo momento, como me había prometido. Cuando hube enganchado bien la toalla, y con la larga melena empapándome la espalda, le dije:

—Ya puedes mirar.

Obedeció y permití que su mirada me recorriera despacio, admirándome. Tras unos instantes observándonos con descaro, me dijo:

—Vamos.

Recogimos nuestra ropa y me guio hacia la casa, lo que fue de lo más conveniente, porque me brindó la oportunidad de contemplar sus fuertes hombros y su espalda. La firmeza de su piel era hipnótica. Tenía un lunar grande y oscuro en un omóplato. Me pareció adorable.

Drayton cerró las puertas tras nosotros. Estábamos en un salón comedor con la cocina abierta, las paredes blancas y los apliques de color carbón. El suelo era de madera y los electrodomésticos, de última generación. Detrás de la isla de la cocina nos esperaba una mujer alta y guapa, con la piel perfecta y el pelo castaño rizado recogido en la parte alta de la cabeza, con mechones que caían como una fuente.

—Me gustaría preguntar —dijo con una sonrisa mientras deslizaba dos tazas de café por la encimera de granito—, pero no estoy segura de querer saberlo.

Drayton se echó a reír. Se pasó una mano por el pelo con aire nervioso.

—Por favor, no se lo digas a mi madre...

—¿Que no le diga a tu madre, que está convencida de que estás dormidito en una cama en un motel, que estás en la otra punta de Fort Collins bañándote desnudo en mi piscina a medianoche? —Señaló la puerta que daba al jardín—. No creo que quiera tener esa conversación con tu madre.

Cass puso una bayeta bajo el grifo y empezó a limpiar la encimera. Parecía joven, pero la edad se le notaba en las manos.

—Yo... no entiendo nada —admití avergonzada. Estaba envuelta en una toalla mientras mi pelo mojado formaba un charco de agua a mis pies.

—Tía Cass, esta es Dallas. —Drayton sacó uno de los taburetes de la mesa y se sentó mientras señalaba a una y luego a la otra—. Dallas, esta es mi tía Cass. Estaba casada con el hermano de mi padre, Noah, pero…

—Pero se quedaron conmigo y le dieron la patada a él porque es un capullo infiel —terminó Cass con una sonrisa traviesa. Aclaró la bayeta y empezó a limpiar los fogones, aunque ya estaban impolutos. No me extrañaba que tuviera la piel de las manos tan curtida.

—Pues sí. —Dray se volvió hacia mí sin dejar de mirar a Cass con cierta preocupación—. Siento que hayas tenido que conocer a un familiar mío así.

—¿No conoce a tus padres? —preguntó Cass. Adoptó una expresión de orgullo y se puso recta—. Vaya… Es un honor ser la primera de la familia en conocerte. Drayton no suele traer chicas a casa. Aunque esta no es su casa, pero…

—No estamos juntos. —Drayton me miró de soslayo—. Solo somos amigos.

—¿Te bañas desnudo con todas tus amigas? —lo chinchó Cass. La situación le parecía muy graciosa, era evidente. Me recordaba a Nathan.

—Pero… espera. —Negué con la cabeza y bajé la vista—. ¿Por qué me has hecho pensar que estábamos en la piscina de unos desconocidos?

—Porque quería que experimentaras el subidón de adrenalina de hacer algo malo sin meterte en líos. —Se encogió de hombros. Se me hizo un nudo en la garganta. Me dirigió una mirada penetrante y me derretí. Que fuese tan considerado como para evitar que me metiera en líos pero lo bastante osado como para hacer lo que habíamos hecho… Era perfecto—. Pero alguien ha estropeado mi buena obra. —Rompió nuestro contacto visual para mirar a Cass.

—A mí no me mires. —Su tía alzó las manos en un gesto defensivo—. Podrías haberme mandado un mensaje para avisarme y os habría dejado en paz.

—No pasa nada. —Drayton se levantó y pasó por mi lado para coger el café. No pude evitar contemplarlo—. Pero tienes unos huevos más grandes que los míos. Yo nunca me habría atrevido a bañarme en pelotas en la piscina de unos desconocidos.

—Ya. —Sonreí y me crucé de brazos—. Al final, no estás a la altura de esa reputación de malote que tienes.

—Que no te engañen la moto y la actitud taciturna —bromeó Cass—. Dray es un blandito.

Él puso los ojos en blanco.

—¿Puedo ir al baño? —pregunté mientras cogía mi ropa de encima de la mesa. Tenía que dejar de comerme a Drayton con los ojos estando desnuda porque me estaba afectando.

Cass asintió y señaló tras ella, al otro extremo de la cocina.

—En ese pasillo. Segunda puerta a la derecha.

Tras disculparme por el charco que mi pelo había creado en el parqué, fui al baño a secarme y vestirme, y aprecié más que nunca no sentirme tan expuesta. Después de enjugarme el pelo con la toalla, me hice una trenza francesa a toda prisa.

Cuando volví a la cocina, Drayton también se había vestido y estaba sentado junto a la mesa de la cocina con un niño pequeño sobre las rodillas. Este llevaba un mono con un estampado de oso panda adorable y se frotaba los ojos cansados.

—Parece que lo hemos despertado —me informó Drayton.

Cass metió unos polvos en un biberón de agua caliente.

—Pues sí. Ha oído tu voz. Ya sabes cuánto te quiere.

—Este es Coen —me dijo Drayton mientras me sentaba en una silla a su lado—. Mi primo pequeño y el niño más guapo de la familia.

Empezó a hacerle cosquillas a Coen, que soltó una carcajada burbujeante. Era monísimo. Tenía el mismo pelo castaño claro que su madre y unos enormes ojos azules. Los observé interactuar con asombro.

—Vale, Coen. —Cass removió el biberón y el niño saltó de las piernas de Drayton y corrió hacia ella—. A la cama otra vez, pequeñín. Dale las buenas noches al primo Dray.

—¡Buenas noches, Dray-Dray! —Lo saludó con la manita y el corazón se me acabó de derretir. Cass y el pequeño se fueron por la puerta por la que yo acababa de llegar.

—Así que Dray-Dray. —Sonreí. Me parecía increíble que este chico fuese el mismo caradura al que yo no podía ni ver hacía menos de un mes.

—Ni se te ocurra —me advirtió mientras se sacaba el móvil del bolsillo—. El único que puede llamarme así es Coen.

—Sí, claro… —lo chinché. Quería que supiera que ese apodo no se me iba a olvidar tan fácilmente.

Cass volvió unos minutos después, se recolocó las zapatillas y bostezó.

—¿Vais a volver al motel? ¿Queréis que llame a un taxi?

—No. —Drayton se levantó y se metió el teléfono en el bolsillo—. Tenemos que parar en otro sitio. Acabo de pedir un Uber, llegará en un minuto.

—Vale —contestó ella—. Yo me voy a la cama. Un placer conocerte, Dallas. Espero volver a verte… Aunque mejor si es con un poco más de ropa.

Me eché a reír. No me estaba regañando. En realidad, había reaccionado con más tranquilidad de lo esperado.

—Estaría bien —respondí. Unos minutos después, mientras me subía en el Uber, le pregunté a Drayton—: ¿Adónde vamos ahora?

Habíamos decidido salir a última hora. ¿Cuántos planes era capaz de improvisar ese chico?

—Ahora lo verás.

Llegamos a un parque que había entre un museo y una tienda enorme de muebles vintage. Los árboles estaban adornados con lucecitas y había lamparitas solares debajo de los arbustos. Al salir del coche, vi que en el fondo del parque había una pantalla en la que estaban proyectando *Posdata: te quiero*. Había parejas desperdigadas por el césped, acurrucadas en mantas o pufs. Era romántico, pero no se lo dije. Me pregunté si nos habría llevado hasta allí para hacer algo horrible, como prenderle fuego al proyector o mojar a todo el mundo con una manguera.

—¿Qué hacemos aquí?

—Vamos a ver una película, Pompones. Aunque hemos llegado un poco tarde. —Se encogió de hombros y se paró hacia el final de donde estaba la gente—. Algunos de los chicos estaban hablando antes de este sitio. Tenían pensado traer a las chicas.

—¿Para llevárselas al huerto? —adiviné. Me dedicó una sonrisa llena de culpabilidad.

—Esa no es mi intención. A no ser que…

Le di un empujón en el pecho.

—Cada uno que haga lo que quiera, pero fornicar en público no es lo mío.

Se echó a reír.

—¿Fornicar?

—Cállate.

Fue hacia tres cestas enormes que había junto a la valla y volvió con dos mantas. Extendió una en el suelo.

—He comprobado que no tuvieran manchas de corridas —me aseguró mientras se sentaba.

No estaba muy segura de que fuese la manta más limpia del mundo, pero me senté a su lado y dejé que nos tapara las piernas con la otra.

Vimos la película en silencio durante un rato. Drayton se ofreció a ir al puesto de comida a por palomitas y refrescos, pero le dije que no. Cinco minutos después empezó a removerse en su asiento, moviendo las piernas sin parar, y luego suspiró y se tumbó boca arriba.

—Bueno… —dijo en tono despreocupado—. ¿Qué te ha parecido esta velada llena de diversión?

Me tumbé a su lado y contemplé las estrellas mientras pensaba en cómo responderle. La noche había estado repleta de elementos distintos, y ninguno de ellos había estado mal. No había estado mal vivir la enriquecedora cultura del barrio viejo, ni bailar, ni el paseo en el que habíamos conversado sin descanso. No había estado mal bañarme a la luz de la luna ni conocer a una persona importante para él.

«No odio esto».

—Ha sido… particular, Lahey.

—¿Y ya está?

—Ha sido increíble, ¿vale? —Solté una risita al ver que alzaba el puño en un gesto triunfal—. Ha sido una noche superemocionante y me ha encantado. Gracias, Dray.

Él sonrió sin dejar de mirar las estrellas. La película seguía reproduciéndose de fondo; la gente que nos rodeaba comía palomitas y murmuraba en voz baja, y los árboles se mecían al viento con suavidad. Era un lugar de serenidad, y empezaba a darme cuenta de que la paz podía encontrarse en sitios más allá de los confines de mi hogar.

Drayton se puso un brazo debajo de la cabeza. Tenía el otro sobre su pecho. Quería saber qué estaba pensando.

—Ha sido una buena noche —murmuró. Me volví para mirarlo.

Movió la mano. La deslizó por su pecho hasta llegar a la mía y me la estrechó. Fue un gesto tierno e inesperado. Sin embargo, no reaccioné: me limité a apreciar el momento.

—Ha sido una buena noche —coincidí—. Una muy buena noche.

CAPÍTULO 10

Creo que nunca me había despertado con la brisa fresca albo-rotándome el pelo ni con el sonido de los pájaros cantando junto a mi cabeza. Abrí los ojos de golpe y, durante un instan-te, deseé que no me embargara el pánico, porque estaba acu-rrucada sobre el pecho de Drayton y él me rodeaba la espalda con el brazo y me atraía hacia él.

—¡Ay, mierda, Dray! —Me incorporé a toda prisa y le di una palmada en el pecho. Miré alrededor del parque, ilumina-do por la luz del día—. ¡Despierta!

No éramos los únicos que habíamos pasado allí la noche, pero probablemente sí los únicos que supuestamente deberían estar subiendo a un autobús. No veía a nadie más del instituto. Me juré que, si nos habían visto y nos habían dejado allí, me cargaría a alguien. Saqué mi móvil para ver qué hora era y vi por el rabillo del ojo que Drayton se incorporaba.

—¡Mierda! —exclamó mirando a un lado y al otro—. ¿Qué hora es? —Tenía la voz pastosa a causa del sueño.

—¡Son las ocho! —Me puse de pie corriendo mientras me alisaba el pelo. Ni siquiera me dio tiempo a mirar lo guapo que estaba después de haber dormido en un parque, tan desa-liñado. Seguro que yo tenía pinta de vivir en ese parque.

—¡¿Las ocho?! —chilló.

Era tarde. Era muy tarde. Lo bastante tarde como para que el entrenador ya hubiese hecho la ronda por las habitaciones.

—Estamos jodidos.

—¡Expulsada una semana! —gritó Nathan. Bajamos las escaleras de las oficinas del instituto y cruzamos el aparcamiento, que estaba vacío excepto por dos vehículos—. No me puedo creer que te hayan expulsado.

Se detuvo detrás de nuestro pequeño coche y se apoyó en el maletero. Lucía una mirada difícil de descifrar, con una mezcla entre incredulidad y decepción, y tal vez cierto esfuerzo para no gritarme.

Cuando Drayton y yo habíamos llegado al motel aquella mañana, el entrenador Finn estaba que se subía por las paredes, a punto de llamar a las autoridades para informar de la desaparición de dos estudiantes. Cuando nos había visto entrar a hurtadillas a nuestra planta, había empezado a gritar furioso algo sobre ir a la cárcel y niñatos gilipollas.

Todo el mundo daba por hecho que nos habíamos ido por ahí a follar como posesos. Nadie imaginaba que pudiéramos haber hecho otra cosa. Encima, si lo que queríamos era sexo, los dos teníamos una habitación en un motel para hacerlo. Emily y sus esbirros me habían mirado con el ceño fruncido y expresiones amenazadoras, aunque ninguna se había atrevido a mediar palabra delante de Drayton. Nos habían ordenado que nos sentáramos en la parte delantera del autobús para que se encargaran de nosotros en cuanto llegásemos. Daba igual que fuese sábado: el director había venido a informarnos de las consecuencias.

—Lo siento, Nathan —le dije—. La he cagado, ya lo sé. No volverá a pasar, te lo prometo.

—Pero ¡es que no me puedo creer que haya pasado! —Se encogió de hombros y suavizó un poco su expresión—. Esto no es propio de ti. Largarte de un motel con un chico… Ni siquiera Gabby es capaz de persuadirte para que te rebeles un poco… ¿Qué te ha pasado? —Me encogí de hombros a modo de respuesta, aunque sabía muy bien lo que me había pasado—. Dallas… —La expresión de Nathan me dejaba claro que no estaba para tonterías—. Entiendo que te guste ese tal Drayton. Pero no tires tus estudios por la borda por él, ¿de acuerdo? Solo te queda un año para conseguir tus objetivos. No descarriles, te lo pido por favor. Hazlo por mí.

—Nathan, esto no tiene nada que ver con Drayton. Me he dado cuenta de una cosa: solo me queda un año para crear recuerdos, para que, cuando sea mayor, pueda contar historias sobre las locuras que hice de joven. No tengo ninguno de esos recuerdos porque he perdido mucho tiempo odiando a la gente hasta el punto de que no quería ni salir de casa.

—Puedes crear esos recuerdos sin que te expulsen.

—Ya lo sé. —Asentí. Me preocupaba tener una expulsión en mi expediente, pero debía conservar las esperanzas y rezar por que no estropeara mis solicitudes para la universidad, que, por lo demás, eran impecables—. Y no volverá a pasar. Te lo prometo.

Nathan se cruzó de brazos y suspiró, claudicando con cierta vacilación.

—¿De quién fue la idea de escaparse?

—Mía.

—¿Pusiste en riesgo la carrera futbolística de ese chico por una noche de emociones? —Parecía más disgustado que cuando se había enterado de que me habían expulsado por pasar la noche fuera con un chico—. ¡Podrían haberlo echado del equipo!

Todavía no tenía ni idea de qué destino le esperaba a Drayton. Por lo que sabía, sus padres aún no habían llegado. Habíamos intercambiado una fugaz sonrisa cuando yo había salido del despacho del director y lo había visto sentado en el suelo, en el pasillo.

—Mira, solo ha sido una noche. Ha sido irresponsable, lo entiendo. Pero me he divertido un montón.

Nathan suspiró exasperado, pero no pudo evitar esbozar una media sonrisa.

—La verdad es que eso me alegra un poco —admitió—. Quiero que te diviertas. Pero estás metida en un lío.

—Vale.

—Lo digo en serio. —Casi veía girar los engranajes de su mente mientras intentaba encontrar un castigo informal—. Te tocan los platos. Durante dos semanas.

—Nathan, friego los platos todas las noches.

—Ya…, bueno. —Miró hacia todos lados con la vista perdida y los ojos muy abiertos—. Pues, mientras los friegas, pensarás en el hecho de que estás castigada y te sentirás fatal. Te lo digo en serio. Que ni se te ocurra disfrutarlo.

—Vale —acepté. El castigo me hacía mucha gracia—. Haré todo lo posible por no disfrutar cuando friegue los platos.

—Bien. —Alzó la barbilla con aire triunfal y se sacó las llaves del bolsillo de atrás—. Ahora vuelvo al campo con los chicos. Intenta llegar a casa sin cometer más insensateces. Has cambiado, lo digo en serio. No te reconozco.

Rodeó el coche para sentarse en el asiento del conductor y yo me eché a reír ante su exagerada expresión de horror, aunque su dramática actuación de hermano mayor me había conmovido. Quizá no fuese un experto, pero sin él estaría perdida.

—Llévate esto —le pedí mientras arrancaba. Abrí la puerta y metí la mochila—. Gracias.

Fui caminando al restaurante para echarle un vistazo al horario nuevo. Había salido el sol y corría un viento muy suave, así que andar durante veinte minutos era bastante soportable. Podría haberle pedido a Nathan que me llevase, pero no me haría daño el paseo.

Cuando llegué, fui directa al cuarto del personal para ver el horario de la semana siguiente. Ya estaba todo lleno y no quería robarle el turno a nadie solo porque no tenía que ir al instituto. Le dejé una nota a Ryan para informarle de que estaba disponible si alguien se ponía enfermo. No me tocaba trabajar hasta el jueves por la tarde y no me vendrían mal las horas extra.

Cuando me disponía a marcharme, pensando en irme a casa, vi a Gabby sentada en la mesa de la esquina, al fondo del restaurante. Estaba acurrucada junto a Josh. Sonreí y fui hacia ellos.

—Hola, tortolitos. —Me senté en el banco de enfrente y los dos dieron un brinco al verme, sobresaltados. Tenían un plato rebosante de patatas fritas delante, así que supuse que no llevaban mucho tiempo allí.

—¡Ya estás aquí! —Gabby dejó de mirar a Josh para prestarme toda su atención—. ¡Cuéntanoslo todo!

—Espera… —Los miré con incredulidad—. ¿Te refieres a la expulsión?

—¡Sí! —chilló emocionada.

—Dray nos ha puesto al corriente. —Josh señaló su teléfono con una sonrisa avergonzada.

—Nos ha dicho que a ti te han expulsado una semana… —Gabby me miró y luego se giró hacia Josh—. Él todavía no ha visto al director, así que no tenemos los detalles. Me muero por saberlo todo. ¡Habla!

No pude evitar fijarme en que hablaban de «nosotros» y me parecieron monísimos. Como verlos tan felices y adorables me había puesto de buen humor, cedí y me lancé a contarles las aventuras de la noche anterior con todo lujo de detalles. Mientras hablaba, la expresión de Gabby iba mutando de la alegría a la sorpresa y luego a la admiración, y luego otra vez a la sorpresa y la alegría. La única parte que omití fue que habíamos estado a punto de besarnos, porque no creía que el restaurante entero quisiera oír a mi amiga chillar como una loca. Josh parecía interesado en mi historia, si bien no tanto como Gabby, pero detrás de su interés atisbé una sonrisilla cómplice y empecé a sentirme intrigada por si sabía algo que yo desconocía.

—¡Suena todo tan romántico…! —Gabby suspiró y apoyó la cabeza en las manos con expresión soñadora.

—No fue romántico —contesté, desechando sus fantasías—. Fue divertido y emocionante, y no tenía que ser nada más. Y eso es lo que fue.

—Ah… Ya lo pillo. —Gabby asintió con un gesto teatral—. Ya hablaremos luego.

Señaló a Josh con el pulgar, dando por hecho que él era la razón por la que yo negaba que hubiera algo más. Le dejé creer que continuaríamos con la conversación más tarde, pero pensaba contarle lo mismo. Era muy consciente de que sentía algo por Drayton, algo que me provocaba un nudo en la garganta, que me aceleraba el corazón y me encogía el estómago, pero no estaba preparada para reconocerlo. Eso lo convertiría en una realidad, y no quería que fuese real. Apenas lo entendía yo misma.

—Voy al baño —anunció Gabby—. ¿Seguro que no quieres acompañarme, Dallas?

Me eché a reír y le dije que no. Ella se fue y Josh y yo nos quedamos a solas. Las patatas fritas que llevaban un buen rato haciéndome la boca agua estaban por fin fuera de la vista de mi amiga, así que no malgasté ni un segundo y cogí unas cuantas.

—¿Cómo va todo, Josh?

—Bien. —Sonrió, aunque no parecía haber ni rastro de la atracción que había sentido por mí, lo que agradecía. Ahora, esa sonrisa de adoración estaba reservada solo para Gabby. Era bonito que nos lleváramos bien y fuésemos amigos—. Oye, quería darte las gracias. —Josh apoyó los antebrazos sobre la mesa—. Gabby es fantástica y me alegro mucho de que nos hayas presentado.

—¿Sí? —Mordí una patata frita y lo miré emocionada—. Sé que le gustas mucho.

—Está llena de energía y es muy positiva. Me alegro de que nos hayamos dicho lo que sentimos sin haber perdido el tiempo. —Su tono de voz me pilló desprevenida. Levanté la vista de las patatas y vi que me estaba dirigiendo una mirada penetrante. No me gustaba el rumbo que estaba tomando la conversación—. Es evidente que Dray y tú os gustáis —añadió.

—No empieces tú también —protesté, hundiéndome en mi asiento—. Claro, ahora Gabby y tú estáis en el mismo bando. Las mismas observaciones, las mismas suposiciones…

—No creo que estén desencaminadas.

—¿Qué te hace pensar eso?

Pero entonces, tan impecablemente oportuna como siempre, Gabby se sentó al lado de Josh, y evitó que compartiera más información conmigo. De todos modos, tenía la sensación de que no pensaba soltar prenda.

—¿Te has comido nuestras patatas fritas? —Mi amiga observó el plato y luego dirigió su mirada acusadora hacia mí.

—Pues sí —confesé.

Pasamos unas cuantas horas en el restaurante charlando sobre todo tipo de cosas, comiendo patatas fritas y bebiendo batidos.

—Vamos a ir al cine —dijo Gabby mientras se quitaba las gafas para limpiarlas—. ¿Te apuntas?

—No, he llegado a mi límite como sujetavelas. Pero podríais dejarme en casa. El coche lo tiene mi hermano.

—No hace falta que me mires así, por supuesto que te llevo —contestó Gabby—. Pero ¿seguro que no quieres venir al cine con nosotros?

—Seguro. Créeme, no necesito estar sentada a vuestro lado mientras os enrolláis sin parar.

—Si quisiéramos hacer eso, veríamos una película en casa. —Gabby resopló por la nariz mientras subíamos al Jeep. Josh asintió—. Ir al cine es caro. Si me gasto dinero, es para sacarle provecho.

—Tienes toda la razón —contesté.

Cuando paró en la acera enfrente de mi casa, me sorprendí al ver a Drayton en la entrada, mirando el móvil y apoyado en su moto. Había ido a casa a cambiarse, porque llevaba un pantalón de chándal negro, una camiseta blanca, una cazadora vaquera y una cadenita plateada en el cuello. Y, por mucho que intenté evitarlo, noté un cosquilleo de emoción en el estómago que no hizo más que empeorar cuando miró hacia el coche y sonrió.

—¿Qué hace aquí Dray? —preguntó Gabby con un tono más neutral que el que había usado en el pasado para referirse a él. Supuse que, como tenía su propio chico, ya no necesitaba comportarse como una fan cada vez que Drayton Lahey estaba cerca.

—No tengo ni idea. —Abrí la puerta y salí del Jeep—. Gracias por traerme, Josh.

Él tocó la bocina al marcharse y yo saludé con la mano mientras me acercaba a Drayton. Me sorprendió que le hubieran permitido salir de casa. Me pregunté qué consecuencias habría sufrido él.

—Hola. ¿Qué haces aquí?

—He pensado en venir a ver cómo estabas. —Se puso recto y se metió el móvil en el bolsillo—. ¿Estás disgustada por la expulsión?

—Creo que debería estarlo, y normalmente lo estaría. —Me reí incómoda, porque el hecho de estar bien me sorprendía incluso a mí—. Pero ha merecido la pena. Aunque estoy intentando no pensar mucho en cómo va a afectar a mi expediente.

—Sí, yo igual.

Hice una mueca.

—A ti también te han expulsado, ¿no? Pensé que quizá tus padres podrían sacarte del apuro.

—Lo han intentado —respondió metiéndose las manos en los bolsillos—. Pero no se lo he permitido. Nos merecíamos el mismo castigo, así que eso he recibido.

—¿Has pedido que te expulsen? —Lo miré con incredulidad.

—Que te expulsen unos días no es tan malo. —Se encogió de hombros con indiferencia—. Es peor que te expulsen definitivamente.

—Eso no quiero ni pensarlo. En ese caso seguro que no me aceptarían en CalArts. ¿Quieres entrar?

—Vale.

Entramos y fui a mi habitación para quitarme los zapatos y abrir las ventanas. Drayton se sentó en la cama y recorrió el espacio con la mirada. La única vez que había estado en casa se había quedado en la puerta. En aquel entonces, solo sentía hostilidad hacia él, pero en este momento, al verlo allí, en mi cama, con esa actitud tan despreocupada y tan guapo como siempre, no pude evitar sentir que mi cuarto era diez veces más pequeño. Su presencia era abrumadora, dominante y, si debía ser sincera, un poco asfixiante.

—¿Qué vas a hacer con tanto tiempo libre? —preguntó.

—He ido al trabajo a pedir que me den más turnos, pero no había ninguno disponible. —Me encogí de hombros y me apoyé en la cómoda—. Supongo que estudiaré, aunque lo más probable es que acabe ganando Netflix. Practicaré las coreografías del equipo de animadoras y bailaré, eso seguro. A Emily no le va a hacer ninguna gracia que me pierda los entrenamientos toda la semana.

—Sobrevivirá. —Me miró con los ojos entornados y una expresión de curiosidad—. Entonces ¿tienes la semana libre?

—Técnicamente, no estoy obligada a estar en ningún sitio.

Asintió pensativo.

—¿Quieres venir conmigo a California?

—Perdona, ¿qué? —Me lo había propuesto de forma tan casual, como si no fuera nada importante, que estaba segura de que bromeaba—. ¿Te estás quedando conmigo?

—No. —Se puso de pie y se acercó a mí—. Los dos tenemos la semana libre. ¿Por qué no hacemos algo?

—Para empezar, no puedo permitirme comprar un vuelo a California así, sin más. Y para seguir, mi hermano está enfadadísimo por la expulsión y jamás me daría permiso para ir.

—Yo puedo pagar los billetes y el alojamiento. —Resopló divertido, como si fuese ridículo por mi parte no dar por hecho que él correría con todos los gastos del viaje—. Y es tu hermano, no tu padre. Tienes casi dieciocho años.

—Pero, espera, ¿cómo es posible que puedas ir a California? ¿No te has metido en un lío con tus padres?

—No mucho. —Se encogió de hombros—. A mis padres no les importa demasiado el instituto mientras juegue al fútbol, me seleccionen y vaya a Baylor.

—¿Por qué? ¿Por qué quieres ir a California conmigo? ¿No preferirías hacer otra cosa?

—Los chicos tienen clase y Josh trabaja. Me aburriré. Eres la única que está libre.

Qué halagador. Ya sabía que su vida no giraba en torno a mí, pero ¿tenía que hablarme como si fuese su última opción?

—No puedo, Dray. —Me di la vuelta y empecé a toquetear los cacharros que tenía encima de la cómoda.

—Te llevaré a ver esa universidad de danza tuya.

Sabía cómo convencerme.

—Bueno…, pues ¿cuándo nos iríamos?

—Ahora mismo. Vamos, te ayudo a hacer la maleta.

CAPÍTULO 11

Embarque del vuelo 5367 de Colorado Springs a Los Ángeles. Última llamada para el vuelo 5367 de Colorado Springs a Los Ángeles.

Drayton cogió mi mochila y los dos avanzamos en la fila con las tarjetas de embarque en la mano. El móvil me vibró por séptima vez en el bolsillo trasero de los pantalones. Estaba segura de que era Nathan, que ya habría leído la nota que le había dejado.

—¿No debería hablar con él antes de subir al avión?

—Ni se te ocurra, Pompones. Te convencerá para que no vengas. Lo llamaremos al aterrizar.

Avanzamos para que la azafata escanease nuestras tarjetas de embarque y entramos en el túnel que llevaba hasta el avión. Recordé la notita que había escrito a toda prisa para mi hermano después de hacer la maleta, y me estremecí arrepentida.

—Creo que debería haberle dejado una nota mejor.

> Nathan, me voy a Cali a ver CalArts. Vuelvo en un par de días.
>
> Te quiero.

—Si vas a llamarlo, hazlo rápido. Dentro de poco tendremos que poner los móviles en modo avión.

—No, tienes razón. Es mejor que lo llame cuando lleguemos.

Cuando encontramos nuestra fila, ni siquiera le ofrecí a Drayton el asiento de la ventanilla. Lo aparté y me senté tan rápido que él estuvo a punto de tropezarse. Me miró preocupado mientras se sentaba a mi lado.

—Perdón, siempre había querido sentarme en el asiento de la ventanilla si tenía la oportunidad —expliqué mientras miraba la pista a través del cristal.

—¿Es la primera vez que te subes a un avión? —No me avergonzaba, pero no pude evitar ruborizarme un poco al admitir que nunca había volado—. Vaya, Pompones. —Sonrió y se levantó a guardar las mochilas en el compartimento superior—. ¿Estás emocionada?

—La verdad es que sí, bastante.

—¡La primera vez! —Se sentó y se acercó a mí—. No te preocupes, será genial. Conmigo siempre lo es.

Su mirada ardiente me despertó algo en el cuerpo. Estar tan cerca de sus labios me recordaba que la noche anterior habíamos estado a punto de besarnos. No habíamos hablado de ello, y yo no veía la necesidad de sacar el tema si parecía que habíamos llegado al acuerdo tácito de fingir que nunca había pasado.

Se apoyó en el respaldo de su asiento y se puso cómodo. Durante el vuelo, charlamos sobre las anteriores ocasiones en las que había subido a un avión. Me contó cómo era viajar en jet privado y en primera clase. Le gustaba, pero lo había hecho tantas veces que ya no le entusiasmaba tanto como cuando era pequeño.

Luego me habló de la primera vez que había estado en California. Como ya me había contado que su padre había jugado en la liga nacional, podía hablarme sobre los partidos a los que había asistido; podía contarme que los había visto desde los palcos vip, que había conocido a los jugadores y que le habían regalado el balón en las ocasiones en las que este había sobrevivido a los *touchdowns*. Me encantaba escucharlo. Tenía la voz aterciopelada y una sonrisa preciosa. Cuando contaba una historia, me empapaba de cada palabra.

Llegamos al aeropuerto de Los Ángeles poco después de las cinco en punto, una hora menos que en Colorado. Menos mal que Drayton lo conocía, porque si hubiera ido sola seguro que me habría perdido. Era enorme; nunca había visto nada igual. Pasamos por lo que diría que era un centro comercial, allí en el mismo aeropuerto, y salimos por una de las docenas de puertas electrónicas que daban a la calle. Estaba nublado y tenía pinta de que iba a llover. Las inmensas letras «LAX» estaban iluminadas y había una larga fila de taxis esperando a que llegaran pasajeros.

Drayton dejó la mochila en la acera y se sacó el móvil del bolsillo.

—Pediré un Uber. Es más barato. ¿Adónde vamos?

Me miró expectante con los pulgares suspendidos sobre la pantalla.

—Ah…, esto…, no sé. El que conoce la zona eres tú.

—Bueno, ¿dónde está CalArts?

—En Valencia.

Volvió a mirar el móvil y yo me dediqué a observar a la gente mientras él hacía lo que tuviera que hacer. Había mucho que mirar, pero el aeropuerto era tan enorme que no me parecía abarrotado.

—Eso está a una hora de aquí —me informó al cabo de un momento—. ¿Qué te parece si pasamos la noche en algún sitio cercano y vamos mañana por la mañana?

Asentí y esperé a que pidiera el Uber. Había montones de ellos cerca, así que cuando lo vimos llegar en medio del tráfico que entraba y salía de la zona de recogida solo habían pasado tres minutos.

Saludamos al conductor mientras Drayton ponía las mochilas en el asiento de atrás y nos sentamos junto a ellas.

—¿Qué hotel has encontrado? —le pregunté.

—El Fairfield Inn —contestó arrellanándose en mitad del asiento—. Está a un par de kilómetros.

Me sentí aliviada, porque necesitaba desconectar y comer algo casi más que respirar. Sentía que había pasado una vida entera desde que habíamos salido a hurtadillas del motel de Fort Collins, pero en realidad solo habían transcurrido veinticuatro horas. En ese tiempo, me había bañado desnuda, había pasado la noche en un parque, me habían expulsado una semana y me había dejado convencer para subirme a un avión sin que absolutamente nadie supiera adónde iba ni con quién estaba. Había sido toda una vorágine, y no me vendrían mal una cama y un rato para relajarme.

—¿Qué tal ha ido tu primera vez? —me preguntó Drayton mientras me ponía un brazo sobre los hombros, distrayendo mi atención del extraño paisaje urbano que rodeaba el aeropuerto.

—Ha sido una pasada —admití. Recordé que debía llamar a mi hermano, aunque no quería que ni Drayton ni el conductor oyeran esa conversación.

Subir en avión por primera vez había sido exactamente lo que esperaba, en el mejor sentido. Sí, me había asustado un montón cuando el avión había acelerado por la pista antes de despegar. Y sí, las turbulencias me habían afectado un poco y tenía los oídos taponados, pero, salvo por ese par de cosas, había sido divertido. Las vistas de la tierra, las colinas verdes y las masas de agua me habían parecido fascinantes desde el aire. Cuando descendíamos, había visto con claridad edificios, casas y coches en miniatura, y lo había grabado todo en mi mente.

Hice lo posible por ignorar el aroma embriagador, almizclado y masculino de Drayton y saqué el teléfono. Borré de la pantalla las cuarenta y dos llamadas perdidas que había recibido durante el vuelo. No me molesté en leer los mensajes de Nathan, pero le mandé uno en el que le decía que estaba bien para que se quedase tranquilo hasta que pudiera llamarlo. Sí que leí los mensajes de Gabby.

> ¡¡Dónde estás?! ¿Por qué me ha llamado Nathan para decirme que te has ido del país con Dray?

> Oye, contesta.

> Tía, tu hermano se está volviendo loco.

> Ya está. He hablado con Josh. Me ha dicho que Dray y tú habéis ido a CalArts unos días. Cuando vuelvas te voy a dar una paliza por no habérmelo contado, pero, en calidad de mejor amiga, te pido que aproveches este tiempo para tirarte a Dray. Quiero que me lo cuentes todo cuando vuelvas. ¡Beso!

Gemí en voz baja, bloqueé el teléfono y lo guardé en el bolsillo pequeño de mi mochila. No me atrevía a mirar a Drayton para descubrir si había leído el mensaje o no, aunque supuse que sí. El Uber me salvó de la vergüenza al llegar por fin a nuestro destino, lo que me brindó la oportunidad de desenredarme de los brazos de Dray.

El hotel era bonito. No era un cinco estrellas, pero sí mucho mejor que ningún sitio donde me hubiese alojado anteriormente. El vestíbulo estaba decorado en tonos azules y maderas y había algunos sofás curiosos pero elegantes sobre la moqueta oscura. En las esquinas de la sala había unas grandes macetas con plantas y del techo colgaban lámparas con pantallas intrincadas. Mientras Drayton se encargaba de reservar una habitación, yo me tomé un respiro más que necesario y me senté en un sofá.

Cuando terminó, subimos en el ascensor hasta la cuarta planta. Nuestra habitación estaba al doblar la esquina. Era mucho más espaciosa que las de Fort Collins. En la pared izquierda había una puerta corredera que daba a una terraza y en la derecha había otra que supuse que daba al cuarto de baño. En el centro descansaba una cama de matrimonio.

—¿Por qué no has pedido una habitación con dos camas individuales? —le pregunté mientras dejaba las mochilas a los pies del colchón.

—Para ahorrar en lo que pueda. —Sonrió y se sentó en el borde de la cama. Contuve el impulso de borrarle la sonrisa petulante de un bofetón—. Es solo por una noche.

—¿Y las otras tres noches?

—Bueno, supongo que en el próximo hotel haré lo mismo. —Se echó a reír y puse los ojos en blanco—. Vamos, no será la primera vez que durmamos en la misma cama. No te va a pasar nada.

—Pero a ti sí. Te voy a asfixiar con un cojín.

Se levantó, fue hacia la mesita de noche y empezó a rebuscar en un cajón.

—Tus amenazas no me dan miedo. Toma. —Me pasó un folleto plastificado—. Pide algo al servicio de habitaciones mientras me ducho. Como de todo.

—Ya… —Abrí el folleto y, en tono provocador, añadí—: Seguro que sí.

Enarcó las cejas y negó con la cabeza con una expresión divertida.

—¿Estás tú en el menú?

—Qué más quisieras.

Se echó a reír y se dio la vuelta mientras se quitaba la camiseta. Cuando cerró la puerta del baño, me senté en el borde de la cama con el menú en las manos. La tensión que había entre los dos era cada vez mayor. ¿Cómo iba a sobrevivir a casi una semana compartiendo habitaciones y camas de hotel?

Después de llamar a recepción y pedir más comida de la que necesitábamos, busqué mi móvil en el bolsillo delantero de la mochila. Tenía más llamadas perdidas de Nathan, pero, antes de que pudiera devolvérselas, la puerta del baño se abrió y Drayton salió en toalla. El cuerpo le brillaba por el agua y el vapor, el tatuaje mojado destacaba más de lo habitual y llevaba el pelo alborotado. Casi perdí el apetito por completo, sustituido por otros anhelos.

—¿Qué has pedido? —Cruzó la habitación hacia su mochila, aparentemente ajeno al efecto que causaba en mí. Cuantas más veces lo veía sin camiseta, peor era.

—Un montón de cosas.

Esperó a que le diera más detalles, pero mi cerebro estaba en pausa. Sacó varias prendas de ropa de su mochila y volvió al baño.

—¿Ibas a llamar a tu hermano? —preguntó señalando mi móvil con la cabeza. Recordé la ardua tarea a la que estaba pensando enfrentarme antes de que Drayton saliera del baño con pinta de ser el plato principal.

—Ah, sí. —Me puse de pie—. Voy a salir para hablar con él. No hace falta que oigas la inevitable pelea.

Salí a la terraza y cerré la puerta. Desde allí se veían las letras luminosas del aeropuerto y la autopista; los coches la recorrían a tanta velocidad que las luces se mezclaban. Abajo, una fila de palmeras bordeaba la acera. Me esforcé por disfrutar de la suave brisa sin que el estrés de la llamada de teléfono me estropease el buen humor. Todavía estaba nublado; el cielo iba oscureciéndose y tornándose cada vez más gris, pero no hacía frío. Cuando por fin me atreví a marcar el número de Nathan, casi no oí los tonos por lo mucho que me martilleaba el corazón; los nervios nublaban todos mis sentidos.

—¡Dallas! —gritó cuando no había sonado ni dos veces—. Dime que esa nota era una broma y que todavía estás en Colorado.

—No exactamente…

—Si te has ido a Las Vegas a casarte con ese tío os mataré a los dos.

—¿Estás loco? No me he escapado a Las Vegas para casarme. Estoy en California. Voy a ir a visitar CalArts. Sabes que siempre había querido hacerlo. Se me ha presentado la oportunidad y la he aceptado.

Se hizo un silencio al otro lado de la línea. Ambos esperamos.

—O sea que ese tío que está podrido de dinero hace que os expulsen a los dos una semana y luego te invita a California. Muy conveniente. Es como si estuviera planeado.

—No seas paranoico. Ya te lo he dicho, nos han expulsado por mi culpa. Drayton iba a venir a California para visitar varias universidades aprovechando que no tiene que ir a clase, y le he pedido que me trajera con él.

—¡No puedes dejar una nota e irte a California así, sin más! ¡Llevo toda la tarde preocupado por ti!

—No tienes de qué preocuparte. Estoy totalmente a salvo y volveré a casa el miércoles. De todos modos, el jueves tengo que ir al trabajo.

—En el futuro, ¿podrías al menos fingir que respetas mi autoridad? Ya sé que no soy ni mamá ni papá, pero asegurarme de que estés bien es mi responsabilidad. No me lo pongas tan difícil.

—Lo siento. Debería haber hablado contigo antes de irme.

—¿Puedes llamarme si lo necesitas, por favor? Y no te quedes preñada.

—¡Nathan! —lo reprendí, avergonzada—. Adiós.

Cuando volví a la habitación, Drayton estaba cerrando la puerta con el pie mientras hacía equilibrios con una bandeja de comida humeante en cada mano. Había pedido pollo frito, patatas, salsa, hamburguesas y más cosas. Pero lo mejor de la escena era que solo llevaba unos pantalones de chándal de cintura baja. Iba sin camiseta. Estaba muy guapo. Demasiado guapo.

«Esto es literalmente una tortura», pensé.

—¿Tienes hambre?

Se dirigió a la mesa con una sonrisa, con los bíceps hinchados bajo el peso de las bandejas.

⚡

—Creo que voy a explotar. —Me deslicé de la silla que había junto a la mesa y aterricé en la moqueta con un golpe sordo—. No puedo permitirme comer así.

—Yo tampoco —admitió Drayton con una expresión divertida—. Pero ha merecido la pena. Estaba buenísimo.

—Ni siquiera tienes la barriga hinchada. No es justo. Yo necesito desabrocharme los pantalones. Ponte una camiseta, me estás haciendo sentir barrigona.

—No tienes barriga.

Se puso de pie y recogió los platos para ponerlos en el carrito que habían dejado fuera los del servicio de habitaciones. Decidí ayudarlo. Cuando lo sacamos todo al pasillo y volvimos a entrar, fruncí el ceño al ver las gotas de lluvia que salpicaban sobre la puerta. Sin embargo, no duraría mucho.

—Necesito agua —anuncié mientras iba al armario a por un vaso.

—Yo también. ¿Cómo es que no has pedido refrescos ni nada con la cena?

—No tengo ni idea. —Me eché a reír mientras cerraba el armario. Llené el vaso, me lo bebí entero y lo dejé en el fregadero.

Cuando Drayton se dirigió al armario para hacer lo mismo y yo me di la vuelta para volver a la mesa, chocamos. Me empujó contra la encimera con su robusto cuerpo y yo puse los brazos detrás de mí para agarrarme y no perder el equilibrio. Me aparté de él.

—Perdona, Pompones. —Me recorrió el cuerpo con una mirada difícil de descifrar.

A pesar de haberse disculpado, se quedó donde estaba. Apoyó las manos en la encimera a ambos lados de mi cuerpo, encerrándome con los brazos, y luego se inclinó hacia delante para quedar a mi misma altura. Noté su aliento. Me estaba volviendo loca al tenerlo tan cerca.

Había una razón por la que conseguía acostarse con quien quería y cuando quería. No había pronunciado ni una palabra y lo único que me apetecía era enredarme en él y derretirme con sus caricias.

—¿Quieres jugar a un juego, Pompones?

—¿Va a ser un jueguecito tipo «seguro que consigo que te acuestes conmigo»?

—¿Qué? No. Solo había pensado que podíamos matar el tiempo jugando a verdad o atrevimiento… A no ser que tú quieras hacer otra cosa.

Sabía exactamente en qué estaba pensando, y por un segundo estuve tentada de ceder. Nadie se enteraría nunca. Podíamos pasarlo bien en California, volver a casa y fingir que no había ocurrido nada. Sin embargo, hasta yo sabía que aquella opción no era realista. Lo que había entre nosotros iba más allá del plano físico; eso sí era capaz de reconocerlo. Si nos acostábamos solo conseguiríamos empeorarlo.

Sonreí y me encogí de hombros.

—Suena bien.

—Perfecto.

Continuamos mirándonos a los ojos durante varios segundos de agonía. No me había dado cuenta hasta entonces de lo mucho que me faltaba el aire cuando estaba con él. No obstante, cuando por fin hubo un poco más de distancia entre nosotros, me relajé.

Nos sentamos en la cama con las piernas cruzadas, el uno frente al otro. Habíamos buscado una moneda en los cajones, pero no habíamos encontrado nada. Sin embargo, luego, Drayton había dado con una vieja moneda canadiense en el fondo de su mochila que debía de haberse quedado allí tras unas vacaciones. Me concentré en mantener la mirada sobre sus hombros, lo que era mucho más difícil de lo que parecía cuando todo lo que tenía ante mí era puro músculo.

Lanzamos la moneda al aire y gané, lo que significaba que sería la primera en preguntar. Contemplé la posibilidad de desafiarlo a hacer algo inmaduro, como desnudarse en la terraza, pero sabía que contraatacaría con algún chiste y me diría que si quería verlo desnudo solo tenía que pedírselo.

—Vale. ¿Verdad o atrevimiento?

—Atrevimiento —respondió sin pensárselo dos veces. Por supuesto. Era muy cerrado, no esperaba que se presentara voluntario para abrirse conmigo.

—Tienes que llamar a recepción y preguntar si tienen muñecas hinchables porque te sientes solo.

Puso unos ojos como platos y se incorporó un poco.

—Vaya. —Se pasó la mano por el pelo y soltó una risita—. Eres buena.

Se levantó de la cama, cogió el teléfono y marcó el número de la recepción.

—¿Hola? —Oí una respuesta amortiguada en el teléfono. Drayton me miró a los ojos con una chispa divertida antes de cumplir el humillante reto—. Me estaba preguntando si tendrían algún tipo de compañía de la que pudiera disponer para pasar la noche, preferiblemente de plástico. ¡No, no! No una prostituta que parezca una Barbie. —Intentó que su voz, que amenazaba con estallar en carcajadas, sonara firme. A mí me estaba costando no reírme—. Me refiero a muñecas hinchables. ¿Tienen alguna? Me siento solo, pero odio la conversación, y me he olvidado la mía en casa.

Enterré la cabeza en la almohada, intentando contener los espasmos de risa incontrolable. Haberle visto pronunciar esa frase sin ni siquiera sonreír había sido de lejos lo más gracioso que había presenciado en la vida. Para ser sincera, me arrepentí de no haberlo grabado. Levanté la vista para mirarlo y vi que se había doblado hacia delante y se había alejado el teléfono de la boca todo lo posible.

—De acuerdo. —Adoptó de nuevo una expresión seria al volver a acercarse el auricular a la oreja—. Gracias. No, está bien, lo comprendo. No pasa nada, señor. Supongo que esta noche estaremos solos mi mano y yo. De acuerdo. Igualmente. Buenas noches.

Colgó el teléfono y los dos nos echamos a reír como locos, soltando unas carcajadas escandalosas. Él se dejó caer en la cama, que rebotó bajo su peso. Tenía esos ojos preciosos arrugados en las comisuras, llenos de lágrimas de risa. Yo también me notaba los míos húmedos. Tardamos un buen rato en dejar de ser víctimas de tanta hilaridad.

—Eso ha estado muy bien. Lo tengo que reconocer. —Drayton se incorporó y cruzó las piernas. Dejó de reírse poco a poco y se frotó las manos—. Mañana va a ser un poco incómodo dejar la llave en recepción.

—Seguro, pero les habrán pedido cosas más raras. Seamos sinceros.

—Cierto. Me toca, Pompones. ¿Verdad o atrevimiento?

—Verdad.

—Vamos a lo seguro, ¿eh? —Debía admitir que me aterrorizaba lo que se le pudiera ocurrir como desafío—. Vale. ¿Cuál es tu debilidad en la cama? ¿Qué es lo que más te pone?

Respiré hondo.

—Me gusta que me besen con pasión. En plan estampándome contra la pared, cogiéndome del cuello, enredando las manos en mi pelo y aplastándome, esa clase de besos. Y también me gusta que me tiren del pelo durante el sexo.

Levanté la vista de la colcha que había estado toqueteando distraída mientras respondía y descubrí que Drayton me observaba con una mirada intensa y los ojos muy abiertos. Se movió en el sitio, negó con la cabeza y carraspeó. Parecía un animal acechando a su presa y me dio la sensación de que mi respuesta le había acelerado un poco la sangre.

—Ya. Suena bien —murmuró mientras se movía ligeramente—. Te toca.

Lo miré con curiosidad. Poco a poco, dejó la incomodidad atrás y volvió a su ser despreocupado, arrogante y descamisado.

—¿Verdad o atrevimiento?

—Verdad —contestó para mi sorpresa.

No me lo esperaba, así que tardé un minuto en pensar una pregunta—.

—¿Qué significa tu tatuaje? —pregunté señalando su brazo derecho con la cabeza.

La sonrisa perezosa no se le borró del rostro, pero el ligero cambio en sus rasgos no me pasó desapercibido. No estaba del todo segura de qué significaba, si tristeza o rabia.

—Es solo un tatuaje. —Se encogió de hombros—. No significa nada.

Miré la carretera serpenteante que se extendía desde su muñeca hasta su hombro con un gesto de sospecha. Era cierto que los elementos que había a los lados de la carretera no eran conceptos misteriosos: las flores marchitas y las calaveras eran bastante comunes en el arte corporal. Sin embargo, el niño y la niña que caminaban al final de la carretera, dejándola atrás… Aquello sí tenía un significado. Estaba segura.

—¿De verdad? ¿No significa nada? ¿Es simplemente algo que te gustó tanto que te lo tatuaste en la piel para siempre?

—Exacto. —Me dedicó una sonrisa deslumbrante y se incorporó un poco—. Muy bien, me toca. —Deseaba desesperadamente que se abriera conmigo, que supiera que podía confiar en mí—. ¿Verdad o atrevimiento?

Me sentía herida, pero hice lo posible por olvidarme de ello y me concentré en lo mucho que nos habíamos divertido hasta ese momento.

—Atrevimiento.

Su sonrisa se convirtió en un gesto malévolo y lleno de intenciones. Me arrepentí de mi valentía antes siquiera de que abriera la boca.

—Te desafío a besarme.

—¿Qué?

—Ya me has oído. —Se inclinó hacia delante—. Bésame.

—¿Por qué?

—¿Cómo que por qué? —Se echó a reír—. Porque es un desafío y ganaré si te rajas. Que es lo que harás.

Era tan arrogante… Su sonrisa era arrogante. Me reí y me volví hacia la ventana, donde la lluvia seguía cayendo sobre el cristal.

—Vale. —Lo miré con una dulce sonrisa—. Pero solo si lo hacemos bajo la lluvia.

—¿Por qué bajo la lluvia?

—Porque siempre he querido un beso de cine bajo la lluvia —confesé con una risita—. Y es una de esas cosas que no se pueden planificar. Estoy siendo oportunista.

—Muy bien. —Se puso de pie a toda prisa y me dio una palmadita en la pierna—. Vamos.

Nos pusimos el uno frente al otro en la terraza, con los ojos entornados para protegernos de la lluvia. Estaba oscuro, pero las luces del hotel nos iluminaban.

Drayton dio un paso al frente, pero yo retrocedí.

—Antes nos tenemos que mojar.

—Pompones, para eso no necesitamos la lluvia.

Resoplé divertida y me eché el pelo hacia atrás. Ya estaba empapado, pegado a mi espalda y a mi cuello. Las gotas resbalaban por el pecho firme de Dray, colgaban de las puntas de su pelo, y odiaba lo guapo que estaba bajo la lluvia. Pasaron varios segundos más y me recorrió con la mirada. Yo tenía la camiseta y los pantalones cortos empapados y pegados al cuerpo.

De repente, Drayton empezó a gritar con una expresión llena de pasión y dolor. Señaló al suelo sin dejar de mirarme y gritó que me mandaría cientos de cartas. Lo miré confundida, hasta que me di cuenta de que era el diálogo de *El diario de Noah*.

—Eres un payaso. —Le di un empujón en el pecho y él se echó a reír. No sabía cómo me hacía sentir que fuese capaz de citar una película tan romántica.

Llovía mucho, pero nuestras miradas no se separaban. Parecía de otro mundo, con la piel olivácea mojada y la espalda ancha. El agua resplandecía en los recovecos de su torso esculpido. Tragué saliva y decidí descartar aquella idea tan extraña.

Me di la vuelta para entrar, pero me cogió de la muñeca con una mano y del cuello con la otra, y de repente nuestros cuerpos mojados estaban pegados y su boca estaba sobre la mía.

Fue irreal.

Me abrió los labios mientras me clavaba los dedos en el cuello y me tiraba del pelo. Mis manos se deslizaron entre sus mechones mojados y él me soltó la muñeca para agarrarme de la cintura. La lluvia caía sobre nuestras mejillas y, sin separar nuestros labios, Drayton me empujó contra la pared que había junto a la puerta. Le tiré del pelo y él me agarró con fuerza de la cintura con las dos manos. Fue un beso fantástico. Su pecho estaba contra el mío y la sensación de su cuerpo pegado a mí era tan maravillosa que me sentí débil.

Demasiado débil. Drayton era como las arenas movedizas, demasiado peligroso, y sabía que los destellos de emoción que sentía por él se fortalecerían en exceso si íbamos más allá. Saboreé los últimos instantes y lo besé acariciándole el cuello, los hombros y el pecho, hasta darle un empujoncito.

Se detuvo y dio un paso atrás. Respiraba con dificultad; caían gotas de sus labios. Cuando me di cuenta de que todavía tenía las manos apoyadas en su pecho, las quité y las dejé caer a los lados de mi cuerpo. Había sido un beso de cine, de los que hacen temblar el mundo; me sentía como si el cielo fuese a despejarse y las estrellas estuviesen a punto de alinearse.

—Besas muy bien —murmuró, mirando mis labios doloridos un segundo más de la cuenta, un segundo que le robó al gesto toda la sutileza.

Respiré hondo y me eché el pelo hacia atrás. Se me había enredado, pero había merecido la pena. Sonreí, abrí la puerta y miré atrás antes de entrar.

—Supongo que he ganado.

Él se echó a reír y se peinó hacia atrás mientras la lluvia golpeteaba contra su pecho y sus hombros.

—El juego no ha terminado, Pompones.

CAPÍTULO 12

Me desperté antes que Drayton y, de nuevo, su forma de dormir me preocupó hasta límites insospechados. Le tomé el pulso para comprobar que no estuviese muerto. Se encontraba tumbado boca abajo y su espalda bronceada estaba al aire, ya que la sábana solo le llegaba a las caderas.

Había estado reproduciendo el beso en mi mente una y otra vez desde que había ocurrido. Luego habíamos seguido jugando y las cosas habían vuelto a la normalidad, pero no lograba quitármelo de la cabeza. Recorrí con la mirada todos los recovecos de su espalda, que subía y bajaba con su respiración lenta y profunda.

Supuse que podía aprovechar para arreglarme mientras él dormía. La noche anterior habíamos decidido que iríamos al campus de la universidad para echar un vistazo, a ver si encontrábamos alguna información o por si había disponible algún tour, a pesar de que era domingo y no lo habíamos reservado antes. El viaje entero había sido improvisado, así que no tenía grandes expectativas. Me levanté, me duché y me puse unos vaqueros cortos de cintura alta y un top de manga larga con la tela fina. Me recogí el pelo en un moño alto y me maquillé un poco.

Cuando salí del baño, sintiéndome como nueva, me encontré con Drayton sentado en el borde de la cama, con los mismos pantalones de chándal y el móvil en la mano. Cogí mi mochila y empecé a guardar cosas.

—¿Todo bien?

—Sí. —Suspiró, se puso de pie, lanzó el móvil a la cama y se toqueteó el pelo—. Pero mi madre se ha puesto hecha una furia porque ha mirado los movimientos de mi tarjeta de crédito y ha visto que estoy en California y no en Dallas, que es donde le dije que iba.

—¿No tenías permiso para hacer lo que quisieras?

—Hasta cierto punto. —Se encogió de hombros con actitud despreocupada—. Les dije que iba a Dallas a visitar a unos amigos de la familia. En fin, se les pasará.

Suspiré, pero no hice ningún comentario. Sus padres eran asunto suyo.

—Tenemos que dejar la habitación dentro de una hora. ¿Quieres que mire cuánto tardará un Uber mientras te duchas?

—Vale. —Se dirigió a mí con una sonrisa traviesa—. A no ser que quieras venirte conmigo…

—Uf. —Le di un empujón en el pecho y dio un paso atrás—. Ve a ducharte, anda.

Sin embargo, esa sutil mueca en sus labios y el brillo de su mirada hacían que me temblasen las piernas. No se podía ser tan atractivo.

⚡

—Quizá debería solicitar una plaza en esta universidad. —Drayton se quedó mirando a una chica alta y tonificada con la piel de color caramelo que pasó por nuestro lado con unos pantalones cortos de chándal y un sujetador deportivo. Era una de las muchas chicas que parecían modelos mientras se paseaban por el patio del campus.

Resoplé divertida.

—No te preocupes, ya seguiré echando un vistazo yo sola para que puedas ir a elegir a las chicas que caerán rendidas a tus pies.

—¿Estás celosa, Pompones?

Nos dirigimos al edificio de administración, que estaba al otro lado del patio.

—No te emociones. —Hasta yo reparé en que no lo había negado.

Cuando habíamos llegado a Valencia, lo primero que habíamos hecho había sido reservar un hotel para pasar la noche.

Era mucho más pequeño que el de la noche anterior, pero precioso, parecido a un resort. Hasta entonces, Drayton había corrido con casi todos los gastos, pero yo había usado mi cuenta para el Uber y había pagado el servicio de habitaciones del primer hotel. Me había traído una parte de mis ahorros, ya que sabía que no era correcto dejar que él lo pagase absolutamente todo, por mucho que hubiera insistido.

—Este sitio es una pasada. —Miré la oficina de la administración maravillada. Las paredes estaban repletas de fotografías enormes de bailarines y actores. Había una mesa en el centro de la sala de recepción y otras puertas que sin duda daban a otros despachos, una zona de espera con un sofá de cuero y una mesa de café y un montón de revistas en una estantería.

—No hay nadie —observó Drayton mientras contemplábamos la sala desierta.

—Quizá podemos volver mañana —sugerí—. No tiene mucho sentido venir si no veo cómo funciona.

—Podemos volver cuando quieras. Tenemos hasta el miércoles.

—Pero no querrás pasar todo el tiempo en Valencia, ¿no? —Salimos por las mismas puertas por las que habíamos entrado. El aire cálido me daba ganas de ir a la playa, a una verdadera playa californiana.

—Si no es necesario, no. —Se puso las gafas de sol y me pasó el brazo sobre los hombros mientras cruzábamos de nuevo el patio. No podía evitar sentirme complacida por las miraditas que nos echaban las chicas que andaban por allí, practicando coreografías o ensayando pequeñas escenas bajo el sol—. Si venimos mañana, luego podríamos ir a Hollywood, ¿no? Está solo a cuarenta y cinco minutos de aquí.

—¡Oooh! —exclamé mirándolo a los ojos—. ¡Siempre he querido ver el Paseo de la Fama!

—Hecho. —Me sonrió—. Pues Hollywood. Supongo que tendré que encargarme de encontrar un buen fiestón en una fraternidad para esta noche.

—Uf… —murmuré. Lo cierto era que me contentaba con ver una película en la habitación del hotel.

—Plantéatelo como si estuvieras ganando experiencia previa en la universidad. Al menos sabrás lo que te espera.

—Yo lo pruebo todo una vez. No es mala idea hacerlo mientras te tenga a ti para amortiguar los golpes. —Se echó a reír y me lo quedé mirando. ¿Cómo no iba a hacerlo? Tenía la risa más bonita del mundo, y la forma de luna creciente que adoptaban sus ojos cuando se le alzaban las mejillas era perfecta—. Pero, ahora que lo pienso…, ya he estado en fiestas en casas. No va a ser una experiencia nueva exactamente.

—Pero nunca en la universidad —insistió—. Confía en mí, juegan en otra liga. Ya te enseñaré de qué va, Pompones.

—¿Qué haría yo sin ti?

—¡Oye, perdonad!

Nos dimos la vuelta y vimos a un chico delgado con el pelo ondulado color chocolate que corría hacia nosotros. Llevaba una camiseta de tirantes negra en la que se leía «Cal-Arts» con letras como las de un grafiti y unos pantalones de chándal.

—Perdonad, ¿sois nuevos? —nos preguntó.

—Más o menos —contesté mientras lo miraba disimuladamente. Tenía que ser bailarín. Tenía un cuerpo increíble y unos ojos marrón oscuro que me hipnotizaban—. Me gustaría venir aquí el año que viene. Solo estábamos echando un vistazo. Me llamo Dallas.

—Ah, qué nombre más bonito. Pues yo soy de Dallas. —Me pareció notar un leve acento sureño—. Soy Cooper.

Le ofreció la mano a Drayton, que quitó el brazo de encima de mis hombros y le dio un fuerte apretón.

—Drayton.

—Encantado, tío. —Cooper le dedicó una sonrisa deslumbrante, pero entonces miré a Drayton y vi que tenía el ceño fruncido. Dios, qué maleducado—. Os he llamado porque os he visto salir del edificio de administración. Soy uno de los guías, una especie de cara amiga para los nuevos. Si queréis que os enseñe el campus, lo haré encantado.

—La verdad es que estábamos pensando en volver mañana, que hay clases —contesté dubitativa. No quería parecer una ingrata—. Es para ver el campus en funcionamiento.

—Es muy buena idea. —Chasqueó los dedos y no pude evitar sonreír ante su actitud jovial—. ¿De dónde sois?

—De Castle Rock, Colorado —le informé.

—Ah, qué guay. —Miró a Drayton y este le devolvió la mirada con el ceño fruncido, pero a Cooper no pareció molestarle—. ¿Tú también vas a solicitar plaza?

—No.

—Drayton juega al fútbol americano. —Lo fulminé con la mirada y luego me volví hacia Cooper para intentar evitar que se me contagiara el mal humor de mi acompañante—. Está esperando para ver si lo seleccionan.

—Pero, tío, ¡la UCLA está solo a media hora! —exclamó Cooper emocionado, dándole una palmadita en el brazo. Drayton bajó la vista poco a poco hacia el lugar donde lo había tocado y se lo quedó mirando con aburrimiento—. Eso no es nada. Al menos no tendréis que seguir con la relación a distancia.

—¡Ah! Qué va. —Me eché a reír y miré a Drayton, que seguía impertérrito—. Solo somos amigos.

—Yo iré a Baylor —añadió él secamente.

—¡Ah, Baylor! Qué guay. Mi primo estudió allí —contestó Cooper sin lograr captar su interés antes de volverse hacia mí—. ¿Qué tal si me das tu número y así quedamos para mañana? Os puedo enseñar el campus y haceros un pequeño tour.

—Suena perfecto —intervino Drayton mientras se sacaba el móvil del bolsillo con repentino entusiasmo—. Puedo darte mi número y, si esta noche hay alguna fiesta, dímelo también.

Cooper nos miró a los dos con incertidumbre, sin duda con la esperanza de que lo interrumpiera antes de que tuviera que darle su número a Drayton. Y debería haberlo hecho, porque el extraño comportamiento de este estaba empezando a molestarme. Pero no fui capaz. Me quedé allí plantada mirando cómo intercambiaban sus números con aire incómodo. Puede que la posibilidad de que Drayton estuviera celoso me hubiera cautivado hasta el punto de volverme estúpida.

—Alguna fiesta, ¿no? —Cooper agachó la vista pensativo mientras se guardaba el móvil en el bolsillo—. Perfecto. —Chasqueó los dedos y miró a un grupo de chicas que bailaban hiphop—. ¡Carrie! ¿Hay algo organizado para esta noche?

Todo el grupo miró hacia nosotros con curiosidad y una admiración evidente hacia el quarterback que tenía al lado. Era bastante difícil no fijarse en él. Una chica con el pelo rojo fuego, supuse que Carrie, asintió y gritó:

—¡James organiza la semana del talento! ¡Empieza esta noche!

—¿Qué es la semana del talento? —pregunté.

—Básicamente, ver quién puede beber más y seguir en pie al final de la noche. —Cooper puso los ojos en blanco—. Todo el mundo va para beber, pero la mayoría no participan. Hay varios chicos que lo hacen con sutileza. Beer Pong, beber haciendo el pino sobre el barril de cerveza, juegos de cartas... Ese tipo de cosas. Al final de la semana, gana el que haya aguantado más días hasta el final de la noche.

—No se me ocurre nada mejor. —Drayton me sonrió y me dio un codazo—. Luego te escribo para pedirte la dirección, Coop. —Le dio una palmadita en el hombro y después me volvió a rodear con el brazo y lo saludó con la mano—. Nos vemos esta noche.

—Eh... Vale, sí —murmuró Cooper mientras Drayton me arrastraba en la dirección opuesta—. ¡Encantado de conoceros!

—¿De qué iba eso? —Me quité el brazo de Drayton de encima de los hombros en cuanto salimos del campus.

—¿A qué te refieres? Solo estaba siguiendo el código de colegas. —Se encendió un cigarrillo, pero no me molesté en comentar nada. Sin embargo, sí me pregunté qué le habría puesto nervioso—. Ya sabes: si un tipo raro intenta ligar contigo, yo me interpongo para ahorrarte el mal trago de rechazarlo. De nada.

—¿De dónde sacas que quisiera rechazarlo?

Se volvió hacia mí con unos ojos como platos y me soltó una nube de humo tóxico en la cara.

—¿Ese? ¿Te gusta ese? ¡Está esquelético!

—Está delgado, Drayton. Hay una diferencia. —Alejé el humo de mi cara con una mano y apreté el botón para peatones del semáforo—. Y parecía muy majo. No me iría mal tener un pretendiente potencial antes de mudarme aquí.

Cuando los coches se detuvieron a uno y otro lado del paso de cebra y el hombrecito del semáforo se encendió para indicarnos que podíamos pasar, cruzamos la carretera junto con el resto de los peatones.

—Yo puedo encontrarte un pretendiente potencial mejor, Pompones. Esta noche seré tu compinche. Créeme, puedes conseguir algo mejor.

—¿Tendrás tiempo de encontrar un chico para mí mientras estás comiéndoles la oreja a todas las bailarinas despampanantes que habrá en la fiesta?

—Tengo muchos talentos —presumió. En lugar de molestarme en dignificar con una respuesta sus tonterías de ególatra, me detuve ante un local de bocadillos que olía increíblemente bien.

—¿Comemos algo?

—Podría comer. —Me abrió la puerta y me hizo un gesto para que pasara. Sus momentos ocasionales de caballerosidad jamás cesaban de sorprenderme—. Para el postre podemos volver a la habitación.

Lucía una sonrisa engreída de oreja a oreja, pero no me sorprendió.

Ni tampoco me decepcionó. Su sentido del humor grosero y su incapacidad para contenerse eran de las cosas que más me gustaban de él. Eran dos de las razones por las que más tarde, esa noche, confiaría tanto en él.

⚡

—¿Cómo estoy?

Salí del baño del hotel con un top negro sin tirantes y un par de pantalones cortos de cintura alta de color champán. Eran de una tela sedosa y quedaban bien con el bronceado que había logrado durante los meses de verano.

Drayton levantó la vista del móvil. Estaba sentado en el borde de la cama, ya vestido para salir. No se había puesto nada especial, pero hasta yo tenía que admitir lo guapo que estaba con unos vaqueros pitillo negros y una camiseta azul marino con cuello de pico que se le ajustaba en los bíceps. Cuando apoyó los codos en las rodillas, sus músculos tiraron de las costuras de la tela.

Su mirada se detuvo sobre mi cuerpo y, con poca sutileza, lo recorrió de la cabeza a los pies mientras yo esperaba desvergonzadamente su validación. Cuando una expresión lujuriosa afloró en su rostro, me sentí dos metros más alta.

Se pasó la mano por el pelo mientras esbozaba una pequeña sonrisa.

—Guau. —Soltó una risita y se puso en pie. Las mariposas de mi pecho empezaron a revolotear de forma aún más errática, y me moví, nerviosa—. No vas a tener ningún problema para ligarte a algún californiano, Pompones.

Sentí la tentación de contestarle que con el chico de Colorado que tenía delante me bastaba, pero me limité a ponerme el pelo detrás de los hombros y sonreír.

—Gracias. ¿Tienes la dirección?

—Sí. —Me enseñó el móvil mientras yo me ponía unos botines negros. Para mi sorpresa, estaba muy emocionada ante la idea de salir esa noche.

Comprobamos que tuviéramos todo lo que necesitábamos y luego bajamos al Uber que nos estaba esperando. La fiesta

164

se celebraba en una residencia de la universidad que estaba a unos cinco minutos del campus. Cuando llegamos a la casa de dos plantas, ya había gente por todas partes. Si las fiestas de los lunes por la noche eran así, no podía ni imaginarme cómo debían de ser los sábados: el jardín delantero estaba lleno de vasos de plástico rojos, botellas de cerveza y tapones, los muebles del porche estaban rotos y en mitad del césped había un sofá viejo y gastado que parecía que hubieran rociado de gasolina.

Era preocupante.

Desde dentro del taxi, la música ya se oía alta, pero cuando salimos nos pareció todavía peor. O mejor, según cuál fuera tu estado de ánimo. A mí me gustaba.

Después de que nos saludaran desde todas partes, entramos en la casa. No parecía importar que nadie nos conociera: los universitarios borrachos nos decían hola con la boca pastosa de todos modos.

—¡Son todos simpatiquísimos! —grité por encima de la música.

La casa estaba abarrotada, así que me daba en la nariz que tardaríamos un buen rato en llegar a la cocina. De repente, un chico muy entusiasta saltó ante nosotros, levantó los brazos y gritó:

—¡La puta semana del talento de CalArts!

Desapareció tan rápido como había llegado, pero lo oí gritar lo mismo una y otra vez a medida que se abría paso por el salón.

—Uno de los participantes, supongo.

Seguimos caminando en busca de algo para beber. Mi pequeña envergadura me colocaba en una posición vulnerable, así que me empujaban y me pisaban. Hasta me dieron un codazo en la cara. Drayton me rodeó la cintura con el brazo y me atrajo hacia sí, actuando casi como un escudo humano, y aceleró el ritmo. Me sentí agradecida, ya que a ese paso iba a terminar inconsciente antes de tomarme una sola copa.

Cuando llegamos a la cocina, me sorprendió lo grande que era. El lado de los electrodomésticos era bastante normal, pero la zona para comer era tan amplia que habían montado una mesa de Beer Pong. Había docenas de personas mirando la partida. Al final de la habitación, una puerta corredera llevaba a un patio trasero donde, por supuesto, había todavía más gente.

Drayton se acercó a mí sin soltarme la cintura:

—¿Cerveza? ¿O prefieres chupitos de vodka?

—¡Quiero jugar a eso! —Señalé la mesa de Beer Pong y asentí decidida—. ¿Vamos juntos?

—No sé, Pompones, soy un jugador con experiencia... En mi equipo admito solo a lo mejor de lo mejor.

En ese instante, Cooper apareció a mi lado y me puso una mano en el hombro. En la otra llevaba una cerveza.

—¡Hola! —Sonrió—. ¡Al final habéis venido! ¿Habéis encontrado algo de beber?

—¡Hola! Pues le acababa de proponer a Drayton una partida de Beer Pong, pero, al parecer, no soy digna de formar parte de su equipo.

—Puedes jugar en el mío. —Me pasó el vaso de cerveza. Alargué un brazo para cogerlo, pero alguien se me adelantó. Me di la vuelta y vi que Drayton se lo estaba bebiendo.

—Pero ¿qué haces?

Lanzó el vaso hacia atrás y fulminó a Cooper con la mirada.

—No aceptes bebidas de desconocidos, Pompones.

—Si quieres jugar... —Cooper cogió a la chica que tenía más cerca, que resultó ser Carrie, la pelirroja del patio del campus—. Esta es Carrie. Puedes ir con ella, Dray.

Ella se dio de bruces contra el pecho de Drayton. Estaba como una cuba, pero levantó la vista y le hizo ojitos.

—Sí, claro que puedes.

Habría sido un milagro que consiguiera caminar en línea recta, así que era poco probable que lograra meter una pelotita blanca en un vaso. Aquello era pan comido.

Sin embargo, no importó que Carrie tuviera una puntería terrible, porque Drayton y yo nos pusimos tan competitivos que ella y Cooper acabaron apartados y la partida de dobles se convirtió en una individual.

Nos quedaban dos vasos a cada uno. Al principio, iba ganando Drayton, que no había parado de chulearse por ello. Pero, poco después, yo había empezado a acertar una pelotita tras otra. Para mi sorpresa, creía que el alcohol había tenido algo que ver con ello. En cualquier caso, estaba en racha.

—¡Y una mierda! —Drayton lanzó los brazos al aire cuando mi pelota aterrizó en su penúltimo vaso—. ¡Estás haciendo trampa!

—¡Sí, claro! —Solté un resoplido—. Tengo un buen brazo, ¿recuerdas?

Me refería al día que nos habíamos conocido, cuando casi había parado un balonazo con la cara pero lo había impresionado al cogerlo al vuelo. Él sonrió al darse cuenta.

—¡Bebe, Drayton! —le dijo Cooper entre risas desde un lado mientras acunaba a una Carrie casi inconsciente.

—Cierra el pico, Cooper —le contestó contrariado, pero sacó la pelota del vaso y se bebió el contenido.

Se preparó para tirar mientras tragaba. Lanzó la bola al vaso que tenía más cerca, pero rebotó en el borde, para decepción del público. Yo empecé a brincar emocionada, porque me tocaba a mí y estaba decidida a encestar la última y proclamarme ganadora.

La gente se calló, aunque no supuso una gran diferencia, porque el resto de los presentes en la fiesta seguían chillando y gritando por encima de la música, que estaba a todo volumen. Sin embargo, le dio un poco más de emoción al asunto. Me preparé, lancé la pelota y la encesté limpiamente en el último vaso de Drayton.

Me puse a chillar y a saltar con los brazos en el aire, animada por la multitud, que hacía lo mismo. Drayton me sonrió desde el otro lado de la mesa, cogió su último vaso y me dijo «Felicidades» solo moviendo los labios antes de bebérselo.

Más tarde, cuando el ambiente estuviese más tranquilo, pensaba restregarle mi victoria por la cara y asegurarme de que se tragara sus palabras de duda, pero, por el momento, me limité a devolverle la sonrisa y contemplar cómo se secaba la boca. De repente, frunció el ceño. No me dio tiempo a darme la vuelta para ver por qué, dado que me levantaron por la cintura y me empezaron a dar vueltas demasiado rápido para alguien que se acaba de beber ocho vasos de cerveza.

—¡Ha sido una pasada! —Cooper se echó a reír y me dejó en el suelo sin soltarme la cintura. Nos movimos hacia la puerta para dejar sitio para la siguiente partida de Beer Pong—. ¡No tenía ni idea de que fueses tan buena!

—Yo tampoco —admití. No sabía muy bien cómo sentirme ante el hecho de que no hubiese ni una pizca de espacio entre los dos—. Era la primera vez que jugaba.

—¿De verdad? ¿Quieres bailar? —preguntó en voz baja mientras deslizaba las manos por mi cintura y entrelazaba los dedos con los míos. Se le veía más seguro de sí mismo que cuando nos habíamos conocido. El aliento le olía a alcohol.

—No, no quiere —contestó Drayton antes de arrancarme de los brazos de Cooper—. ¿Verdad que no, cariño?

Aquello empezaba a parecerme una estupidez. No tenía nada que ver con ahorrarme el mal rato de rechazar a Cooper. Se estaba comportando como un capullo celoso, y odié que eso lograra despertar mis sentimientos.

—Pensaba que no estabais juntos… —Cooper dio un paso atrás de forma instintiva.

—Es complicado. —Drayton se encogió de hombros—. Tenemos algunas cosas que solucionar.

—¡Drayton! ¡Para de…!

—Ya —me interrumpió Cooper. Me dedicó una sonrisa avergonzada y luego se volvió para marcharse antes de que pudiera aclararle la situación—. No pasa nada. ¡Nos vemos por aquí!

Desapareció entre la gente y yo me aparté de Drayton de inmediato. Estaba un poco borracha, pero lo bastante serena como para saber que él también. Esperaba que la noche no se convirtiera en un desastre por culpa de eso.

—¡¿Qué problema tienes?! —Le empujé con suavidad, lo que pareció sorprenderle—. ¿Por qué me jodes los ligues todo el rato? Primero Josh, ahora Cooper... ¿Qué te pasa? ¿A qué estás jugando?

—No me parece que te esté jodiendo nada, Pompones —contestó, ganándose un resoplido de exasperación por mi parte—. No he hecho nada. Y, de todos modos, tampoco parecías tan interesada. Si lo estuvieras, seguro que no habrías permitido que me interpusiera.

—Pero tú... ¡Cállate y para! —grité—. ¡Yo no te lo hago a ti!

Habíamos acabado apartados en una esquina de la sala, desplazándonos poco a poco mientras la gente entraba y salía de la estancia abarrotada. Estaba arrinconada y él, que nunca había mostrado demasiado respeto por los límites, parecía haber borrado el concepto de espacio personal de su vocabulario.

—Se supone que esta noche eres mi compinche, Dray. —Me estaba sacando de quicio, pero, al mismo tiempo, no podía evitar que el corazón me latiera desbocado, haciendo que todo se desdibujara a mi alrededor—. Y lo estás haciendo fatal. Se trata de encontrar un chico para mí, ¡no de asustarlos!

—¿De verdad crees que alguno de ellos puede hacerte sentir lo mismo que yo? —Me cogió de la cintura y me dio la vuelta, apretando mi espalda contra su pecho. No me esperaba ese giro de los acontecimientos, pero la tensión era tan fuerte que acabó por aplacar cualquier protesta que quisiera manifestar—. ¿Crees que saben lo que te gusta? —Hablaba en voz baja y ronca, pero, a pesar de nuestro estado de embriaguez, sonaba firme y dominante. Movió las manos despacio pero decidido por mi cintura, para luego deslizarlas de forma provocadora y suave por debajo de mi pecho—. ¿Crees que saben lo mucho que te pone esto? —Llevó una de sus manos a mi nuca, la enredó en mi pelo y tiró de él, mientras que con la otra me levantó los pantalones cortos para acariciarme el muslo. Cuando su aliento me golpeó en el cuello, me dio un vuelco el corazón. Eché la cabeza hacia atrás para exponerme ante él; era demasiado sensual, demasiado excitante, y sentía que estaba empezando a desmoronarme. Sus caricias prendían una chispa, me dejaban la mente en llamas—. Yo sí sé lo que te gusta, Dallas —me gruñó al oído. El sonido de mi nombre en sus labios me hizo gemir. Sin embargo, no me dio tiempo a avergonzarme, porque me agarró con más fuerza del pelo a modo de respuesta, tirando de mi cabeza hacia atrás, y con la otra mano me sujetó las muñecas. Me estremecí una y otra vez mientras me recorría los costados con las puntas de los dedos, al mismo tiempo que me besaba y me mordía suavemente el cuello y el hombro desnudo—. Ninguno de ellos podría hacerte sentir así, Dallas.

Me dio la vuelta y me estampó contra la pared. Su rostro estaba a escasos centímetros del mío y cada parte de mi cuerpo ansiaba tenerlo aún más cerca. Con él, apenas conseguía formar pensamientos coherentes cuando estaba sobria, así que en aquel momento no se me ocurría ninguna razón por la que no debiéramos volver al hotel de inmediato y caer rendidos el uno junto al otro.

—Bésame —le pedí en susurros; el deseo me había dejado sin aliento. Solo necesitaba un último empujón, y sabía que en el momento en el que su boca encontrase la mía, ya no habría nada que hacer.

Se apoyó en la pared poniendo una mano a cada lado de mi cabeza y se acercó. Sin embargo, antes de que nuestros labios se encontraran le cambió la cara, adoptó una expresión casi de dolor que contrastaba fuertemente con la mirada de lujuria que había lucido apenas unos segundos antes. Me estudió con intensidad y nos quedamos como en trance, sumidos en aquella energía sudorosa y jadeante, durante lo que me pareció una eternidad.

—Esta noche no, Pompones —murmuró mientras entrelazaba sus dedos con los míos—. Esta noche no.

Exhaló con fuerza. Cuando se puso recto y dio un paso atrás, se me cayó el alma a los pies. De repente, la distancia que nos separaba me pareció enorme, y, a pesar de que acababa de rechazarme, no pude reprimir las ganas de consolarlo, ya que parecía un poco desamparado, y aquello me dolió.

CAPÍTULO 13

—¿«Bésame»? Uf… ¡¿«Bésame»?!

Me abofeteé a mí misma y sacudí la cabeza con la esperanza de expulsar de ella el recuerdo del fiasco de la noche anterior, de borrar para siempre su existencia.

—«¿Quién me creo que soy? ¿Una mujer fatal? ¡«Bésame»! —me burlé de la Dallas borracha. Porque esa Dallas no era yo. A esa Dallas no la conocía.

Si era sincera, aquel era el último recuerdo claro que tenía de la noche; el resto de la velada estaba bastante difuminado. Una resaca habría sido la consecuencia más merecida, pero no me sentía demasiado mal, aunque me habrían venido bien un ibuprofeno y un vaso de agua.

Después de que Drayton rechazara muy educadamente la excitante oferta de poner sus labios sobre los míos, había tomado la decisión de lanzarme al alcohol y beber más de lo que mi cuerpo era físicamente capaz de soportar. Cada vez que nuestra escenita de provocación se abría paso en mis pensamientos, me ruborizaba y me entraban ganas de que me tragase la tierra.

Eché un vistazo al muerto que dormía a mi lado y recordé al instante por qué me había resultado tan fácil caer presa de sus encantos. Estaba tumbado boca arriba con el pecho desnudo al aire y la cabeza girada hacia la izquierda. Solo con verlo notaba un cosquilleo en la barriga. Podía afirmar con sinceridad que jamás había tenido tanta tensión sexual con nadie.

La imagen de mi yo alcoholizado y apoyado contra una pared en un estado de total excitación volvió a aflorar en mi mente. Hice una mueca, disgustada, y susurré en tono de mofa:

—«Bésame». Uf.

—Lo habría hecho.

Cuando la voz de Drayton rompió el silencio que nos rodeaba, solté un chillido. Si ya me reconcomía la vergüenza, ahora que sabía que me había escuchado revivir la pesadilla de la noche anterior en voz alta, la cosa era diez veces peor. Se volvió y me sonrió, mirándome con ojos cansados.

—Aprovecharme de chicas borrachas no me va —añadió.

—Tú también estabas borracho. Habíamos bebido lo mismo. No… Tú dos vasos más. En todo caso, habría sido yo la que se aprovechaba de ti. Bebiste más que yo.

—Pero soy dos veces más grande que tú y aguanto muy bien el alcohol. —Se puso de lado y se apoyó en un codo, flexionando los músculos de los brazos y los pectorales—. Pero no te preocupes. Puedo contarte lo que pasó el resto de la noche. Estoy seguro de que eso hará que te avergüences menos de haberme pedido que te besara.

—¿Qué?

—La liaste un montón. Tuve que cogerte en brazos y meterte en un taxi porque no querías irte.

—No me acuerdo… Y tengo un lema: «Lo que no recuerdes, mejor olvidarlo». No quiero saber más.

—No, no creo que quieras.

La voz de Drayton diciendo: «¿De verdad crees que alguno de ellos puede hacerte sentir lo mismo que yo?» reverberó en mi mente. Una vez más, había dicho y hecho todo tipo de cosas que indicaban que me deseaba, pero me había rechazado inmediatamente después y había seguido como si nada hubiera pasado. Nunca me había sentido tan confundida ante los actos de una persona y, de no haber tenido tanto miedo de su respuesta, le habría preguntado directamente qué narices quería de mí.

—Voy a arreglarme. —Salí de la cama de un salto y empecé a rebuscar en mi mochila.

—¿Vas a volver al campus?

173

—Sí. Sola.

Me fui al baño con mi ropa mientras él me observaba con curiosidad. Odiaba desearlo. Tenía que concentrarme en el futuro. Encima, el año siguiente viviríamos en dos estados diferentes, lo que significaba que no formaría parte de mis próximos pasos. No podía olvidarme de eso, aunque me resultaba difícil acordarme de nada cuando me miraba con esos ojos entornados y esos labios tan apetecibles.

Después de ducharme, me puse unos vaqueros cortos y rasgados de cintura alta y una camiseta blanca metida por dentro. El sol brillaba y no había ni una nube a la vista. Cuando salí del cuarto de baño, me encontré a Drayton de pie junto a la puerta, vestido con unos pantalones cortos y una camiseta. Solté la toalla en el borde de la cama.

—¿Qué haces? Te he dicho que voy sola. —Me puse las chanclas y añadí a toda prisa—: No necesito que me acompañes y me protejas, Drayton. Fuiste un maleducado con Cooper y ahora la situación es incómoda. Prefiero hacer la visita al campus yo sola.

—Ha sido un buen discurso, Pompones, pero yo ya tengo planes para hoy. Solo estaba esperando para decírtelo y que no te encontrases con que me había ido sin más.

Es físicamente imposible evitar que el rubor te cubra cada centímetro de la cara, por mucho que te muerdas los labios, que respires y que intentes sentirte segura de ti misma: si el calor quiere abrirse paso hasta tus mejillas y provocarte una especie de sarpullido espantoso en el cuello, lo hará.

—Ah. Vale. —Me crucé de brazos—. ¿Qué vas a hacer?

La única forma de salvarme era hacer como si nada. Un intento fútil. Era evidente que quería que me tragase la tierra. La sonrisa arrogante y estúpida que él tenía pintada en la cara me lo demostraba.

Me levantó la barbilla con un dedo y me guiñó un ojo. Luego se dio la vuelta, abrió la puerta y contestó:

—Todo tipo de cosas.

Por culpa de lo mucho que me había exasperado, me había olvidado de pedirle a Drayton el número de Cooper, así que, cuando llegué al campus, fui directamente a la oficina de administración, a sabiendas de que allí sabrían cómo contactar con él.

La oficina ya no estaba vacía. Tres recepcionistas trabajaban tras sus escritorios respondiendo llamadas, hablando con estudiantes y ayudando a profesores. Contaba con que me tocase esperar a Cooper un buen rato, pero, para mi sorpresa, me lo encontré sentado en el sofá moviendo la cabeza al ritmo de la música que reproducían sus auriculares. Cuando se dio cuenta de que me estaba acercando, levantó la cabeza y me dedicó una sonrisa que le marcó hoyuelos en las mejillas. Normalmente, los hoyuelos no me llamaban la atención —nunca había entendido por qué tenían tanto éxito—, pero lo cierto era que quedaban preciosos en su piel bronceada.

—¡Hola! —Se quitó los auriculares y enrolló el cable en torno a su teléfono—. Qué oportuna. Me daba la sensación de que hoy te pasarías por aquí.

—¿Me estabas esperando?

Justo cuando se disponía a responder, una mujer le dio un pequeño USB. Él le dio las gracias y me lo enseñó a modo de explicación.

—En realidad, estaba esperando esto. Pero tenía pensado quedarme un ratito más por si aparecías.

—Qué oportuna, sí.

Cruzamos una puerta que conectaba la oficina con un pasillo ancho y lleno de gente.

—Como este tour acaba de empezar oficialmente —dijo mientras yo contemplaba a las personas que pasaban por nuestro lado, bailaban contra las paredes o cantaban mirando por la ventana—, te informo de que todo esto son aulas de danza. —Señaló las distintas puertas—. No siempre está así. La gente está esperando a que empiece su siguiente clase.

Eché un vistazo al interior de las aulas al pasar por delante. Contemplé con admiración a los bailarines de ballet, jazz, hiphop y danza contemporánea, una clase a la que me habría gustado unirme. Al llegar al final del pasillo, entramos a un camino cubierto que llevaba a otro edificio.

Me lo enseñó todo. La universidad entera, los estudios de producción, el teatro enorme en el que tenían lugar las representaciones... Había aulas de música con todos los instrumentos imaginables. Aquella universidad lo tenía todo.

La visita duró alrededor de una hora. Mientras paseábamos, charlábamos para conocernos un poco mejor. Y lo más importante era que yo quería conocerlo mejor.

—Supongo que querrás ver más clases de danza, ¿no? —preguntó con una sonrisa, mientras volvíamos al lugar por donde habíamos empezado.

Asentí, casi incapaz de contener la emoción por ver las clases a las que quizá podría asistir el curso siguiente. Me costaba mucho no visualizarme estudiando allí, no imaginarme caminando por esos pasillos. Sabía que no debía hacerme ilusiones, pero no podía evitarlo.

Cooper soltó una risita ante mi entusiasta respuesta a su oferta y empezamos a recorrer el pasillo, que ya no estaba tan abarrotado como antes porque las clases habían comenzado hacía diez minutos.

—Estás de suerte, porque mi compañía va a empezar con una coreografía nueva. Para eso era el USB: dentro tengo la música.

Entramos en un estudio precioso. Estaba lleno de vida. Unos quince bailarines de hiphop se movían en perfecta sincronía al ritmo de una canción que reproducía un equipo de música impresionante que había en una esquina de la sala. Los contemplé maravillada mientras caminábamos hacia el equipo, admirando sus movimientos perfectos. Era un baile preciso e intenso, además de muy rápido, y sentí que estaba fuera de mi alcance. Definitivamente, tenía mucho que aprender.

—Vaya… Esto me pone extremadamente nerviosa de cara a mi prueba —murmuré—. Si es que consigo que me hagan una.

—¿Quieres unirte? —me preguntó mientras ponía el USB en el equipo de música y seleccionaba una canción.

—¿Qué?

—Voy a enseñarles algunos pasos nuevos en los que he estado trabajando, así que todos empezamos desde cero. ¿No quieres probar?

En realidad, no había una gran diferencia entre lo que me estaba proponiendo y lo que hacía casi cada día con el equipo de animadoras: seguir unos pasos y aprenderme una coreografía. Sin embargo, de repente me puse tan nerviosa que contemplé la posibilidad de coger la puerta y largarme.

—¡Vamos! —Me dio la mano y me llevó hacia el grupo. Era evidente que había percibido mi vacilación—. Chicos, esta es Dallas. Se va a unir a la clase.

Los saludé con la mano y me dije a mí misma que debía regañarlo más tarde por aquella presentación. Sin embargo, todos me saludaron con amabilidad. Cooper no perdió el tiempo pidiendo que le prestaran atención antes de empezar a bailar. Me quité las chanclas a toda prisa, ya que de ningún modo podía bailar así, y me di cuenta de que casi todos los bailarines llevaban zapatillas deportivas de diseño. Por suerte, nadie me pisó.

El grupo entero empezó a seguir los movimientos de Cooper de inmediato, copiando un paso tras otro. Era increíble; se movía de una forma precisa y articulada. Casi me olvidé de que tenía que prestar atención a la coreografía y no solo mirarlo a él.

Me concentré en repetir sus movimientos. Era evidente que solo se trataba de los primeros pasos. Sin dejar de mirarle los pies, copié la compleja coreografía. No tardé mucho en pillarla. Me movía al ritmo de los demás bailarines, pero apenas podía reparar en ellos. Como a menudo me pasaba al bailar, me transporté a un lugar donde no existía nada excepto la euforia, un sentimiento que en esta ocasión se veía engrandecido por el hecho de estar en un verdadero estudio de baile, en una clase auténtica. Era tan surrealista y emocionante que no me quedaba más remedio que adorar cada paso, cada movimiento, cada salto, vuelta y pirueta. Era un sueño.

Un rato después estaba sudada y sin aliento, pero me sentía llena de energía. Había conseguido aguantar el ritmo hasta el final, aunque no sabía cuánto tiempo habíamos estado bailando. Lo cierto era que, en aquel momento, el tiempo se había convertido en un concepto extraño.

—No sé por qué estás tan preocupada—me dijo Cooper—. Eres fantástica. La prueba te irá genial.

—Si acceden a hacerme la prueba. —Me abaniqué la cara y me puse las chanclas mientras nos apartábamos del resto de los bailarines—. Muchas gracias. Ha sido divertido.

—Cuando llegue el día de tu prueba, porque llegará, avísame si necesitas ayuda con la coreografía.

—¿En serio?

—Pues claro. —Me sonrió mostrándome de nuevo esos pequeños hoyuelos—. Estaré encantado de ayudarte.

—Te tomo la palabra.

Cuando por fin me dirigí de nuevo al hotel eran más o menos las tres de la tarde. Sabía que Drayton y yo habíamos quedado para acercarnos a Hollywood, pero, debido a sus misteriosos planes, me preguntaba a qué hora iríamos. También estaba ansiosa por saber qué habría estado haciendo todo el día. Sin embargo, no pensaba preguntárselo por una sencilla razón: quería parecer menos interesada en todo lo relacionado con Drayton. Me daba una de cal y una de arena, y había empezado a afectarme. A veces tenía ganas de agarrarlo, plantarle un beso y confesarle que estaba medio enamorada de su estúpida cara, y otras quería aplastar lo que sentía porque no tenía ni idea de lo que él quería en realidad, y eso me aterrorizaba.

Cuando llegué al hotel, me lo encontré sentado en la recepción con todo nuestro equipaje, mirando al techo con las gafas de sol y la boca entreabierta. Me acerqué a él con cautela porque me daba en la nariz que estaba dormido.

—Dray. —Le quité las gafas y me eché a reír cuando se despertó sobresaltado. Miró a un lado y al otro, confundido. ¿Por qué tenía que ser tan adorable?—. ¿Qué haces?

—Teníamos que dejar la habitación y no respondías al teléfono. —Se frotó la cara vigorosamente y se incorporó. Me saqué el móvil del bolsillo e hice una mueca al ver que tenía siete llamadas perdidas y trece mensajes.

—Lo siento, lo tenía silenciado.

Se puso de pie, cogió nuestras mochilas y se las echó al hombro.

—¿Qué tal la visita? —Parecía genuinamente interesado.

—Genial —contesté mientras le quitaba mi mochila de la mano y nos dirigíamos a la puerta del hotel—. Me he podido unir a una clase de verdad y aprender la coreografía. Cooper es muy buen bailarín. —Vi que hacía un mohín y sentí una pérfida satisfacción al ver que se molestaba—. Sí, baila muy bien. ¡Tendrías que ver cómo se mueve! Me ha enseñado un montón de cosas y se ha ofrecido a ayudarme si necesitaba algún consejo para la prueba. Ha sido divertidísimo. Tengo que entrar en esta universidad. Lo necesito. Cooper confía tanto en mis aptitudes como bailarina que está seguro de que lo conseguiré.

—Suena bien —masculló mientras nuestro Uber paraba junto a la acera. Esperé a que me contara qué había hecho él, incluso se lo pregunté durante el trayecto, pero sus respuestas fueron vagas y poco comunicativas, y tampoco iba a intentar sacarle detalles que no quería darme.

Sin embargo, todo quedó olvidado cuando llegamos a Hollywood. Aunque no era tan glamuroso como parecía en las películas y en televisión, fue muy emocionante ver en persona edificios que solo conocía de la gran pantalla. Era surrealista.

Pasamos la tarde viendo cosas y, por supuesto, recorriendo el Paseo de la Fama, que yo había querido visitar desde que tenía memoria. Ya le había pedido a Drayton que me hiciera una foto al lado de las estrellas de treinta y seis famosos diferentes.

—¡Es la última! ¡Es la última, te lo prometo! —supliqué.

—Que noooooo.

—Pero, Dray, ¡lo hace todo el mundo! Es lo normal. Sácame una foto, por favor.

Me agaché al lado de la estrella de Ryan Reynolds y miré a Drayton con el pulgar levantado. Pero entonces me di cuenta de que a Ryan Reynolds le daría vergüenza ajena una postura tan mediocre, así que extendí una pierna hacia atrás, me arrodillé con la otra y levanté los puños.

Drayton se echó a reír mientras yo probaba diferentes poses. Me dejó hacer el payaso durante un par de minutos, sin parar de hacer fotos, hasta que bajó el teléfono. Me tendió la mano y me ayudó a ponerme de pie tirando con tanta fuerza que hasta dejé de tocar el suelo durante un segundo. Seguimos paseando y leyendo los nombres bajo nuestros pies. Drayton debió de darse cuenta de que brincaba emocionada cada vez que veía el nombre de alguien que me gustaba, porque empezó a protestar.

—Ni hablar. Deja de mirarlos. ¡Cabeza arriba! Si no, me pedirás más fotos.

Y, sin antes advertirme, me cogió de la cintura, me echó sobre su hombro y empezó a correr mientras yo chillaba. Menos mal que era bueno jugando al fútbol, porque tuvo que abrirse paso entre la multitud, evitando por los pelos chocar con las hordas de turistas que estaban plantadas en la calle.

—Pero ¿qué te pasa? —protesté cuando, por fin, me bajó y dejé de tener el estómago apretujado contra su hombro.

—Me muero de hambre, Pompones. —Me puso el brazo sobre los hombros y me guio a través de la multitud—. A ese ritmo no iba a conseguir comer nunca.

—Ahora que lo pienso, yo también tengo bastante hambre. ¿Te apetece algo en concreto?

—¡Servicio de habitaciones!

—Pues yo tenía ganas de comer otra cosa.

—Puedo comer otra cosa si es lo que quieres, Pompones.

Lo miré y gemí al ver su sonrisa traviesa. Había caído en su trampa, como me pasaba bastante a menudo. Era un guarro. Se echó a reír y me atrajo hacia sí.

—¿Qué te parece si hoy pedimos servicio de habitaciones y mañana te llevo a desayunar? A algún sitio bonito.

—La verdad es que un desayuno gourmet suena genial. La gente no sale lo suficiente a desayunar. Cenar fuera está guay, pero desayunar… ¡Ñam!

Después de decidirnos por ese plan, volvimos a la habitación. Fue una noche tranquila: vimos una película, cenamos demasiado y no volvimos a jugar a verdad o atrevimiento. Y, por poco filtro que tuviera Drayton, agradecí que no volviera a sacar el tema de lo borracha y desastrosa que había estado en la fiesta de la fraternidad. Se quedó dormido mientras veíamos *Robin Hood*, y la verdad es que no me habría dado cuenta si no me hubiera rodeado la cintura con un brazo para atraerme hacia sí. Lo miré confundida y me lo encontré con una expresión serena y los ojos cerrados. El corazón empezó a latirme de forma acelerada aunque errática, pero no me moví. Me acerqué un poquito más a él y me dormí entre sus brazos.

⚡

—¡Pompones! ¡Despierta!

Me sentía como si me hubieran pegado los párpados con pegamento. Notaba la luz del sol que se filtraba por la ventana, el ambiente me resultaba húmedo y cálido, y percibí el olor característico de Drayton en la brisa que me acariciaba las mejillas.

Cuando por fin logré abrir ligeramente los ojos cansados, me vi obligada a retroceder, ya que Drayton estaba encima de mí. Su pecho desnudo estaba sobre el mío, y ambos estábamos debajo de la sábana, que cubría su espalda desnuda.

—¿Qué narices pasa? —protesté, mientras ponía las palmas de las manos en su pecho e intentaba apartarlo de un empujón. Ignoré la chispa que se había prendido en mi interior cuando mi piel había tocado la suya—. ¿Qué haces, loco?

—Tenemos que volver a casa. —Su tono de voz sonaba aburrido, pero me recorrió el rostro con la mirada con mucho interés—. Mi madre me ha amenazado con vender mi moto. Tenemos que acortar el viaje un día. Lo siento.

Hice un mohín, pero lo entendía. Haber podido venir había sido maravilloso, y tampoco podía albergar la esperanza de que me pusiera por delante de su moto.

—Te volveré a traer. —Me sonrió, todavía a escasos centímetros de mí—. Durante las vacaciones de Navidad. Te lo prometo.

Su sinceridad me pilló por sorpresa. No estaba obligado a traerme otra vez —tampoco lo había estado en esta primera ocasión—, pero allí estaba, prometiéndome que retomaríamos la aventura durante las vacaciones de Navidad mientras yo ponía morritos. ¿Por qué era así?

Ladeó la cabeza con una expresión pensativa y añadió:

—O podríamos ir a Nueva York para fin de año.

—Ah, ¿todavía seremos amigos? —lo chinché—. Quedan casi tres meses para eso.

Su sonrisa se desvaneció, y su expresión de dolor me sobresaltó. No pretendía disgustarlo, pero era evidente que lo había hecho.

—Qué dura.

—Era una broma. —Apreté los dedos. Me sentí tentada de acariciarle la cara, pero me parecía peligroso—. Pero tienes amigos y familia con los que pasar fin de año, y yo también.

—Ya. —Asintió y esbozó una sonrisa difícil de interpretar. No supe si seguía disgustado por lo que había dicho—. Supongo que tienes razón.

Se levantó de la cama. El impulso de tocarlo y besarlo que sentía cada vez que estaba a mi alcance no había disminuido, así que suspiré aliviada cuando vi que se dirigía al baño.

—Tenemos el vuelo dentro de tres horas —me dijo. Ya volvía a parecer él. Cuando oí el sonido de la ducha, me incorporé y me peiné el pelo enmarañado con las manos—. ¿Por qué no te duchas conmigo y así ganamos un poco de tiempo?

—Sigue soñando, Lahey.

Sabía que yo seguiría haciéndolo.

⚡

El vuelo transcurrió con normalidad. Drayton no parecía nervioso porque le hubiesen ordenado volver a casa; estaba relajado y sereno. Cogimos nuestras mochilas de la cinta y nos dirigimos a la salida del aeropuerto. Era una mañana de martes tranquila. Pasamos junto a las tiendas y los puestos de comida rápida y, al acercarnos a las puertas que daban a la zona de recogida de pasajeros, Drayton se paró en seco y miró al frente.

—Mi madre está aquí. —Señaló la salida con la cabeza y seguí su mirada. No tardé en atisbar a una mujer bajita y delgada con el pelo rizado y rubio y una expresión de furia en el rostro, que por lo demás era bonito. No parecía tener más de treinta años. Llevaba unos vaqueros y una blusa ancha, pero se las arreglaba para que pareciera un atuendo que valía un millón de dólares—. Huye si quieres. —Se encogió de hombros.

Contemplé la posibilidad, sobre todo cuando la mujer vino directa hacia nosotros, pero me contuve porque, si me marchaba, jamás podría redimirme de un acto tan cobarde.

—¡Drayton Jacob Lahey! —gritó. Lo primero en lo que me fijé, tras admirar lo joven que parecía, fue en su acento sureño. Recordé que Drayton me había contado que su madre había nacido y se había criado en Texas—. ¡Eres increíble! ¿En qué estabas pensando? ¿Cómo se te ocurre irte a California después de decirnos que ibas a Dallas? —Respiró hondo y dirigió sus ojos verdes hacia mí. No era mi madre, pero hasta yo estaba preocupada por si me castigaba de por vida o me retiraba todos mis privilegios. Era una experta en el arte de la mirada asesina materna, de eso no cabía duda—. ¿Y esta quién es? —preguntó con brusquedad mientras me evaluaba con aquella expresión tan intimidante.

—Esta es Dallas. —Drayton sonrió con aire inocente y encantador—. Técnicamente, no os he mentido del todo. Estaba con Dallas, no en Dallas. Bueno… —Me guiñó el ojo y me dedicó una sonrisa traviesa—. Al menos no todavía.

—¡Drayton! ¡Por el amor de Dios! —gritó su madre. Debo admitir que, por obscenas que fueran sus palabras, había dado por hecho que ella estaría acostumbrada, así que su reacción me hizo reír—. ¡No tienes nada de tacto!

—Esta es mi madre, Ellie —la ignoró Drayton sin perder la sonrisa. Era un gesto contagioso. No pude evitar querer sonreír por cómo exasperaba a su madre, a pesar de que la mujer parecía estar a punto de sufrir una embolia. Me mordí el interior de la mejilla y aparté la vista para no traicionarme.

—Encantada, Dallas. —Volvió a mirar a su hijo antes de que pudiera contestar—. Vámonos. Te espero en el coche. Está aparcado enfrente.

—No siempre es así —me dijo Drayton cuando se fue—. Saco lo peor de ella.

—Vaya, vete a saber por qué.

—¿Llegarás bien a casa? ¿Quieres que te llevemos?

La verdad es que no tenía ningunas ganas de meterme en ese coche.

—No te preocupes, llamaré a Nathan para que venga a buscarme.

—Vale.

No entendía por qué seguía allí plantado, mirándome fijamente como si se estuviera devanando los sesos. Despertaba mi curiosidad.

—¿Qué pasa? —le pregunté con una sonrisa.

—Toma. —Me puso un papelito en la mano a regañadientes.

—¿Qué es?

—El número de Cooper. —Lo miré y se encogió de hombros—. Si crees que hay algo entre vosotros, supongo que tener su número te ayudará a descubrirlo.

Lo que estaba haciendo no merecía la reacción que tuve, pero no pude evitar tenerla. Su forma de tontear, los besos, los celos… Todo aquello indicaba que sentía algo por mí. Pero me daba una de cal y una de arena. Daba un paso adelante y otro atrás, y por mucho que yo quisiera evitar sentir por él aún más de lo que sentía, sus mensajes contradictorios me estaban matando. Me atraía para luego apartarme de golpe, y cuando yo había decidido que podíamos ser amigos no había tenido intención de meterme en algo así.

—No puedo seguir con esto. —Se me rompió la voz a pesar de que intenté mantenerla firme—. Esto que hay entre nosotros, amistad o lo que sea. Me está afectando mucho. Los límites están cada vez menos claros y es demasiado. Me confundes demasiado, Drayton.

Ignoré las protestas de mi corazón y nos miramos a los ojos. Me pareció que, por una vez, él estaba mostrando lo que sentía en realidad, en lugar de enmascararlo con una mueca traviesa o una sonrisa arrogante.

—Dallas, yo…

—Necesito un poco de distancia, ¿vale? —lo interrumpí—. Estoy superagradecida porque me hayas invitado a este viaje y por todo lo que has hecho por mí, y encontraré el modo de pagártelo, pero me gustaría que me hicieras caso si te pido que por favor me dejes en paz.

No esperé a que respondiera, porque, conociéndolo, sabía que diría algo que acabaría con todos mis argumentos y me derretiría en sus brazos como nunca antes. Pasé por su lado y me dirigí a la salida, decidida a no cambiar de opinión, pero una pequeña parte de mí albergaba la esperanza de que me siguiera.

No lo hizo.

CAPÍTULO 14

Había pasado más de un mes desde nuestro viaje improvisado a California. Un mes desde los días más divertidos de toda mi vida. Un mes desde que por fin me había admitido a mí misma que lo que sentía por Drayton escapaba a mi control, y un mes desde que le había pedido que dejara de hablarme.

Había honrado mi petición. No habíamos intercambiado ni una sola palabra desde ese día. No había supuesto un cambio drástico en mi vida. Iba a clase, entrenaba con las animadoras, volvía a casa y bailaba. Iba a trabajar, quedaba con Gabby y jugaba al fútbol con Nathan. Eran las cosas que formaban parte de mi día a día antes de que Drayton llegase a mi vida y, sin embargo, me sentía un poco más vacía. Sentía que me faltaba algo.

Algo no. Alguien. Lo echaba de menos. Echaba de menos los paseos en moto y picarnos de forma ingeniosa. Echaba de menos las sonrisas y el tonteo. Echaba de menos la amistad sencilla que habíamos construido de algún modo, a pesar de que nuestras vidas fuesen increíblemente diferentes y de que tuviéramos tan poco en común. Había días que pensaba en rendirme y pedirle que olvidara lo que había dicho, con la esperanza de poder ser al menos su amiga. Pero no me rendí, porque sabía que aquello era lo mejor y que, con el tiempo, sería cada vez más fácil.

Gabby se detuvo delante de mi taquilla.

—¿Te estás escribiendo con tu cariñito?

—No es mi cariñito.

Cooper y yo habíamos seguido en contacto tras mi viaje a California. Nos escribíamos con regularidad. Era platónico, no había nada romántico en ello, pero de vez en cuando me comentaba un «Qué guapa» en Instagram o me mandaba algunas respuestas a selfis de Snapchat que me hacían pensar que, si alguno de los dos daba el paso, podía convertirse en algo más.

—Venga ya… ¿Cuánto tiempo hace que habláis? ¿Un mes? Puedes admitir que te gusta, no pasa nada.

Puse los ojos en blanco y me recoloqué la toga.

—¿Tú no eras pro-Drayton?

—Yo soy pro quienquiera que te haga feliz —se defendió—. Y Drayton… Drayton te hace sentir algo que no sé si es sano. Y sí, sería capaz de vender alguno de mis órganos por veros juntos, pero la verdad es que lo único que quiero es verte sonreír más.

A veces, Gabby era un encanto. Le sonreí agradecida y solté una risita, complacida por sus ganas de apoyarme a pesar de la admiración que sentía por el quarterback del instituto.

Era Halloween, y esa noche tenía un espectáculo de animadoras antes del partido. El baile era al día siguiente. Casi todos los estudiantes habían sobrevivido al hecho de que se hubiera pospuesto un mes. En realidad, había llegado más rápido de lo esperado.

Para decepción de Gabby, yo no pensaba asistir. Ella iba con Josh, y quería que disfrutara sin preocuparse toda la noche por que yo estuviese sola. Quedarme en casa, zampar y ver un programa de danza detrás de otro me parecía mucho más atractivo que ir al baile sin acompañante.

Durante toda la semana, cada día nos había tocado vestirnos de un modo particular a fin de irnos preparando para el acontecimiento del día siguiente. El lunes, el tema había sido ropa extravagante; el martes, personajes de libros; el miércoles, deportistas famosos; el jueves, el circo, y ese viernes el tema era el mismo que el del baile: películas clásicas. Todo el cuerpo estudiantil, excepto los del último curso, iba disfrazado de personajes de películas. Había visto una docena de Reginas, más o menos la misma cantidad de Cady Herons y un montón de Chers y

Dionnes. Al parecer, las únicas películas clásicas que conocía esta gente eran *Chicas Malas* y *Fuera de onda*. Los del último curso íbamos de dioses y diosas griegos, como mandaba la tradición.

Yo me había rizado el cabello en ondas largas y sutiles y me había puesto una cantidad nada desdeñable de purpurina dorada en los párpados, el pelo y las mejillas. Llevaba una corona de hojas doradas en la cabeza y una toga corta y ceñida a modo de vestido. Lo había combinado con unas botas, porque hacía demasiado frío para sandalias.

Empezamos a caminar pasillo abajo, pero me detuve en seco al atisbar a Drayton a unos seis metros de distancia, rodeado de su séquito y sus legiones de admiradoras. Fue como si percibiera que lo observaba alguien más aparte de sus fans, porque levantó la vista y su mirada se cruzó con la mía. Y yo no me giré avergonzada porque estaba demasiado ocupada comiéndomelo con los ojos.

Se había puesto un par de pantalones blancos anchos que le caían hasta las caderas, sujetos con un cinturón dorado. El pecho le brillaba; debía de haberse puesto algún aceite. No había hendidura, recoveco o músculo que no resplandeciera, iluminado bajo las luces fluorescentes. Quise recorrer con los dedos la superficie resbaladiza de su abdomen y su pecho. Aquel era el único día que podíamos ignorar el código de vestimenta y daba gracias al cielo por ello.

Ninguno de los dos rompió el contacto visual. Mi mente retrocedió de inmediato hasta la noche de la lluvia para revivir el beso que nos habíamos dado en California. El recuerdo resurgía siempre por voluntad propia y me dejaba sin aliento.

Su expresión sombría era difícil de interpretar, pero el ardor de su mirada, que recorrió poco a poco mi cuerpo, era inconfundible. Casi podía notar la tensión que fluía de un extremo al otro del pasillo; estaba convencida de que no había ni una sola persona que pudiera romperla. Sin embargo, pronto descubrí que eso no era cierto. Gabby apareció en mi campo de visión, tapando a Drayton.

—¿Y si os vais a un hotel o algo así? O sea… Os estáis desvistiendo con los ojos, y la verdad es que ninguno de los dos lleva mucha ropa que quitarse, o sea que…

En ese momento, pasó Emily con un vestido de seda blanco que, tenía que reconocerlo, parecía tan caro y tan perfecto como sin duda ella pretendía.

—Ay, Dallas… —canturreó con esa amabilidad falsa en la que era experta—. Esa corona de oro es tan hortera como tu desesperación por intentar que Drayton se fije en ti.

—¡Gracias! Me he inspirado en tu personalidad.

Me fulminó con la mirada y continuó andando seguida de sus esbirros.

Cuando volví a mirar a Drayton, ya no estaba. No pude evitar sentirme decepcionada, pero yo misma le había pedido esto. No tenía derecho a sorprenderme y, sin embargo, lo hice. En parte esperaba o, mejor dicho, deseaba que ignorase mi petición y me persiguiera sin descanso, como hacía antes.

—¿Por qué no hablas con él y ya está, Dallas? —Sonó la campana y nos dirigimos al aula abriéndonos paso entre los estudiantes—. Es obvio que lo echas de menos.

—No serviría de nada. El año que viene me voy, ¿para qué voy a empezar algo que es evidente que va a terminar?

—Vale, entonces ¿deberíamos dejar de pasar tiempo juntas porque el año que viene te vas?

Le di un empujón en el brazo y le sonreí. Lo que había dicho no era una tontería, pero con Drayton era distinto. Lo que sentía por él no había tardado mucho en desarrollarse, y podía visualizarme enamorándome lo suficiente de él como para que marcharme se me antojase imposible, y no quería eso. No quería quedarme atrapada en Castle Rock durante el resto de mi vida, reduciendo mis posibilidades a trabajar en el restaurante o a dar clases, como Nathan.

—No puedo enamorarme de alguien como él, Gabs. Es de esos chicos que hacen que estés dispuesta a caminar sobre el fuego… Y de los que no se conforman con menos.

—Puede que lo estés subestimando un poco. —Nos sentamos y dejamos nuestras mochilas en el suelo—. Por si te hace sentir mejor…, Josh me ha contado que desde que volvisteis de California está de un humor de perros.

—Eso no me hace sentir mejor. —Gemí y apoyé la cabeza en la mesa—. Solo me confunde más. ¿Sabes lo horrible que es querer decirle a alguien que te gusta pero ser consciente de que no tiene sentido porque te vas? De todos modos, no creo que esté interesado en nada serio. No puedo evitar sentir que es una pérdida de tiempo. Podría plantearme divertirme un poco en el plano físico, pero probablemente solo conseguiría que mis sentimientos por él se multiplicaran por diez, así que me quedo sin opciones.

—¿Y no sería mejor limitarte a aceptar lo que sientes y disfrutar del tiempo que sí tienes? Quedan meses para que nos graduemos.

—No. —Fruncí el ceño—. Eso solo haría que irme fuese todavía más difícil.

—Creo que juntos seríais perfectos. Pero solo es mi opinión. Ah, y sé que estás obsesionada con llamar su atención. Por eso llevas un vestido tan ajustado.

—Uf, cállate.

¿Cuándo me había convertido en esta persona? ¿Cuándo había empezado a ser la típica chica que fantaseaba con el quarterback buenorro y acababa siendo víctima del violento ataque de las mariposas? ¡¿Cuándo?! Cuando Drayton Lahey me había abollado el maldito coche. Ahí había sido.

Esa noche se celebraban el espectáculo y el partido más importantes de la temporada. Era un acontecimiento significativo, e iba a serlo aún más porque era Halloween. Gabby me había convencido para ir a la fiesta que daba Maxon después del partido. Sabía que Drayton también iría.

Como al final del día tenía una hora de estudio, decidí irme a casa antes del espectáculo y organizarme para la noche. Dejé el disfraz que había elegido sobre la cama, al lado de una bolsa de cosas que tenía que llevarme al partido.

Hice una mueca al verlo. Me había comprado una camiseta de los Cowboys de Dallas y le había pedido a la madre de Gabby que le hiciera unos arreglos para que se me entallara en la cintura y fuese lo bastante larga para llevar como vestido. Luego le había puesto mi nombre y el número 18 en la espalda. Sabía que los Cowboys de Dallas eran el equipo preferido de Drayton.

No estaba segura de qué esperanzas albergaba. Supongo que una parte de mí pretendía ondear una bandera blanca. Quería ser yo quien diera el primer paso hacia una reconciliación. Aunque no deseara acercarme demasiado a él, sabía que no podía estar hasta el día de la graduación obsesionada con lo mucho que lo echaba de menos. Habría sido una tortura. Cuando me estaba haciendo una coleta alta, alguien llamó a la puerta.

—Gabby —murmuré. Supuse que la puerta estaba cerrada, porque esa chica no llamaba nunca. Jamás.

Sin embargo, al abrir me encontré con la última persona con la que habría esperado encontrarme. Llevaba un ramo de peonías en una mano y en la otra un globo en el que se leía: «¿Quieres venir conmigo al baile?».

—¡¿Cooper?! —Me había quedado boquiabierta. Estaba guapísimo—. ¿Qué haces aquí?

—Me dijiste que este año no irías al baile de bienvenida y... —Me sonrió y me dio el globo—. Ya sé que no es gran cosa, pero no he podido hacer más en el último minuto.

Tuve que concentrarme en coger bien el globo para que no se fuera volando, porque no podía dejar de mirarlo, incrédula.

—Cooper, esto es... Esto es increíble. No tenías por qué venir hasta aquí para llevarme al baile.

—Quería hacerlo. —Se encogió de hombros y me dio las peonías. No eran mis flores preferidas (los lirios lo eran), pero eran preciosas y estaba anonadada—. ¡No puedes perderte tu último baile de bienvenida!

—Yo... Ni siquiera tengo vestido...

—¿Tienes tiempo de conseguir uno para mañana?

Intenté dar con una respuesta, a pesar del remolino de pensamientos que se movían violentamente en mi cerebro. Eché un vistazo a la mochila que había tras él.

—Ah… —Siguió mi mirada y se volvió hacia la mochila—. Lo siento, el taxi me acaba de dejar aquí. No esperaba dormir en tu casa. Puedo buscar un hotel.

—No seas bobo. —Probablemente, el entusiasmo con el que rechacé su propuesta sonó tan forzado como yo lo sentí, pero él mantuvo una expresión dulce y educada—. Claro que puedes quedarte aquí. Entra. ¿Cómo has descubierto dónde vivo?

Cogió la mochila y me siguió al interior de la casa. Fui a la cocina a buscar un jarrón y de camino até el globo a un taburete. Estaba un poco aturullada: Cooper se había presentado sin avisar y ahora me iba siguiendo por todas las estancias.

—Espero que no te parezca raro, pero me habías dicho dónde trabajas, así que llamé y le dije a un chico, Stephen o algo así, que tenía que enviarte un regalo para que me diera la dirección. No me lo puso fácil; tuve que contestar a varias preguntas, pero aprobé el examen. —Se echó a reír—. Cuando me contaste que no ibas a ir al baile de bienvenida, quise sorprenderte. Me parecía mal. —Estaba a mi lado con una mano sobre la encimera y la otra en el bolsillo. Era atractivo, dulce y teníamos intereses en común, pero esperaba que no hubiera venido con la intención de llevar nuestra amistad al siguiente nivel—. El jarrón… —Cooper señaló el fregadero, interrumpiendo mis pensamientos y devolviendo mi atención al agua, que había empezado a rebosar.

—¡Ay! —Cerré el grifo y vacié el jarrón un poco antes de poner las flores y colocarlo en la repisa de la ventana—. Esta noche tengo un espectáculo con las animadoras y un partido —le expliqué mientras le hacía un gesto para que me siguiera a mi habitación—. Luego hay una fiesta de Halloween, por si quieres…

—¡Hola, hola! —canturreó Nathan al abrir la puerta principal. Se le congeló la sonrisa al ver que no estaba sola, pero recuperó rápidamente la compostura y adoptó su expresión de «soy el hermano mayor y no me gustas un pelo, pero seré respetuoso con mi hermana pequeña». Extendió una mano y dio un paso adelante, y Cooper lo imitó.

—Este es Cooper —dije para rebajar la tensión, y señalé al invitado inesperado—. Cooper, este es mi hermano mayor, Nathan.

—Claro. —Cooper sonrió—. Dallas me ha hablado mucho de ti. Encantado de conocerte.

Nathan me miró todavía más confundido. Me di cuenta de que tenía curiosidad por si me estaba viendo con alguien de forma más seria.

—Nos conocimos cuando fui a California —le expliqué.

—¿Cuando te escapaste sin decírmelo después de que te expulsaran una semana por escaparte?

—Gracias por la explicación —repliqué—. Sí, nos conocimos entonces. Cooper ha venido a darme una sorpresa para el baile. Qué majo, ¿verdad?

Nathan hizo una mueca. Se hizo un silencio y la situación se volvió a tornar incómoda. Tras unos momentos insufribles, mi hermano señaló la mochila de Cooper, que estaba al lado de la barra de la cocina.

—¿Eso es tuyo?

—Sí —contestó Cooper, que seguía sonriendo por muy tensa que fuese la conversación.

Nathan señaló el pasillo.

—¿Qué tal si la dejas en la habitación de Dallas y te pones cómodo?

—Es la primera a la derecha, justo ahí… —añadí.

En cuanto oímos que se cerraba la puerta, mi hermano me cogió del brazo y me arrastró a la cocina.

—Natha…

—Tía, ¿no es un poco raro?

—¿El qué?

—O sea, ¿este tal Cooper ha venido desde California sin avisar para llevarte a un baile del instituto? ¿Es que nunca has visto el canal de crímenes?

—Pues no. No podemos permitirnos la televisión por cable.

Suspiró, pellizcó el cuello de su camiseta gris y empezó a abanicarse. Era evidente que la situación lo estaba sacando de quicio.

—Es un comportamiento de acosador. Empiezan con citas por sorpresa, luego te miran desde la ventana de tu habitación y, antes de que te des cuenta, te están matando a puñaladas en un aparcamiento porque no les respondes las llamadas.

—Mira, somos amigos. Te lo juro, si me llama dos veces en un lapso de cinco minutos, te lo haré saber. —Le di unas palmaditas en el hombro y me giré.

—Ten cuidado, Dallas. Te lo digo en serio… No me gusta nada.

—Es majo, Nathan, te lo prometo. Confío en él, así que, por favor, relájate. Y sé simpático.

Cuando abrí la puerta de mi cuarto, Cooper estaba sentado en mi cama. No andaba rebuscando entre mis cosas ni haciendo fotos de mi ropa interior. Evidentemente. Confiaba en Cooper. Éramos amigos y, además, ese chico no tenía ninguna maldad. Levantó la vista de su teléfono y dijo:

—Supongo que Nathan te ha dado la charla de hermano mayor, ¿no? Que tengas cuidado y todo eso.

—No estabas con la oreja puesta, ¿no?

—No —me aseguró—. Pero me lo suponía. No pasa nada, lo entiendo.

Era raro verlo allí, en mi habitación. Era casi como si estuviese fuera de lugar. Sin embargo, aparté esa sensación y seguí preparándome, como había estado haciendo antes de que llegara.

—Bueno, tengo el partido y luego hay una fiesta de Halloween…

—Recuerdo que me lo contaste —me interrumpió. Abrió la cremallera de su mochila, que estaba a sus pies, y sacó un gorro de pirata—. Yo voy de Jack Sparrow.

—Del capitán Jack Sparrow —le corregí con una sonrisa mientras me ponía la máscara de pestañas, de pie junto al espejo del armario.

—¿Esto es tu disfraz? —Cogió la camiseta y acarició la tela con los dedos—. Una camiseta de fútbol… O un vestido.

—Ajá. —Asentí. De repente, la idea me pareció un poco turbia. Me vestía para atraer la atención de otro chico cuando Cooper había venido desde California para ser mi acompañante—. Es una camiseta de los Cowboys de Dallas. Porque me llamo Dallas, ya sabes.

—Ah. ¿No querías ir de ángel ni de Catwoman?

—Me encanta el fútbol americano. —Cooper no necesitaba saber que quizá estaba un poco enamorada de quien había inspirado el disfraz, aunque tampoco pretendía declararle mi amor. Solo era una especie de bandera blanca. Quería que Drayton volviera a formar parte de mi vida—. ¿A ti te gusta? —Cogí el lazo azul que colgaba de una percha de mi armario—. Si no, puede que la noche se te haga un poco larga.

—Para serte sincero, nunca le he hecho mucho caso —contestó.

Yo misma podía ser un poco esnob con lo que no me interesaba, pero era bastante abierta. Me encantaba la danza, pero el fútbol americano también. ¿Cómo podía haber sobrevivido Cooper al instituto sin prestar atención al deporte más popular del país? No era tan importante, pero sentí el pálpito de que no éramos compatibles como algo más que amigos.

⚡

El último partido de la temporada fue de lo más emocionante. Lo vi con el corazón en la garganta y abrazándome las rodillas. Íbamos 26-28, y los Pumas de Porter Valley no pensaban rendirse sin pelear. En los últimos segundos, Drayton cogió el pase inicial y le lanzó el balón a Derek. Luego hicieron tres pases más. Cada vez que los Pumas cercaban a los Lobos, el corazón estaba a punto de salírseme por la boca. Sin embargo, el balón siempre terminaba en manos de nuestro equipo. La tensión entre el público se podía cortar con un cuchillo; se oían gritos ahogados y vítores a medida que avanzábamos hacia la zona de anotación. Y, de repente, Austin ejecutó un pase lateral impresionante justo cuando los Pumas le cortaban el paso. El balón dio vueltas hacia atrás y aterrizó en brazos de Drayton, que corrió las yardas que quedaban esquivando jugadores y evitando que lo interceptaran, saltando con gracia y velocidad. Yo lo contemplaba extasiada, con el corazón desbocado. Y aquello cambió el curso del partido: marcó un *touchdown*.

El público se puso en pie.

Aunque Drayton y yo no nos habláramos, debía admitir que sabía cómo liderar a su equipo. Sus jugadas eran astutas, sus lanzamientos, prodigiosos y su espíritu deportivo, sublime.

⚡

—¡Buen trabajo, chicas! —exclamó Emily, meneando los pompones mientras el campo se vaciaba—. Incluso tú, Dallas.

Desde que Drayton y yo habíamos dejado de hablarnos, Emily había adoptado una actitud más benévola conmigo. Era estratégica y solo tenía lugar cuando llevábamos puesto el uniforme. En cualquier otra situación, era tan zorra como siempre.

—¡Nos vemos en la fiesta de Maxon! —Nos saludó con la mano y se marchó dando saltitos como si fuese la criatura más inocente sobre la faz de la tierra. Qué asco.

Fui a los vestuarios a por mis cosas. Pensaba ir a casa a ducharme y prepararme para la fiesta de Halloween. Cooper también tenía que vestirse. Había visto el partido desde las gradas con Nathan, así que me reuniría en casa con los dos. Se me revolvía el estómago al pensar que estaría conmigo todo el fin de semana. Deseé una vez más que no fuese demasiado directo con sus intenciones, si es que tenía alguna. Decidí hablar con él y asegurarme de que supiera que nuestra relación no pasaría al siguiente nivel.

—¡Dallas!

La voz masculina que tenía el poder de hacer que me temblaran las piernas me detuvo en seco. Las evidencias de la presencia de Drayton se me antojaron cada vez más abrumadoras cuando oí los pasos que se acercaban al vestíbulo que había junto al vestuario de las chicas. Me di la vuelta y me fijé en lo bien que quedaba el granate de sus piernas con el color aceitunado de su pecho. Ya se había quitado la camiseta y los protectores, así que iba con el torso al aire, pero intenté no comérmelo con los ojos. La gente entraba y salía del gimnasio; las puertas de los vestuarios se abrían y se cerraban. Las chicas se reían, los chicos gritaban, pero para mí todo era ruido de fondo. ¿Cómo iba a llamar nada mi atención cuando hacía un mes que no estaba tan cerca de Drayton?

—Perdona. —Se miró el pecho al notar mi expresión confundida y probablemente acalorada—. Hace mucho calor y justo iba camino de la ducha.

—¿Va todo bien? Por cierto, enhorabuena.

—Gracias. Mira, sé que hace bastante que no hablamos, pero ¿vas a ir a casa de Maxon esta noche?

—Sí, pero...

—Necesito hablar contigo. ¿Puedes venir a buscarme cuando llegues?

—Sí, pero...

—Ven a buscarme y ya está, ¿vale? —Alargó una mano y me dio un suave apretón en el hombro—. Quiero preguntarte una cosa.

Y, sin decir otra palabra, se dio la vuelta y volvió a entrar en el vestuario de los chicos. Me sentía mareada. Reproduje la conversación una y otra vez en mi mente, y se me aceleró el corazón al recordar la calidez de sus ojos cuando me había mirado. Ninguna sonrisilla, ni bromas sexuales ni sonrisas arrogantes, solo sinceridad tras una misteriosa petición. De repente, me sobrevino una sensación de inminente autodestrucción. Tenía el horrible presentimiento de que aquella noche no iba a salir como había planeado.

⚡

La camiseta me abrazaba el cuerpo de la mejor manera posible y tenía el largo perfecto. Nathan y yo éramos de los Broncos, pero me encantaban los colores de los Cowboys. Además, de vez en cuando sí que iba con ellos en los partidos. Después de cambiarme, volví a mi habitación y vi a Cooper apoyado en el borde de la cama.

—Guau. —Me dedicó una sonrisa deslumbrante mientras admiraba mi disfraz—. Estás muy guapa.

Acepté el cumplido sin reírme de la gruesa raya que se había pintado en el ojo. Le había prestado un lápiz negro para que pudiera darle el toque final a su atuendo de capitán Jack Sparrow. Ya se había puesto el sombrero, equipado con las rastas falsas, y su ropa de pirata no estaba nada mal, teniendo en cuenta que se había buscado el conjunto a última hora.

—Tú también.

Me miré en el espejo una vez más. Me había dejado la coleta alta, me había puesto un poco de brillo azul en las comisuras de los ojos y había completado el atuendo con unas deportivas blancas.

Justo antes de que nos fuéramos, Nathan me preguntó desde la cocina:

—¿Adónde vas así vestida?

No sabía si se refería a que iba vestida de los Cowboys o a que me había puesto una camiseta bastante corta a modo de vestido.

—Y lo que es más importante... —contesté con el ceño fruncido—. ¿Adónde vas tú así vestido?

Llevaba una peluca rosa, un mono verde y una camiseta naranja de manga larga, y se había pintado los párpados de blanco. La nariz roja de payaso era lo menos preocupante de todo el disfraz.

—Soy un payaso. —Se encogió de hombros.

—Eso es evidente. —Resoplé—. La gracia de Halloween es vestirse de algo que no eres en la vida real.

—Qué graciosa. —Me dedicó una sonrisa sarcástica—. Ve a ponerte unos pantalones.

—No, gracias, papá. —Hice un gesto de despedida, cogí a Cooper de la mano y tiré de él hacia la puerta—. Que te lo pases bien no ligando esta noche. ¡Pareces una pesadilla!

Cerré de un portazo para no oír lo que fuera que estaba gritando mi hermano y nos dirigimos hacia el Uber que nos esperaba en un lado de la carretera. Solté la mano de Cooper enseguida, ya que no quería que se hiciera una idea equivocada. Necesitaba buscar el momento adecuado para dejarle caer que no iba a pasar nada entre nosotros, claro que igual no era necesario. Por ahora, todavía no me había entrado.

El patio de piedra de la casa de Maxon se había transformado en un jardín fantasmal impresionante. Las lámparas solares estaban envueltas con papel de celofán verde y arrojaban una luz espeluznante, y las barandillas y los toldos se encontraban decorados con telarañas. Había brujas montadas en sus escobas y fantasmas por los aires. El cable que los sostenía era invisible si no te fijabas bien. Estaba muy bien hecho.

Como los padres de Maxon estaban en casa, en la fiesta no había alcohol, pero las bebidas que servían estaban en enormes calderos llenos de hielo. No podía reprocharle a Cooper que estuviera maravillado con la casa, porque yo había reaccionado igual. Imaginé lo que pensaría si viera la de Drayton, que era el doble de grande.

—¿Me creerías si te dijera que necesito ir al baño? —gritó Cooper por encima de una canción de DJ Khalid—. No solo quiero echar un vistazo a esta casa increíble. Tengo que mear de verdad.

Me eché a reír y señalé la escalera que había en el exterior de la casa, al otro lado del patio.

—Sube a esa terraza. En el primer salón hay un baño, donde está ese grupo de gente. Estoy segura de que hay algún otro aseo menos solicitado, pero ese es el que está más cerca de la fiesta. —Le sonreí—. Aunque dudo que todas esas personas estén haciendo cola. Hay una mesa de billar ahí arriba.

—Ah, vale. —Relajó los hombros—. Pensaba que iba a tener que estar siglos esperando. Ahora vuelvo.

—Aquí estaré.

Se mezcló entre la multitud y me reí al verlo caminar como un pirata. Se le daba genial replicar los andares de Jack. Mientras me adentraba en la fiesta, un par de los chicos del equipo me abuchearon al ver mi disfraz.

—¡A los Cowboys que los follen! —gritó Derek, que llevaba un disfraz de policía.

Resoplé.

—Eso te lo dejo a ti.

Me fulminó con la mirada mientras los demás se reían y gritaban que los Broncos eran una pasada o algo así. Derek se acercó demasiado y empezó a corear, tropezándose y arrastrando las palabras.

—¡Broncos! ¡Broncos! ¡Bron…!

—Ya basta.

Alguien lo apartó de un empujón y sentí que tenía espacio para respirar. Drayton negó con la cabeza mirando al grupo de futbolistas borrachos. Les dio unas palmaditas, les soltó unas advertencias y se fueron a otro lado.

Se volvió de nuevo y me miró con una sonrisa divertida. Le devolví el gesto. Sin embargo, no tardó en desplazar su mirada y empaparse de lo que estaba viendo: a mí. Me contempló de pies a cabeza sin un ápice de vergüenza, seguro de sí mismo y decidido. Como de costumbre, me sentí pequeña pero poderosa.

Él también estaba perfecto. Por supuesto. Iba de bombero. O eso creo. Llevaba unos pantalones naranjas sujetos con unos tirantes que se le pegaban al torso desnudo. Jamás me quejaría de lo poco que le gustaba llevar camiseta. Le estaba haciendo un gran favor a la sociedad.

—Los Cowboys de Dallas. Mi equipo. ¿Y eso?

—¿Eres de los Cowboys de Dallas? —Me tapé la boca con la mano y fingí sorprenderme—. No tenía ni idea. Lo he elegido porque me llamo así.

—Ah. ¿Y el dieciocho? Es mi número…

—Era el número que venía en la camiseta. —Me encogí de hombros—. Una coincidencia. Pero… —añadí a toda prisa a sabiendas de que no se creía ni una palabra—. Si nos sirve para romper el hielo o para intentar aclarar y arreglar las cosas… Ni tan mal.

Me dio la sensación de que se sentía aliviado de que yo quisiera que volviéramos a ser amigos. No, no sería fácil. Lo que sentía por él era poderoso, pero era peor no tener ningún tipo de relación con él, sobre todo porque debía verlo todos los días en el instituto.

—Estás… perfecta. Preciosa.

El corazón me dio un vuelco, y adoptó una velocidad ligeramente preocupante. Le bastaban las palabras más sencillas y los gestos más sutiles para que mis niveles de dopamina subieran hasta la estratosfera. Quería que alargase una mano y me colocara bajo su brazo, como solía hacer. No me había dado cuenta hasta entonces de lo mucho que echaba de menos ese pequeño gesto.

—¿No querías preguntarme una cosa?

—Sí, pero no aquí. ¿Vienes conmigo? No nos iremos de casa de Maxon, te lo prometo.

—Eso no es decir mucho. Este sitio es enorme.

Antes de que hubiésemos recorrido un par de metros, me detuve y di un respingo, avergonzada. Casi había dejado tirado a Cooper.

—Dray… —Le toqué un brazo mientras saludaba a dos de sus amigos, que estaban sentados en los bancos de piedra dispuestos alrededor del fuego. Se volvió hacia mí y me embargó una oleada de decepción cuando me dedicó una sonrisa expectante—. No puedo irme. Pregúntamelo aquí.

—¿Cuál es el prob…? —Y en ese momento supe que Cooper había vuelto. Drayton miró detrás de mí con el ceño fruncido.

—Hola, Drayton —saludó Cooper mientras se ponía a mi lado. Dray no le contestó. No le sonrió ni le saludó. Su decepción saltaba a la vista. Cooper me ofreció un refresco y lo cogí—. Tenías razón, hay más cuartos de baño. Esta casa es una pasada.

—Cooper ha venido a darme una sorpresa —expliqué manoseando la botella fría. Sentía el calor del fuego de la hoguera, que estaba a un par de metros de nosotros. Su resplandor iluminaba el perfil de Drayton. Era tan guapo que me dolía mirarlo—. Mañana me llevará al baile de bienvenida.

En ese instante, sus duros rasgos se fracturaron. Se estremeció. No soportaba ver tanta vulnerabilidad en él; no me parecía correcto. Me volví hacia Cooper, que se estaba bebiendo un refresco, manchándose la barba falsa.

—¿Nos puedes dar un segundo, por favor?

Él asintió y sonrió con incertidumbre. Sin embargo, se dio la vuelta y se fue hacia uno de los calderos. Varias animadoras, que iban de enfermeras o de leopardo, lo observaron con aprobación. No creía que fuese a estar solo mucho rato.

—¿Qué hace aquí? —preguntó Drayton.

—Te lo acabo de decir. Ha venido por sorpresa. ¿Qué querías preguntarme? —En el fondo creía saberlo. Pero no quería estar en lo cierto.

—Olvídalo. —Miraba a cualquier parte menos a mí.

—Tú me diste su número —le recordé con firmeza, aunque me temblaba un poco la voz y se notaba.

—Sí, ya lo sé. Me alegro de que tengas a alguien como él.

—No es eso.

Pero no me oyó. O no quiso oírme. Se dio la vuelta y se marchó. La tensión en su espalda y sus hombros era evidente; los músculos estaban rígidos bajo la piel aterciopelada. Se dirigió hacia Cooper, y por unos instantes temí que le pegara o empezase una pelea, pero se limitó a decirle algo y Cooper asintió. Parecía agradecido.

De repente, unos sonrientes Gabby y Josh aparecieron de la nada. Iban vestidos de lo que no podía ser otra cosa que Damon y Elena. Gabby se había alisado completamente la melena larga y negra; debía de haberle costado horas. Pantalones pitillo, unas Converse, una camiseta de tirantes ajustada y sin gafas. Era ropa sencilla, pero era Elena. Josh llevaba su pelo más alborotado de lo normal y se había puesto unos vaqueros y una cazadora de cuero. Intentaba esbozar la sonrisilla malévola de Damon, pero no le estaba saliendo muy bien.

—¿Qué ha pasado con Bonnie y Clyde?

—No teníamos ninguna intención de hacer eso. —Gabby se rio—. Solo te lo dije para que no trataras de disuadirme de que nos vistiéramos de Damon y Elena. Son icónicos. Este *shippeo* es eterno.

—¿Cómo ha ido? —me preguntó Josh mientras rodeaba a Gabby con el brazo—. Te he visto hablando con Drayton. ¿Le has dicho que sí?

—¿A qué?

—¿No te lo ha pedido?

—¿Pedirme qué?

—¿Seguro que eres animadora? —Cooper volvió a aparecer. Necesitaba recolocarse el sombrero con rastas—. Estaba hablando con esas chicas y no tienen ni idea de quién eres.

Gabby y Josh miraron a Cooper con el ceño fruncido. Parecía que aquella noche había mucha gente confundida.

—Eso es porque algunas de las chicas del equipo son unas capullas inmensas en cuerpos de la talla treinta y dos. Cooper, estos son Gabby y Josh. Unos amigos. Chicos, este es Cooper.

—¡Ah! —Gabby dio un respingo al comprender—. Claro. Hola.

—Encantado de conoceros.

—Ah, ya veo —dijo Josh.

—¿Qué ves? —murmuré. Estaba intentando hablar en voz baja para que Cooper no me oyera sin que fuese evidente que lo estaba apartando de la conversación. No era una tarea fácil.

—Ya veo por qué Drayton no te lo ha pedido.

—¿Pedirme qué?

Dudó un poco y apretó los labios en una fina línea. Parecía debatirse entre contestar o no, pero Gabby, que también quería saberlo, le dio un codazo.

—Drayton iba a pedirte que fueras al baile con él. Pero me parece que este chico le ha desbaratado los planes.

—¿Por qué no me lo habías contado? —protestó Gabby dándole un cachete en el brazo.

—Drayton me hizo jurar que no lo haría —se defendió—. Sabía que se lo contarías a Dallas.

—Tendríais que mejorar vuestra comunicación —mascullé mientras miraba a mi alrededor en busca de Drayton, aunque sabía que no estaba por allí—. Lo digo en serio. Lleváis un mes y poco.

—Ah, ¿en serio? —replicó Gabby. Se cruzó de brazos y me dirigió una mirada penetrante—. ¿Tenemos que mejorar nuestra comunicación? Eso es interesante viniendo de ti.

Cooper tenía la mirada fija en el suelo, tamborileaba sobre su refresco con los dedos y movía la cabeza al ritmo de la música, sin duda intentando disimular. El sombrero de las rastas era demasiado mono y ridículo para una situación como aquella. No podía ni imaginarme lo horriblemente incómodo que debía de sentirse. Ojalá no hubiera estado a punto de hacerlo sentir diez veces peor.

—¿Te importa quedarte con estos dos un minuto? —Le di mi bebida—. Tengo que hacer una cosa.

—Claro, Dallas.

Ojalá me hubiese sentido dividida. Ojalá el deseo de ignorar todos mis instintos no hubiera sido tan fuerte y hubiera sido capaz de quedarme donde estaba y disfrutar de su compañía. Sin embargo, crucé el patio de inmediato. Necesitaba encontrar a Drayton.

Fui hacia la zona cubierta del patio arrastrando los pies por el suelo de piedra mientras intentaba estirarme un poco hacia arriba para ver las caras de quienes estaban bajo la lona. Me abrí paso entre la multitud, disculpándome una y otra vez y chocando contra médicos, enfermeras sexis, novias cadáver, chicas en lencería, ángeles y demonios y algún que otro superhéroe. Las multitudes eran una sentencia de muerte para la gente bajita.

Cuando llegué al otro lado, después de pasar junto a las cómodas tumbonas y una mesa donde estaban jugando a las cartas, me refugié en una esquina y volví a mirar a mi alrededor. Una lona de plástico transparente evitaba que la brisa fresca se colara en el interior. Había una abertura que hacía de puerta y la cremallera estaba bajada. Cuando estaba a punto de volver al jardín, vi que Maxon entraba, así que lo intercepté antes de que se me escapara.

—¿Has visto a Drayton?

—La última vez que lo he visto estaba en la parte de atrás, Pompones. —Señaló hacia atrás con el pulgar—. Eres la jugadora de fútbol más sexi que he visto en la vida.

—No me llames Pompones. —Puse los ojos en blanco y pasé de largo.

Salí al patio de cemento. A este lado de la zona cubierta, el jardín se encontraba más vacío. La música seguía sonando a todo volumen, pero cuando bajé los escalones de cemento y puse los pies sobre la hierba, el ruido se atenuó.

No había ni rastro de Drayton. Empecé a preguntarme si tal vez se habría ido, pero me paseé de un lado a otro del césped de todos modos. Rodeé los arbustos recortados y luego seguí un camino de baldosas de cemento que llevaba a una esquina de la casa.

Sentí su presencia antes de verlo gracias al hedor de la nicotina. La nube de humo que ascendía hacia el cielo nocturno estaba iluminada por una farola que servía de guía. Entonces vi al chico taciturno apoyado en la fachada con la espalda y los hombros desnudos.

Con la mirada fija en sus pies, dio otra calada al cigarrillo mientras me acercaba poco a poco. Después de haberlo buscado por todas partes, presa del pánico, lo lógico habría sido que me diera más prisa; sin embargo, me tomé mi tiempo. Quería contemplarlo antes de que se diera cuenta de que yo estaba allí y enmascarara la emoción cruda que en aquel momento pintaba sus hermosos rasgos.

—¿Dray?

No reaccionó. No se estremeció por la sorpresa ni levantó la vista. Creí verlo parpadear más rápido de lo habitual, pero estaba demasiado oscuro. No podía estar segura.

—¿Cómo va, Pompones? —Me estremecí ante su tono juguetón. Lo único que yo quería era mantener una conversación real, aclarar las cosas y decirnos lo que los dos necesitáramos decirnos. Llevaba tiempo gestándose. Sin embargo, no ocurriría si aquel era su estado de ánimo.

—¿Ibas a pedirme que fuera al baile contigo? —Me detuve delante de él, pero siguió sin mirarme. Retorció el final de su cigarrillo con sus fuertes dedos.

—Sí. Me enteré de que no ibas a ir, así que pensé que podía ofrecerte mis servicios. —Por fin me miró a los ojos. Dio una última calada al cigarrillo y lo tiró al césped—. Pero no pasa nada. Tengo otra posible cita esperando.

—¿Por qué no me lo has pedido antes? ¿Por qué lo has dejado para el último minuto?

—Porque estaba intentando convencerme de no hacerlo. Me dijiste que querías distancia y quería respetarlo. Lo he respetado. Aunque haya sido un asco. Si te lo hubiera pedido, ¿habrías aceptado?

—Sí.

La luna vertía su luz sobre el rostro de Dray, y el resplandor arrojaba unas favorecedoras sombras en su pecho y su mandíbula. Los ruidos de la fiesta resonaban a nuestro alrededor, pero esa zona estaba lo bastante tranquila como para que no nos viéramos obligados a gritar para oírnos. Sin embargo, en aquel instante, me pareció que el silencio era más estruendoso que ninguna de nuestras palabras.

—Ahora ya da igual. Vas a ir con Cooper. —Se incorporó e hizo ademán de marcharse, pero me puse delante de él. La luna resplandecía a su espalda y su rostro había quedado envuelto en sombras.

—¡Ni siquiera sabía que venía! ¡Y su número me lo diste tú! —salté—. Me has confundido un montón de veces con tus actos contradictorios, y luego básicamente me dices que lo intente con otra persona. ¿De qué vas?

—Pero no lo estabas intentando con nadie antes, ¿a que no, Dallas? —replicó en tono acusador—. Esto ha sido cosa tuya. Tú me dijiste que te dejara en paz y te diera espacio. Pensaba que éramos amigos hasta que te viniste abajo en el aeropuerto y me mandaste a la mierda.

—¿A… Amigos? —tartamudeé con incredulidad—. ¡Los amigos no se desafían a besarse así, y no tontean, y no se ponen celosos cuando aparece otro chico! Por una vez, ¡dime lo que sientes!

—Estábamos jugando a verdad o atrevimiento y quería ganar. —Se encogió de hombros con indiferencia—. Y sobre los supuestos celos…, eso solo está en tu cabeza. Somos amigos y ya está, Dallas.

—¡No lo entiendo! ¡Tus palabras no encajan con tus actos!

—¿Y qué hay de tus actos? ¡Me dices que no quieres saber nada de mí y luego apareces con eso puesto! Y sí, tengo que admitir que estás espectacular, y que verte envuelta en esa camiseta con tus piernas perfectas y tu cintura increíble es una tortura, pero es una contradicción, Dallas. ¿De qué vas? —Me quedé muda. Tenía mariposas en la barriga. Quería chillar y gritar, pero, además de eso, estaba avergonzada. Sus palabras fueron como un puñetazo en el estómago. Me estaba echando la bronca y tenía toda la razón—. Mira… —Su expresión se suavizó un poco—. Olvídalo y punto, Dallas. Las cosas han sido más fáciles con distancia. Sigue a lo tuyo. Yo no me voy a meter.

Dio un paso a un lado para irse y esta vez no lo detuve.

CAPÍTULO 15

A la mañana siguiente, Gabby y yo fuimos al centro comercial. Lidiar con tanta gente para hacer lo que tenía que hacer —buscar un vestido en el último momento— me entusiasmaba bien poco. Por supuesto, estaba mucho menos nerviosa y alterada que algunas de las otras chicas, que corrían de un lado a otro con las tarjetas de crédito de sus padres.

—Y entonces Josh, después de vomitar, intentó darle un puñetazo a un chico porque pensaba que me estaba mirando el culo, y Drayton tuvo que cogerlo literalmente en brazos, arrastrarlo al coche y llevarnos a casa, y te lo juro, Dallas, fue una locura. Iba fatal.

Me fijé en la tela de un vestido verde azulado e intenté no estremecerme al oír el nombre de Drayton y pensar en sus actos heroicos.

—Aquí no encuentro nada. Vamos a la Boutique de Belinda.

Gabby siguió parloteando sobre la noche anterior. Después de la discusión con Drayton, yo le había preguntado a Cooper si podíamos dar la velada por terminada. Nos fuimos de casa de Maxon y quedamos con Nathan en otra fiesta de Halloween. Estaba un poco menos animada, y en cuestión de números no tenía ni punto de comparación, pero no estaba mal. Por desgracia, yo no fui la mejor compañía, aunque a Cooper no pareció importarle. Se lo tomó todo con mucha filosofía y no dejó de sonreír ni un segundo.

Gabby había insistido en que nos pasáramos el día en busca de un vestido para el baile. No sabía por qué me había acompañado; ella era consciente de que yo no tenía remedio y de que tendríamos que recorrer todo el centro comercial para que encontrase algo. Cooper no había tenido ningún problema en abandonar la búsqueda hacía tres tiendas, y en mi opinión había tomado la decisión correcta. Nos dijo que nos esperaría en la zona de los restaurantes ahogando sus penas masculinas en hamburguesas y refrescos.

—¿Piensas decirme qué pasó con Dray? —preguntó Gabby cuando se quedó sin más historias de aventuras ebrias que contarme. Suspiré y giré hacia la bonita boutique. Sabía que me lo acabaría preguntando.

—No pasó nada —respondí en voz baja mientras buscaba entre las perchas con un poco más de esperanza que antes. Aquellos vestidos eran preciosos—. No tenemos remedio. Ninguno de los dos. No queremos reconocer lo que sentimos…, aunque no tengo ni idea de lo que siente él.

—Pues yo creo que es obvio —dijo Gabby imitando mis movimientos—. Le gustas muchísimo. Lo ve todo el mundo.

—No puede ser tan obvio si tontea conmigo un minuto y me da el número de otro chico al siguiente.

—A Josh le parece rarísimo que este tal Cooper haya llegado de repente y sin avisar. Es mono, pero da un poco de repelús. No sé. Solo espero que Drayton se ponga lo bastante celoso como para decidirse de una vez.

—Qué mala. —Me eché a reír. Ella siempre era capaz de encontrarle el lado bueno a todo.

Cogí un vestido de color champán que parecía perfecto.

—Voy a probarme este —anuncié.

—¿Crees que Dray está intentando protegerse? Igual no quiere pillarse por ti por la misma razón por la que tú no quieres pillarte por él —sugirió Gabby de camino al probador—. Enséñamelo cuando te lo pruebes. Sois muy frustrantes, es ridículo. Está claro que los dos os gustáis.

Me subí los tirantes del vestido por encima de los hombros y me contemplé en el espejo. Me quedaba perfecto. Era de satén, llegaba justo por encima de la rodilla y tenía un escote muy elegante que dejaba el suficiente canalillo a la vista para ser tentador, pero no demasiado vulgar. Sonreí ante mi reflejo. A veces valía la pena ser tiquismiquis.

—¿Gabs? —Abrí la cortina. Ella saltó de su asiento con una sonrisa de aprobación.

—¡Estás increíble! ¡A Dray le va a encantar!

—Tienes que parar.

—Estás loca. ¿Por qué razón no querrías salir con el quarterback rico que puede ir a visitarte a California cuando le dé la gana?

—Porque las relaciones a distancia no funcionan, sobre todo con un chico como él, que tiene tantas opciones.

—A veces creo que no eres consciente de lo guapa que eres. —Se cruzó de brazos y me dirigió una mirada penetrante. Me sentí un poco mejor. Era afortunada por tener una amiga tan optimista que siempre estaba dispuesta a recordarme lo que valía—. Y las relaciones a distancia pueden funcionar. Te estás quedando sin excusas.

Cerré la cortina y me bajé la cremallera del vestido.

—¿Y qué hay del hecho de que terminamos discutiendo cada vez que hablamos? No parece la mejor receta para una relación estable, ¿no crees?

—Los enamorados discuten, Dallas. Solo es una señal de la conexión romántica y pasional que tenéis.

Terminé de cambiarme y abrí la cortina de golpe para mirarla con fingido disgusto. Leía demasiadas novelas poco realistas; empezaba a pensar que necesitaba una intervención. Sin embargo, mi expresión no pareció preocuparla: me sonrió con aire inocente y me siguió hacia la caja registradora.

—Lo que te molesta es que tenga razón.

El baile empezaba en media hora, y decir que estaba nerviosa era quedarse corta. Lo cierto es que estaba decepcionada porque mi plan de quedarme en casa viendo Netflix durante horas se hubiera ido al garete. Tendría que ver a Drayton con aspecto de galán del brazo de alguna chica digna de portada, y me tocaba entretener a un estudiante universitario de danza con el que no contaba. Mi imaginación le estaba dando demasiado bombo al acontecimiento y comenzaba a sentir náuseas.

Me puse delante del espejo y me peiné el pelo con los dedos. Lo llevaba ondulado y natural y, como el bronceado veraniego había empezado a disiparse, me había puesto un poco de crema hidratante con autobronceador para darle un tono más cálido a mi piel.

—¿Puedo pasar? —Cooper llamó a la puerta y la abrió una rendija, pero no se asomó hasta que le di permiso—. Guau, Dallas. Qué vestido tan bonito.

Sonreí y lo señalé.

—Tu traje también es muy bonito.

Estaba muy elegante. Un traje azul oscuro se ajustaba a su figura alta y esbelta. Había decidido no llevar corbata, pero, de todos modos, estaba muy guapo y tenía un aspecto formal. El único problema era que me daba la sensación de que los colores no quedaban bien juntos. El azul oscuro y el champán no combinaban. Sin embargo, ya no podíamos hacer nada al respecto.

—Tengo una cosa para ti. —Sonrió y se acercó a mí con una mano en la espalda—. Me he escapado un rato mientras te comprabas el vestido.

Reveló el regalo misterioso con orgullo: un ramillete precioso con un lazo de color champán y detalles de purpurina. Lo más interesante era que estaba hecho con un lirio. Pero él no podía haber sabido que el vestido sería de ese color, y tuve que preguntarme si lo del lirio era una coincidencia.

—¿Cómo sabías que me encantan los lirios? —pregunté con una sonrisa mientras me ponía el ramillete en la muñeca. Quizá debía intentar esforzarme por sentir algo por él. Podíamos llegar a algo si dejaba que ocurriera de forma natural. Quizá…

—Oh, yo… no lo sabía. Me ha parecido bonito.

—Es precioso, me encanta. Gracias.

Tendría que haberme sentido más emocionada por la velada que me esperaba, pero notaba un poco de ansiedad mezclada con miedo. Lo de Cooper me estresaba. Me preocupaba que Drayton y yo hubiéramos dejado las cosas en un punto tan incierto, y el hecho de que él y yo estuviéramos tan en la cuerda floja me hacía sentir un peso en el pecho como nunca antes. Era una presencia constante en el fondo de mi mente.

—¿Vamos? —Cooper me ofreció el brazo y entrelacé el mío con el suyo. Nos dirigimos al salón, donde nos esperaba Nathan con las llaves en la mano mientras veía un partido de fútbol en la televisión.

—Oh, hermanita. —Sonrió y les dio vueltas a las llaves con un dedo—. Estás guapísima. —Miró a Cooper y arrugó el gesto—. Aunque con negro habría quedado mejor —murmuró.

—Bueno. —Di una palmada mientras un profundo calor se adueñaba de mis mejillas. Estaba creando una situación muy incómoda con tanta hostilidad—. ¿Nos vamos?

—Sí. ¿Queréis una foto? —Nathan movió el teléfono con aburrimiento.

Cuánto entusiasmo. Estaba segura de que, si mi acompañante hubiera sido Drayton, mi hermano habría fabricado un fondo temático con sus propias manos y habría organizado una sesión de fotos. Sin embargo, no me molesté en hacer ningún comentario y Cooper y yo posamos juntos un rato.

Cuando llegamos al baile, bajé del coche lo más rápido que pude. La tensión era palpable: nadie había abierto la boca en todo el trayecto. Gracias al cielo, solo había durado cinco minutos.

—A tu hermano no le caigo muy bien, ¿verdad? —preguntó Cooper cuando nos despedimos de Nathan y empezamos a andar hacia el gimnasio.

—Es un poco esnob con los deportes —le expliqué tan despreocupadamente como pude, para que no se lo tomara a pecho—. Creo que le molesta que no te postres ante el altar del fútbol americano. No le hagas caso; no tiene importancia.

—Os tomáis lo del fútbol muy en serio, ¿eh? —Me abrió la puerta del gimnasio y me hizo un gesto para que entrara.

—Pues sí.

El gimnasio, que se había transformado en un espacio temático sobre clásicos del cine, estaba precioso. El comité de eventos sociales había hecho un gran trabajo. Había citas célebres en las paredes, y los asistentes se hacían fotos con figuras de cartón de personajes famosos de *Chicas Malas*, *El Club de los Cinco*, *Fuera de Onda*, *Grease*, *Dieciséis velas*, *Algo para recordar*, *Cuando Harry encontró a Sally* y otras películas. Por el techo flotaban globos azules y rojos y unas serpentinas cruzaban de una pared a otra. Era maravilloso.

—¿Quieres bailar? —Cooper me puso una mano en la parte baja de la espalda y se inclinó hacia mí con una sonrisa. En la pista había un par de docenas de estudiantes, pero no hacía más que llegar gente, así que supuse que bailar antes de que se convirtiera en una ciénaga sudorosa de adolescentes salidos era la mejor opción.

—Claro.

Le cogí de la mano y lo conduje hacia la pista para compensar por el recibimiento poco entusiasta de su propuesta. Me alegré de que estuviera sonando una canción rápida de Demi Lovato y no una lenta que requiriera un baile más íntimo. No podía ser más patética.

Bailamos durante unos diez minutos, durante los cuales el gimnasio acabó de llenarse, el murmullo que flotaba sobre la sala creció y el ambiente se cargó de energía. Me esforcé por no desviar la mirada hacia la puerta cada dos segundos, pero era casi imposible. Logré disfrutar de una distracción momentánea con la llegada de Gabby y Josh, que parecían una pareja digna de una alfombra roja.

Gabby llevaba un vestido ajustado hasta los muslos. La tela amarillo chillón la favorecía gracias a su cálida y resplandeciente piel marrón. Para el pronunciado escote había elegido una sencilla cadena de plata con un colgante, y se había recogido el pelo en un moño alto. Josh llevaba un traje de lo más elegante y una corbata a juego con el vestido de Gabs. Cuando mi amiga me vio desde la entrada, me saludó con la mano. Hacía mucho tiempo que no la veía tan feliz, y en ese preciso instante decidí dejar atrás el mal humor para que no tuviera que preocuparse por mí.

—¡Estás increíble! —chillé cuando corrió hacia mí con los brazos abiertos. Nos dimos un abrazo mientras soltábamos risitas de adolescentes. La noche parecía haberse arreglado: mi mejor amiga había llegado y estaba de un humor inmejorable. Además, Josh la miraba con una sonrisa de oreja a oreja y una expresión soñadora.

—Tú sí que estás increíble. —Me cogió de los hombros y me alejó un poco para contemplarme. Una chispa de adoración le iluminó los ojos brevemente, hasta que miró a mi acompañante, que estaba detrás de mí—. Hola, Cooper. Estás muy guapo.

—Gracias, Gabby. Tú también.

—Y, como todos sabemos, yo estoy increíble. —Josh dio un paso al frente y le puso un brazo a Gabby sobre los hombros—. Vamos a bailar, preciosa.

Tras esbozar una sonrisa que se reflejó en sus espectaculares ojos marrones, mi amiga y su novio se mezclaron entre la multitud. Al menos había salido algo bueno de mi amistad con Drayton: dos personas que eran absolutamente perfectas la una para la otra se habían conocido, y merecían toda la felicidad del mundo.

Cooper y yo seguimos bailando un rato; nos movíamos al compás de la música atronadora. Él tenía un sentido del ritmo increíble, incluso bailando en un gimnasio abarrotado con un traje ajustado. Bailábamos bien juntos, pero nuestros cuerpos no encajaban como yo quería. No me sentía como cuando bailaba con Drayton.

—Oye, voy a ir a buscar algo de beber —le dije cuando habían pasado unos tres segundos desde el inicio de una canción lenta. Me había puesto las manos en las caderas y sentía que me faltaba el aire.

—Voy contigo.

—No, no. —Exhalé y me recordé que debía respirar mientras él esperaba una explicación—. Es que voy a ir primero al baño. No tardaré.

En ese momento, vi a Melissa, que iba hacia la pista de baile. La agarré con fuerza y ella miró mi mano con una ceja levantada en una expresión de curiosidad. La solté y me fijé en su vestido de cóctel recubierto de lentejuelas negras, en el que relucían destellos de color esmeralda cuando le daba la luz.

—Estás guapís…

—No eres mi tipo —me interrumpió con una carcajada, y me dio un golpecito en el hombro—. ¿Qué te cuentas?

—Este es Cooper. Mi acompañante.

—¿Tu acompañante?

—Voy al baño. —Me solté del brazo de Cooper y le di unas palmaditas a Melissa en el hombro—. Habla un rato con él.

Le di un beso a Cooper en la mejilla, lo que pareció alegrarle, y me fui directa a las puertas del gimnasio, las abrí y bajé prácticamente corriendo los escalones de cemento, llenándome los pulmones del aire frío de la noche.

Era demasiado.

Me resultaba demasiado duro. Acechada por la amenaza de las lágrimas, doblé la esquina y me apoyé en la pared para esconderme. Mi incapacidad para sentir algo por otra persona era tan frustrante, me enfurecía tanto, que tenía ganas de tirarme del pelo.

Cooper era dulce y amable, el tipo de chico que cualquier chica sería afortunada de tener. Pero no lograba sentir nada por él, y me aterrorizaba la posibilidad de que aquello siguiera siendo así. No conseguía hacerme sentir las emociones cautivadoras, eufóricas y trascendentales que Drayton despertaba en mí. Era tan injusto que me dolía.

Empezaba a comprender que los sentimientos y el amor no podían forzarse donde no existían, del mismo modo que no podían negarse en el caso contrario. De repente, me sobresaltó el ruido de la gravilla crujiendo bajo unos pies. Esperaba encontrarme con Cooper, dando por hecho que me había seguido, o incluso con Gabby, tal vez. Sin embargo, me descubrí cara a cara con un Drayton medio escondido entre las sombras.

Al verlo, el corazón me dio un vuelco con un ímpetu imposible. El traje negro le quedaba como un guante. Había completado el atuendo con una camisa blanca y un cinturón fino. Llevaba las mangas de la camisa enrolladas a la altura de los codos y sus fuertes bíceps tiraban de las costuras. No llevaba corbata y se había desabrochado los dos últimos botones del cuello, dejando al descubierto su pecho oliváceo y tonificado. Estaba más que guapo. Era cautivador, tanto que no lograba describir lo profundo que era el deseo que me inspiraba.

—¿Estás bien? —preguntó con cautela, deteniéndose a un par de metros de mí.

—Sí. —Asentí—. Aunque creo que deberíamos dejar de encontrarnos así.

—Te he visto salir casi corriendo del gimnasio. —Se metió las manos en los bolsillos de los pantalones—. Quería asegurarme de que él no te hubiese hecho nada malo.

—No, Dray, claro que no —contesté—. Ni siquiera sabía que estabas aquí.

—Llevo aquí un buen rato. —Se encogió de hombros y miró el ramillete de mi muñeca. Dio un paso al frente y me cogió de la mano para inspeccionarlo. Su tacto fue como una descarga eléctrica.

—Has sido tú quien le ha dicho que lo compre, ¿no? No sé cómo lo sabías, pero has tenido algo que ver.

No apartó la vista del ramillete.

—Te encanta el color champán. Siempre lo eliges. —Su mano ascendió poco a poco por mi brazo, acariciándome la piel con tanta suavidad que me puso la carne de gallina—. Y lo de los lirios es obvio. Los has dibujado por todo el libro de Economía.

En ese momento, el corazón me latía tan rápido y mis pulmones respiraban de tal manera que si hubiese estado conectada a una máquina me habrían considerado un milagro médico. Sosteniéndome del codo con suavidad y firmeza a la vez, me miró a los ojos y una vulnerabilidad que jamás había visto resplandeció en todos sus rasgos, como un rayito de esperanza. Si las chispas eléctricas que fluían entre dos personas hubiesen sido visibles, habríamos iluminado el estado entero.

—Dray…

Su nombre sonó como un jadeo entre mis labios. Tiró de mi codo, me cogió de la nuca y juntó nuestras bocas con una avidez que me dejó sin aire. Mis manos hallaron su cuello y enredé los dedos en su pelo. Él me estampó contra la pared. Nuestras lenguas se encontraron, y no podía creer que el sabor de la menta y los cigarros me gustara, pero así era. Mientras su lengua suave se movía con maestría contra la mía, sus manos viajaron por mi cintura, por mis caderas, hasta llegar al delicado satén que me acariciaba los muslos. Nos aferramos el uno al otro como si no lográramos estar lo bastante cerca. La pared de ladrillos me estaba dejando marcas en la espalda, no me cabía duda, pero en ese instante podría haber ocurrido un desastre natural y no me habría dado ni cuenta. Al notar su erección contra mi vientre a través de la tela delgada y sedosa, solté un profundo gemido. Él aceleró en respuesta: me tiró del pelo para echarme la cabeza hacia atrás y dejar mi cuello expuesto ante su boca caliente, para luego recorrerlo con los labios y la lengua, besándolo y lamiéndolo hasta la clavícula.

—Por si no fuera evidente —murmuró sin dejar de besarme el cuello—, estás guapísima, joder.

Miré al cielo estrellado y ahogué un grito, extasiada, totalmente a merced de sus caricias, desatada al oír sus palabras.

Su boca volvió hacia la mía, estrellándose contra ella con furia, con urgencia. Me agarró de la cintura y presionó nuestros cuerpos hasta límites impensables. Su pecho duro como una roca era más que sensual; le desabroché otro botón mientras nos seguíamos besando con ansia, con pasión. Acaricié sus pectorales, algo que había deseado hacer desde la primera vez que había visto esa obra maestra esculpida, y él soltó un gemido bronco que reverberó por todo mi cuerpo, y prendió más deseo del que creía posible.

—Ven conmigo —murmuró contra mi boca, sin dejar de acribillarme a besos húmedos y calientes.

Quería seguirlo. Quería seguirlo donde fuera, pero la realidad me recordó que no podía. Me recordó que lo que estaba haciendo no estaba bien.

—No puedo… —Dejé escapar un jadeo y me aparté de sus peligrosos labios—. No puedo, Dray. He venido con otra persona.

Apoyó los brazos en la pared, aprisionándome entre ellos, mientras ambos intentábamos con desesperación recuperar el aliento. Le había despeinado mucho el pelo, y estaba segura de que mi aspecto no era mucho mejor. Además, nuestros jadeos debían de oírse a kilómetros. Pero no parecía importarnos. Nada lo hacía. Sus ojos iban de los míos a mi boca; parecía estar a punto de besarme otra vez. Y yo lo deseaba. Lo deseaba todo, lo deseaba a él, toda la noche. Pero había ido al baile con otra persona y no podía llegar tan lejos, no podía dejar tirado a Cooper en una fiesta en la que no conocía a nadie.

—Sí. —Resopló y se incorporó—. Has venido con otra persona. Lo siento.

Se volvió a acercar a mí y me dio un beso suave y casto en los labios. Luego me acarició la mejilla y se marchó. Me quedé allí plantada, apoyada en la pared, intentando que dejara de darme vueltas la cabeza. Me habían dado muchos besos en mi vida, pero ninguno había estado a la altura de aquel.

No sentía más que una pizca de culpa por lo que acababa de hacer. La adrenalina todavía tenía el control sobre mí, y Cooper solo era un débil pensamiento en el fondo de mi mente. Hasta que decidí volver al baile, solo para encontrarlo apoyado en la esquina del gimnasio con una sonrisa triste.

—¿Cooper? —Intenté arreglar el aspecto desaliñado de mi pelo—. ¿Cuánto tiempo llevas ahí?

—El suficiente.

—Cooper, yo…

—Supongo que me lo tendría que haber visto venir. —Se dio la vuelta sobre sus talones y echó a andar en la dirección contraria.

—¡Espera! Por fav…

—Me lo podrías haber dicho. —Se volvió de repente y casi choqué con él. Me sentía fatal por ser la causa de su dolor—. Me podrías haber dicho que no estabas interesada, que me fuese a casa, que estaba perdiendo el tiempo.

—Yo… Es que… no quería ser maleducada. Habías venido solo por mí. Me habría sentido… O sea, no quería estropear el fin de semana. No me parecía bien darte largas cuando no tenías ningún otro sitio adonde ir.

Rompí a llorar. No porque tuviera miedo de perder su amistad, lo que habría sido horrible, sino porque parecía terriblemente herido y frustrado y me sentía fatal.

—No, no llores. —Suspiró y se sentó en los escalones—. La verdad es que tú no tienes la culpa. Llegué sin avisarte y, con lo complicado que parecía lo que había entre Drayton y tú, tendría que haberme imaginado que estaba siendo demasiado optimista al pensar que quizá estuvieses disponible.

—Lo siento. —Me senté a su lado.

—No lo sientas. —Sonrió y miró al frente. La suave brisa nocturna le alborotaba el pelo y me refrescaba la piel. Empezaba a tener frío, pero era consciente de que me sentía diez veces peor por la ansiedad que me había ocasionado aquella situación—. Lo entiendo, ¿sabes? Tenéis algo. Y es bastante obvio que estáis intentando luchar contra ello.

—Estoy fracasando —admití.

—Yo he estado en la misma situación que Drayton. Tuve que ver cómo la chica a la que quiero pasaba página y empezaba con otra persona porque no teníamos un futuro juntos. Y duele.

—Drayton no me quiere —contesté de inmediato. No quería que el dolor que sentía en el corazón empeorase todavía más.

—Yo no estaría tan seguro. —Me dio un suave codazo y me sonrió con amabilidad—. La forma en que alguien te mira puede decir mucho sobre lo que siente. Y los dos os miráis como si... como si no existiera nadie más a vuestro alrededor.

—Bueno, ¿y qué pasó? ¿Con la chica a la que quieres?

—Su familia es de la India. Son muy tradicionales. Se trasladaron aquí cuando ella era pequeña y fuimos juntos al instituto. No fuimos a la misma universidad, pero logramos seguir adelante. La quería. Por desgracia, sus padres habían concertado un matrimonio con otra persona cuando todavía era una niña. No es muy común, pero aún pasa.

»En cualquier caso, cuando le llegó el momento de comprometerse, intentó romper conmigo, pero no conseguíamos estar separados. Siempre encontrábamos el camino hacia el otro. Y tener la certeza de que su corazón me pertenecía era tan duro... Le supliqué que rompiera el compromiso, que se quedase conmigo. Estaba dispuesto a casarme con ella si era necesario, pero ella sabía que su familia la repudiaría y se sentía incapaz de perderlos.

Su tono de voz era casi amargo, como si guardara rencor a las familias involucradas en la historia. Supongo que yo también lo habría hecho.

—En fin, después de casarse, su marido decidió regresar a la India —continuó—. Creo que sabía que pasaba algo. Tuvimos una última noche juntos hace seis meses, y después de eso no la he vuelto a ver. Si apareciera aquí ahora mismo, volvería con ella sin dudarlo.

Cuando terminó su relato, parecía cansado y derrotado. Sorbí por la nariz y me sequé una lágrima de la mejilla.

—Sé lo que sentís —continuó con voz firme—. Siempre encontraréis el camino hacia el otro porque no hay nadie que pueda compararse. Y Drayton me odia; lo sé porque yo odiaba al marido de Priya. Con todas mis fuerzas. Pero no quiero interponerme entre vosotros. —Me apoyó una mano en la rodilla—. No pierdas lo que tenéis. Haz que funcione.

—No sé si es tan fácil.

—¿Por la distancia?

—Por eso —respondí, sollozando suavemente—. Y por su reputación. Mi incapacidad para confiar en los hombres. Y lo mucho que me abruma lo que siento por él no ayuda. La verdad es que me asusta.

—Comunicaos. Hablad del tema y descubrid qué es lo que queréis. Si no, no llegaréis a ningún sitio.

Pensar en confesarle a Drayton lo mucho que me importaba me aterrorizaba, aunque lo que había dicho Cooper era lógico. Pero no estaba acostumbrada a exponerme así, a mostrarme tan vulnerable.

—Siento mucho haberte mareado. —Me sequé con suavidad las gotitas de las mejillas para no estropearme demasiado el maquillaje—. Te mereces a alguien mucho mejor que una chica que está pillada por otro.

—Como te he dicho antes, no pasa nada. —Se puso de pie y me ofreció la mano para ayudarme a levantarme—. ¿Es muy horrible que te diga que yo también te estaba usando un poco a ti? Para intentar superar lo de Priya.

—La verdad es que me hace sentir mejor.

Nos echamos a reír y sentí que me embargaba el alivio.

—Mira, me voy a ir a casa —dijo Cooper—. Pararé en la tuya a coger mis cosas.

—Voy contigo. —Empecé a bajar los escalones de cemento, pero me detuvo.

—Quédate, por favor. Intenta salvar lo que queda de tu baile de bienvenida, ¿vale? Habla con Drayton. No pasa nada. Estoy seguro de que tu hermano estará encantado de que me largue.

Gemí.

—Ahora lo llamo y le pido que se corte un poco.

Esperé con él mientras pedía un Uber. Mantuvimos una conversación más desenfadada, en torno a temas más triviales, y le prometí que cuando me mudase a California me pondría en contacto con él para que fuéramos amigos y así no tuviera que enfrentarme sola al primer año de universidad. Cuando el Uber se fue, me saludó desde la ventanilla del pasajero. Parecía que las cosas volvían a estar bien.

⚡

—¿Dónde te habías metido? —preguntó Gabby cuando me vio entrar de nuevo al gimnasio. Ella y Josh estaban acurrucados al lado del ponche.

No les ofrecí una respuesta de inmediato porque estaba demasiado ocupada mirando la sala con la esperanza de encontrar a mi quarterback. Cooper tenía razón: debíamos tener al menos una conversación sobre lo que había significado ese beso. ¿Quería que fuéramos algo más que amigos? ¿Buscaba solo algo físico? Ojalá lo hubiera sabido, pero con él era difícil de decir.

—¡¿Eso es un chupetón?! —chilló Gabby.

Me llevé la mano al cuello de inmediato para tapar el punto donde Drayton me había devorado hacía apenas veinte minutos. Sonó como una bofetada. Josh y Gabby me miraban fijamente mientras yo, tartamudeando, trataba de inventarme alguna excusa que no se creerían ni por un segundo.

—¿Estabais Cooper y tú echando uno rapidillo en el armario del conserje?

—No conozco ni a una sola persona que esté dispuesta a follar en el armario del conserje. ¿Has entrado ahí alguna vez? Apesta, es enano y está lleno de productos de limpieza. Para eso tenemos los vestuarios o las aulas.

Ella puso los ojos en blanco, pero quien llamó mi atención fue Josh, que me estaba mirando con una expresión acusadora.

—Drayton acaba de pasar por aquí. —Me señaló con el dedo y esbozó una sonrisa calculadora—. Estaba todo alterado y desaliñado.

—¿Dónde está Cooper? —Era como si Gabby hubiera absorbido todo el oxígeno que había en la sala.

—Él… Él… se ha ido. A su casa.

Entonces les conté lo que había pasado de principio a fin, porque, para ser sincera, quería hablar sobre ello. No creía que me hubiera recuperado de aquellos besos increíbles. Y mi mejor amiga era muchas cosas —leal, divertidísima, diestra con la tecnología—, pero no era tranquila, y las noticias que la emocionaban siempre estaban a punto de acabar con ella. Estaba haciendo todo lo posible para no soltar un chillido que nos reventara los tímpanos, y se lo agradecía, porque me daban dolor de cabeza.

—¿Qué significa esto para los dos? —Dio un paso al frente y me cogió la mano con las suyas—. ¿Le vas a confesar lo que sientes?

—Creo que debo hacerlo —respondí mientras oteaba la estancia a mi alrededor por enésima vez—. Pero supongo que antes tendré que encontrarlo.

—Ha desaparecido enseguida —nos informó Josh. Se sacó el móvil del bolsillo del traje y tocó la pantalla con los pulgares—. Voy a llamarlo. Oye, tío, te estamos buscando. ¿Dónde estás? —Josh escuchó la respuesta. Luego se dio la vuelta y bajó la voz, con lo que lo único que consiguió fue que me acercara para oír lo que se decían—. ¿Por qué no se lo puedo decir? —preguntó en susurros—. Quiere hablar contigo sobre algo, tío. Vuelve.

Josh se pasó los dedos por el pelo y respiró hondo. La conversación no me estaba dando buenas vibraciones y, para mi desánimo, colgó y se volvió con una expresión de disculpa.

—Dray… no se encontraba bien. —Esbozó una sonrisa tensa.

Estaba mintiendo; lo sabía. Y él sabía que yo lo sabía. El impulso de presionarlo para que me diera detalles me hacía cosquillas en la lengua, pero no quería ponerlo en una situación incómoda, así que me la mordí y me conformé con aquella sensación de total decepción.

—Perdona, cariño… —Gabby se cruzó de brazos y lo fulminó con la mirada—. Dinos ahora mismo lo que ha dicho.

—No me obligues, por favor —le rogó Josh—. Sabes que te quiero, pero tienes que respetar el código de los colegas.

—No pienso hacer tal cosa —replicó ella—. Mi mejor amiga quiere hablar con ese idiota y más te vale que…

—Para, Gabs —la interrumpí poniéndole una mano sobre el hombro. Valoraba mucho ese instinto feroz que la hacía luchar por conseguir la información que yo tanto ansiaba, pero no quería interponerme entre su novio y ella o entre él y su mejor amigo—. No necesito saberlo. Yo… hablaré con él el lunes y ya está.

—¡No! ¿Y si ocurre algo en ese tiempo? Como… ¿Y si tiene que mudarse a la otra punta del país? ¡¿Y si lo que sientes por él se te pasa o cambias de opinión?!

—Me he pasado un mes entero sin hablar con Drayton y hemos empezado a comernos la boca en cuanto se me ha acercado… —comenté con sarcasmo—. No creo que lo que siento vaya a cambiar por esperar un día.

—Supongo que no… —Hizo una mueca desafiante—. Pero sabes cuánto tiempo llevo esperando a que te des cuenta de esto, ¿no? Ahora tengo que esperar todavía más. Es un asco.

En el fondo, me sentía igual que ella. No es que hubiera planeado lanzarme a los brazos de Drayton y declararle mi amor eterno, pero sí que había pensado en confesarle con sencillez que sí, que sentía algo por él, que sí, que me asustaba y que no estaba muy segura de qué hacer con esta nueva (o no tan nueva) revelación.

⚡

Mi vestido estaba a los pies de mi cama. Las cortinas permitían que la luz tenue se filtrara por una rendija, y parecía que esta mañana hacía un poco más de frío. Alargué una mano para coger mi móvil de la mesita de noche y me acurruqué más bajo el edredón. No tenía ningún mensaje nuevo de Drayton. No había contestado al que le había enviado la noche anterior. No quería pasarme, así que había sido escueta.

> Hola. Cooper se ha ido a su casa. Me gustaría hablar contigo. ¿Me avisas cuando tengas tiempo?

Eran las diez de la mañana y no podía negar que sentía la necesidad de mandarle otro mensaje. Sin embargo, resistí. Salí de la cama y dejé allí el teléfono para que estuviera fuera de mi vista, aunque, por desgracia, en mi cabeza seguía muy presente. Más o menos como el beso de la noche anterior. Recorrí el pasillo en dirección al salón acariciando la pared a mi paso. Cada vez que recordaba cómo me había sentido al experimentar el mejor beso que me habían dado nunca, sentía que necesitaba poner los pies en la tierra. Durante un beso apasionado, los sentimientos marcaban la diferencia.

—Buenos días —masculló Nathan. Estaba despatarrado en el sofá en calzoncillos con el mando de la tele en la mano. La imagen de los domingos.

Lo saludé con la mano perezosamente y entré en la cocina en busca de café. Me di cuenta de que debería haberme puesto algo más grueso antes de salir de la habitación. Los pantalones cortos y el top no me protegían mucho del frescor de media mañana, pero mi bata estaba tan lejos... Por el momento, me aguantaría.

—Bueno —dijo Nathan mientras me servía leche en una taza—. Ayer Carter hizo las maletas y se fue a la velocidad de la luz. ¿Qué pasó?

—Se llama Cooper. —Suspiré—. Y no pasó nada. Nada que debas saber.

—¿Te hizo daño? Si te hizo algo, lo rajo.

—Relájate. —Puse la jarra de café en su sitio, al lado del microondas, y cogí mi taza humeante—. La que le hizo daño fui yo. Más o menos.

Entré y me senté en el sillón que había junto al sofá mientras mi hermano me miraba confundido. Bebí un sorbo de café.

—Un momento. ¿Qué narices pasó? —preguntó incorporándose.

—Luego las cotillas somos las mujeres. Mírate. Estás desesperado por enterarte de todo.

—Necesito saberlo —se defendió—. Eres mi hermana pequeña. Es para protegerte y todo eso.

—Me besé con otra persona en el baile y me vio. —Gemí—. ¿Contento?

—¡Vaya! Menuda bruja sin corazón. Después de que viniera desde…

—¡Nathan! —Le lancé un cojín, pero con cuidado de no derramar el café. Él se echó a reír.

—Es broma. ¿Con quién? El quarterback, seguro.

—Pues sí.

Ahogó un grito.

—¿Sí?

—Ya basta.

Se estaba burlando de mí, soltando gritos ahogados y tapándose la boca como si fuese una adolescente chismosa. Se dirigió a la mesa que había al lado de la puerta.

—Tienes correo. —Me lanzó un sobre y volvió a sentarse.

—¿Cuándo ha llegado? —Dejé la taza en el suelo, al lado del sillón. Al darle la vuelta al sobre estuve a punto de atragantarme—. ¡Nathan! ¡Es de CalArts! —Rompí el papel a toda prisa para leer la carta, aunque el corazón me latía con tanta fuerza que casi no veía las palabras con nitidez. Mientras yo murmuraba entre dientes, Nathan me miraba sin pestañear—. ¡Me quieren hacer una prueba!

Nos pusimos a chillar. Bueno, yo me puse a chillar; Nathan gritó con voz profunda, pero con el mismo entusiasmo. Me levanté y nos abrazamos mientras yo brincaba de alegría. La noticia no podía llegar en mejor momento. Era una bendición, el modo perfecto de levantarme el ánimo y recordarme lo que de verdad importaba: mis objetivos, mis sueños.

—Estoy muy orgulloso de ti. —Nathan me cogió de los hombros y me dedicó una sonrisa llena de orgullo—. ¡Allá vamos, California!

—Pone que la prueba es el 17 de diciembre. —Releí la carta con manos temblorosas. La iba a enmarcar—. Falta un mes y medio.

—Pero estás preparada. —Se encogió de hombros—. Has estado practicando un montón la coreografía, ¿no? Con la canción *I Get To Love You* de Ruelle.

—Sí, esa misma. —Doblé el papel y respiré hondo—. Pero tiene que estar perfecta. ¡Perfecta!

Me dio una palmadita en el hombro.

—Lo estará. Te sobra el talento. Eres muy capaz.

Estaba más cerca de cumplir mi sueño. No había tenido noticias de las otras dos universidades, pero que la de mis sueños me hubiese concedido una prueba era surrealista. Nathan suspiró y cogió el mando de la tele.

—Tengo una cita. Debería ir a arreglarme.

—¿Otra? —murmuré con cierto desagrado. Seguía leyendo la carta una y otra vez—. ¿Repites o es otra nueva?

—Se llama Alana —contestó sonriente—. Es la ayudante nueva de un profesor en el instituto. Es lo único que necesito saber.

Habría sido bonito que propusiera que saliésemos a cenar para celebrarlo, o que nos tomásemos una cerveza, al menos.

En fin. Así eran las cosas. Casi me había olvidado de que tenía el café a medias, así que lo cogí (pero sin soltar la carta) y le di un trago mientras Nathan zapeaba. Nos habíamos quedado en una especie de limbo, como si movernos o volver a sentarnos pudiera fracturar el estado de ensoñación en el que nos hallábamos sumidos.

Sin embargo, cuando oí el sonido de una moto en la distancia, cada vez más alto, nos miramos y sentí que el corazón se me iba a salir por la boca.

—Dame eso. —Nathan cogió mi taza de café y seguimos escuchando el ruido, que fue ralentizándose hasta detenerse—. Adivina quién es.

—No estoy preparada. —Tragué saliva.

—¿Preparada para qué?

Nathan ignoraba la serie de acontecimientos que habían tenido lugar la noche anterior, como, por ejemplo, que Drayton había desaparecido y cortado todo el contacto conmigo después de que casi hubiéramos follado al lado de la fachada del edificio.

Tras otro instante de silencio, excepto por el martilleo en mi pecho y mis oídos, alguien llamó a la puerta. No tenía ninguna razón para dejarme llevar por el pánico. Aquello era lo que yo quería. Quería verlo y hablar con él. Sin embargo, la idea de reconocer lo que sentía me había convertido en un manojo de nervios. Nunca había sido así con los hombres. No me gustaba.

Nathan se dirigió a la puerta principal. Yo me quedé donde estaba y observé cómo la abría. Al otro lado estaba Drayton. Llevaba unos pantalones de chándal ajustados, una sudadera con capucha y el pelo alborotado por culpa del casco. El atuendo quedaba perfecto y natural sobre su cuerpo musculoso. Saludó a mi hermano con educación.

—¿Qué tal? —Nathan le dio un apretón de manos y me señaló—. Dallas, es para ti.

Qué gracioso, el muy capullo.

Nathan se largó enseguida y Drayton me miró, allí plantada en mitad de la sala.

—Bonito pijama.

—Tengo una prueba. —Levanté la carta—. En CalArts. ¡Me van a hacer una prueba!

Se le iluminó el rostro. Entró y cerró la puerta.

—¡Toma ya! —Estaba extasiado, y su reacción era sincera—. Es... Es una pasada. Sabía que lo conseguirías.

Ya estaba delante de mí. Movió ligeramente los brazos, como si quisiera abrazarme. Al final, debió de decidir que la ocasión lo merecía, porque me envolvió con su cuerpo y me atrajo hacia sí. Era embriagador. Sus brazos, su pecho firme... Estaba mucho más pillada de lo que pensaba. Cuando me soltó, aunque hubiese tanta tensión no resuelta entre ambos, no me sentí incómoda. Me sentí bien.

—Siento lo de anoche —dijo metiéndose las manos en los bolsillos—. No el beso... No puedo ni pensar en ese beso cuando estoy en público. —Me eché a reír, y la carcajada sonó extraña y entrecortada. Pero sonó—. Sino lo de después. —Se encogió de hombros—. ¿Podemos hablar? Por favor.

Sonreí.

—Claro. Deja que me cambie antes.

—Abrígate. Hace frío fuera.

Tenía razón. Hacía frío. Me había puesto unos vaqueros descoloridos, un jersey de cuello alto y unas Dr. Martens, y aun así temblaba. Lo seguí hacia su moto y reparé en que había dos cascos en el asiento. Uno era más pequeño que el otro. Era negro y brillante con una pantalla transparente. Parecía nuevo.

—Ese es para ti. —Señaló el casco y luego cogió el suyo.

—¿Para mí?

—Sí. Cuando estaba a punto de llegar, me he dado cuenta de que no podemos ir por ahí solo con un casco en pleno día.

—Pero ¿es mío? O sea, ¿me lo puedo quedar?

—Pareces confundida.

Se puso el casco riéndose, pero no dejó de mirarme. Llevaba su pantalla subida. No dije nada más porque no quería seguir repitiéndome, pero me sorprendía un poco que hubiese ido a comprar un casco nuevo para mí. ¿Con qué frecuencia pensaba llevarme de paquete en esa cosa? Se me paró el corazón.

Cuando llegamos al parque Rock, el mismo sitio al que habíamos ido la primera vez que habíamos montado juntos en moto, nos detuvimos en el aparcamiento, que no estaba vacío. Dejamos la moto allí y caminamos por el sendero. Esta vez había más gente. Era un sitio popular, pero tampoco estaba abarrotado. Charlamos de nimiedades mientras paseábamos, hasta que llegamos a un camino cerrado con una cadena y una señal que advertía que no estaba abierto al público. Sin embargo, no me sorprendió nada que Drayton saltara la cadena y me hiciera un gesto para que lo siguiera. Era un sendero pequeño y estrecho, flanqueado por dos cobertizos altos en los que los guardaparques depositaban sus herramientas. Poco después, los arbustos dieron paso a un pequeño claro, tan pequeño que estábamos casi en el borde del acantilado. Solo había el espacio justo para que nos sentáramos con las piernas hacia delante.

—Querías hablar, ¿no? —preguntó. Se apoyó en las manos y me miró de reojo.

—Y tú también.

—Tú primero. —Me señaló con la cabeza—. A no ser que pueda adivinarlo. No crees que debamos volver a besarnos. Ha sido un error, bla, bla, bla.

—No. —Resoplé—. Me gustas. Más de lo que querría. Y quiero volver a besarte. Una y otra vez. Eres un idiota, pero supongo que es lo que me va, porque… me gustas de verdad.

Me daba miedo mirarlo a los ojos. Era posible que mis temores se hicieran realidad en ese momento, que él solo estuviese interesado en algo físico. O quizá hubiera cambiado de opinión por completo tras la noche anterior. Mi única certeza era que el corazón me latía desbocado y que estaba muy nerviosa por lo que pasaría a continuación.

—Anoche… —empezó a decir—. Emily me arrinconó antes de que pudiera regresar al baile. Nos vio, y no fue sin querer. Me siguió y me amenazó. No quiere que pasemos tiempo juntos, y me ha dicho que, si no le hago caso, le pedirá a su madre que hable con CalArts. Y también con la SMU, porque está cerca de Baylor.

Puso los ojos en blanco. Lo dijo como si tal cosa, como si la capulla manipuladora y psicótica de Emily no estuviera comportándose como una demente irracional.

—Pero ¿qué dices? —Me quedé boquiabierta—. O sea, no me sorprende… , pero a la vez sí. Esa tía… ¿Qué narices le pasa?

—Estoy loco por ti, Pompones. —Ignoró mi parloteo y se incorporó, mirándome a los ojos—. Empecé a estar interesado en el momento en que cogiste ese balón y lo lanzaste. Y cuanto más hablamos, más fuerte es lo que siento por ti. Eres directa y honesta, no te andas con tonterías… Eres como eres y no pides disculpas por ello.

»Cuando te llevé a California, no fue porque no tuviera nada mejor que hacer, sino porque quería pasar más tiempo contigo. No hay nada mejor que verte vivir experiencias nuevas, joder. Aprecias los detalles, no das nada por sentado… Tienes los pies en la tierra. Y cuando te desafié a besarme no fue para ganar ninguna apuesta. Fue porque fui demasiado cobarde para ser sincero acerca de lo que quería. Porque me daba miedo terminar entregándote mi corazón entero y que tú te marcharas con él.

Me incliné hacia delante y lo besé. Drayton me cogió de la nuca y de la cintura y me puso a horcajadas sobre él. Cada vez que nos besábamos era mejor. Ya no había nada que nos obligara a reprimirnos; era evidente en la forma en la que nos aferrábamos el uno al otro, en que hacíamos todo lo posible por eliminar cualquier distancia que hubiera entre los dos.

—Espera. —Me aparté un poco, mareada y sin aliento—. ¿Qué significa esto? Yo… el año que viene me voy a California. No quie…

—No quieres una relación. —Asintió, también sin aliento. Seguía sujetándome con fuerza de la cintura—. Ya lo sé. Pero tú me gustas y yo te gusto. ¿Puedes confiar en mí si te digo que no te haré daño y que podemos ver adónde nos lleva esto?

Me agarró con más fuerza, con movimientos inquietos. Sus ojos verdes seguían clavados en mi boca, y aunque habría querido resistirme, no pude evitar asentir. Porque yo también quería ver adónde nos llevaba aquello.

—Siempre que tú también confíes en que yo tampoco te haré daño. —Moví un poco las caderas y nos volvimos a besar. Dray tenía los labios muy suaves, pero era tan brusco y dominante…—. Un momento. —Me volví a apartar—. ¿Y Emily? O sea, ¿qué quiere? ¿Fastidiarme la vida?

Agachó la cabeza y exhaló.

—La verdad es que no creo que llegue tan lejos. Creo que solo es un intento para no perder el control de la situación. Te puede fastidiar la existencia, pero no la veo metiéndose en tus planes para la universidad. No se arriesgaría a cabrearme tanto. Ya tiene suerte de que todavía aguante su mierda.

—¿Por qué la aguantas?

Frunció el ceño y, sin soltarme, desvió la mirada hacia el paisaje detrás de mí.

—Porque he visto cómo es vivir en su casa. No digo que sea justificación suficiente para ser una zorra, pero… se entienden algunas cosas. —Quería preguntarle al respecto, pero, al mismo tiempo, sentía que no tenía derecho a saberlo. Y que no necesitaba saberlo. Odiaba a Emily, pero aquello parecía ser algo personal—. Sus padres son unos hijos de puta —explicó, sin darme pie a preguntar—. Su padre hace como si ella no existiera y su madre está más interesada en fingir que es una adolescente que en comportarse como una adulta con responsabilidades. Su dinero y su carrera son más importantes que su hija. No sé… Verlo en persona es mucho peor. Es cruel.

Sentí por ella una empatía genuina. Al fin y al cabo, no era un monstruo. Cuando mis padres estaban vivos, Nathan y yo lo éramos todo para ellos. Teníamos una familia de las de verdad. Ver que Drayton era comprensivo y paciente con Emily, que se sentía mal por ella, hizo que mis sentimientos por él se incrementaran.

—Podemos mantenerlo en secreto durante una temporada. —Me encogí de hombros y le acaricié el pelo con los dedos—. No hace falta que alardeemos de ello por todo el instituto.

—No debería tener que esconderte —protestó recorriéndome la espalda con las manos de forma lenta y prometedora.

—No se trata de escondernos. Simplemente, no se lo restregamos a nadie por la cara. Además, no me importaría tener un poco más de tiempo para acostumbrarme. Siento que todo ha pasado tan rápido… —admití. Lo que no reconocí fue que, aunque todo era maravilloso y yo me sentía feliz y llena de mariposas, era consciente de cómo éramos. Y de que quizá no durara.

Él me observó, estudiando mi rostro con una expresión dulce, como si quisiera memorizar el instante.

—Está bien. De momento.

Y entonces nos besamos.

CAPÍTULO 16

La semana siguiente, cumplimos con lo prometido y mantuvimos nuestro nuevo romance en secreto. Gabby y Josh sí lo sabían y, por supuesto, ella estaba que no cabía en sí de alegría. Sin embargo, por lo demás, éramos discretos.

A veces resultaba difícil. En el instituto, teníamos que luchar contra el impulso de besarnos cada vez que estábamos el uno cerca del otro. No nos quitábamos el ojo de encima, e incluso eso podía ser peligroso, porque Gabby me había dicho bien claro que todo era muy obvio cuando nos mirábamos de cierto modo.

De vez en cuando nos robábamos algún beso, cuando estábamos completamente a solas, y él venía a casa por las tardes si yo no trabajaba. Y ahí era cuando el asunto se calentaba más. La tensión entre nosotros estaba al borde de la ebullición. Casi no podía soportarlo. Sin embargo, me hacía sentir de maravilla ser tan abierta con él, al menos, todo lo que podía serlo mientras nos tuviéramos que esconder.

El viernes por la noche me tocaba trabajar en el restaurante. Era mi tercer turno de la semana. Estaba abarrotado, como la mayoría de los viernes. Hacía bastante tiempo que no me tocaba trabajar ese día, ya que tenía que hacer de animadora en los partidos de fútbol, pero, como la temporada había terminado, me habían vuelto a incluir en la rotación. Nathan me llevó en coche y me prometió que vendría a buscarme cuando acabase. No hacía falta que me dijera lo que hacía esa noche: sabía que tenía una cita. Me sorprendía que en Castle Rock todavía quedasen chicas con las que no se hubiera acostado.

Cuando terminé de trabajar, salí al aparcamiento. Esa semana había nevado con ganas por primera vez aquel año y todavía caían algunos copos de nieve, así que el suelo estaba helado y hacía muchísimo frío. Y Nathan no estaba por ningún sitio, aunque me había prometido hasta la saciedad que vendría. Fui hacia la acera, acurrucándome bien bajo el abrigo, y saqué el móvil del bolsillo.

No sabía con quién estaría, pero debía de ser una gran distracción, porque nunca antes se había olvidado de venir a buscarme. Marqué su número tiritando de frío. Me temblaban los labios y me dolía la nariz. Si hubiera contado con tener que volver caminando, me habría llevado unos guantes y unas botas, no aquellos zapatos negros con cordones que ya estaban empapados.

No contestó. Gemí y una nube blanca se formó ante mis labios. Tenía los pulgares rígidos y congelados, pero conseguí escribir un mensaje. Corto, porque no tenía fuerzas para más.

> ¡Ven a buscarme!

Entonces pensé que las carreteras estaban heladas y resbaladizas y que debían de ser peligrosas. Tragué saliva y escribí otro mensaje.

> Por favor, no estés muerto.

La frustración me debía de haber entumecido el cerebro, porque si hubiera pensado con claridad me habría quedado en el restaurante o le habría pedido a alguien que me llevara a casa, aunque era fácil decirlo *a posteriori*. Estaba casi congelada; ya no me notaba ni las manos ni los pies. De repente, un coche pasó por mi lado y luego pisó el freno con brusquedad. No perdió el control de milagro.

Cuando pude distinguir algo más que las luces rojas que contrastaban con la negra noche, caí en la cuenta de que conocía aquel coche. Aquel Jeep, para ser exactos. La puerta del conductor se abrió y apareció Drayton. Casi no reparé en lo furioso que estaba porque llevaba un abrigo entallado abrochado hasta el cuello y un par de vaqueros blancos desgastados. Estaba perfecto. Pero también furioso.

—¿Qué narices haces?

—Yo también me alegro de verte, cariño.

—¿Qué haces, Dallas?

—Yo… —Me retorcí y miré atrás porque me daba la sensación de que me estaba perdiendo algo—. Estaba volviendo a casa andando.

—¿Por qué? ¿Dónde está tu coche?

—Lo tiene Nathan. Se suponía que tenía que recogerme, pero creo que se ha olvidado.

—Sube al coche. —Indignado, se dio la vuelta y volvió al lado del conductor. Su actitud me resultaba frustrante. En otras circunstancias, le habría dicho que se calmara antes de pasar ni un segundo con él, pero si no entraba en un vehículo con calefacción corría el riesgo de congelarme. Unas oleadas de tensión emanaban de Drayton, lo que convirtió el trayecto de sesenta segundos en una experiencia innegablemente incómoda. Tenía los nudillos blancos a causa de la fuerza con la que se aferraba al volante. Nos detuvimos delante de mi casa y yo casi ni había salido del coche cuando Nathan abrió la puerta de repente y salió, presa del pánico.

—¡Lo siento mucho, Dallas! —Meneó las llaves que tenía en la mano—. Ya iba, te lo juro. Se me ha olvidado. Estaba distraído.

Di por hecho que su cita de aquella noche estaba en casa. Era, literalmente, la única distracción que podría hacer que se olvidase de algo tan simple, aunque me alegré de que estuviera vivo.

—No pasa nada, Nath…

—¿Que se te ha olvidado? —gritó Drayton. Ni siquiera me había dado cuenta de que había bajado del coche—. ¿Cómo coño te olvidas de tu propia hermana?

—¡Drayton! —Alcé una mano para pedirle que parase—. Cálmate. No es tan grave.

—¡Ya lo creo que sí! —gritó—. ¡No puedes dejar que tu hermana vuelva andando en plena noche! ¿Cuál es tu puto problema, tío? ¿Cómo puedes ser tan irresponsable?

Su arrebato me dejó anonadada. Me volví hacia Nathan, que lucía una expresión de sorpresa similar a la mía.

—Crece de una puta vez —le espetó Drayton. Volvió al Jeep hecho una furia, entró y se largó a toda prisa, dejándonos a Nathan y a mí plantados en el jardín delantero sin saber muy bien qué acababa de ocurrir.

—Oye, ¿qué le pasa a tu amigo? —preguntó Nathan. Miró cómo los faros del coche desaparecían por una esquina y parpadeó.

—No tengo ni idea.

Le quité las llaves al pasar por su lado y entré a toda prisa. Para sorpresa de nadie, había una chica en el sofá, aunque ni siquiera la saludé con la mano. Me fui directa a mi cuarto para quitarme los calcetines y los zapatos mojados, me puse unos vaqueros, un jersey y mis botas de nieve y me marché otra vez.

No era muy aficionada a la velocidad, nunca lo había sido, pero esta vez no dudé en pisar el pedal a fondo. Aunque, claro, como estaba nevando, eso solo suponía ir a unos veinte kilómetros por hora, así que tampoco es que fuera una escena digna de *A todo gas*. De todos modos, me las arreglé para llegar enseguida.

Aparqué frente a la casa de Drayton y apagué el motor. El Jeep también estaba allí aparcado. Debió de verme llegar, porque abrió la puerta de entrada y, al salir, la cerró tras él.

—Sí, Dallas, ya lo sé —gruñó—. He perdido los estribos con tu...

—Cuéntame ahora mismo de qué iba todo eso —le ordené mientras me acercaba a él.

—No iba sobre nada. —Se encogió de hombros. Su furia se había desvanecido, pero su actitud todavía dejaba entrever una clara hostilidad—. Deja el tema.

—No. —Me detuve ante él. Me negaba a ceder—. Merezco una explicación. No es la primera vez que pierdes los estribos por verme volver sola a casa de noche. Si vas a gritarle a mi hermano, quiero saber por qué. Dray… —Di un paso al frente y alargué una mano para acariciarle con suavidad la barba incipiente de su mandíbula, la fuerte estructura de su rostro—. Ábrete. Cuéntame de qué iba todo eso. Sé que hay algo que no me estás diciendo. Puedes confiar en mí.

No quería pensar en que solo hacía una semana que salíamos juntos y ya estábamos discutiendo. Él guardó silencio durante lo que me parecieron minutos. La quietud nos envolvía a ambos por completo, pero no era incómodo. Para nosotros dos, los silencios jamás lo habían sido. Cuando me cogió de la mano y se volvió para llevarme dentro, sentí alivio. Había hecho la vista gorda con los secretos durante mucho tiempo, consciente de que todo el mundo guardaba alguno y de que tal vez él tuviera una buena razón para no compartir los suyos. Sin embargo, tras lo ocurrido esa noche, necesitaba saberlo, no solo por curiosidad, sino porque no podía soportar que se siguiera torturando a sí mismo con aquella carga. Fuera lo que fuese, quería que supiera que yo lo iba a apoyar.

Me quité las botas y nos sentamos en el sofá de tres plazas de uno de los salones. Era una estancia preciosa, decorada con gusto con lujosas obras de arte y el mismo tipo de piedra que el resto de la casa. Las características más modernas, como los cristales tintados o la televisión que colgaba de la pared, eran excepcionales. Había también una chimenea eléctrica de la que surgían llamas falsas que arrojaban una luz tenue por todo el espacio. Sin embargo, todo aquello no era más que una imagen de fondo borrosa, porque la presencia que imperaba era la de Drayton. En cualquier habitación en la que entrase, él brillaba más que nada y que nadie, al menos para mí.

Respiró hondo y se frotó las manos, casi como si se estuviese preparando para aquella conversación, como si estuviese aunando el coraje y la fuerza necesarios, y yo respondí acercándome a él.

—Nunca le he contado esto a nadie —me dijo con la mirada fija en el suelo—. En realidad, ni siquiera lo he verbalizado nunca.

—Estoy contigo —le aseguré. No quería presionarlo, pero necesitaba que supiera que podía contarme cualquier cosa.

—No siempre fui hijo único —confesó con la voz tan rota que casi me rompió el corazón—. Tuve una hermana gemela. Se llamaba Abigail, aunque la llamábamos Abby. Era... Era mi mejor amiga. Lo hacíamos todo juntos, ¿sabes? Papá siempre nos llevaba con él al campo de fútbol. Teníamos que acompañarlo por todo el país, pero era genial porque siempre lo aprovechábamos al máximo. —Los recuerdos le hicieron sonreír, aún con la mirada fija en el suelo—. Cuando vivíamos en Texas, teníamos un grupo de amigos que vivían en la misma calle que nosotros. Teníamos doce años y uno de ellos cumplía trece, así que celebraba una gran fiesta, solo que sin alcohol, ya sabes. Con hockey de aire, billar..., ese tipo de juegos. Invitó a un montón de gente y fuimos todos juntos.

»A las once, yo estaba ya bastante cansado. Vivíamos muy cerca, así que íbamos y veníamos todo el tiempo. Tardábamos medio minuto en llegar a casa. Le dije a Abby que me iba y que volvería a buscarla cuando quisiera irse ella, que solo tenía que mandarme un mensaje. —Agachó aún más la cabeza y un sollozo le sacudió el cuerpo entero. Me resultaba insoportable verlo sufrir así. Lo había visto abrirse conmigo, expresar sus emociones, pero nunca así—. A la mañana siguiente, cuando me desperté, me di cuenta de que me había quedado dormido y de que tenía varias llamadas y mensajes. El último decía que creía que alguien la estaba siguiendo.

Se tomó unos instantes para calmarse y se secó los ojos con el dorso de la mano. Sorbió por la nariz y exhaló, tratando de recuperar la compostura. No necesitaba que terminase su historia —sabía muy bien cómo iba a acabar—, pero tampoco lo detuve cuando continuó:

—Encontraron su cuerpo dos días después, en una zanja a unos cincuenta kilómetros de casa. Desnuda, violada y magullada. Cogieron al tío. No era más que un enfermo que se había cruzado con ella, no había ninguna otra relación. Mi padre se retiró de la liga nacional y unos meses después nos mudamos aquí para empezar de cero.

—Drayton, lo siento tanto…

—¡No! —Se incorporó y me miró con firmeza. Tenía los ojos rojos—. No me digas que lo sientes. Lo que le pasó fue culpa mía.

—Claro que no —protesté. Le cogí la mano y entrelacé sus dedos con los míos—. No fue culpa tuya, Drayton.

—Debería haber vuelto con ella. Fue culpa mía.

—¡Basta! No eras más que un crío —insistí con voz firme—. Y tus padres, ¿qué? Son ellos quienes deberían haberos llevado y recogido. No puedes cargar con ese peso sobre tus hombros.

—Mis padres nos habían dejado con una niñera, pero aquella cabeza hueca estaba obsesionada con su novio y no daba para mucho más, la muy estúpida —gruñó, contrariado—. Ellos estaban en Miami, para un partido.

—Dray, por favor, no puedes cargar con el peso de algo que no fue culpa tuya. —Le estreché la mano sin dejar de mirarlo a los ojos—. Acabarás enfermo. No hiciste nada malo.

—Pues yo siento que sí.

De repente, me acordé de algo. Le levanté la manga de la camiseta para ver su hombro, donde el niño y la niña caminaban hacia el atardecer.

—Es por ella, ¿verdad? —pregunté, rozándole la piel con las puntas de los dedos. Se le puso la carne de gallina.

—Sí —murmuró, mirando fijamente la mano que lo acariciaba.

—Drayton, créeme en esto, aunque no me creas en nada más: no eres el responsable de lo que pasó. —Le puse una mano con firmeza en el rostro y le acaricié la mejilla con el pulgar—. No es tu culpa. Pero entiendo que no soportes verme volver sola a casa.

Le temblaban los músculos de la cara. Me dolía verlo sufrir así.

—Aquella noche en Cripple Creek, cuando te fuiste, fue… fue una mierda. Sentí que estaba reviviendo una pesadilla. Estaba reviviendo esa otra noche y no podía permitir que terminase igual. Dallas, no me gusta ver a ninguna chica joven volviendo sola a casa —giró el cuerpo hacia mí—, pero a ti menos que a nadie. Prométeme que si necesitas que alguien te lleve me llamarás siempre. Estoy aquí para eso. Significas demasiado para mí. Prométemelo.

—Te lo prometo.

Con mi respuesta, se le relajaron los músculos y se le suavizaron los rasgos. Ojalá lo hubiera sabido antes. Ahora lo veía bajo una nueva luz y lo comprendía mejor que nunca. Había pasado mucho tiempo luchando él solo contra aquellos demonios, sin que nadie le dijera que no debía sentirse culpable, sin que nadie lo consolara cuando los recuerdos pesaban demasiado. Me abrazó y me relajé sobre su cuerpo, apoyando la cabeza en su pecho. Nos recostamos en el respaldo del sofá y nos quedamos así un buen rato, en calma. Las sombras de las llamas artificiales bailaban sobre las paredes oscuras. Drayton olía distinto. Era el aroma de siempre, embriagador y atractivo, pero sin la nota de la nicotina. Hacía tiempo que no lo veía tocar el tabaco y, después de lo nervioso que se había puesto antes, no me habría extrañado que recayera en su vicio. Me guardé el comentario para mí, pero me sentía esperanzada.

Al cabo de un rato, no sé muy bien cuánto, empezó a acariciarme un brazo.

—Gracias —murmuró.

—¿Por qué?

—Por escucharme. Por comprenderme y por no hacerme sentir peor.

—Jamás haría eso, Dray. Lo que te he dicho lo pienso de verdad. Tú no tienes la culpa y no mereces cargar con ese peso.

Nos miramos a los ojos. Al notar su aliento caliente, se me aceleró el corazón. Entre nosotros crepitaba una corriente eléctrica que se fortalecía a medida que nos acercábamos. Siempre me había sentido extremadamente atraída por él, pero ahora que conocía sus capas más profundas, capas que permitían una comprensión más amplia y una conexión más íntima a través de la confianza mutua, estaba segura de que lo quería.

Redujo la distancia que nos separaba para que nuestras bocas se encontraran. Lo mucho que lo necesitaba surgió como una erupción de mi interior, y no pude rodearlo con los brazos lo bastante rápido, lo bastante fuerte; me subí a horcajadas sobre él y aun así no lograba tenerlo lo bastante cerca. Me recorrió los muslos con las manos mientras me besaba con tanta pasión que me daba vueltas la cabeza, embriagada de su tacto, de su boca, de sus dedos, que seguían acariciando la cara posterior de mis muslos.

Subió por mi espalda y me enredó las manos en el pelo de la nuca. Tiró hacia atrás, dejando mi garganta expuesta, y me besó la mandíbula y el cuello mientras yo me frotaba contra él. Soltó un gemido fuerte y carnal que no hizo más que alimentar las llamas que nos rodeaban, y nos convirtió en puro fuego.

—¿Quieres ir a tu cuarto? —le pregunté con voz ronca y jadeante.

Retrocedió para observarme con asombro y lujuria. No me respondió con palabras: me cogió del culo y se puso de pie de un salto, mientras yo lo rodeaba con las piernas.

—Joder, ya lo creo —rugió.

Estar con Drayton era diferente. Mejor. Me miraba con ternura, pero sus manos me trataban con brusquedad. Sus caricias nacían del afecto, pero cuando me abrazaba se dejaba guiar por el deseo. Las palabras que me susurraba al oído, acompañadas del aliento caliente que me golpeaba el cuello, eran sucias y carnales, pero su tono de voz, emotivo. Entre nosotros no había solo lujuria. Nos conocíamos. Éramos vulnerables y llevábamos el corazón en la mano, una diferencia que había estado echando en falta sin siquiera saberlo. Sin embargo, al moverme con él, en perfecta sincronía, como habíamos hecho siempre, desnudos, expuestos en un sentido más que físico, sentía que nunca había estado tan conectada a nadie, una sensación que me hacía perder el control.

CAPÍTULO 17

Estaba en el séptimo cielo.

Necesitaba una ducha, debía de llevar el pelo hecho un desastre y no podría andar recta en un par de días, pero no me había sentido tan satisfecha en toda la vida. Había pasado bastante tiempo desde la última vez que me había despertado en la habitación de Drayton. Gotas de luz se filtraban a través de los árboles al otro lado de la ventana. La chimenea estaba encendida para que no tuviéramos frío.

Miré por la ventana y sonreí, pensando en el pecho desnudo de Drayton pegado a mi espalda, en su brazo, que me rodeaba y se aferraba a mi cintura. Estábamos haciendo la cucharita y era tan perfecto como me había imaginado. La palabra «felicidad» ni siquiera se acercaba a describir mi estado emocional.

—Buenos días. —La voz ronca de un Drayton recién despierto me sacó de mi ensimismamiento. Me abrazó con más fuerza y presionó suavemente los labios sobre la piel bajo mi oreja.

—Hola. —Me mordí el labio y enrosqué los dedos de los pies mientras él me recorría el cuello con besos. Tardó muy poco en hacer estallar ese deseo carnal que siempre me provocaban sus caricias. Me sentí un poco decepcionada cuando separó los labios de mí y me dio la vuelta.

—La noche de ayer fue perfecta, Pompones. —Me acarició la frente con la punta de los dedos y me colocó el pelo detrás de la oreja sin dejar de mirarme.

—Sí, fue perfecta. —Me sentía cautivada por su presencia. Cuando me miraba, tenía la sensación de que el corazón se me iba a salir del pecho. Estaba metida en un buen lío—. Por curiosidad..., ¿qué hacías anoche? ¿Me estabas siguiendo?

—Ya te gustaría —resopló con una sonrisa. Se incorporó y se apoyó en el cabecero de la cama con un brazo detrás de la cabeza. La sábana caía sobre sus caderas, y dejaba al descubierto los músculos en forma de V de la parte baja de su abdomen. Se me hacía la boca agua—. Estaba en casa de Maxon y me aburrí, así que fui a ver qué hacías.

—Ah. —Sonreí y asentí.

Él imitó mi gesto y luego me rodeó por la cintura y me levantó para ponerme encima de él con un movimiento fluido que no pareció costarle ningún esfuerzo. De inmediato, enredó los dedos en mi pelo.

—¿Qué ha...?

De repente, se abrió la puerta. Miramos a la izquierda y allí, en el umbral, estaba su padre. Drayton subió la sábana y yo me agaché un poco para esconder mi pecho, pero incluso cubierta por la tela, quise que me tragara la tierra.

—¡Papá! —Drayton se inclinó hacia delante e hizo un gesto de frustración—. Pero ¿qué haces? ¡Llama!

Su padre ni se inmutó. Era tan alto como su hijo, corpulento, joven, con el pelo negro y una barba de pocos días. Era clavado a Drayton, pero con una expresión de indiferencia y un traje que se le ajustaba a los músculos. Apoyó una mano en el pomo de la puerta y dijo:

—Esta mañana tienes una llamada de teléfono con el entrenador y el jefe del Departamento de Deportes de Baylor.

—Ya me acordaba.

—Hola. —Soltó el pomo y se tiró de la manga de la camisa—. Soy Leroy.

—Encantada —contesté, horrorizada por conocer al padre de Drayton desnuda salvo por una sábana que debía de costar más que mi coche, pero aquello era irrelevante. Me respondió asintiendo secamente y luego se volvió hacia su hijo con la misma expresión pragmática con la que lo había mirado antes.

—A las once. Estate preparado, vestido y solo.

Cuando se fue, Drayton se relajó. Se dejó caer sobre la almohada y se tapó la cara con el brazo. Era decepcionante haber conocido a sus padres en situaciones tan desafortunadas.

—¿Eres consciente de que conocí a tu tía desnuda y de que ahora he conocido a tu padre también desnuda? —Agarré la sábana con el ceño fruncido—. ¿Cómo es posible que me haya pasado lo mismo dos veces?

—Qué suerte tienen. Yo tuve que conformarme con aquella camiseta que se te transparentaba. ¿Dónde estaban las presentaciones en cueros cuando llamé a la puerta?

Resoplé por la nariz y miré atrás. Drayton seguía escondido detrás de su antebrazo.

—¿Estás bien?

—Mi padre molaba más antes —murmuró—. Se lo dejo pasar porque perder a mi hermana casi acabó con él, pero sabe sacarme de mis casillas, te lo aseguro.

—Tiene muy claro a qué universidad vas a ir, ¿no?

—Sí. No hace más que atosigarme con lo de mi carta de motivación. Me han ofrecido seis becas. ¡Seis! Y ni siquiera tengo permiso para pensar en ir a alguna otra universidad.

Seis era un número impresionante. Tenía opciones. Una parte de mí estaba desesperada por preguntarle si alguna de aquellas opciones estaba cerca de CalArts, pero no lo hice. No quería influir en su decisión. Era demasiado importante.

—Dejemos el tema —añadió—. Me cabrea.

—¿Estás estresado? —le pregunté acurrucándome a su lado—. ¿Necesitas desfogarte?

Se puso encima de mí, encerrándome contra el colchón.

—¿Te estás ofreciendo?

Su sonrisa se esfumó en cuanto se inclinó y empezó a besarme el cuello.

⚡

El lunes por la tarde, durante los últimos diez minutos de la hora del almuerzo, me apoyé en mi taquilla mientras miraba Instagram. Gabby se había ido a la biblioteca a leer, pero yo había decidido quedarme atrás, ya que mi siguiente clase era ahí al lado y no tenía mucho sentido que me alejara. Me puse a mirar por encima vídeos de compañías de baile a las que seguía y cuyas coreografías admiraba, leí los anuncios de las próximas competiciones y me maravillé con las fotografías que mostraban el poder necesario para mover sus cuerpos de aquel modo.

Estaba tan concentrada en las imágenes, pellizcándome el labio inferior con los dedos, que no me di cuenta de que alguien se me acercaba. Sin embargo, cuando un par de fuertes manos me cogieron de la cintura y noté la suavidad de unos labios en el lateral del cuello, sonreí, casi olvidándome de que se suponía que Drayton y yo manteníamos nuestra relación en secreto.

—¿Qué haces? —Me volví para mirarlo y eché un vistazo al pasillo. Había algunos alumnos de primero, pero nadie más.

Drayton apoyó una mano en la pared y me obligó a retroceder.

—No puedo verte y pasar de largo. Es imposible. —Se agachó y me besó con suavidad y dulzura.

Hasta que la suavidad y la dulzura se transformaron: me agarró de la nuca con la mano que tenía libre y me acarició el lado de la cara con el pulgar. Derretida con sus caricias, me agarré de su camiseta. La insaciable necesidad de tocarlo y saborearlo me abrumaba; no fui capaz de ponerle una mano en el pecho para detenerlo.

—Esto es demasiado público —protesté con voz aguda mientras me lamía el labio inferior. Me encantaba su sabor—. Nos van a pillar por tu culpa.

Exhaló, todavía apoyado en la pared y con el rostro perfecto a pocos centímetros del mío. Antes de que me diera tiempo a reaccionar, me cogió de la mano y me arrastró al interior del aula más cercana. Cerró la puerta, me estampó contra la pared y me besó con fuerza. Los pósteres se arrugaron y crujieron detrás de mí. Luego me cogió de los muslos y me puso bruscamente encima de una mesa de madera, arañando el suelo con las patas. El sonido de nuestras bocas al colisionar y el de nuestros jadeos resonaba a nuestro alrededor. Cuando bajó a mi cuello y me echó la cabeza atrás, haciendo que apretase las piernas, por fin me di cuenta de que estábamos en el aula de Educación Sexual. Qué ironía. Desde la pared, me miraba una chica con una sonrisa de oreja a oreja y los pulgares hacia arriba. Había un bocadillo a su lado en el que se leía: «Un condón es más barato que un bebé». Estuve a punto de echarme a reír, pero entonces Drayton me tiró del pelo y me besó en la boca, sofocando mi incipiente carcajada.

Nuestros labios volvieron a encontrarse. Éramos presos de nuestro frenesí, agarrándonos, acariciándonos, besándonos, tanto que creí que acabaríamos haciéndolo delante del póster de esa chica tan sensata. Sin embargo, en ese instante sonó la campana. Ambos éramos conscientes de que no era el mejor momento para quitarse la ropa. Drayton gimió y dejó caer la cabeza sobre mi hombro, pero siguió donde estaba, entre mis piernas, apoyado en el escritorio.

—Deberíamos irnos —sugerí. Ya se oía más gente por los pasillos. Asintió y dio un paso atrás. Me tapé la boca con la mano de inmediato: su erección era más que evidente, era imposible no verla.

—Sí, ya lo sé. —Se pasó una mano por el pelo y me dedicó una sonrisa traviesa—. ¿Me ayudas a que se me pase?

—Buen intento. —Me puse de pie y me alisé el pelo—. Átate la sudadera a la cintura, así la taparás con las mangas. O eso espero.

Suspiró, dejó la mochila en el suelo y se quitó la sudadera. Al hacerlo, como se le subió la camiseta, pude echar un vistazo a su torso firme. Cuando estuvimos listos para salir, abrí la puerta y me encontré con Emily, que estaba a un par de metros de mí. Presa del pánico, cerré de un portazo para que Drayton no pudiera seguirme y le golpeé en el brazo. En cualquier caso, era mejor que saliéramos por separado. Lo oí maldecir entre dientes, pero como Emily y su ceño fruncido ni se inmutaron, di por hecho que ella no lo había oído.

—¿Qué? —Se paró delante de mí al ver que me quedaba en la puerta, sonriente.

—Nada.

—¿A qué viene esa sonrisa de idiota? —preguntó con impaciencia, poniendo los brazos en jarras.

—A nada, me alegro tanto de verte que no la he podido contener.

Me miró con los ojos entornados, frunciendo sus gruesos labios pintados de rojo.

—Estás muy rara. ¿Qué crees que sabes?

Aquello me confundió, pero no se lo dije. Si la que estaba nerviosa era ella, prefería dejarlo así.

—Deberíamos quedar algún día. Para tomar un café o ir al cine. Igual podemos ir a buscar niños pequeños a los que atormentar. Es lo que haces para divertirte, ¿no?

Resopló y se fue, no sin antes darme un golpe con el hombro. La observé marcharse con cierto regocijo, pero enseguida fruncí el ceño al mirar a mi alrededor y ver lo abarrotado que estaba el pasillo. No obstante, Drayton no podía quedarse escondido en aquella aula para siempre. Abrí la puerta para pedirle que me dejase cinco minutos para adelantarme, pero cuando asomé por la rendija no había ni rastro de él. Y entonces reparé en que al otro lado de la sala había una ventana abierta.

Me eché a reír y cerré la puerta. A veces, mantener nuestra relación en secreto era divertido.

CAPÍTULO 18

Nathan y yo solíamos pasar Acción de Gracias con Camilla y Gabby, pero ese año las cosas eran un poco distintas. Josh y Gabby salían juntos y Drayton y yo también, aunque todavía no fuese público. Sin embargo, Drayton insistió en que Nathan y yo fuésemos a celebrarlo con su familia. Josh también había invitado a Gabby y a Camilla. Así que el jueves por la mañana, alrededor de las once, los cuatro aparcamos delante de la mansión de los Lahey. Camilla no pudo contener su entusiasmo.

—¡Seguro que la cocina es preciosa!

Fue la primera en salir del coche. Llevaba la melena negra, muy parecida a la de Gabby, recogida en una trenza que le caía sobre el hombro. Nos habían pedido que nos vistiéramos de azul en honor a los Cowboys de Dallas, pero Camilla había dicho que ese color no le quedaba bien y había optado por un vestido verde de manga larga, aunque en ese momento todavía llevaba puesto su grueso abrigo. Nathan parecía malhumorado porque sabía que esa noche nos tocaría apoyar a los Cowboys. Tiró de su gorrito, la única prenda azul que había accedido a ponerse, y se situó detrás de nosotras mientras subíamos al porche que había frente a la puerta principal y llamábamos al timbre.

Nos abrió la puerta Ellie, la madre de Drayton, que iba vestida de pies a cabeza de cachemira azul. Las ondas perfectas de color rubio oscuro le enmarcaban el rostro.

—Pasad, pasad —nos invitó mientras nos hacía un gesto con la mano, toda sonrisas y pulseras de Cartier—. Dallas, me alegro de verte.

—Hola, señora Lahey. —Me complació verla más relajada que el día que nos habíamos conocido. Nos quedamos en el vestíbulo inmaculado, con las baldosas resplandecientes y la fuente en funcionamiento—. Este es Nathan. Nathan, esta es la señora Lahey.

—Ellie —me corrigió la mujer mientras ella y Gabby se saludaban con un abrazo. Me pareció un poco raro, pero supuse que tenía sentido. Al fin y al cabo, Gabby pasaba mucho tiempo allí—. Es un placer, Nathan. Drayton me ha hablado mucho de tu recorrido en el instituto. Y tú debes de ser Camilla.

Nathan parecía orgulloso. La madre de Gabby miró a Ellie en cuanto oyó su nombre. Estaba obnubilada con la perfección que la rodeaba.

—Sí. Hola. Tienes una casa preciosa.

Ellie se llevó una mano al pecho en respuesta y luego cogió a Camilla del brazo.

—Vamos, te la enseño.

Nos quedamos los tres solos, así que nos dirigimos al primer salón, que daba a otro que era el doble de grande, en el que había dos sofás y unos sillones enormes. El televisor de pantalla plana era casi del tamaño de un cine. A Nathan se le hacía la boca agua.

Al final de la sala habían preparado una mesa en la que había más aperitivos para escoger que en un supermercado. Leroy se había puesto una sudadera de fútbol azul que parecía antigua. En el dorso se podía leer su nombre y un número. Tenía una cerveza en la mano y estaba mirando los momentos deportivos más destacados en la televisión, hasta que se dio cuenta de que ya no estaba solo. Se dio la vuelta y nos miró con su rostro inexpresivo habitual. No habíamos hablado desde que me había pillado con Drayton en la cama, y parecía que no se había llevado la mejor de las impresiones.

—Los chicos están en el comedor —dijo.

—Vale, gracias —respondió Gabby, nerviosa.

Me cogió del codo para sacarme de la sala, pero yo no quería dejar a mi hermano solo. Sin embargo, no tenía nada de lo que preocuparme, porque él fue directo hacia Leroy y le tendió la mano:

—Encantado, señor. Nathan Bryan.

Leroy le dio un apretón de manos. Me di cuenta de que Nathan estaría mejor allí, charlando con un adulto, en lugar de con un grupo de adolescentes, así que Gabby y yo nos fuimos por donde habíamos venido, pasamos junto a la cocina, donde oímos hablar a Ellie y Camilla, y entramos en el comedor.

Estaba muy bonito, por supuesto. Habían decorado la mesa con elegancia, con cubiertos de estilo rústico, calabazas pequeñas, diseños florales y porcelana cara, pero mi atención se fue directa a la esquina de la habitación, donde Drayton, Maxon, Austin, Emily y Becca charlaban al lado de una mesa llena de refrescos fríos.

—Oh, ¿Josh está arriba? —preguntó Gabby.

Drayton asintió, aunque era a mí a quien miraba.

—Puaj —dijo Emily al verme con desdén. Me examinó de arriba abajo con el ceño fruncido para ver qué me había puesto: una sudadera azul sencilla y cómoda, un gorrito blanco y unos vaqueros negros. Por mucho que lo intentara, Emily jamás lograría hacerme sentir fuera de lugar. Para eso tendría que haberme importado lo que ella pensara—. ¿Qué hace esta aquí?

Drayton la miró con tanto odio que, si los otros tres no me hubieran estado observando a mí con curiosidad, se habrían dado cuenta de que pasaba algo.

—Ha venido conmigo —contestó Gabby con un hilo de voz mientras se subía las gafas por la nariz. Me gustó que me defendiera, a pesar de no ser muy dada a la confrontación—. Voy arriba, Dal. ¿Quieres venir?

—No. —Sonreí al grupo de deportistas que tenía delante—. Me quedo aquí.

Cuando se fue, Drayton me dijo «Lo siento» solo moviendo los labios para que los demás no se dieran cuenta. Intenté no contemplar su cuerpo musculoso con demasiado descaro. Llevaba una camiseta azul remangada hasta los codos y unos vaqueros, y estaba apoyado en la pared con un botellín de cerveza en la mano. Me acerqué a ellos. No me quitaba la vista de encima.

—Vámonos, Becca —ordenó Emily cuando me puse a su lado para servirme un refresco—. Este evento ha pasado de ser elegante a ser una mierda.

No levanté la vista, pero su patético intento de insultarme me hizo reír. Becca y ella salieron de la estancia cogidas del brazo, aunque yo esperaba secretamente que se fueran a sus casas.

—¿Cómo te va, Pompones? —Maxon me sonrió enseñándome todos los dientes. Por el rabillo del ojo, vi que Drayton se ponía rígido—. Bonitas uñas. Azules. Qué entusiasta.

—No me llames así, por favor.

Vi que Austin desviaba su mirada taimada hacia Drayton, pero ni miré ni le di importancia.

—Claro, el único que puede llamarte así es Dray, ¿no?

—Pues no, nadie puede —salté. Quería saber qué hacían allí, pero era la recién llegada. Seguramente era una tradición que se remontaba a años atrás, así que no tenía derecho a disgustarme—. Disculpadme. —Me volví y salí del comedor oyendo las risitas disimuladas y a Drayton, que los mandó callar.

Después de aquello, la tarde fue bastante aburrida. Todos los demás se estaban divirtiendo. Nos sentamos a la exquisita mesa y la comida era de cinco estrellas, pero yo había ido con la idea preconcebida de que Drayton y yo podríamos estar relajados y ser nosotros mismos. Sin embargo, era como estar en el instituto. Estaba sentada entre Nathan y Gabby, pero ambos estaban enfrascados en sus respectivas conversaciones. Nathan y Leroy se habían pasado la tarde charlando y Gabby solo tenía ojos para Josh. Drayton estaba sentado al otro lado de la mesa, con Maxon a la derecha y Austin a la izquierda.

Por mucho que lo intentara, no podía dejar de mirarle, y él tampoco apartaba la vista de mí. Juntó las manos delante de la barbilla; movía la pierna arriba y abajo. Se pasó toda la comida inquieto. En un momento dado, se sacó el móvil del bolsillo y tocó la pantalla.

—Drayton —lo regañó Ellie con una cucharada de sopa suspendida delante de la boca. Mientras hablaba, me vibró el teléfono en el bolsillo—. Nada de móviles durante la comida. Lo hablamos anoche.

Él se pasó una mano por el pelo, con la mirada aburrida clavada en el plato. Estaba claro que el mensaje me lo había mandado a mí, pero después de que le hubieran regañado por usar el móvil, no iba a sacar el mío. Me miró con los ojos muy abiertos, pero le respondí negando sutilmente con la cabeza mientras paseaba mis alubias por el plato. Tener que esconder lo nuestro era un asco, pero lo hacíamos por mí. Le agradecía que no nos hubiera dejado vendidos delante del súcubo que había en un extremo de la mesa.

Después de comer, Leroy nos informó de que veríamos el partido de los Cowboys contra los Delfines de Miami en la sala de cine. Y yo que pensaba que el televisor del salón era lo bastante grande… Gabby y yo ayudamos a Ellie y a Camilla a recoger.

Mientras empaquetaba las sobras junto a la isla de la cocina, Gabby susurró:

—Josh me ha dicho que Becca y Emily no estaban invitadas. Las han traído Maxon y Austin.

Sonreí y asentí mientras ponía todos los restos en un plato. Ahora lo entendía. Supuse que ya podía leer el mensaje de Dray, pero decidí terminar de recoger antes. Después, las madres se sirvieron una copa de vino y Gabby y yo nos fuimos con Josh, que estaba en la sala de juegos, donde había videoconsolas y una mesa de billar. No había ni rastro de las chicas, y Maxon y Drayton estaban echando una partida al billar mientras Austin jugaba a uno de los videojuegos.

Me senté en un sillón y miré el mensaje de Drayton. Sentí su mirada sobre mí mientras lo leía.

> Yo no las he invitado. Mamá siempre invita a Maxon y a Austin y se han traído a las chicas. Lo siento mucho. ¿Subes a mi cuarto? Y ahora voy yo.

Cerré el mensaje y me arrellané en el sillón. El partido no tardaría en empezar —era a las cuatro de la tarde— y no estaba enfadada con Drayton. Podíamos esperar a que todo el mundo estuviera en la sala de cine y nadie viniera a buscarnos. Me encontré con su mirada penetrante y negué con la cabeza, pero le sonreí. Parecía sentirse frustrado. Gabby y Josh se excusaron y volvieron a desaparecer. Al cabo de unos minutos, Austin me preguntó:

—¿Quieres jugar, Pom… Dallas?

Miré el derramamiento de sangre de la pantalla y fruncí el ceño. No me interesaban los videojuegos, pero me encogí de hombros y me levanté. Pasé junto a Drayton, que estaba inclinado sobre la mesa de billar con el taco preparado, y me choqué con él sin querer. Me disculpé enseguida.

—No pasa nada —contestó. Esperaba haber sido la única que había reparado en su tono provocador.

Austin me explicó cómo funcionaba el juego, pero me pareció difícil de todos modos. Cada vez que me mataban, le afectaba también a él, porque estábamos en el mismo equipo o algo así. La verdad era que no tenía ni idea de lo que estaba haciendo, me limitaba a apretar botones y a intentar apuntar con la pistola. Cuanto más fallaba, más nervioso y borde se ponía Austin, y estaba segura de que el ritmo al que se estaba bebiendo las cervezas no ayudaba.

—¡Joder, tía! —Se levantó de un salto y tiró el mando. Yo lo miré divertida—. No es tan difícil. ¿Eres tonta o qué?

—Cálmate, tío —contesté—. Es un juego.

Miré a Drayton y a Maxon, que estaban atentos al berrinche de su amigo. El primero tenía el taco de billar agarrado con tanta fuerza que se le habían puesto los nudillos blancos.

—Exacto, es un juego, no física cuántica, idiota.

Me puse de pie.

—Contrólate, niñato.

—Cierra la puta boca. —Resopló y se volvió a sentar—. Imbécil…

—Tío, relájate —le dijo Maxon, a quien la situación parecía hacerle gracia.

—Deja de hablarle así. —La voz de Drayton sonaba peligrosa, como si estuviese intentando no perder el control.

—No pasa nada —dije.

—Que te den, Drayton. —Austin empezó otra partida, esta vez sin mí—. Es idiota. De todos modos, ¿qué coño estás haciendo aquí? Vete a freír hamburguesas, grasienta.

Exhalé con los dientes apretados, le arranqué el mando de la mano y luego desenchufé la videoconsola de golpe. Él se puso de pie de inmediato y vino a por mí. Por un momento, me pregunté si me habría pasado de la raya.

—¡Serás zorra! ¡Me has hecho perder el progreso del juego!

Se detuvo delante de mí, amenazante, y me dio un empujón en el hombro. No me lo podía creer. ¿De verdad se ponía así por un juego? Abrió la boca, sin duda para volver a insultarme, pero no tuvo la oportunidad: alguien lo cogió de la nuca y lo estampó contra la pared.

—¿La has tocado?

Drayton lo agarró del cuello. Se me aceleró el corazón al ver lo rápido que estaba pasando todo.

«Aunque la verdad es que me pone», pensé.

Drayton estaba furioso. Nunca lo había visto así, ni siquiera después del incidente con Nathan. Volvió a empujar a Austin contra la pared.

—No vuelvas a ponerle ni un solo dedo encima, Austin, o te juro por Dios que…

—Dray. —Maxon se puso entre ellos y le tocó un hombro—. Vamos, tranquilízate. No le ha pasado nada.

—¡No se trata de eso! —Drayton empujó a Maxon con la mano que tenía libre y señaló a Austin, que se retorcía bajo su agarre y lo miraba con furia—. Háblale así otra vez, tócala así otra vez, y te reviento.

Lo soltó y dio un paso atrás. Austin se frotó el cuello y se apartó mientras ambos se miraban de forma amenazante. Pasó por mi lado, levantó las manos en un saludo burlón y me dio otro empujoncito en el hombro. No fue agresivo ni me hizo daño, pero poner a prueba la promesa de Drayton no fue la mejor idea.

Dray dio un paso al frente, cogió a Austin de la camiseta y le atizó tal puñetazo que lo tiró al suelo.

—¡Tío! —Maxon se arrodilló al lado de su amigo y lo ayudó a levantarse mientras Drayton los observaba sin inmutarse.

—Largo de mi casa.

Maxon ayudaba a Austin a tenerse en pie. Este parecía aturdido. Se le había empezado a formar una marca roja en la mejilla y la mandíbula.

—Lo llevaré a casa.

—Adiós.

Se marcharon enseguida, antes de que Drayton se volviera hacia mí y su ira se convirtiera en una sonrisa de oreja a oreja. Negué con la cabeza con una expresión divertida.

—Esto me ha puesto un poco a tono.

No sabía dónde estaban Becca y Emily, pero me aliviaba que ninguna de las dos hubiese sido testigo de la escena. Drayton se acercó a mí en un abrir y cerrar de ojos y me cogió de la cintura.

—Menos mal que nos hemos quedado solos, joder.

Me besó y me puse de puntillas para acercarme más a él, y deslicé los dedos en su pelo. Su comportamiento jamás dejaba de asombrarme; era protector y feroz. Me embelesaba y, a la vez, me hacía sentir segura. Oímos que alguien carraspeaba. Nos dimos la vuelta y nos encontramos con Gabby y Josh.

—Acabamos de ver a Austin y a Maxon yéndose —dijo Josh con una media sonrisa—. Me parece que nos hemos perdido algo.

—Sí, algo. —Drayton se encogió de hombros y me deslizó una mano por la espalda hasta dejarla en mi culo—. Ya lo arreglaremos cuando esté sobrio y se disculpe.

Gabby parecía confundida, pero no preguntó nada. Se lo contaría más tarde.

—¿Dónde están las chicas?

Josh señaló tras él.

—En la sala de cine, tonteando con Nathan. Dan vergüenza ajena. ¿Queréis verlo?

Asentí e hice ademán de ir hacia él, pero Drayton me agarró y me atrajo hacia sí.

—Vamos enseguida.

Nos dejaron en la sala de juegos y disfrutamos de un rato a solas antes de ir a ver el partido con los demás. Fue uno de los mejores días de Acción de Gracias de mi vida.

CAPÍTULO 19

Era la tarde previa a mi prueba en CalArts y Nathan y yo estábamos cenando temprano en el restaurante del hotel. Nos habíamos alojado en el Hilton Garden Inn, que era agradable y se encontraba a solo seis minutos de la universidad. Los jardines estaban llenos de palmeras y tenía piscina, aunque dudaba mucho de que la fuéramos a disfrutar. El patio exterior era bonito al atardecer, con los troncos de las palmeras decorados con lucecitas. También tenía un pequeño gimnasio que yo estaba pensando en aprovechar para entrenar un poco antes de la prueba.

Nathan estaba sentado enfrente de mí. Era una estancia acogedora, larga, con una moqueta marrón e hileras de mesas de madera. La pared de la izquierda estaba compuesta de ventanales que ofrecían una vista encantadora del patio. Levanté la mirada del bocadillo de ternera que tenía delante y vi a mi hermano observando su móvil con una sonrisa de oreja a oreja.

—¿Qué pasa? —Él levantó la vista—. ¿Qué es tan divertido?

—Ah, nada. —Soltó una risita—. Esta noche tengo una cita. Nada más.

Lo miré con los ojos entornados.

—Llevamos aquí cuatro horas. ¿Cómo es posible?

—Yo siempre estoy preparado.

—Eres muy suelto, tú —murmuré antes de meterme un trozo de pan con carne en la boca.

Se rio incrédulo.

—¿Suelto?

—Tengo que estar en la universidad a primera hora. ¿Vas a estar aquí?

—Claro. —No parecía entender por qué se lo preguntaba.

Me decepcionaba que, aunque hubiéramos viajado juntos a California, él ya se hubiera organizado para salir y dejarme sola. Cuando terminamos de cenar, con una conversación notablemente más apagada, me propuso que diéramos una vuelta por los jardines. Las luces de Navidad creaban un ambiente festivo, aunque no hiciera frío. Me había puesto unos vaqueros y una camiseta de manga larga. La ausencia de nieve era un verdadero alivio, aunque solo fuera temporal. En ese momento, recibí un mensaje de Drayton.

> Hace mucho frío. Voy a necesitar un jersey para las pelotas. Vuelve pronto para acurrucarte conmigo, ¿vale? Y buena suerte mañana. Lo vas a clavar. Igual que yo te la clavo a ti JAJAJA. Ya está. Te lo juro. Te echo de menos.

El mensaje me hizo reír. Qué bobo era. Pero me gustaba mucho ver que él también me echaba de menos. Sabía que me había cargado el plan de la relación sin compromisos —aunque no habíamos puesto nombre a lo nuestro todavía—, pero con Drayton parecía que no tenía elección. Era imposible no quererlo.

—¿Era Drayton? —pregunto Nathan. Asentí—. ¿Cómo os va? ¿Ya sois el rey y la reina del baile?

—No. —Miré a mi hermano de reojo mientras escribía una respuesta—. Nadie lo sabe.

—¿Qué?

—Que no es oficial. Ni estamos juntos en público. O como lo quieras llamar.

—¿Por qué?

Solté un gemido.

—Porque mi capitana del equipo de animadoras es una pedazo de zorra que quiere decidir sobre la felicidad de los demás. Por eso.

La conversación se interrumpió cuando llegamos a la recepción del hotel. Pasamos por el vestíbulo y luego por un patio cuadrado. El hotel tenía dos plantas y nuestra habitación estaba en la de abajo. Era bonita, limpia, con un espacio estrecho entre las dos camas dobles y la cómoda. Tenía una mesa, una silla y un sillón al lado de una pequeña ventana. Era suficiente para una noche.

Nathan cerró la puerta y yo me dejé caer en una de las camas. Crujió en señal de protesta, aunque no era incómoda, lo que suponía un alivio. Al día siguiente necesitaba estar descansada.

Nathan se sentó en el borde de su cama, situada al lado de la ventana.

—Bueno, ¿qué pasa con la capitana de las animadoras?

—Que es una zorra —masculle mirando al techo—. Si se entera de que estoy saliendo con Drayton, se encargará de que no me acepten en CalArts.

—¿En serio?

—Sí. —Me incorporé y empecé a rebuscar en mi mochila. La habitación no era muy espaciosa, pero debía practicar para la prueba, así que tendría que arreglármelas—. Y necesito entrar en CalArts, porque no he conseguido una prueba ni en la SMU ni en la Universidad de Colorado.

—¿No? —Nathan me siguió al baño, hasta que se dio cuenta de que me estaba siguiendo al baño. Parecía alterado.

—Pues no. —Le hablé desde detrás de la puerta. Me estaba quitando los vaqueros y la camisa para ponerme unos pantalones cortos y una camiseta—. No sé por qué. Pero significa que necesito que mañana me vaya bien.

—¿Cómo es que no me había enterado de esto?

—Has estado bastante distraído. Sales mucho. Además, tampoco es que haga falta comentar la noticia. Si no me aceptan en CalArts, tendré que posponer la universidad un año. Quiero pensar en positivo.

—¿Qué quieres decir con que he estado distraído?

—Quiero decir que has estado distraído. —Me hice una coleta—. Te pasas el fin de semana fuera de casa. Llegas tarde después del trabajo. Madre mía, parezco tu mujer. Pero da igual. Sales con muchas chicas. Es lo que es.

A Nathan no le gustaba que lo pusieran entre la espada y la pared ni que le reprocharan nada, pero cuando abrí la puerta del baño me di cuenta de que se había puesto como un tomate. Hacía un mes y medio, cuando Drayton le había gritado por haberse olvidado de venir a buscarme al trabajo, se había disculpado. Y, durante una semana, más o menos, también había estado sacando el tema cada vez que le parecía «pertinente». Quería saber si Drayton seguía enfadado con él.

—Nunca me ha parecido que te supusiera un problema.

—Ya. —Empecé a estirar—. Porque no me supone un problema. Pero que te busques una cita en nuestro primer viaje a California juntos me parece un poco mierda, la verdad.

—Me podrías haber dicho algo.

—¡¿Por qué debería?! ¿Por qué no podrías no salir una noche para pasar tiempo conmigo y que vivamos esto juntos?

—Pensé que te pasarías la noche ensayando —se defendió mientras señalaba la habitación y mi atuendo, nervioso—. Di por hecho que no me querrías por aquí.

—Bueno, ¡pues sí te quiero por aquí! —grité—. ¡Necesito a mi hermano! ¡Dos días! Eso es todo. Pero si tan obsesionado estás con tu polla, no hace falta.

—No creo que me merezca eso —protestó, frotándose la nuca.

—¿Que no te lo mereces? ¿De verdad? ¿Por qué no te arreglas y te vas?

—Ahora no me puedo ir.

—Sí que puedes.

—No, no puedo. Estás enfadada.

—Muy observador. —Me incorporé tras estirar uno de los gemelos e hice una sentadilla lateral—. Voy a estar perfectamente, Nathan. Como has dicho, me voy a pasar la noche ensayando. Y luego supongo que tendré que dormir un poco. No estoy muerta de miedo porque mi futuro pende de un hilo. Estoy supertranquila. No necesito apoyo, ¡para nada!

—Dal... —Suspiró y se pasó una mano por el pelo—. No me había dado cuenta. No sabía que estabas tan disgustada. —Volvió a sentarse en el colchón, arrugando el edredón blanco y haciendo chirriar los muelles—. Eres independiente de cojones, siempre lo has sido. Si hubiera sabido que tú..., en fin, que me necesitabas, no me habría buscado una cita. ¿Es solo por esta noche? ¿O te pasa siempre?

—A ver, que te hayas acostado con la mitad de Castle Rock y nunca hayas tenido una segunda cita es un poco asqueroso. Hay cosas que son una mierda, como que en el supermercado me lleve miraditas además de víveres porque no le devolviste la llamada a la cajera. Pero no se trata de eso.

—¿Y de qué se trata?

—De que a veces, cuando sea importante, pienses en los demás. ¿Tanto te cuesta? A mí no me parece tan difícil de entender, Nathan.

No discutíamos a menudo, pero me estaba viniendo bien desahogarme. Quería que supiera cómo me sentía, aunque no deseara hacerlo sentir mal.

—No, no me cuesta. —Esbozó una sonrisa tensa y se levantó de la cama—. Voy a cancelar lo de esta noche y...

—No tienes por qué.

—Quiero hacerlo. —Se sacó el móvil del bolsillo de atrás—. Estoy aquí. Vamos a disfrutar de la noche de California, ¿vale? Aunque no salgamos de esta habitación.

Me eché a reír.

Cuando yo nací, Nathan tenía ocho años. Cuando yo llegué a esa edad, él ya había cumplido los dieciséis. Ese fue el año que se lesionó el hombro. Y cuando cumplió los diecisiete, justo después de aceptar que nunca jugaría al fútbol de manera profesional, nuestros padres murieron. Pasó de ser un adolescente sin preocupaciones que casi acariciaba la libertad que le proporcionaría la universidad con la punta de los dedos a convertirse en el cuidador de una niña pequeña. Tuvo que aprender a mantener un equilibrio y a conservar su identidad. Lo había hecho bien. Estaba orgullosa de él.

Y él también parecía estar orgulloso de mí, o eso me dijo mientras practiqué mi coreografía durante horas sin pausa. Llegado el momento, me convenció para que descansara un poco y nos tomamos un café caliente en una cafetería pintoresca cercana al hotel. Nos hicimos varias fotos y selfis, y a las ocho, cuando nos metimos en la cama, charlamos con las luces apagadas. Nuestras camas estaban la una al lado de la otra y la neverita emitía un ruido bajo pero constante.

—Nathan... —le dije—. ¿Te has enamorado alguna vez? O sea, ya sé que sales con muchas chicas..., pero ¿ninguna te ha llamado la atención más que para un rollo de una noche?

Guardó silencio unos instantes y me pregunté si se habría quedado dormido, aunque no me parecía posible que lo hubiese hecho tan rápido. Entonces suspiró.

—Más o menos. Bueno... Podría haber llegado a estarlo. Pero ella no sentía lo mismo que yo. No creía que fuese a funcionar a largo plazo, al menos.

—¿Quién era?

—Una chica con la que iba a clase. Ya lo he superado.

—¿Estás seguro? Porque, para tener superada una ruptura, te acuestas con muchas chicas...

—Lo he superado. —Oí los ruidos del colchón mientras se daba la vuelta—. Bueno, ¿y tú qué? ¿Estás enamorada?

Aunque la sola idea me aterrorizaba, también me hacía vibrar.

—Sí. Y es precisamente lo que quería evitar, pero me temo que es lo que está ocurriendo.

—¿Por qué querías evitarlo?

—Porque sí. —Me acurruqué entre las sábanas—. Supongo que ahora todo es bastante incierto. Estamos tomando caminos diferentes, hacia universidades diferentes, y ni siquiera hemos hablado de lo que somos. ¿Cómo voy a introducir un debate sobre las relaciones a distancia en una conversación cuando ni siquiera hemos definido lo que tenemos ahora?

—Le estás dando demasiadas vueltas. —Nathan parecía cansado—. Las relaciones a distancia funcionan. Es evidente que estás enamorada. No compliques las cosas más de lo necesario, déjate llevar… Serás más feliz si recibes lo que tenga que pasar con los brazos abiertos.

Lo que decía tenía sentido. Mucho sentido. Pero era más fácil decirlo que hacerlo.

⚡

El teatro era enorme. Me intimidaba, y eso que los asientos ni siquiera estaban ocupados. Había tres mujeres y dos hombres sentados tras una mesa frente al escenario y el telón de terciopelo rojo estaba subido. Una única luz iluminaba el lugar en el que yo estaba, con el corazón latiéndome desbocado, como si se me fuese a salir del pecho.

Nunca había sentido tanta presión. Ni me acordaba de los nombres de los cinco jueces. Tenía el estómago en un puño y mi futuro era como un espejismo en movimiento que podía pasar de largo si no realizaba los pasos correctos, un espejismo que tal vez perdiera para siempre.

Las primeras notas de *I Get to Love You* empezaron a sonar por el altavoz y conté hacia atrás mentalmente. Trabajé muy duro para mantener la concentración durante los primeros pasos… y luego entré en trance, en un estado de dicha y serenidad. Mi corazón no parecía tan errático como hacía unos instantes, cuando había pisado aquel escenario por primera vez. Lo que había sido una sensación de terror y ansiedad hacía apenas unos segundos se había transformado en euforia.

Mis movimientos se acompasaron con el suave ritmo. Tenía los pies en punta; mis brazos se movían a través del aire como si no pesaran nada. La sonrisa que había asomado a mi rostro era natural; no había nada de impostado en ella. La letra de la canción sobre ese amor que llegaba sin previo aviso resonaba en mi mente mientras danzaba. Era cierto. Jamás habría podido planificar sentirme así. Había elegido aquella canción por su gracia, por su poder sutil.

El ritmo vibraba en mi interior. Estaba en mis venas. Era eléctrico, encendía mis terminaciones nerviosas y animaba mis brazos y mis piernas. Con cada paso que daba, olvidaba. Desaparecían las preocupaciones sobre el futuro, sobre lo que ocurriría después de mi graduación. Era libre; libre para moverme, para sentir, para expresar lo que sentía sin miedo.

Era libre para sentir el amor que había en mi corazón.

Cuando el final de la coreografía se acercó, supe que era la vez que mejor había bailado hasta la fecha. La emoción contenida en cada uno de los pasos de baile era pura, descarnada. Cuando había diseñado la coreografía, solo era bailarina. Conocía los pasos y comprendía la música, pero no los sentimientos que había detrás.

Sabía invocar emociones en un escenario, sabía cómo representar esas emociones en mi rostro y mis movimientos. Pero creo que sentirlas, permitirme realmente la exquisita gratificación de hallarme inmersa en lo más profundo de ellas, fue lo que me llevó a realizar toda la coreografía sin equivocarme ni una sola vez.

CAPÍTULO 20

Cuando éramos pequeños, mamá y papá hacían que cada Navidad fuese mágica. Y cuando vivíamos con nuestra abuela, ella siempre preparaba un festín precioso en su casa. Hacía la mejor panceta del mundo. Sin embargo, hacía ya mucho tiempo que, en casa, la Navidad y el Año Nuevo eran días sosegados.

La magia había desaparecido; la comida ya no era nada del otro mundo. Se había convertido en un día como otro cualquiera, excepto porque consumíamos un montón de azúcar y veíamos películas navideñas en la televisión. Otros años habíamos ido a cenar a casa de Gabby, pero este año a Nathan no le apetecía y yo no quería dejarlo solo, así que pasamos el día juntos recordando los tiempos en los que nuestros padres estaban vivos.

Para Nochevieja, Nathan decidió salir, aunque, para mi sorpresa, no pasó toda la noche fuera. Parecía que la conversación que habíamos mantenido en California había tenido efecto. Fuera cual fuese la razón, fue bonito disfrutar de su atención al completo hasta que se largó al bar para darle la bienvenida a un nuevo año.

Había intentado convencer a Gabby para hacer algo juntas, aunque solo fuese ir a alguna de las muchas fiestas de fin de año que celebraban nuestros compañeros de clase, pero su madre quería que se quedase en casa. Así que la noche pasó sin pena ni gloria, porque, por caprichos de la suerte, Drayton se había ido a pasar las vacaciones a Texas; me había dicho que su madre tenía familia y amigos allí. Y, mientras estuvo fuera, no se cortó ni un pelo con los mensajes… No se terminaban nunca; eran dulces y a veces muy subidos de tono.

Cuando volvimos a clase, nevaba y hacía frío, lo que era un inconveniente para todos. Los terrenos del colegio se encontraban cubiertos por una gruesa capa de nieve y resplandecían bajo la puesta de sol. Tenían que limpiar el aparcamiento antes y después de que se fueran los coches, e incluso en mitad de la jornada, y los entrenamientos de todos los deportes debían llevarse a cabo en el interior. Drayton y yo hicimos planes discretamente en el gimnasio para vernos después de las clases. Todavía íbamos con cuidado cuando estábamos cerca del equipo de animadoras, aunque después de lo ocurrido en Acción de Gracias, yo creía que sus compañeros de equipo ya tenían una idea de lo que estaba pasando. Austin y Drayton se trataban de forma civilizada, ya que el primero se había disculpado conmigo por su comportamiento. «Siento haber sido un capullo cuando me tocaste las pelotas». No era la disculpa más conmovedora que había oído nunca, pero la había aceptado y lo había dejado correr.

Sobrevivir a las seis horas y media de instituto sin un beso o una caricia, después de haber estado casi dos semanas separados, había sido una tortura, así que tenía muchas ganas de ir a casa de Drayton más tarde para que pudiéramos saludarnos en condiciones. Me había informado de que dispondría de la casa para él solo durante unas horas y de que no se opondría a aprovechar al máximo esa intimidad.

Aquella tarde, Gabby y yo recorríamos los pasillos del instituto. Las dos nos habíamos quedado un rato más para hacer un trabajo de Lengua. La novela que habíamos elegido para leer y reseñar era *Por la vida de mi hermana* de Jodi Picoult, que era demasiado triste para mi gusto. Obligar a un alumno a pasar por semejante trauma debería ser ilegal.

Los demás estudiantes se habían ido a casa. Los pasillos estaban silenciosos y los alrededores del instituto, cada vez más fríos y oscuros. Gabby me estaba contando las Navidades de Josh en Canadá con sus padres. Al parecer, hacía muchísimo frío, mucho más del que experimentábamos aquí.

—Creo que algún día me iré a Australia o a Nueva Zelanda para Navidad —comenté mientras me sacaba el móvil del bolsillo. Lo había notado vibrar—. Allí es verano. Podría ser un cambio interesante.

—Navidad en verano… —murmuró divertida—. Me cuesta imaginarlo.

Era un mensaje de Drayton. Lo leí mientras Gabby seguía sopesando los pros y los contras de vivir un cambio de estación durante las vacaciones de invierno.

> ¿Sigues en el insti? Me he dejado la carpeta en los vestuarios. Tengo que rellenar unos cuestionarios tontos para el entrenador. ¿Puedes cogerla si todavía no te has ido?
> Y cuidado con el coche, porfa. Un beso.

—Tengo que ir un momento al gimnasio a coger una cosa que se ha dejado Drayton —le dije a Gabby mientras me volvía a guardar el móvil y abríamos las puertas del instituto para salir al aparcamiento blanco y frío. Estaba oscureciendo.

Gabby frunció el ceño y contestó:

—Voy contigo.

Las dos metimos las manos en nuestras respectivas mochilas para sacar los guantes.

—No hace falta, Gabs. No tardo nada y hace mucho frío. Vete a casa.

Gabby se mordió el labio inferior.

—Pero está muy oscuro.

—Solo voy al gimnasio y luego al coche. Sobreviviré.

—Pero…

—Gabs… —Sin dejar de mirarla, retrocedí despacio y con cuidado sobre el cemento resbaladizo—. Vete. Supongo que nos veremos en casa de Drayton, ¿no?

Ella sonrió.

—Claro. Estaré con Josh.

No la dejé seguir discutiendo.

—Perfecto. Vete y entra en calor, anda. Nos vemos luego.

Corrí con cuidado hacia el gimnasio. Unas nubecillas blancas flotaban con cada una de las exhalaciones que salían de mis labios temblorosos.

Los vestuarios apestaban. Nunca había entrado en el de los chicos, pero el hedor era insoportable. En cuanto abrí la puerta, me recibió una bofetada de olor a sudor, pero tampoco pensaba quedarme allí mucho rato. Me dirigí a la hilera de taquillas para buscar la de Drayton.

Al pasar junto al despacho del entrenador Finn, eché un vistazo por la ventana y me quedé de piedra.

Porque Emily y el ayudante del entrenador, Lincoln, estaban dale que te pego. Él la estaba empujando para que se inclinara sobre la mesa. Todavía llevaban la ropa puesta, gracias a Dios, pero había visto demasiado. Mientras estaba por allí, había temido tropezarme con unos calzoncillos sucios o un suspensorio, no con la capitana del equipo de animadoras y el ayudante del entrenador de veinticinco años echando un polvo.

Emily chilló antes de que me diera tiempo a echar a correr. Oí una ristra de gritos ahogados y movimientos apresurados mientras los dos recuperaban la compostura. Luego, ambos salieron del despacho mientras Lincoln se alisaba el pelo castaño y se pasaba una mano por la frente sudada.

Yo seguía plantada en el mismo sitio. Me encontraba en estado de shock; no me podía creer lo que había visto. En realidad, no estaba tan sorprendida porque Emily hubiera sido capaz de hacer eso —era de esa clase de chicas que te podías encontrar follándose al tío de alguien en una comida familiar—, sino porque me las había arreglado para hacer un par de fotos y tal vez tuviera un as en la manga contra esa bruja que quería destrozarme la vida sin razón alguna.

—Dame el móvil. —Me tendió una mano mientras con la otra se recolocaba un mechón despeinado de pelo rojo—. No me jodas, Dallas. Dame el móvil.

—Ya… No. Lo de joderte se lo dejo a Lincoln.

El susodicho estaba como un tomate y balbuceaba, pero no hizo ademán de quitarme el teléfono. Me lo metí en el bolsillo del abrigo y subí la cremallera.

—Tiene dieciocho años —logró decir él con voz entrecortada—. No es ilegal.

—No sé si la junta pensará lo mismo. —Lo miré entornando los ojos en un gesto calculador—. Sigue siendo una estudiante del centro.

—Dámelo. —Parecía que a Emily se le estuviera cerrando la garganta—. Linc, vete de aquí. Estás empeorando las cosas. Dallas… —intentaba hablar con calma, pero le temblaba la voz y su sonrisa era más terrorífica que amistosa, como la del Joker—. Por favor, dame el móvil o borra esas fotos.

—¿Para que puedas seguir amenazándome y convirtiendo el resto de mi semestre en una mierda? —Resoplé—. No.

Se me quedó mirando. Despacio, su labio empezó a temblar, y poco después le siguió todo su cuerpo. Había comprendido que Drayton me había contado sus intentos por separarnos. Fue como mirar la cuenta atrás en un microondas: sabes que va a pitar de un momento a otro y puedes contar los segundos hasta que eso pase. Hay una cierta expectación. Por fin, exhaló con fuerza y se desmoronó, y se dejó caer en el banco que había junto a la puerta del despacho.

—Podrías destruir su carrera —dijo entre sollozos. Estaba llorando de verdad, con lágrimas. La observé maravillada—. No puedes hacerle eso. No destruyas su carrera.

Casi quería morder el anzuelo; debía de ser la mejor actriz que había dado este país.

—Sabes que se está aprovechando de ti, ¿verdad? —Me senté a su lado—. Es prácticamente un profesor y tiene casi diez años más que tú, Emily. ¿Qué estás haciendo?

Se volvió hacia mí y me miró con los ojos llenos de lágrimas.

—¡Me quiere! —Me costaba descifrar las palabras entre tanto balbuceo, pero me esforcé al máximo para entender lo que decía—. Y yo lo quiero a él. Se preocupa por mí de verdad, Dallas. A la gente le importo una mierda, pero a él no.

Recordé que Drayton me había contado que su vida familiar era terrible, que sus padres no se preocupaban por ella y que no le daban ni la hora. Las consecuencias de actos como esos solían ser tan nefastas que no tenían vuelta atrás, y explicarían su necesidad de tener el control constantemente. Buscar el amor para sustituir el afecto de unos padres no tenía casi ninguna posibilidad de terminar bien.

—No tendré que usar la foto si me dejas en paz —contesté mientras buscaba la taquilla de Drayton con la mirada. Me levanté y cogí la carpeta, consciente de que Emily seguía mirándome con las mejillas bañadas en lágrimas—. Drayton y yo... estamos juntos. Somos felices. No llames a CalArts o lo que sea que fueras a pedirle a tu madre que hiciera y yo no le enseñaré esa foto a nadie.

—Vale. —Se miró los pies—. Da igual. Siempre te las arreglas para conseguir lo que quieres.

—Te juro que no entiendo qué es lo que te molesta. Es evidente que estás feliz con Lincoln. ¿Por qué necesitas impedir que me acerque a Drayton?

—Porque me sacas de quicio —saltó. Se levantó tan rápido que me estremecí, pero no volvió a moverse. Se limitó a secarse la cara mojada—. No tienes que hacer ningún esfuerzo con la gente y aun así les caes bien. Le caes bien a todo el mundo.

Casi parecía... celosa.

—Puede que yo no haga esfuerzos para hacer amigos ni nada por el estilo, pero soy educada, Emily. —Me encogí de hombros—. Trata a la gente con amabilidad y respeto. Te parecerá que lo que digo está muy manido, pero es lo que marca la diferencia. Si alguna vez necesitas hablar con alguien..., escuchar no se me da mal.

Se secó la nariz, se puso recta y, con la cabeza alta, me fulminó con la mirada. El ruido que hizo al sorber por la nariz resonó por el vestuario.

—No quiero hablar contigo.

Me di la vuelta y empecé a marcharme.

—La oferta sigue en pie.

⚡

—Llegas tarde. —Drayton vino a buscarme al coche cuando aparecí por su casa quince minutos después. Ya era de noche, pero las luces iluminaban el camino. Además, algunos de los árboles que lo bordeaban estaban decorados con lucecillas parpadeantes. Era una finca encantadora—. Estaba empezando a preocuparme.

—Aquí tienes tu carpeta. —Se la di y él la volvió a tirar al coche. Cerró la puerta de golpe y me estampó contra ella para unir sus labios cálidos con los míos, que estaban helados. Fue brusco e intenso y, a pesar de estar apretujada contra un coche congelado, no pude evitar derretirme contra él. Nos dimos un beso que compensó la falta que habíamos sentido durante las vacaciones de invierno, y cuando su boca se separó de la mía sentí que me faltaba el aliento. Y no tenía nada que ver con las gélidas temperaturas.

—No podía esperar más —murmuró. Sus labios sonrientes siguieron acudiendo a mí, plantando un besito tras otro sobre los míos—. Te he echado de menos.

—Yo también —admití. Los árboles del bosque que rodeaba su casa estaban casi enterrados en polvo blanco. Se encontraba esparcido sobre las ramas y cubría el suelo.

—Mis primos no tardarán en llegar. Vienen a cenar. Podrías quedarte.

—Si quieres… ¿Se celebra algo?

Se encogió de hombros con indiferencia y dio una patada a la nieve. Yo lo observé, admirando su camiseta de manga larga ajustada, su chaleco y sus pantalones de chándal. Me pregunté cómo era posible que no tuviera frío. Yo llevaba medias, una falda, un abrigo, unos guantes y un gorro y estaba helada de todos modos.

Me agaché y empecé a hacer una bola de nieve.

—Bueno… —dije en tono desenfadado, mientras él me ayudaba a construir un pequeño muñeco—. Ya no tenemos que escondernos en el instituto. He pillado a Emily y a Lincoln… en el despacho del entrenador.

Drayton enarcó una ceja y negó con la cabeza.

—Estoy sorprendido…, pero a la vez no —contestó mientras partía un par de ramitas para hacer los brazos. Nuestro muñeco de nieve no tenía cara; nos faltaba material—. Es muy atrevida cuando va a por lo que quiere. Madre mía, si hubieras visto los mensajes que me mandaba…

Soltó un silbido, pero no quise pedirle detalles. La mueca que hizo ya me dio más información de la que necesitaba. Nos pusimos de pie para echar un vistazo a nuestra pequeña obra maestra. No tenía rostro, excepto por un par de agujeros a modo de ojos que Drayton había hecho con los dedos, pero era mono.

—La verdad es que me siento mal por ella.

Drayton me rodeó con un brazo y nos dirigimos a la puerta principal.

—¿Te sientes mal por ella? —preguntó con tono incrédulo—. Pero si ha sido una cabrona…

—Sí, pero antes no la entendía como aho…

—Ya —me interrumpió—. Lo pillo. Ahora la conoces más. Has visto más y la entiendes, y todo eso. Es solo que no te creía tan blanda.

—No pienso dejar que me mangonee —declaré. Me estremecía solo de pensar en volver a la casilla de salida, cuando me sentía indefensa y a su merced—. Pero no la odio. No odio a nadie. Es solo que… me sabe mal que no sepa lo que es el amor materno y paterno y todo eso. Yo era pequeña cuando mis padres murieron, pero nunca olvidaré lo especial que era.

Él guardó silencio. Solo se escuchaba el crujido de nuestros pies sobre la nieve fresca y una suave brisa que se colaba entre las ramas de los árboles. Bajó la vista para mirarme y me sonrió, atrayéndome hacia él.

—Me parece que está llegando mi madre. —Señaló el camino de entrada con un sutil asentimiento mientras subíamos los escalones de la puerta principal. La piedra estaba resbaladiza, así que nos movíamos con cuidado. Me di cuenta entonces de que el incidente con Emily me había quitado más tiempo del que pensaba y ya no teníamos la casa para nosotros solos—. ¿Qué te parece si vemos una peli, comemos algo y te acaricio un poco el pelo?

Había descubierto que me encantaba que me tocaran el pelo. Sin embargo, antes de que nos diera tiempo a entrar, unos faros iluminaron la nieve y un Mercedes blanco con las lunas tintadas aparcó al lado de mi cochecito desvencijado. Luego, la madre de Drayton se bajó del interior. Estaba preciosa, como siempre. Era la personificación de la gracia invernal, con un abrigo de cachemira que le llegaba a la mitad del muslo y unos guantes, un gorro y una bufanda a juego.

—Dray —lo llamó—, ven a ayudarme con la compra, por favor.

Drayton acudió a toda prisa y yo lo seguí, pensando en ofrecerle también mi ayuda.

—Hola, Dallas —me saludó con una alegre sonrisa. No la había visto desde Acción de Gracias. Cuando se había enterado de que Drayton le había pegado un puñetazo a Austin, le había echado la bronca delante de todo el mundo—. ¿Cómo estás, cariño? Esta vez no estoy de tan mal humor... A no ser que Drayton haya hecho algo que no debía.

Miró a su hijo con una ceja enarcada. Este estaba inclinado sobre el maletero del coche. Puso los ojos en blanco y cogió las diez bolsas a la vez sin esfuerzo.

—Voy por el camino de la virtud, mamá. —Sonrió mientras cerraba el maletero.

—Así me gusta. Quédate a cenar, Dallas. Vamos a hacer burritos caseros por el cumpleaños de Drayton.

—¿Es tu cumpleaños?

Ellie miró a Drayton, pero, si estaba confundida, no lo manifestó. Se limitó a dar media vuelta y a entrar, y nosotros la seguimos.

—Es la semana que viene —me aclaró él—. Lo celebramos antes porque ese día mi madre y mi padre se van.

—¿Tus padres no van a estar aquí en tu cumpleaños?

—No paso mi cumpleaños con mis padres desde que murió Abby. —La tristeza se me agolpó en el pecho. Lo observé quitarse las botas de una patada en la puerta, sin soltar las diez bolsas que cargaba como si nada—. No te preocupes. Evidentemente, mi cumpleaños y el de Abby eran el mismo día, y para ellos es duro. A mí no me molesta. Josh y yo solemos celebrar una fiesta. Ellos se marchan a llorarla, a recordarla a su manera. Y a mí me gusta honrar a Abby emborrachándome hasta perder el sentido, y no creo que quieran verlo.

Entramos a la cocina. Admiré de nuevo la decoración de piedra y los relucientes electrodomésticos. La casa de Drayton no dejaba de maravillarme. Sobre la encimera de mármol había un pastel en una caja transparente, y en un lado de la isla estaban alineados los taburetes tapizados en cuero. Percibí un olor limpio y acogedor, como a cítricos y café.

—Tus padres son muy jóvenes —comenté apoyada en la isla mientras miraba una foto de ellos. Drayton dejó la compra al otro lado. De su madre no había ni rastro.

—Supongo. —Se encogió de hombros y se puso a rebuscar en las bolsas—. Se acababan de graduar en el instituto cuando se enteraron de que ella estaba embarazada. La noche que se conocieron. ¡Bum!

—Siempre el primero en llegar, ¿eh? —comenté entre risas.

Siguió rebuscando entre las bolsas hasta encontrar una barrita proteica.

—¿Te gustan los burritos?

—Por supuesto. —Puse los ojos en blanco, como si fuese la pregunta más ridícula que me habían hecho en la vida—. Pero nunca los he comido caseros.

—Mi madre no cocina mucho —me explicó mientras apoyaba una mano sobre uno de los taburetes y con la otra se llevaba la barrita a la boca—. Pero los burritos le salen de puta madre.

—Esa boca —lo reprendió Ellie al entrar en la cocina con un atuendo más informal: unos pantalones de chándal, unas zapatillas con borreguito y un jersey. Le dio una colleja a su hijo—. ¿Dónde se han metido Josh y Gabby? Cuando he salido estaban aquí.

—Pues no sé. —Drayton sacó un zumo de naranja de otra de las bolsas mientras su madre tamborileaba con un pie con impaciencia detrás de él—. Supongo que estarán en su habitación, dale que te pego.

—¡Drayton Jacob Lahey! —gritó ella, e intentó darle una colleja que Dray consiguió esquivar yendo hacia el armarito para sacar dos vasos de la estantería superior—. ¡No seas marrano!

—Tú has preguntado —masculló él mientras servía el zumo. Sin embargo, seguramente tenía razón. No me habría sorprendido nada que estuvieran haciendo exactamente eso—. Vamos, nena. —Drayton cogió los vasos y me indicó con gestos que lo siguiera. Rodeó la isla de la cocina y se dirigió a la entrada—. Vamos a evitar que ese par de adictos al sexo acaben haciendo bebés.

—¡Drayton! —gritó Ellie, pero ya estábamos a mitad de las escaleras.

Yo era consciente de que no íbamos a buscar a nuestros amigos. Íbamos a su cuarto, donde la cama estaba hecha y la chimenea encendida. Me encantaba su habitación; era como un sueño hecho realidad. Dejó las bebidas en la mesita de noche, se dio la vuelta y me atrajo hacia él. Bajó las manos de inmediato para agarrarme el culo; puso unos ojos como platos y abrió la boca.

—Madre mía, Pompones. Estás empapada. Qué rápido.

Me llevé una mano al dorso de la falda, que, en efecto, estaba mojado y frío.

—Es de haberme agachado en la nieve. —Le di un empujoncito en el pecho y él se echó a reír.

—Quítatela —me ordenó como si tal cosa, mientras se dirigía a la cómoda—. Creo que tengo unos pantalones de chándal de cuando tenía..., no sé, siete años. Igual te valen. —Me bajé la cremallera de la falda, agradecida porque no se me hubieran mojado también las medias—. Maldita sea... No están. Pero igual esta sudadera es lo bastante larga.

Mientras me quitaba la camiseta, se volvió con una de sus sudaderas de fútbol en la mano. Cuando me descubrió al lado de su cama, solo con las medias y el sujetador, clavó la mirada en mi pecho y luego la deslizó despacio de arriba abajo, recorriéndome el cuerpo mientras se mordía el labio inferior.

—Madre mía... —dijo—. Si esta noche estuviéramos solos, te cenaría a ti.

—Qué labia tienes.

Sonrió, ladeó la cabeza y se acercó a mí. Me tendió la sudadera granate con un suspiro de decepción.

—Tienes suerte de que me preocupe por tu comodidad.

—Gracias. —Me puse la sudadera. Olía a él, masculino pero afrutado. Había muchas posibilidades de que no la recuperase en un futuro próximo—. Es enorme.

—Vaya, gracias. —Me guiñó un ojo—. Eso me dicen.

—No sabes cuándo parar, ¿eh?

—No. Te queda bien.

El número de la espalda era su 18, y sobre los hombros se leía «LAHEY» en letras grandes.

—Por cierto, me la pienso quedar —le avisé mientras me sentaba en el borde de su cama.

Él se arrodilló delante de mí.

—¿Ah, sí? ¿Vas a dormir con ella por las noches?

—Es posible.

Deslizó una mano por mis piernas de forma deliberada y tentadora, subiendo cada vez más.

—¿Te parecería raro que me pusiera celoso de esa sudadera? —murmuró con voz grave. Se levantó, me atrapó entre sus brazos y se inclinó sobre mí, de modo que tuve que dejarme caer sobre el colchón.

—No, raro no. —Apenas conseguí acabar la frase antes de que su boca se encontrase con la mía y su lengua me abriera los labios. Me cogió por detrás de la rodilla con una mano y se rodeó la cintura con mi pierna. Luego bajó sus labios a los míos y di un respingo al notar su dureza. Besándome cada vez con más pasión, metió una mano por debajo de la sudadera, rozándome la piel.

—Eh, vosotros dos —se oyó la voz risueña de Josh desde la puerta. Paramos de besarnos, pero Drayton se quedó en la posición en la que estaba, entre mis piernas, y miró a un lado. Gabby y Josh estaban en el umbral—. Id a un hotel.

—Ya tenemos habitación —replicó Drayton—. Fuera.

—Mamá quiere que la ayudes con la cena —contestó Josh.

—Ayúdala tú.

—Eso voy a hacer. Quiere que bajemos los dos. Me lo ha dicho expresamente.

—Supongo que es porque antes le he dicho que Gabby y tú estabais haciendo bebés en tu cuarto.

Drayton resopló e hizo un puchero, pero se levantó y me ayudó a hacer lo mismo. Por decepcionante que fuese que nos hubieran interrumpido, intenté tranquilizarme y calmar las palpitaciones que notaba entre los muslos. Tampoco podríamos haber llegado mucho más lejos en una casa llena de gente.

Los cuatro bajamos a la cocina, Drayton sin quitarme el brazo de los hombros. Me sentía segura acurrucada junto a él.

—Oye —le dije mientras levantaba la vista para mirarlo—. Me has dado a entender que era una cena informal. ¿Por qué no me habías dicho que era tu cena de cumpleaños? Habría venido más preparada.

Se inclino hacia mí y me miró de arriba abajo.

—Para mí, tienes pinta de plato principal. —Sonrió—. En serio. Qué bien te queda esa sudadera. Deberíamos pasar de la cena. ¡Ay! —protestó cuando le di un codazo—. No quería asustarte. Como eres tan contraria al compromiso… Pensaba que te agobiarías.

—Lo entiendo. Pero no te estreses por eso; la próxima vez, dímelo.

Cuando entramos en la cocina, lucía una sonrisa sorprendida pero satisfecha. Ellie estaba delante de la encimera llena de ingredientes con un delantal puesto.

—¿Dónde os habíais metido? Necesito ayuda. Y que dejéis las puertas de los dormitorios abiertas. —Nos ofrecimos a colaborar enseguida para evitar la reprimenda—. Gabby, deja esto encima de la mesa, por favor. —Le tendió a Gabby un montón de especias, y esta empezó a disponerlas sobre la gran mesa de mármol.

Luego puso a Drayton y a Josh a cortar verduras, aunque creo que se dedicaron más a contar chistes de pepinos. Yo me quedé junto a los fogones volteando las tortillas caseras después de que Ellie las estirara con el rodillo. Mientras tanto, me explicaba en qué consistía su negocio, ya que le había preguntado cómo había empezado.

—Fue mi plan desde el principio. —Cortó un pedazo de masa y espolvoreó una pizca de harina por encima—. Quería dedicarme al cuidado de la piel desde que era joven. Mi madre y mi padre no me apoyaron mucho, pero esa es otra historia. Lo cierto es que hace poco que hemos vuelto a hablarnos. Bueno, como te decía… Cuando me quedé embarazada, me fui a vivir con Leroy y sus padres, que son las personas más dulces del mundo… Me dejaron una pequeña cantidad en su herencia para empezar el negocio.

—Parece que creían mucho en ti —respondí, mientras la observaba limpiarse un poco de harina de la muñeca con el dorso de la mano.

—Eran personas maravillosas. —Asintió con una expresión pensativa—. El nombre de la marca, L. E. Skincare, es un juego de palabras con mi propio nombre. Si pronuncias las siglas en inglés, suena igual que Ellie, y además son las iniciales de Leroy y las de su madre, Eleanor Lahey. Conseguí integrar en él todo lo importante.

Le di la vuelta a la tortilla y sonreí.

—Qué bonito. Y qué ingenioso. Tendré que probar algunos de esos productos. ¿Se pueden comprar por internet?

—No seas boba —respondió con su acento sureño—. Te daré un set de limpieza. Después de cenar miramos cuál es tu tipo de piel.

—¿En serio?

—Por supuesto. De todos modos, no son productos caros. Cuando era pequeña teníamos muchos problemas económicos. Quería un set para el cuidado de la piel decente que estuviera al alcance de gente que no gana mucho dinero.

—También dona un montón de productos a centros de refugiados y de acogida, ¿verdad, mamá? —Drayton se acercó y le dio un beso en la mejilla—. Colabora mucho con organizaciones benéficas.

Ellie se sonrojó y le dio unas palmaditas en el hombro a su hijo. Era bonito verlos. Esa familia había sufrido mucho, al perder una hermana e hija. Yo conocía el dolor de la pérdida, así que ser testigo de lo unidos que estaban, de todo el amor, el cuidado y el respeto que se profesaban, me resultaba conmovedor. La diferencia con el Drayton que había conocido hacía unos meses era abismal.

—Hola —nos saludó una voz masculina. Me volví y vi que Leroy estaba entrando en la cocina—. Cuántos adolescentes juntos.

—Es la cena de cumpleaños de Drayton, cariño —le respondió Ellie con una sonrisa mientras rallaba un pedazo de queso—. Ya conoces a Dallas y a Gabby.

Él se quitó su americana de marca, y reveló una camisa entallada que acentuaba sus fuertes hombros y sus enormes brazos. Tener buen cuerpo debía de ser cosa de familia.

—¿Dónde está el resto del equipo?

—Ay, por favor… —Ellie resopló—. No iba a invitar a todo el equipo de fútbol. Nos habríamos gastado una fortuna en comida.

—Supongo que es lo mejor, después de lo que pasó la última vez que vinieron los compañeros de Drayton. —Leroy miró a su hijo con una expresión divertida y reprobatoria a la vez y luego sacó una cerveza de la nevera. Drayton se encogió de hombros.

Josh y Gabby estaban sentados en un pequeño sofá de dos plazas que había junto a las enormes puertas de cristal que daban al patio, al final de la cocina. Justo cuando me iba a unir a ellos, oímos unos pasos, el sonido de la puerta al cerrarse y unos saludos cantarines. Unos instantes después, aparecieron Cass y dos niños.

—Hola, Cass. —Ellie rodeó la isla de la cocina y cogió la botella de vino que Cass le ofrecía. Le dio un beso en la mejilla y saludó a los dos pequeños. Reconocí a Coen, pero a la niña no la conocía. Era la viva imagen de su madre, con sus tirabuzones y sus ojos azules. Le faltaban dos dientes frontales. Debía de tener unos siete años, pero ya era evidente que sería una rompecorazones cuando fuese mayor.

Cass saludó a Leroy y luego a Gabby y a Josh con la mano. Saqué la última tortilla de la sartén y la añadí a un plato que esperaba en el horno caliente, orgullosa por haber realizado con éxito una tarea tan importante. Sin las tortillas, no habría cena. Drayton entrelazó sus dedos con los míos para llevarme al otro lado de la isla, donde estrechó a su tía con un solo brazo sin soltarme la mano a mí.

—Hola, pareja. —Nos dedicó una sonrisa cálida y deslizó un sobre en la mano de Drayton—. ¿Cómo estáis? Me alegro de volver a verte, Dallas.

Drayton dejó el sobre en la encimera sin abrirlo.

—¿Cuándo has conocido a Dallas? —preguntó Ellie con el ceño fruncido mientras vertía la carne picada en una sartén.

Los tres intercambiamos unas miradas cautelosas. Los padres de Drayton estaban al tanto de nuestra salida nocturna el día del partido aquel, pero no habíamos dado detalles de lo que habíamos hecho aquella noche. Drayton solía ser muy rápido, así que esperaba que nos cubriera, pero no parecía saber qué decir.

—Cuando el equipo jugó fuera —respondió Cass con una convincente sonrisa—. En Fort Collins. Fui a ver el partido y Drayton me la presentó.

—¿Fuiste a ver un partido de fútbol de instituto? —le preguntó Leroy con tono incrédulo y una ceja enarcada—. ¿Desde cuándo te gusta ver partidos escolares?

—Desde que juega mi sobrino y quiero apoyarlo. —Cass nos dedicó una sonrisa cómplice y cambió de tema—. ¿Cómo están las cosas entre vosotros? —Miró nuestras manos entrelazadas—. Los «solo amigos»...

—Las cosas han cambiado un poco desde entonces —declaró Drayton con orgullo. Levanté la vista y lo descubrí mirándome con cariño. Como siempre, en respuesta a sus miradas de adoración, el corazón empezó a latirme de forma errática y se produjo un estallido de mariposas en mi estómago.

El adorable Coen interrumpió ese momento de conexión entre los dos saltando con los brazos extendidos y meneando los dedos.

—¡Dray-Dray!

—Hola, renacuajo. —Drayton cogió al pequeño y se lo sentó cómodamente en el antebrazo. Coen le rodeó el cuello con un brazo y sonrió; tenía mucha más energía que la noche que lo había conocido. La niña, que había estado hablando tranquilamente con Leroy, se nos acercó con una sonrisa tímida.

—Draaay —canturreó.

—Dime, Lucy. —Drayton dirigió toda su atención hacia ella sin dejar de hacer saltar al pequeño sobre su brazo. Nunca lo había visto tan hogareño… Ni tan guapo, a decir verdad.

—Coen quiere saber quién es esta chica.

Me señaló con el dedo con una sonrisa cohibida y desdentada. Era adorable. Creí recordar que yo también recurría a esa táctica para obtener respuesta a las preguntas que no me atrevía a hacer yo misma.

—Ah, esta es Dallas. —Drayton sonrió mientras dejaba a Coen en el suelo—. La madre de mi bebé.

La tensión se adueñó de la sala de repente. Lo único que siguió a su afirmación fue un silencio tan ensordecedor que pude oír el zumbido de la nevera y los latidos de mi corazón. Ellie paró de rallar queso y Leroy se puso rígido. Los dos me miraron perplejos y un poco enfadados. Lucy parecía, más que nada, confundida.

—¿Qué bebé?

—Más te vale que sea una broma —saltó Leroy, mirándonos con una expresión iracunda.

—Perdona, ¿no fuiste tú un padre adolescente? —Drayton se señaló el pecho—. Yo soy la prueba de ello. No seas hipócrita.

—En eso tiene razón —respondió Cass entre risas.

Gabby y Josh tenían la vista clavada en el suelo e intentaban contener una carcajada. Ellie le dirigió a su hijo una mirada de advertencia.

—Dray…

—Era una broma. —Puso los ojos en blanco y movió la mano con impaciencia—. Le pongo un forro antes de usarla. De todos modos, tomas la píldora, ¿verdad, nena?

Ellie se forzó a soltar una carcajada. Su marido masculló varias obscenidades y Cass se rio disimuladamente mientras se servía una copa de vino. Yo le di un cachete a Drayton en el pecho con el dorso de la mano. Él se rio, así que le di otro en el brazo.

—Duro. Como a mí me gusta.

Me dio un beso en el cuello y, aunque hizo que se me enroscaran los dedos de los pies, me incliné hacia delante intentando librarme de su abrazo. Era la única persona en el mundo capaz de irritarme y ponerme a la vez.

—Para ya —susurré—. Con tanta gente delante, no.

—Me da igual quién nos vea. —Me giró, me cogió de la nuca y me dio un beso suave y decoroso. Sentí que flotaba.

—¡La cena ya está lista!

La cocina se convirtió en un hervidero de cuerpos y sillas que se movían y de gente que inhalaba con fuerza el aroma del delicioso festín que habían dispuesto sobre la mesa. Pensé en Nathan y me sentí un poco culpable al imaginarlo preparándose un bocadillo o unos fideos instantáneos, porque no le había informado de mis planes. Seguro que me había escrito, pero tenía el móvil arriba, en el bolsillo del abrigo, y no podía ir a buscarlo en ese momento. Estaba casi segura de que Drayton vendría detrás de mí... y no cenaríamos nunca. Bueno, al menos, no los burritos.

Durante la primera media hora de la cena no charlamos mucho, ya que todos estábamos demasiado ocupados devorando los deliciosos burritos que había preparado la madre de Drayton. Estaban para chuparse los dedos, y no es una exageración. Sin embargo, cuando el hambre empezó a estar bajo control, volvimos a conversar. Gabby, Josh, Drayton y yo estábamos en un lado de la mesa, y Cass, Ellie, Leroy y los niños en el otro. Gabby charló un rato con Ellie. Pasaba más tiempo que yo en aquella casa, así que no me sorprendía que ella y la madre de Drayton se conocieran tan bien.

Cass hablaba con nosotros cuando podía, pero tuvo que pasarse un buen rato controlando a su hijo menor, que no quería estar sentado. Luego, Leroy decidió entablar una conversación conmigo. Apoyó un codo sobre la mesa y cogió una cerveza fría.

—¿Pasaste una buena Nochevieja, Dallas?

—Sí, gracias. Tranquila, pero estuvo bien. Estuve casi todo el tiempo con mi hermano.

—¿Y tus padres?

—Papá. —Drayton se quedó paralizado con su burrito delante de la boca—. Vamos, te lo co...

—No pasa nada —lo interrumpí, y le sonreí para asegurarle que no me molestaba hablar de ello. Su pérdida había sido diferente, así que, por supuesto, su reacción también lo era—. Vivo con mi hermano. Mis padres murieron cuando era pequeña.

Leroy asintió. Vi un destello de empatía en su rostro.

—Entonces ¿no tienes pensado ir a la universidad? —preguntó.

—Sí, claro. Estoy ahorrando desde hace tiempo. Quiero estudiar danza. Tengo un trabajo a media jornada en el Rocky Ryan, y mi hermano me ayudará. Además, he pedido una beca y creo que tengo bastantes posibilidades de que me la den.

—¿En qué universidades has solicitado plaza?

—Quiero ir a CalArts. —Me fijé en Drayton, que tenía los codos sobre la mesa y la barbilla apoyada en las manos juntas. Tenía los hombros tensos y se toqueteaba el labio inferior con el pulgar—. Acabo de hacer una prueba para entrar en su programa de danza.

—¿CalArts en California? —preguntó Leroy mientras daba un trago de cerveza. Era impactante lo mucho que se parecían Drayton y él.

—No, papá —me interrumpió Drayton cuando yo empezaba a asentir—. CalArts en Caledonia.

Los demás seguían cenando, enfrascados en sus propias conversaciones, pero me fijé en que Ellie se evadía de vez en cuando de su charla con Cassie para mirarnos a nosotros tres con más interés, sobre todo en cuanto su hijo empezó a responder de forma sarcástica e irritada.

—¿No has querido solicitar plaza en la SMU? Tienen un buen programa de danza.

—¿Podemos hablar de otra cosa? —saltó Drayton.

Pero Leroy siguió observándome, atento a mi respuesta. Le eché un vistazo a Gabby, que estaba concentrada en cualquier cosa que no fuera el sutil drama que se estaba desarrollando en nuestro lado de la mesa. Deseé que pudiera salvarme.

—Sí que la solicité, pero no han contactado conmigo para hacerme una prueba. Si no me aceptan en CalArts…, supongo que volveré a intentarlo el año que viene. La verdad es que es la única universidad a la que quiero ir.

Leroy se encogió de hombros tras unos instantes de deliberación.

—Bueno, las relaciones a distancia pueden funcionar. Si Drayton y tú termináis en estados diferentes, tampoco es el fin del mundo.

—Papá… —le advirtió Drayton.

Ellie se acercó más a su marido; sus rasgos dulces estaban cargados de preocupación. Le colocó una mano en el antebrazo y le pidió en susurros que dejara el tema por el momento.

Pero él no lo hizo.

—Drayton irá a Baylor. Está cerca de la SMU. Es la universidad en la que se han graduado generaciones de Laheys. Sin embargo, tengo la sensación de que hay algo que le impide escribir su carta de motivación.

Drayton pegó un golpe sobre la mesa y echó la silla hacia atrás, arañando el suelo de piedra. Se puso de pie y me tendió la mano sin dejar de fulminar a su padre con la mirada.

—No podías dejar el tema por una puta noche, ¿no? Es mi cumpleaños, joder.

Ellie lo observó. Se adelantó un poco en su asiento con una chispa de preocupación en la mirada.

—Dray…

—Vámonos, Dallas.

Me puse de pie, sobre todo porque Drayton me estaba cogiendo del brazo, pero también porque sabía que en ese momento necesitaba a alguien. Antes de que nos marchásemos, me volví y le dije a Ellie:

—Gracias por la cena. Estaba muy buena.

Al llegar al cuarto de Drayton, cerré la puerta y lo observé. Estaba frente a la ventana y en la línea de su mandíbula se notaba la tensión que en la cocina flotaba en el ambiente. Aunque se había quedado quieto, contemplando la noche, se le veía irritado y nervioso. Nadie debía opinar sobre la relación entre un padre y un hijo; todas las familias eran diferentes. No obstante, estaba molesta porque Leroy hubiese elegido precisamente esa noche para interrogarme sobre la universidad. Se suponía que celebraban el cumpleaños de su hijo y se lo había estropeado.

Solo con aquella interacción me había resultado evidente que Leroy no tenía ningún problema en dejar claro su punto de vista. No necesitaba gritar ni enfadarse; comunicaba lo que quería con calma, de forma intimidante y calculadora. Y yo había entendido lo que quería decir sin que tuviera que explicitarlo. No quería que influenciase la elección de Drayton. Aunque a mí no se me habría ocurrido intentarlo.

Drayton exhaló un largo suspiro. Parecía exhausto. Ni después de un riguroso entrenamiento de tres horas lo había visto tan agotado. Me senté en la cama y esperé a que quisiera hablar. Él sabía que estaba a su lado. Se quitó la sudadera y se le subió un poco la camiseta de debajo, lo que dejó su firme torso al descubierto.

Sabía que no era el momento de babear ante esos músculos tan definidos que parecían de otro mundo, pero no lo pude evitar. Se bajó la camiseta y tiró la sudadera sobre el sillón que había junto a la chimenea. Luego se sentó a mi lado, y me envolvió en su aroma familiar.

—Cree que te voy a elegir a ti antes que a Baylor. —No estaba muy segura de qué les había contado a sus padres sobre nuestra… relación. ¿Les habría dicho que era la definitiva? En fin, ni siquiera me lo había dicho a mí. No nos habíamos puesto ni nombres ni etiquetas, aunque yo sentía que lo era. Sin embargo, no sabía qué nos depararía el futuro—. Hablo mucho sobre ti —añadió, dando respuesta a mis pensamientos—. Y un mes y medio es más de lo que duró ninguna de las otras chicas.

Resoplé por la nariz y asentí.

—Lo entiendo. Esto también es nuevo para mí.

—Obviamente, he salido con chicas. —Se encogió de hombros, todavía con la mirada fija en la suave moqueta de color carbón. Me fijé en que llevaba unos calcetines con un estampado de pequeños balones de fútbol americano—. Pero la mayoría de ellas se piran después de una velada en casa.

—¿No soportan la vergüenza ajena? —bromeé, haciendo referencia al comentario de la «madre de mi bebé».

—Lo dices de broma, pero más o menos es así. Yo pongo todas mis cartas sobre la mesa. No escondo gran cosa, salvo lo de mi hermana, pero la mayoría quieren solo la superficie y no están interesadas en lo demás. Ven quién soy, quién soy de verdad…, y se quejan. Le sacan faltas a todo. Se cabrean porque digo lo que me da la gana. —Se volvió y me miró con esos preciosos ojos verdes. Tenía las pestañas muy gruesas; enmarcaban sus ojos en forma de almendra—. Tú no aguantas tonterías —continuó, recorriéndome el rostro con la mirada, absorbiendo cada detalle que veía—. Pero nunca me has hecho sentir que no deba ser exactamente quien soy.

—Excepto cuando te dije que no fueras un capullo conmigo en el instituto, delante de «los chicos». —Me acerqué y le di un suave beso en los labios—. Me gusta todo de ti —susurré.

—¿No vas a salir corriendo?

Era difícil saber qué ocurriría cuando terminase el instituto. Por eso, durante mucho tiempo, yo había evitado enamorarme de alguien antes de marcharme, y todavía me asustaba.

—No, no voy a salir corriendo —le prometí.

Aquellos sentimientos podían llegar a ser tan poderosos como para partirme en dos, pero no quería darles la espalda ahora. Amaba estar enamorada.

CAPÍTULO 21

Yo no era una gran lectora. Me gustaba más trabajar. No me gustaba sentarme a leer páginas y páginas de la vida de otra persona cuando podía vivir mi propia vida, y analizar y escribir un ensayo entero sobre un libro me parecía aún peor. Sobre todo cuando era un libro que ni siquiera había elegido yo, sino el profesor. Era pesadísimo.

—Esto es una estupidez. —Le di una patada al sofá. Gabby y yo estábamos despatarradas en el suelo de su salón, haciendo el trabajo juntas—. ¿Qué más da el color que use la autora para describir las paredes? Seguro que eligió uno cualquiera y punto.

Gabby, que estaba tumbada boca arriba, rodó para ponerse boca abajo. Con el rostro enmarcado por su indomable melena castaña, me miró con desaprobación.

—Lo hemos hablado un millón de veces.

—Sigo sin entenderlo.

—¿Quieres que te lo haga yo? —Ella ya hacía rato que había terminado su trabajo.

—No, no quiero. —Miré fijamente el papel.

—Dame el papel. Ya lo hago yo.

Seré sincera: si no hubiera sido por Gabby, mis notas habrían caído en picado. Me tendió la mano. Yo seguía mirando el papel, pero notaba sus ojos clavados en mí. A ella le encantaban aquel tipo de ensayos, así que no me sentí muy culpable cuando, al final, se lo di.

—Un día, esto lo harán tus estudiantes.

—¿Qué?

—Cuando seas profesora en una universidad de prestigio y tus ensayos estén llenos de desafíos e intelecto. Esto lo harán tus estudiantes.

Negó con la cabeza y se rio según empezaba a leer el ensayo. Mientras ella trabajaba, yo le eché un vistazo a mi móvil. Al día siguiente era el cumpleaños de Drayton. Sus padres estaban fuera, aunque yo no sabía dónde; no había preguntado. Josh y Drayton habían ido a comprar cosas para la fiesta de la noche siguiente: comida, alcohol —aunque no sabía cómo se las iban a arreglar para que se lo vendieran—, vasos, refrescos para los abstemios y todo lo que pudiera hacer falta en una fiesta. Tenía ocho mensajes nuevos.

> Pompones, ¿las pelotas de ping-pong las compro azules o lilas? ¿O de las dos?

> ¿Debería comprar una selección multicolor de pelotas de ping-pong?

> He encontrado condones de sabores. Ya sé que odias la cereza, pero ¿qué piensas de la naranja?

> Los he comprado de fresa.

> Josh lleva el pelo como Richie Rich. ¿Te has fijado? Pero no le queda mal. ¿Debería hacerme el mismo corte?

> Nah, ni de coña.

> Estás ocupada, ¿no? ¿Con el trabajo de Lengua? ¿Nos vemos luego? Puedo recogerte en casa de Gabby cuando vaya a dejar a Josh. Está superemocionado por cenar esta noche con su madre.

Sus mensajes me hicieron reír. No quería desbaratar los planes que Drayton había hecho por su cumpleaños; él tenía sus propias tradiciones. Sin embargo, aquella noche había organizado algo para los dos solos, mientras Josh y Gabby cenaban con Camilla.

—Drayton no tardará en llegar —le dije a mi amiga mientras me incorporaba. Llevaba demasiado rato tirada en el suelo y me dolían las costillas—. Tengo que vestirme.

Ella esbozó su sonrisa distraída. Estaba pensando en que pronto vería a su chico. Sabía cómo se sentía.

Gabby siguió escribiendo mi trabajo de Lengua para que yo pudiera vestirme. Me había traído una mochila para pasar el fin de semana porque esa noche y la siguiente dormiría en casa de Drayton, así que había supuesto que podía ahorrarme un viaje y llevar ya todo lo que necesitaba. No había elegido un atuendo especial: un jersey de cuello alto ancho, unas botas y unos vaqueros negros. Llevaba el pelo suelto y liso, así que había añadido también un gorrito. Estaba emocionada por aquella noche, y también nerviosa. El regalo que había pensado para Drayton era un poco particular, pero esperaba que le encantase.

El cambio entre el dormitorio de Gabby y el resto de su casa era tan drástico que resultaba fácil olvidarse de que se trataba del mismo edificio. Había trabajado un verano entero en la panadería con su madre para ahorrar el dinero suficiente para decorar su habitación. Las paredes eran de color lavanda y los muebles, blancos. Era sencilla, pero bonita.

El resto de la casa era más vieja y estaba decorada con papel pintado y sofás. Las paredes se encontraban cubiertas de coloridos tapices; el suelo, de alfombras, y las estanterías estaban llenas de jarrones estampados y figuritas de hierro forjado. Finalmente, había un enorme espejo cuadrado colgado encima de la chimenea.

—Vale. —Quince minutos después, Gabby se levantó del suelo—. Ya estoy. El mío es un sobresaliente. El tuyo un notable alto. Tenía que parecer realista. ¿Crees que Emily irá a casa de Drayton mañana por la noche?

—A saber… No me molesta. Después de lo de Lincoln tenemos una relación… civilizada.

—Eso de no poder contarle a nadie lo más escandaloso que ha pasado nunca en el instituto me está matando.

—Que ni se te ocurra —le advertí. Lo último que necesitaba era que Emily creyera que estaba difundiendo rumores sobre ella…, aunque «rumores» no era la palabra adecuada. En cualquier caso, nadie podía descubrirlo—. Su vida es más dura de lo que pensábamos. Me siento mal por ella.

—No le demuestres que te importa.

—No se me ocurriría. Se pondría furiosa. Creo que el partido benéfico de febrero será la última vez que nos toque animar juntas. Luego, se acabó. —Sentí alivio solo con decirlo en voz alta.

Los Lobos de Archwood y los Linces de Kenner Valley celebraban su partido benéfico anual para recaudar fondos para los jóvenes sin techo y con problemas. Era una noche gélida y larguísima, mucho más que los partidos habituales, pero era por una buena causa. Asistía casi todo Castle Rock.

Emily lo odiaba. Siempre se quejaba de tener que animar en unas condiciones que se alejaban mucho de lo ideal y nunca se esforzaba en la coreografía. Yo había asumido que se debía a que era una mera cáscara de ser humano sin alma, pero empezaba a pensar que más bien tenía que ver con que la causa le tocaba de cerca.

La puerta de entrada se abrió y se cerró, y luego entraron Josh y Drayton. El segundo nunca había estado en casa de Gabby, así que miró a su alrededor unos instantes antes de encontrarme arrellanada en el sofá, mirando Instagram.

—Hola, preciosa. —Tiró de mí y me besó.

Josh se dejó caer en un sillón y asintió.

—Aquí huele bien.

—Mamá está haciendo chile con carne —le informó Gabby mientras se sentaba en su regazo—. Estará muy picante.

Josh sonrió, asintió y luego se pasó una mano por el pelo peinado hacia atrás. Drayton cogió mi mochila y señaló a nuestros amigos sin soltarme.

—¿Alguno de los dos me va a decir qué cojones me espera esta noche? No me gusta estar al margen de tanto secretito.

Gabby movió los brazos de forma frenética y frunció el ceño.

—¡No digas palabrotas, que está aquí mi madre! ¿Estás loco?

Drayton la miró con el rostro inexpresivo, se encogió de hombros y lo volvió a intentar:

—¿Nadie? ¿Nadie me lo va a decir?

—No seas crío. —Me reí—. Pronto lo descubrirás.

Tiró de mí hacia la entrada del salón mientras saludaba con la mano.

—Pues vamos. Espero que implique desnudez.

La puerta silenció las protestas de Josh y Gabby al cerrarse. Corrimos hacia el Jeep. Hacía frío, como de costumbre, pero albergaba la esperanza de que tardara unas horas más en nevar.

Drayton había estado intentando sonsacarme información desde que se había enterado de que le estaba preparando una sorpresa. Josh había tenido la amabilidad de ayudarme, ya que necesitaba el patio de la segunda planta. Como yo no podía hacerlo, él se había ocupado de ello por mí.

Fue el primer lugar al que fui cuando llegamos a su casa. Drayton llevaba mi mochila.

—Necesito ir un momento al baño —anuncié, soltándome de su brazo cuando llegamos a la segunda planta y nos detuvimos ante la puerta de su dormitorio.

Él me miró de arriba abajo y señaló su cuarto con los labios entreabiertos, sin duda para sugerirme que utilizara el suyo. Pero antes de que le diera tiempo a atraparme, me di la vuelta y eché a correr por el pasillo. Mientras me apresuraba hacia el patio, pasé por el salón, que estaba calentito; la chimenea eléctrica arrojaba una sombra en movimiento sobre las paredes de color blanco roto.

Hacía demasiado frío para estar fuera, así que era un regalo un poco inconveniente, teniendo en cuenta el clima, pero todo estaba en su sitio. En el suelo, junto a un sofá de exterior de dos plazas cubierto de mantas y cojines, había un farolillo, una caja envuelta en papel plateado y una bolsa de aperitivos. Al fondo del patio, delante de la barandilla de piedra, estaba el telescopio.

Era un espacio encantador. Había nevado un poco desde que Josh lo había preparado todo, pero el techo se extendía lo suficiente para proteger el patio. Las ramas de los árboles estaban recubiertas de polvo blanco, y la barandilla iluminada con unas lucecitas blancas que arrojaban un resplandor azulado sobre la nieve.

Muchas veces, que Colorado estuviese cubierto de un manto de hielo y nieve me había parecido una desventaja, pero no albergaba ninguna duda de que la estampa era preciosa. Los copos danzaban en el viento y la nieve parecía extremadamente suave; en instantes como aquel, era fácil olvidar lo destructiva que podía llegar a ser.

Mi momento de admiración de la belleza se vio interrumpido por unos golpecitos en la puerta de cristal.

—¿Qué es todo esto? —preguntó Drayton mientras salía.

—Tu regalo de cumpleaños.

—No tenías que comprarme nada —contestó. Yo corrí hacia el sofá y cogí el regalo del suelo—. ¿Qué es?

—Cuántas preguntas —protesté, aburrida. Le puse la caja en la mano—. Ábrela.

Abrió la tapa sin apartar de mí su mirada de curiosidad. Yo daba saltitos, expectante, y notaba cómo la borla de mi gorrito me golpeaba la cabeza. Parecía más emocionada que él. Retiró la tapa para encontrar, en el interior de la caja, entre el satén azul, un certificado enmarcado del Registro de Nombres de Estrellas.

Abigail Eleanor Lahey

El regalo venía con las coordenadas de la estrella y una carta de confirmación. Drayton leyó el certificado una vez tras otra.

—Le has puesto el nombre de mi hermana a una estrella… —murmuró.

—Te juro que está ahí. —Me volví y miré hacia las nubes—. Lo que pasa es que… no es la mejor noche del mundo para mirar las estrellas. Pero tenemos el telescopio, así que podemos quedarnos por aquí y esperar a que despeje. También he comprado este farolillo para encenderlo en su honor.

Drayton me había contado que en su cumpleaños solía emborracharse hasta perder el sentido. Era una forma de lidiar con el trauma y esperaba no haberme pasado de la raya. Cuando cogí el farolillo y me di cuenta de que quizá Dray hubiese odiado el regalo, se me aceleró el corazón.

—Necesitamos un mechero —añadí, al ver que no reaccionaba. Me daba miedo mirarlo. Me daba miedo que me dijera que me largase de allí—. Ya sé que ahora ya no fumas mucho, así que he traído uno. Podem…

La frase se me quedó a medias y la culpable fue su boca. Casi se me cayó el farolillo cuando me agarró del cuello con sus manazas y apretó su cuerpo contra el mío. Drayton siempre estaba caliente, fuera cual fuese la temperatura exterior, y el frío invernal se fue disipando a medida que me abandonaba al beso.

—¿Sabes que esto es lo mejor que nadie ha hecho nunca por mí? —Me acarició la cara. Parecía faltarle el aliento.

—¿De verdad? Tenía miedo de que te enfadaras.

—¿En… Enfadarme? —tartamudeó—. No, Pompones. Ni por asomo. Es un regalo genial. Será como si ella estuviera aquí. —Miró al cielo sin dejar de abrazarme, y yo no pensaba protestar porque ese radiador humano me mantuviera calentita. Si no quería soltarme, yo no tenía intención de objetar. Su mirada torturada resplandecía. Era como si el universo entero estuviese en sus ojos, oscuro pero brillante a la vez—. Su destino siempre fue ser una estrella.

—¿Quieres que lo encendamos? —le pregunté, tendiéndole el farolillo.

Él bajó la mano de mi cara y asintió, y luego fuimos hacia la barandilla. No todos los aspectos del regalo habían ido en nuestro favor —no podíamos ver la estrella por culpa de las nubes—, pero no había hojas que pudieran esconder el farolillo cuando se elevara y tampoco estaba nevando.

Le tendí el mechero. La llama resplandecía, y arrojaba una sombra que parpadeaba. Cuando encendimos la vela, hubo una sorpresa adorable: el papel tenía dibujadas en las cuatro caras las siluetas de un niño y una niña, y en cada una había una escena diferente.

El niño y la niña se daban la mano.

El niño y la niña volaban una cometa.

El niño y la niña lanzaban un balón de fútbol.

El niño y la niña se abrazaban.

Drayton le dio vueltas al farolillo en silencio. Temblaba muy ligeramente. Era casi imposible darse cuenta, pero el temblor estaba ahí. De todos modos, sonreía. Dos o tres lágrimas le humedecían las mejillas, pero no había dejado de sonreír.

Era su momento, así que, cuando elevó el farolillo hacia el cielo frío y oscuro y lo soltó, me quedé a su lado pero en silencio. Él me rodeó los hombros con un brazo y me atrajo hacia sí. Olía a colonia y a los asientos de cuero del Jeep.

Nos sentamos en el sofá a contemplar el farolillo, que ya no era más que un puntito, un puntito hermoso y brillante entre las nubes de aspecto desgraciado. Como el recuerdo de Abigail. Las circunstancias y la devastación alrededor de su muerte eran terribles, pero a Drayton le bastaba con recordarla para sonreír, y esa era la prueba de que en vida había sido luminosa.

Se levantó una suave brisa, pero los cojines y las mantas nos protegían. Me acurruqué junto a Drayton y comimos patatas fritas y gusanos ácidos de gominola.

—Solía decirme que terminaría casándose con alguno de mis amigos —me contó mientras me abrazaba con fuerza—. Decía que era evidente que acabaría pasando porque iría a todos mis partidos y mis entrenamientos.

—Por supuesto. —Solté una risita.

Con cada una de nuestras respiraciones, exhalábamos nubecillas blancas.

—A mí no me parecía bien. Teníamos unos once años y ya hablaba de su futura boda. Me sacaba de quicio. Solíamos discutir y ella gritaba tanto como yo. —El dolor manchaba sus palabras, mancillaba los recuerdos con la tristeza inevitable. Sin embargo, su suave risa hacía que escucharlo recordar me rompiera un poco menos el corazón—. Pero había algo... No nos hacía falta hablar. Podíamos... comunicarnos, sin más. Después de una discusión, venía corriendo a abrazarme y todo volvía a estar bien. No soportaba que fuese tan protector con ella.

Pronunció las últimas palabras con amargura, como si no creyera haber sido lo bastante protector.

—¿Se parecía a ti?

—Tenía los mismos ojos. La nariz era parecida, aunque la suya era más pequeña. Más femenina, supongo. Tengo fotos en mi móvil. —Se llevó una mano al bolsillo de atrás. La bolsa de patatas se resbaló por la manta y se cayó al suelo. La dejé ahí. Los gusanos también habían pasado a un segundo plano—. Abajo tenemos una habitación entera dedicada a ella —me contó mientras tocaba la pantalla con el pulgar, emocionado—. Cuando empecé a traer amigos a casa, mamá y papá decidieron quitar las fotos que teníamos a la vista. No queríamos tener que responder preguntas. Mira. —Me puso el móvil delante. Era una foto de anuario, de esas que te hacían en el instituto—. Se la hicieron tres meses antes de morir.

Era preciosa. Tenía la piel aceitunada, como su hermano, y una larga melena castaña recogida en dos trenzas. Al verla sonreír, al ver la inocencia de aquella niña que solo había vivido cosas buenas, y sabiendo que su final había sido tan terrible y tan malvado, se me encogió el estómago.

Abigail tenía toda su vida por delante. Una sonrisa como aquella era imposible de fingir: se le reflejaba también en los ojos; brillaba como debería haberlo hecho el sol durante todos los días de su larga vida. Sentía cómo la pena se agolpaba en mi pecho, que estaba cada vez más oprimido, repleto de arrepentimiento por algo que jamás habría podido controlar. Pero no quería estropear el momento.

—Era muy guapa.

—Habría sido demasiado guapa. —Se le rompió la voz mientras bloqueaba el móvil. Subió más la manta para arroparnos mejor—. Me imagino toda la atención que habría recibido. Me habría metido en un montón de peleas. —Se echó a reír—. Debería haber terminado metiéndome en un montón de peleas —se corrigió en voz baja. Apoyé la cabeza sobre su pecho y él me rodeó con ambos brazos—. Te habría caído bien. Tenía carácter. Mi padre estaba muy orgulloso de ella.

—¿Se llevaban bien?

—Mejor de lo que él y yo nos llevaremos jamás. Creo que todavía me culpa de lo que ocurrió.

No supe qué decirle. No sabía nada sobre Leroy, salvo el hecho de que parecía un poco controlador, pero hasta Drayton decía que antes era un buen tío. Quizá el padre que había sido antaño estaba oculto bajo su pena. Un padre jamás debería enterrar a su hijo.

—¿Cómo celebrabais vuestro cumpleaños? —Seguí desviando la conversación hacia temas que esperaba que le hicieran sonreír.

—Teníamos el mismo grupo de amigos. —Apoyó la mejilla en mi cabeza—. No separábamos las fiestas. Mamá y papá montaban algo bastante guay cada año. Hasta los diez años organizaron fiestas temáticas , y luego fiestas de pijamas enormes con juegos, como el de capturar la bandera o el escondite por equipos. Ese tipo de cosas.

—Suena divertido.

—Lo era.

Al ver que su tono de voz volvía a ser más ligero, me inundó el alivio. No sé cuánto tiempo pasamos ahí fuera. Drayton me habló sobre Abigail durante horas, y yo escuché todas sus historias mientras lo miraba reír. Tal vez fuese lo que necesitaba, que alguien lo animara a recordarla de un modo menos doloroso. Siempre le dolería: la pérdida era una herida que nunca se curaba del todo. Dejaba cicatriz, y el tiempo no arreglaba los daños, simplemente cambiaba la forma del dolor. Se convertía en algo distinto. Sin embargo, honrar la memoria de un ser querido era reparador.

Por eso me reconfortó tanto que Drayton me preguntara por mamá y papá. Había llegado su turno de escuchar mis recuerdos. Nos ofrecimos fortaleza el uno al otro, un hombro sobre el que llorar. Alguien que nos escuchara.

Entramos cuando empezó a hacer demasiado frío. El fuego crepitaba en su habitación, y arrojaba una luz ambiental. Nos tumbamos el uno al lado del otro y continuamos compartiendo historias de un tiempo distinto. Lo hicimos hasta que nos quedamos dormidos. Nunca me había sentido tan conectada y tan en sintonía con Drayton como aquella noche.

CAPÍTULO 22

A la mañana siguiente, le preparé el desayuno a Drayton. Era su cumpleaños, así que me pareció que lo más adecuado era llevárselo a la cama. Comimos juntos, nos besamos, nos hicimos arrumacos… Él estaba de buen humor.

Luego me pidió educadamente que le dejase un poco de tiempo a solas para que pudiera ir a la habitación dedicada a su hermana. Obedecí sin dudar y le dije que iría a ducharme.

Josh y Gabby salieron del cuarto de él a media tarde. Debían de haber llegado tarde la noche anterior. Los cuatro nos pasamos un buen rato organizando la casa para la fiesta. Escondimos los objetos de valor en un dormitorio de invitados que podía cerrarse con llave, y no solo los objetos de valor: metimos también jarrones, artículos de decoración… Cualquier cosa que pudiera romperse o estropearse.

A las nueve de la noche, la casa estaba llena no solo de estudiantes del instituto Archwood, sino también de alumnos de los otros colegios de Castle Rock. La música salía a todo volumen del sistema de sonido integrado, pero las voces de la gente competían con las canciones. La zona de reunión principal era la sala de juegos de la planta de abajo, pero, como no había espacio suficiente, el primer piso también estaba abarrotado.

Había invitados reunidos alrededor de la mesa de billar y otros que jugaban al Beer Pong en la cocina. También había gente que bailaba. La cantidad de alcohol que corría por esa casa era demencial. Lo había comprado todo el hermano mayor de Maxon. Se suponía que nadie debía saberlo por lo que implicaba, pero a mí sí me habían confiado la información.

—Oye. —Gabby me cogió del brazo en cuanto regresé del baño. Iba como una cuba y no eran ni las diez—. ¿Puedes venir conmigo al servicio?

Obvié el hecho de que le había dicho que iba hacía dos minutos y ella me había contestado que no necesitaba ir.

Nos cogimos de las manos e intentamos subir las escaleras, que por alguna razón desconocida se había convertido en un punto de encuentro. No quería ser como la típica madre irritante que estaba constantemente recordándoles a los demás que los microondas eran cancerígenos y que las torres de telecomunicaciones nos iban a matar a todos, pero la verdad era que no entendía por qué la gente elegía quedarse precisamente en las escaleras. Era peligroso y estrecho; resultaba evidente que no era el escenario ideal para una reunión social.

Para alivio de Gabby, el cuarto de baño estaba vacío. Aunque tampoco habría importado que no lo estuviera, porque solo en esa planta había tres. Cerré la puerta y ella echó a correr, con los tacones repiqueteando sobre las baldosas.

—Joder, voy a reventar. —Se levantó el vestido de satén rosa, tropezándose, y se sentó en el inodoro. Entreabrió los labios pintados con brillo y soltó un suspiro de satisfacción.

Mientras tanto, me revisé el peinado y el maquillaje frente al espejo, como si pudiera haber cambiado algo en los minutos que habían pasado desde que había estado en el baño. El nuevo vestido negro de manga larga que había encontrado el fin de semana anterior en una liquidación era ajustado, con un escote pronunciado y una cremallera en la parte frontal que iba desde arriba hasta abajo. Al haberlo combinado con un par de plataformas negras, creaba la ilusión de que tenía las piernas un poco más largas. Yo y mis piernecillas.

Gabby tiró de la cadena y fue tambaleándose al lavabo con una sonrisa torcida.

—Estás taaaaaan guapa… —exclamó, mientras le pegaba un buen golpetazo al dispensador de jabón—. Voy pedo.

—No me digas. —Me eché a reír y abrí el grifo, porque ella se había olvidado de hacerlo antes de embadurnarse las manos con el jabón.

Cuando salimos del baño y bajamos a por otra copa para mí y agua para Gabby, nos dimos de bruces con Emily, que se había embellecido hasta la perfección con un vestido de gasa rojo sangre. Me miró por encima del hombro como si fuese una campesina indigna de estar en su presencia. En fin, ¡qué novedad!

—Esperaba verte esta noche —le dije, recordando una idea que había tenido esa mañana mientras revolvía los huevos para el desayuno. Ella enarcó una ceja y yo le solté el brazo a Gabby para que pudiera escaparse a la cocina—. Tengo que pedirte un favor.

—No.

—Vamos, al menos escúchame.

Se echó hacia atrás los rizos perfectos de color cobrizo y miró su móvil.

—El lunes, quizá. Ahora me voy.

—Llevas aquí unos quince minutos.

—Ya. Ha sido suficiente, créeme. —Hizo una mueca de desagrado y echó un vistazo a su alrededor—. Tú eres nueva en esto, pero deja que te explique cómo funciona. Hay alcohol. Más alcohol. Puede que alguna pelea y demasiada gente enrollándose en público. Luego Drayton se emborracha tanto que no puede mantenerse en pie y da vergüenza ajena. Una de estas chicas tiene la esperanza de ser su polvo de cumpleaños. Ten cuidado.

Exhalé e intenté no reírme ante lo irónico que era que nos hubiéramos intercambiado los papeles. En el pasado, no se habría ido ella, sino yo. Seguía prefiriendo una noche tranquila en casa, pero se trataba de Drayton.

—A ver si lo adivino. El polvo de cumpleaños solías ser tú.

Me miró con los labios apretados.

—Nunca me he acostado con él —admitió con un hilo de voz, aunque, de algún modo, seguía pareciendo segura de sí misma—. Nunca quiso. —Me costaba determinar si él le gustaba de verdad o no, pero, por un breve instante, pareció herida y volví a sentirme un poco mal por ella. Era una sensación antinatural y desagradable. Luego me sentí aliviada porque no lo hubiera tocado nunca—. En fin... —Levantó la cabeza y me dio una palmadita en el hombro—. Me voy. Lincoln me está esperando. Ya veremos si el lunes me importa ese favor que quieres pedirme. Nunca se sabe.

La observé marcharse mientras pensaba en que el hecho de que hubiéramos mantenido una conversación entera sin intercambiar insultos y sin sentir el impulso de pelearnos podía considerarse un avance.

La cocina se encontraba llena de gente. Las enormes puertas de cristal estaban cerradas, pero las ventanas no, porque, a pesar de que fuera hacía un frío que pelaba, dentro había tantos cuerpos apretujados que habían creado un calor claustrofóbico. Como no iba muy cómoda con el móvil pegado a la teta, lo apagué, lo metí en el cajón de los cubiertos y saqué una botella de vodka sin abrir de un armario.

—¡Dallas! —Gabby me plantó su teléfono en los morros mientras me servía un chupito. Estaba grabando un Snap-Chat—. Ponte a beber boca abajo encima del barril de cerveza.

—Ponte tú. —Resoplé y me bebí el chupito. Hice una mueca al notar el ardor de la bebida en el esófago y Gabby me grabó poniendo la misma cara que pone un bebé cuando muerde una rodaja de limón.

—No, odio la cerveza —replicó sin dejar de grabar la conversación—. Tú eres una de esas personas tan raras a las que les gusta el sabor de la cerveza.

—Eh, Maxon —llamé al defensa, que era el que estaba vigilando los barriles. Iba sin camiseta y estaba como una cuba.

—¿Qué pasa, Pompones? —gritó.

—No me llames así. ¿Cuál es el récord?

—¡Mitchum! —Señaló a otro de los defensas, que estaba tirado en una esquina. No creo ni que estuviera consciente—. Un minuto y cincuenta y seis segundos.

—Es mucho tiempo para estar bebiendo cerveza sin parar.
—Me estremecí. Había pensado en hacerlo por el desafío,
pero valoraba tener un hígado funcional.

—¡Vamos, Pompones! —Maxon levantó la manguera y
empezó a dar vueltas alrededor del barril, como si fuese una
especie de danza ritual perturbadora—. Sabes que quieres hacerlo.

Me encaré con él con el ceño fruncido.

—Si vuelves a llamarme Pompones, te meto esa manguera
por el culo.

Retrocedió y levantó la mano que tenía libre en un gesto
de rendición.

—¡Vamos, Dal! —me animó Gabby—. ¡Tú puedes! Yo
creo en ti. Si el bobo de Mitchum puede hacerlo, tú también.

Miramos al chico, que estaba vomitando. Con la ayuda de
su novia, estaba consiguiendo dirigir el vómito a un cuenco y
no devolver por el suelo y la pared.

—Si termino en ese estado, me cuidas tú —le advertí.

—¡Por supuesto!

—Vale. —Me reí ante su entusiasmo y su embriaguez. Ella
aplaudió, dio un paso atrás y empezó a familiarizarse con su
móvil para empezar a grabar otra vez.

—Bueno, normalmente hacen falta dos tíos para levantar
a alguien encima del barril. —Maxon se puso detrás de mí y
me colocó las manos en las caderas—. Pero creo que a ti puedo
levantarte yo solo.

—Buen intento. —Me aparté de él—. Soy animadora.
Puedo hacer el pino sin problema.

—Madre mía, vale… —Puso los ojos en blanco y dio un
paso atrás para darme el espacio que le había exigido. Me coloqué la boca de la manguera entre los labios, apoyé las manos
a los lados del barril y levanté las piernas.

—¡Toma ya! —chilló Gabby mientras yo tragaba cerveza.
Intenté controlar la velocidad, consciente de que, si no me la
bebía demasiado rápido, quizá consiguiera aguantar más rato.

Al final, la sangre que me bajaba a la cabeza se convirtió en un peso insoportable. Me dolía, me nublaba la vista y me mareaba, así que bajé una pierna detrás de la otra y escupí la manguera.

—Cuarenta y siete segundos. —Maxon me dio una palmadita en la espalda y aulló de emoción junto con Gabby y unos cuantos mirones más. Me sequé la boca con el dorso de la mano e intenté con todas mis fuerzas que la cocina dejase de darme vueltas.

Acababa de beberme un montón de cerveza.

—¡Menuda leyenda! —chilló Gabby, que estaba ante mí con el móvil en la mano, grabando otro vídeo en SnapChat—. Cuarenta y siete segundos. ¿Cómo te sientes, cariño?

—Siento que voy a potar —contesté hipando. El malestar era bastante agresivo—. Necesito agua.

Encontré una botella en la nevera y, no sé muy bien por qué, pero cuando me la terminé me sentí todavía peor.

—Quiero pan —murmuré.

Empecé a rebuscar por los armarios. Encontré una hogaza de pan sin gluten y decidí que preferiría masticar cartón.

—¡Maxon! —gritó alguien, tal vez Austin, desde la entrada de la cocina—. El regalo de cumpleaños de Drayton está aquí.

A Maxon se le iluminó la cara con una sonrisa de regocijo. Cruzó la cocina a toda prisa, frotándose las manos como un bicho raro, y desapareció. Sentí curiosidad por ver qué había motivado ese comportamiento tan excitado y perturbador.

—Vamos. —Cogí a Gabby de la muñeca y tiré de ella para seguirlos. Nos abrimos paso entre la gente para llegar a la planta de abajo, una misión aún más complicada que antes.

Cuando por fin lo logramos, no me costó mucho encontrar a Drayton. Estaba en el centro de la sala, sentado en una silla mientras una zorra le hacía un estriptis encima. La canción de Little Mix que estaba sonando casi ni se oía entre el griterío de aprobación de los demás.

Lo observé agraviada, odiando cada segundo que esa chica bailaba encima de él. Dray sonreía incómodo y tenía los brazos caídos a los lados del cuerpo. En lugar de mirar ese par de tetas enormes que botaban en toda su cara, miraba a su alrededor. Me pregunté si me estaría buscando a mí.

—Oye. —Josh me dio un golpecito en el hombro. No me había dado cuenta de que se había acercado, así que me volví y traté de no pagar mi frustración con él—. No ha sido idea suya. Los chicos lo organizan para los cumpleaños de los otros a veces. Él tenía la esperanza de que este año no se lo hicieran.

—No habría estado mal que me avisaras —mascullé antes de volverme para irme, ignorando la expresión compasiva de Gabby.

Estaba borracha y, a juzgar por mis experiencias pasadas, cuando me encontraba en estado de embriaguez no era la persona más juiciosa del mundo. Lo mejor que podía hacer era irme y tranquilizarme. Me sentí orgullosa por darme cuenta de ello antes de tirarle a alguien de los pelos…, aunque era tentador.

—¿Adónde crees que vas?

Me tropecé cuando una chica me interceptó. Tardé unos instantes en percatarme de que se trataba de Melissa, con su piel perfecta y su mirada intimidante. ¿Por qué me sentía como si me hubiera metido en un lío?

—Arriba —contesté.

—¿Ese no es tu chico? —Señaló detrás de mí con la cabeza, pero a mí no me hacía falta darme la vuelta para saber a qué se refería—. ¿Sabes lo que haría yo si fuera tú? Iría a hacer su trabajo por ella.

—¿Qué?

—Tía, ¡tú sabes bailar! Estás buenísima y él está prácticamente obsesionado contigo. Ve y ocupa su lugar. Hazle el estriptis tú.

—¿Delante de toda esta gente? —pregunté, arrastrando las palabras y tropezándome. No era posible que me acabase de sugerir aquello. Ni tampoco que yo me lo estuviera planteando.

—Bailas con las animadoras delante de gente todo el tiempo.

—Es un poco distinto.

—Yo no aguantaría esta mierda. Demuéstrale cómo lo hace una mujer de verdad. —Me lo estaba pensando muy seriamente. Ella señaló a la estríper con una uña pintada de naranja—. Para que lo sepas: esa también es una mujer de verdad. No tiene nada de malo. Solo te estoy animando.

—Animas bien. —La sala daba vueltas a mi alrededor. Estaba segura de que era la sala, no yo.

—Vamos, ve. —Me dio un empujoncito.

Me giré. La chica llevaba todavía menos ropa que antes. Maldije entre dientes y tiré por la ventana los pocos reparos que tenía, auné toda la seguridad que poseía en mí misma y me fui directa hacia ellos.

Drayton me vio por encima del hombro de la chica. Ignoré la sonrisa culpable que había en su precioso rostro, le di unos golpecitos a Barbie en el hombro y la quité de las piernas de Dray de un empujón. Aterrizó en el suelo.

Me gritó no sé qué sobre hacer su trabajo. Me parecía bien. Podía ganarse ese dinero si quería —en aquella sala no eran pocos los que habrían aceptado sus servicios—, pero antes de que se levantara y le diera tiempo a continuar, pasé una pierna sobre las de Drayton y me senté encima de él a horcajadas.

—¿Pompones? —murmuró. Lo cogí de los hombros y, con la espalda recta, moví las caderas con un movimiento lento y sensual—. ¿Dallas?

—¡Feliz cumpleaños! —grité, animando a la gente a unirse. Empezó a oírse una sintonía de canciones de feliz cumpleaños cantadas de forma poco articulada. Una nube de humo de tabaco flotaba en el aire; se oía el repiqueteo de las botellas y los gritos de los invitados. Cada vez que cerraba los ojos, perdía toda noción de mi entorno, y Drayton tuvo que sujetarme más de una vez para que no me cayera. Me reí y decidí que lo mejor sería dejar los ojos abiertos. Levanté una pierna recta en el aire y me di la vuelta, de forma que

quedé de espaldas a él. Sin dejar de frotarme contra su entrepierna, empecé a bajarme poco a poco la cremallera del vestido,
lo que provocó los gritos de entusiasmo y los aplausos de ánimo
del público.

—Dallas…

Me puse de pie, me incliné hacia delante y coloqué las
manos en el suelo, dejando el culo arriba. Me eché la melena
hacia atrás y subí despacio meneando las caderas. Me gustaba
sentirme apreciada.

Rodeé la silla en la que Drayton estaba sentado bailando
de forma seductora mientras me deslizaba estratégicamente el
vestido por los hombros. Cuando hube recorrido el círculo
entero y volví a estar ante él, no llevaba más que el sujetador y
el tanga. El vestido estaba tirado en el suelo, igual que la estríper hacía unos minutos.

La gente gritaba.

—¡Quítatelo!

No me quedaba mucho que quitarme, pero no importó,
porque Drayton se levantó de golpe, me cogió del brazo y tiró
de mí, recogiendo el vestido por el camino. Un sonido colec-
tivo de protesta y decepción retumbó a nuestro paso. Me volví
y vi que nos estaba mirando muchísima gente. Antes no había
tanta. Lo juro.

Drayton se estaba comportando como un guardaespaldas;
hacía de escudo mientras se abría paso a través de la multitud.
Me di golpes contra hombros, pisé pies… El hedor a sudor se
unió al del tabaco y el alcohol.

—¿Qué coño hacías? —Me empujó al interior de su cuarto y cerró de un portazo—. ¿Qué hacías?

—Bailar —murmuré. Me lanzó el vestido, pero acabó en
el suelo antes de que mis brazos hubieran entendido que se
suponía que tenían que coger ese objeto que venía directo hacia mi cara. Fue entonces cuando la ira se despertó también en
mí—. Ah, ¿o sea que esa zorra artificial que habrán sacado de
vete a saber dónde puede bailarte encima, pero yo no?

—¿Crees que eso es lo que pasa? —gritó, mientras se acercaba a mí moviéndose con rigidez y con una mirada furibunda—. ¿Crees que la prefiero a ella? ¡Ese no es el puto problema!

—¡¿Y cuál es el problema, gilipollas?! —Le di un empujón en el pecho, pero apenas se movió del sitio. No era el mejor momento para tener esa conversación. Los dos estábamos demasiado borrachos para discutir y no terminaría bien—. ¿Sabes qué? Que te follen.

Se mordió el labio, frustrado.

—Eso sería preferible —masculló entre dientes. Exhaló y me dirigió una mirada penetrante—. Mira, el problema es que no quiero que esos gilipollas pervertidos se coman con los ojos a mi novia mientras baila en ropa interior. —Apretó los dientes y señaló la puerta—. Sé cómo funcionan esas cabezas enfermas.

—¿Tu… Tu novia? —tartamudeé.

Me miró con los ojos entornados.

—¿Con eso te quedas?

—Sí.

Él suspiró y se frotó la cara con las manos. Nos quedamos el uno frente al otro. Sabía que me estaba tambaleando; la vida me habría resultado mucho más fácil si no me hubiera sentido como lo hacía. Él deslizó las puntas de los dedos por mi brazo y me miró pestañeando. Yo todavía estaba medio desnuda.

«Ni siquiera entiendo qué está pasando…», pensé.

—No pretendía portarme como un gilipollas. No voy a decirte lo que tienes que hacer. Pero he oído cómo hablan, Dallas. Los putos Austin y Derek. Hasta Maxon. Son escoria. No soporto que te miren y que piensen y que sean… repugnantes, joder.

Me acababa de decir que era su novia. Sabía que no era un buen momento para obcecarme en ese pequeño detalle, pero me sentía como me sentía, y no lo podía evitar.

Tragué saliva.

—No estás tan borracho, ¿verdad?

—No, no tanto.

—¿Por qué? ¿No consistía en eso la noche?

—Antes sí —respondió descansando una mano sobre mi cadera. Empezó a acariciarme con el pulgar y me estremecí. No sabía cómo, pero habíamos retrocedido y notaba la pared fría contra mi espalda—. He encontrado algo que me reconforta más. Y baila de puta madre.

Me acarició los labios con los suyos, que, como de costumbre, estaban cálidos. El aliento le sabía a alcohol, pero no a tabaco. Lo que me había dicho era cierto. Me había convertido en un vicio, pero no de los que solo le proporcionaban placer y le ayudaban a olvidar. Era un vicio en el que podía confiar, con quien podía hablar y relajarse.

Me besó. No empezó despacio, sino con pasión, con desesperación, y yo ardía de anhelo. Me levantó las manos y me las aprisionó por encima de la cabeza. El deseo florecía, palpitaba; comenzó a consumirme. Su boca era rápida y húmeda; me saboreaba, me poseía… y, a la vez, me daba muchísimo.

Me cogió de los muslos y me levantó en el aire. Mi tanga de encaje no protestó cuando sus dedos se deslizaron bajo la delgada tela. Apreté las piernas contra su cintura mientras él arrastraba la boca por mi mandíbula, mi cuello y mi pecho.

—Sí vuelves a gritarme así… —ahogué un grito al sentir sus dedos—, te cruzo la cara.

Él se rio y asintió, haciéndome cosquillas en el cuello con el pelo.

—Lo siento —murmuró entre beso y beso.

Nos dejamos caer encima de la cama. A saber si lograríamos volver a bajar a la fiesta, aunque en ese momento no me preocupaba… No cuando se había desnudado y me había quitado a mí la poca ropa que me quedaba puesta.

⚡

La mañana trajo consigo un fuerte dolor de cabeza. Tenía la boca como un zapato y estaba, sobre todo, avergonzada. No tendría que haberme subido al barril de cerveza. Había sido el momento en el que todo había empezado a ir cuesta abajo.

Melissa. Me había convencido de que hacer un estriptis delante de todo el instituto era una buena idea. El lunes tendría que decirle cuatro cosas.

Drayton y yo nos lavamos los dientes y volvimos a la cama. El aliento mañanero nunca era agradable, pero tras una noche con ríos de alcohol era aún peor. Nos acurrucamos desnudos debajo de la manta, disfrutando de las suaves sábanas. Estábamos de lado y él me tenía rodeada con un brazo; las yemas de sus dedos trazaban círculos tentadores sobre mi cintura.

Habíamos estado charlando sobre lo sucedido en la fiesta, y la cantidad de episodios vergonzosos que habían surgido era considerable, sobre todo por mi parte. Los dos nos habíamos disculpado por el drama que se había producido después, pero cuando llegamos al momento en el que nos habíamos largado de su propia fiesta para echar un polvo de reconciliación, Drayton frunció el ceño.

—Siento la forma en la que te hice mía. —Flexionó el bíceps mientras me acariciaba la espalda.

—No importa. —Me acerqué a él para darle un beso rápido. Él no perdió el tiempo: me cogió de la cintura, se puso boca arriba y me levantó, de forma que quedé a horcajadas sobre su firme torso.

—Sí que importa —murmuró mientras me masajeaba las caderas con suavidad—. Debería habértelo pedido como es debido.

—¿Y cómo es eso?

—Bueno... —Se incorporó y se apoyó en el cabecero de la cama—. Debería haber dicho: «Dallas, creo que eres preciosa, eres divertida... —se inclinó hacia mí y me dio un beso en el cuello—, eres guapísima... —otro beso—, eres fuerte e inteligente... —otro beso—, y me haces más feliz de lo que he sido en mucho tiempo. ¿Puedes ser mi chica, por favor?».

—Y yo te habría contestado: «Claro, cariño».

De repente, la puerta se abrió y dio un fuerte golpe contra la pared. Drayton subió la sábana por detrás de mí para que hiciera de cortina protectora. Miré atrás y me encontré con Gabby y Josh en el umbral tirando billetes al aire.

—¡Yiiihaaa! —gritaron mientras entraban a la habitación sin dejar de tirar billetes. Si no hubiera estado desnuda, habría saltado de la cama para coger el dinero.

—¿Qué narices estáis haciendo? —preguntó Drayton mientras yo me recolocaba a su lado.

—Anoche Dallas se fue demasiado rápido —contestó Gabby con una carcajada mientras tiraba otro montón de billetes encima de la cama—. No recogió las propinas.

—En realidad, yo no estaba. —Josh se encogió de hombros y puso los brazos en jarras—. Gabby me obligó a irme cuando empezaste a bajarte la cremallera del vestido. Solo he venido a ver las consecuencias. El arrepentimiento te debe de estar matando.

—Qué afortunada soy de tener tan buenos amigos —repliqué con sarcasmo.

—Lo eres. —Gabby suspiró satisfecha y se tiró en la cama, y con ello se ganó una mirada de pocos amigos de Drayton.

—Bueno… —Josh empezó a salir de la habitación justo cuando me fijé en que llevaba unos calzoncillos tipo bóxer de satén y una camiseta a juego. Era un pijama de *La guerra de las galaxias*—. Yo me voy a desayunar restos de pizza.

—¡Voy contigo! —Gabby se puso en pie de un salto. Solo con ver el movimiento me dieron náuseas—. Por cierto, Dallas, tu baile de anoche fue una pasada de sexi. No es lo que te esperas de alguien que está tan borracho. ¡Pero estabas genial! Si todo lo demás te falla, creo que serías una cabaretera de éxito.

—No le falta razón —dijo Drayton cuando mi amiga se hubo ido—. La verdad es que dejaste a la estríper a la altura del betún.

—¿Le pagaron? Ahora me siento un poco mal.

—Le debieron de pagar cuando llegó, no te estreses.

Asentí y me hundí más entre las sábanas, que olían a pino y a lavanda. De todos modos, después de la noche anterior, necesitaban un lavado.

—¿Qué vamos a hacer hoy? —Me abrazó haciendo la cucharita, pero se quedó apoyado sobre un codo para poder dejarme en el cuello una ristra de besos tan suaves como la caricia de una pluma.

—Hum... —Barajé las posibilidades durante unos instantes—. ¿Por qué no vamos a dar una vuelta en moto?

—Suena perfecto. —Sentí su sonrisa contra la piel—. Pero antes vamos a darla aquí...

⚡

El lunes fue interesante. Hasta que alguien pudiera superar mi estriptis en la fiesta de Drayton, iba a ser objeto de burlas y comentarios sugerentes. Menos mal que no me ofendía fácilmente y que todo aquel drama infantil no me afectaba lo más mínimo. A la hora de comer, Drayton y yo fuimos al gimnasio antes del entrenamiento. El equipo de animadoras tenía que diseñar una coreografía para el partido benéfico del mes siguiente, pero, conociendo a Emily, seguro que reciclaría una que el equipo fuera capaz de ejecutar con los ojos cerrados. Haría todo lo posible para quitarse trabajo de encima..., y por eso yo estaba esperando pacientemente a que llegara, para pedirle el favor que ya le había mencionado en casa de Drayton.

Él estaba detrás de mí con la barbilla apoyada en mi cabeza y los brazos alrededor de mi cintura. Yo era una chica menuda, con una altura por debajo de la media, así que, cuando me abrazaba, me sentía como si pudiera envolverme hasta hacerme desaparecer. Me hacía sentir tan segura... Me encantaba cómo encajábamos juntos.

—¿Cómo va la cosa, Pompones? —Derek pasó por nuestro lado con un balón de fútbol en la mano—. ¿Cuál es tu tarifa? ¿Estás ganando bien?

Qué original. Puse los ojos en blanco, pero noté que Drayton se ponía tenso. Me aferré a sus brazos y se los estreché, pero era un intento fútil. Si quería ir a por él, yo no supondría ningún obstáculo.

—¿Y cuál es tu tarifa, Derek? —le espetó. Noté la vibración de su pecho mientras hablaba—. ¿Suficiente para arreglarte ese careto cuando te lo deje del revés?

Derek resopló y se lanzó el balón a la otra mano.

—Relájate…

Se acercó hacia Austin, Maxon y Mitchum, que estaban calentando. El primero debía de ser la única persona que no me había dicho ni una palabra sobre el baile. Me daba en la nariz que había aprendido la lección.

Me volví para mirar a mi chico, que estaba observando a sus amigos con el ceño fruncido. No era que no me gustara lo protector que era conmigo —me encantaba—, pero incluso él tenía que respetar unos límites. Sus padres no podían sacarlo de cualquier lío en el que se metiera.

—No me molesta —le recordé agarrándolo de la nuca. Tenía los hombros muy tensos—. En absoluto.

Me colocó un mechón de pelo detrás de la oreja y recorrió cada centímetro de mi rostro con la mirada. Me veía. Me escuchaba. Estaba tan presente…

—Lo sé. Pero no pienso permitir que nadie le hable así a mi chica.

Mi corazón dio un brinco; estaba a punto de salir flotando de mi pecho.

—Drayton. —Ambos nos volvimos hacia el otro lado de la sala, donde Lincoln estaba reuniendo al equipo. Nos dirigió una mirada de advertencia, supuse que porque yo estaba a punto de abalanzarme sobre mi novio, y le indicó con gestos a Dray que se uniera a ellos.

Fue entonces cuando vi que Emily entraba con sigilo desde el vestíbulo, donde estaba el despacho. Suspiré y me puse de puntillas para darle a Drayton un beso en la mejilla.

—Pinchas un poco. —Le acaricié la cara y di un paso atrás. Tenía una leve sombra de barba.

Él sonrió.

—¿Te gusta?

—Me encanta. —Le guiñé un ojo y me di la vuelta para ir con mi equipo. Fui directa a por la capitana.

Ella se cruzó de brazos y empezó la conversación:

—Me han dicho que Drayton y tú follasteis delante de todo el mundo después de que me fuera. Qué asco.

—Hice un estriptis. —Suspiré—. No fo… Da igual. ¿Cómo estás?

—¿Y a ti qué más te da?

—Solo estoy siendo amable.

—Qué asco. No lo seas. Pídeme el favor que me tengas que pedir, pero no te esperes gran cosa.

—Vale. —No podía más con sus cambios de humor—. Me estaba preguntando… En realidad, tenía la esperanza de que me dejaras capitanear el equipo para el partido benéfico. Tengo una coreografía hecha. Tengo ideas. Sería un poco diferente; tendría más baile, pero seguiría siendo adecuada para un equipo de animadoras. Me gustaría mucho probarla.

—¿Vas a usar esa foto contra mí si me niego?

—No, Emily… Si tuviera intención de hacer eso no te estaría pidiendo permiso, me limitaría a decirte que lo voy a hacer. Prefiero no recurrir al chantaje.

Se encogió de hombros.

—Vale, está bien. Me quita presión.

Me quedé de piedra, pero intenté que no se me notara. Aquello debía de ser lo más amable que había hecho nunca por mí.

CAPÍTULO 23

El partido era aquella noche y los dos equipos, tanto el de fútbol como el de las animadoras, estaban en plena forma para despedir febrero. Las últimas semanas que había pasado haciendo de capitana habían sido una experiencia magnífica. A Emily le había costado un poco al principio, y daba órdenes durante el entrenamiento o intentaba corregir los pasos, aunque la coreografía fuese nueva para ella también.

Pero, siguiendo con los milagros, habíamos conseguido sobrevivir al último mes sin derramar sangre, amenazarnos o tirarnos de los pelos. Era un avance, por pequeño que fuera. En cualquier caso, lo prefería al odio y el resentimiento absolutos que nos habíamos profesado antes de aquello.

Las clases del día ya habían terminado y Nathan y yo estábamos en el salón. En mi caso, en el suelo, mirando nuestra moqueta deshilachada y prometiéndome que algún día reuniría el dinero necesario para reemplazarla; Nathan estaba en el sofá, con un tobillo apoyado sobre la rodilla opuesta mientras miraba el móvil.

Estábamos viendo reposiciones de *Supernatural*. Gabby seguía enamorada de aquella serie. Babeaba, y lo digo literalmente, por Dean Winchester. Estaba obsesionada con sus héroes televisivos, aunque ella me discutía el uso de la palabra «obsesión». «No es ninguna obsesión —se defendía—. Es dedicación».

Nathan cambió de postura y nuestro viejo sofá gimió bajo su peso. Bajó la pierna que tenía en alto y cruzó la otra por encima.

—¿Te ha llegado ya la carta? —preguntó mientras se mordía una uña—. La de aceptación.

—Sigo esperando.

Me pareció bonito que me preguntara si había recibido ya la carta de aceptación, en lugar de preguntarme simplemente si me habían dicho algo. Me hacía sentir que la única posibilidad era que me aceptaran. La prueba en CalArts había ido bien, pero estaba intentando no hacerme ilusiones.

—Cuando te vayas tendré que buscarme un compañero de piso. —Nathan tiró el teléfono al sofá. Primero rebotó y luego hizo un ruido extraño—. Habrá demasiado silencio si no estás por aquí bailando todo el tiempo.

—Nathan, cásate. Ten un par de críos, sienta la cabeza... Tienes veinticinco años, tío.

—Estoy en la flor de la vida. Es el mejor momento para vivir mi soltería.

Arrastré los pies por la moqueta para llevarme las rodillas al pecho, observando cómo danzaba en el aire el polvo que se levantaba. Me abracé las piernas y apoyé la barbilla encima.

—Eso me parecería estupendo si creyera que te hace feliz, pero tú odias estar solo. Esa es la razón por la que...

—No vamos a volver a tener esta conversación. —Se levantó, se desperezó y se fue a la cocina—. No eres mi terapeuta, Dallas. No necesito consejos.

—No son consejos. Es una opinión.

Oí que los armarios de la cocina se abrían y se cerraban. Nathan cogió el vaso de la licuadora y miró hacia donde yo estaba, en el suelo del salón.

—¿Quieres un batido?

—No, gracias.

Quedaba más o menos una hora para el partido, y lo último que necesitaba era que me tiraran por los aires con el estómago lleno de lácteos, lo que me recordó que era hora de irse. Me levanté, me metí el móvil en el sujetador y me acaricié la coleta mientras consideraba si debía acordarme de algo más.

—¡Dallas, deja de hacer eso! —me regañó Nathan.

Me lo quedé mirando.

—¿De hacer qué?

—Ponerte el móvil en el sujetador. ¿Cuántas veces te lo tengo que decir?

Vino hacia mí indignado. Tenía la camiseta negra manchada de leche y me eché a reír por lo infantil que me parecía, hasta que cogió lo que se veía de mi teléfono y lo sacó de su escondrijo.

—Nathan. —Le di un cachete en el hombro y se lo quité—. Yo tampoco necesito tus consejos.

—No es ningún consejo, capulla. Se llama radiación y existe de verdad. Métetelo en un bolsillo.

Mi hermano siempre había cuidado mucho su salud, al menos desde que yo tenía memoria. Sus preocupaciones iban más allá de la dieta y el ejercicio. Como guardarme el teléfono en el sujetador era una mala costumbre, me lo metí en el bolsillo de los pantalones y le dediqué una sonrisa sarcástica.

—¿Contento? ¿Podemos irnos ya?

—Espera, déjame guardar todo esto.

Volvió a la cocina para terminar de hacerse el batido y recoger los ingredientes.

—Vale. Y, Nathan, cámbiate de camiseta.

⚡

El caos que había en el instituto era surrealista. El aparcamiento se encontraba abarrotado de vehículos pegando bocinazos y de conductores que se asomaban por la ventanilla y maldecían cuando les quitaban el sitio. Los coches estaban pegados los unos a los otros en una fila y se movían a paso de tortuga. Esa era precisamente la razón por la que Nathan y yo habíamos decidido ir en Uber… Me dejaba perpleja que la gente hiciera esto cada año y se negara a aprender que venir en coche no merecía la pena.

Las gradas estaban hasta los topes y sobre las cabezas de la gente había una nube constante de aliento frío. Los espectadores esperaban acurrucados debajo de mantas y llevaban gorros, y había niños pequeños metidos en sacos de dormir. Por todas partes se veían narices coloradas y manos enguantadas, pero, aun así, el ambiente era muy positivo. Me resultaba inspirador que tantas personas quisieran apoyar una buena causa.

Melissa y yo estábamos sentadas en la pista, debajo de una manta enorme con una foto de Lady Gaga. El partido empezaba en quince minutos y yo estaba emocionada por ver jugar a Drayton otra vez.

Nuestro uniforme era de tirantes, pero habíamos acordado ponernos una camiseta granate de manga larga debajo del top para protegernos del frío. Durante el día ya no se veía escarcha, pero las noches todavía traían consigo temperaturas de mantita y sofá.

La música de ascensor que se oía de fondo se detuvo súbitamente. No estaba alta, pero aquel brusco silencio bastó para acallar a la multitud expectante. No había nadie en el campo. No era posible que el partido fuese a empezar ya.

Melissa y yo nos levantamos y fuimos hacia el borde del terreno de juego junto con las demás animadoras, que también tenían curiosidad. Entonces comenzó a sonar otra canción. El volumen estaba más alto que antes, así que la reconocí: era *I Like Me Better* de Lauv. En cuanto empezó el primero de los versos, seis jugadores de fútbol salieron del túnel izquierdo, cada uno con un balón en la mano, y se alinearon en mitad del campo.

El primero de los jugadores dio un paso al frente y le propinó una patada a su balón, que explotó en fuegos artificiales en mitad del aire. Hizo mucho ruido y me sobresalté, pero me pareció precioso. La multitud ahogó un grito, maravillada y asombrada al ver las motas de color contra el lienzo negro de la noche. Después lo siguió el segundo jugador.

Y así continuaron, hasta que el sexto pateó su balón. Aquel espectáculo improvisado marcaba un comienzo único para el partido. Yo estaba tan concentrada en intentar descubrir cómo habían hecho aquello con los balones que casi no me di cuenta de que Drayton entraba al campo.

Llevaba el uniforme puesto, pero iba sin el casco, solo con las prendas blancas y granates, las protecciones del pecho y un balón de fútbol debajo del brazo. Corrió hasta la cabeza de la alineación mientras yo lo observaba, preguntándome por qué no me había contado que pensaba hacer una especie de actuación antes del partido.

—¡Nena! —gritó, haciendo bocina con las manos—. ¡Cógelo!

Di un paso al frente sin pensármelo dos veces. Me fijé en que las demás animadoras retrocedían. Él apuntó y luego me lanzó el balón con fuerza. Vino hacia mí trazando espirales en el aire.

Para mi alivio, lo atrapé. Me sentí triunfal; había muchísima gente y me habría dado una vergüenza infinita no cogerlo. Luego bajé la vista hacia el balón y casi se me cayó al leer las palabras que había escrito encima con gruesas letras negras:

Eres el mejor partido de mi vida, Pompones. ¿Hacemos un *touchdown* juntos en el baile?

Me estaba pidiendo que fuese al baile de fin de curso con él. Había planeado toda aquella exhibición para mí y yo no tenía ni idea.

Seguía con la mirada fija en el balón, leyendo y releyendo su propuesta, prácticamente ignorando que me observaban miles de personas. Hacía un tiempo, me habría muerto solo de imaginarme algo así, pero ya no me importaba. Alcé la vista justo a tiempo para ver que Drayton había cruzado el campo corriendo y ya casi había llegado hasta mí. Cuando me cogió en brazos, el balón se me escapó de las manos. Le rodeé la cintura con las piernas, mientras él giraba en un lento círculo, cogiéndome por el culo. Cuando nos besamos, el granate de nuestros uniformes se fusionó. Yo le cogí de la cara, del pelo; intenté no dejarme llevar demasiado delante de todas las familias que habían asistido al partido. Nuestros labios se separaron y se volvieron a encontrar una y otra vez en una ristra de besos con la boca cerrada. Para que fuese para todos los públicos.

Él se inclinó hacia atrás y me encontré con esa mirada verde que hacía que me diera un vuelco el corazón.

—¿Eso es un sí? —preguntó.

Reprimí una sonrisa y me encogí de hombros.

—Claro.

Drayton sonrió de oreja a oreja y soltó esa carcajada capaz de derretir la mantequilla. La gente aplaudía; se oían multitud de felicitaciones y exclamaciones.

Entonces sonó la voz del entrenador Finn a través del megáfono.

—Vale, buen trabajo, tortolitos. Ahora suelta a la chica, Lahey. Tenemos un partido que ganar.

Drayton me dejó caer delante de él. Le encantaba jugar al fútbol, pero lo conocía lo bastante para saber que en ese momento no le habría importado desaparecer de allí conmigo. Empezó a retroceder sin soltarme la mano.

—Estás guapísima, Pompones.

—¡Buena suerte!

Me guiñó un ojo y luego ganó.

Después del partido, había una celebración en casa de Maxon, quien había invitado a Gabby personalmente. Se había hecho amiga de parte del equipo y del resto del grupo gracias a su relación con Josh. Aguantaba el alcohol mejor que la mayoría de ellos, lo que al parecer les encantaba.

—¡Dallas! —me llamó desde su sitio en una mesa redonda de cristal baja donde había varias personas jugando a un juego de beber—. ¡Vente!

Yo estaba sentada en las piernas de Drayton en un sillón reclinable de ante. Habíamos ido a la fiesta porque nos sentíamos obligados a estar con el equipo, pero teníamos ganas de irnos.

—No, estoy bien —respondí alzando la voz sobre la música, que estaba muy alta. No quería empezar a jugar solo para irme en mitad de la partida.

El salón de la segunda planta de casa de Maxon era un espacio abierto con parqué, muchos asientos y unos enormes ventanales desde los que se veían las luces de la ciudad. Era una de las cosas que me encantaban de aquellas casas de la élite: tenían tanto espacio que disponer de unas ventanas de tamaño excesivo no era un problema. Me encantaba cuando había buenas vistas.

—Eh, tío. —Maxon le dio una palmada a Drayton en el hombro con una clara en la mano. Me entraron ganas de decirle que fuese a buscarse una copa de verdad—. Menuda putada nos has hecho.

Drayton me estaba acariciando la cadera, trazando círculos con el pulgar.

—¿De qué hablas?

—Becca lleva desde que empezó el curso hablándome del baile. Ahora tengo que buscar una manera de pedirle que venga conmigo mejor que la tuya.

Un par de chicos que estaban lo bastante cerca para oírle asintieron. Sus quejas me hicieron reír. Era cierto que costaría mucho superar aquello, pero Drayton era así. Era una de esas personas que siempre se esforzaban por ir un paso más allá. A mí, ni se me había ocurrido que pudiera estar planificando aquello solo para invitarme al baile, pero no me sorprendió que hubiera dado lo mejor de sí mismo. Cada vez que me acordaba, el estómago se me llenaba de mariposas.

—No podrás superarlo por mucho que te esfuerces. —Drayton resopló. Su «modestia» me hizo reír. Hizo ademán de levantarse, así que bajé de sus piernas y dejé que me diera la mano—. Nos vamos. Habéis jugado bien. Me voy a casa a celebrarlo.

Me miró con un gesto divertido mientras los demás se reían. Qué idiota. Me dio un beso en la cabeza y se subió un poco la capucha para protegerse el cuello. Yo hice lo mismo. Fuera hacía frío, así que teníamos que prepararnos para el aire gélido que nos recibiría en cuanto pusiéramos un pie en el exterior.

Nos despedimos de todos, aunque ya sabía que Josh y Gabby irían a casa de Drayton en algún momento.

—Bueno, ¿qué te ha parecido la sorpresa? —me preguntó Dray cuando subimos al coche. Los faros iluminaban el camino oscuro que se extendía ante nosotros. Me dio la mano.

—Me ha encantado. No lo he visto venir.

Él apoyó la cabeza en el respaldo sin apartar la vista de la carretera, curvando los labios en una sonrisa traviesa.

—Pues esta noche sí que me vas a ver venir…

—Madre mía…

⚡

Por la mañana…, bueno, más o menos —ya casi era la hora de comer—, los cuatro fuimos al Rocky Ryan. Estaba tranquilo y olía a cebolla y a café. El día era oscuro; el cielo se había llenado de nubes grises que amenazaban con lluvia, y las brillantes luces del local contrastaban con dureza con el fondo sombrío. Yo me encontraba en el mostrador mientras Kenzie apuntaba nuestro pedido.

—Lo de anoche fue adorable —me dijo, mientras arrancaba el papel y lo colocaba con un imán junto a la cocina.

Observé con una sonrisa que se le iban los ojos hacia nuestra mesa, donde Drayton estaba apoyado en el respaldo de su asiento con las manos detrás de la cabeza. No podía reprocharle que lo mirase así. Me había acostumbrado a que fuera el centro de todas las miradas.

—Os lo llevo cuando esté. —Mi compañera se puso un mechón de pelo cobrizo detrás de la oreja.

—Gracias, Kenz.

Volví a la mesa. Me senté al lado de Drayton y me acurruqué junto a él. Gabby y Josh tenían resaca. Llevaban gafas de sol, aunque estuviera nublado y nos encontráramos en un interior. Estaban apoyados el uno en el otro, sufriendo.

Drayton me puso un brazo sobre los hombros. Tenía los músculos doloridos y cada vez que yo me movía hacía una mueca por culpa de los moratones de su bíceps. Le había dicho más de una vez que quitara el brazo si le dolía, pero él insistía en tenerme apretujada contra su costado.

—Uf, ¿dónde está la comida? —murmuré al cabo de quince minutos, sin apartar la vista de la cocina. Nuestro chef, Joe, estaba mirando su móvil—. Me muero de hambre.

—No seas mentirosa. —Drayton se echó a reír—. Acabas de comer.

Tardé un poco en entender a qué se refería, pero entonces recordé lo que habíamos estado haciendo antes de salir de su casa y reprimí un resoplido.

—¿Puedes parar? —le pidió Josh con el ceño fruncido. Él también lo había pillado. Tenía la cabeza hacia atrás, apoyada en la de Gabby, una postura que les confería a ambos una papada muy favorecedora.

—¿Parar de qué? —Drayton resopló y tamborileó sobre la mesa con la mano que tenía libre—. ¿No puedo hablar con mi novia sobre nuestra vida sexual?

Josh gimió. Me pregunté si Gabby se habría dormido o si simplemente quería evitar participar en aquella conversación.

—Estás obsesionado.

—¿Yo? —Drayton se inclinó hacia delante, incrédulo. La sudadera se le pegaba al pecho—. Tu habitación huele a polla todo el tiempo. Tienes el cabecero manchado de corrida.

Gabby estaba despierta. Entreabrió los labios secos, horrorizada.

—¿Por qué gritas tanto, joder? —Josh estaba que echaba humo.

—¿Cómo te las arreglaste para hacer eso? —le preguntó Drayton sin dejar de reírse—. Tienes que apuntar mejor. Qué torpe…

—Mejor en el cabecero que en el útero de Gabby… —comenté mientras enrollaba el cordón de la sudadera en un dedo.

Ella guardó silencio, pero levantó una mano poco a poco y se la puso en la cara, como si quisiera esconderse. Las carcajadas de Drayton irritaron todavía más a la pareja resacosa. Los dos se estremecieron, frunciendo los labios, contrariados.

Kenzie nos trajo una distracción en forma de nachos. El plato era gigantesco y estaba repleto de queso, salsa, crema agria y, por supuesto, nachos. Se me hizo la boca agua. Drayton y yo nos abalanzamos sobre ellos de inmediato, pero Gabby y Josh vacilaron un poco. Supuse que no estaban muy seguros de ser capaces de comer, porque habitualmente no eran tan tímidos. Empujé el plato hacia el medio y a los dos les sobrevino una arcada cuando el olor fue hacia ellos. Qué dramáticos.

—Por lo general, no sois tan trágicos de buena mañana —comenté—. ¿Cuánto bebisteis exactamente?

—El problema no es la cantidad —gimió Gabby, que estaba tirada sobre la mesa como si no fuese capaz de sostener su propio peso—. Nos tomamos unos chupitos de tequila venenosos.

Ahí estaba de acuerdo con ella. Yo a eso ni me acercaba.

—Gabs… —Di una palmada para quitarme las migas de los nachos—. Tu madre me ha preguntado por tus solicitudes para la universidad. O sea, no sabe dónde has pedido plaza. Me estoy preocupando un poco. —Ella siguió con la cabeza gacha, ignorándome. Los ojos de Josh estaban ocultos tras las gafas de sol, pero apretó los labios. Él sabía algo—. Sacas sobresalientes casi siempre. ¿Cuál es el problema? ¿No has solicitad…?

—Sí que lo he hecho. Cállate —me interrumpió. En ese momento, las campanillas de la puerta sonaron, anunciando la llegada de nuevos clientes y penetrando el silencio que se había hecho en nuestro grupo—. He solicitado plaza en el Centro de Estudios Superiores Arapahoe, ¿vale? Mamá no quería que me fuese a vivir lejos y Josh está aquí. ¿Contenta?

Miré a Josh confundida y luego a Drayton, que se encogió de hombros.

—Pero ¿por qué no me lo has dicho, Gabs?

Se incorporó poco a poco, estremeciéndose y respirando entre movimiento y movimiento.

—Porque no haces más que hablar sobre lo lista que soy y sobre que podría ir a cualquier universidad, y yo he puesto a las personas por delante de la universidad. Tú jamás harías eso. No quería que me machacaras.

—Pero no te he insistido tanto, ¿no? —No me contestó—. No pretendía presionarte, Gabs. Solo quiero lo mejor para ti.

—Alguien está de mal humor —murmuró Drayton con la boca llena de comida.

—Si tú eres feliz, yo también —le aseguré a mi amiga.

No me respondió, pero sonrió. Una media sonrisa. Intenté darle ánimos para que comiera un poco —no me cabía duda de que lo necesitaba—, pero cuando empujé el enorme plato azul hacia ella otra vez, frunció el ceño y lo apartó.

—Eh, ¿os acordáis de que vosotros dos os enrollasteis una vez? —dijo Drayton señalándonos a su mejor amigo y a mí. Aunque llevaran las gafas de sol puestas, vi que Josh y Gabby ponían mala cara.

—¿Qué coño haces? —le espetó Josh.

Drayton lo ignoró.

—Tío, cuando os vi me entraron ganas de arrancarte la lengua. Nena, no sabes cuánto me alegro de que no te acostaras con él.

Si las luces fluorescentes y el ruido del local no bastaban para empeorar el dolor de cabeza de nuestros amigos, Drayton seguro que lo estaba consiguiendo. El pecho de Gabby se hinchó visiblemente y movió los pies debajo de la mesa.

—Pasa de él —le dije, mientras doblaba una servilleta.

—Josh, ¿cuál de las dos besa mejor?

Josh puso las palmas de las manos boca arriba. Las tenía sudadas.

—Drayton, no necesito saber la respuesta a esa pregunta —le dije, mirándolo de reojo para expresar mi contrariedad—. En realidad, ninguno de nosotros lo necesita.

—Pues yo sí.

—¿Por qué estamos hablando de esto? —preguntó Gabby con voz ronca.

Drayton se encogió de hombros.

—¿De qué otra cosa íbamos a hablar?

—¡De lo que sea! —exclamó Josh—. Literalmente, de cualquier otra cosa.

Josh conocía a Drayton desde hacía mucho más tiempo que yo, pero incluso yo sabía que la mejor forma de lograr que dejase el tema era pasar de él. Le encantaba meterse con la gente. Era un crío.

—Venga, di —insistió—. Si no, tendré que dar por hecho que es Dallas.

—Si digo que es Dallas, le hago daño a Gabby. Si digo que es Gabby, te vas a cabrear conmigo por haber insultado a Dallas. —Josh apretó los dientes y golpeó la mesa con el puño—. No tengo forma de ganar, así que no pienso contestarte.

—Buena idea. —Drayton asintió—. Es lo más seguro.

—Es Gabby —dije. Le guiñé un ojo a mi amiga mientras mordía otro nacho lleno de salsa. Mastiqué y tragué—. Una vez nos enrollamos, así que sé que la que besa mejor es ella.

Drayton retrocedió. Nos miró a la una y a la otra tan rápido que temí que se rompiera el cuello.

—Quiero ver fotos; si no, no me lo creo. —Le di un codazo, pero no había terminado todavía—. ¿Hacemos un cuarteto?

Aquello ni me sorprendió. Lo que seguramente hizo que Josh se pusiera de pie y se largara fue el volumen al que lo dijo. Gabby lo observó mientras abría la puerta, haciendo sonar la campanilla y dejando entrar una ráfaga de viento.

—Debería irme con él. —Se puso de pie, despacio y con esfuerzo—. Solo está cansado.

Cuando se hubo ido, Drayton suspiró y dijo:

—¡Por fin!

—¿Lo has hecho a propósito?

—Pues claro. —Se encogió de hombros y se arrellanó en el asiento, aunque soltó un siseo de dolor cuando le golpeé el brazo con el hombro—. Para que nos quedáramos a solas.

—Nos podríamos haber ido y punto, Dray. O haberles dicho que nos apetecía estar solos.

—Bah. —Me sonrió—. Así ha sido más divertido.

—Entonces ¿no quieres hacer un cuarteto realmente?

—Ni de coña. Hay parejas que pueden hacerlo, y me parece muy bien. Pero yo no podría soportar ver cómo otra persona te toca. Se me iría la pinza y me lo cargaría. ¿Por? ¿Tú quieres hacer uno?

—No.

—Mejor.

Una vibración sobre la mesa hizo temblar el salero y me sobresaltó. Drayton se rio y apartó el plato para no seguir comiendo. Yo cogí mi móvil y leí la notificación de mi correo electrónico.

Era de CalArts.

Llevaba esperando este momento desde el día de la prueba. Me había imaginado dónde estaría al recibir este correo y cómo respondería. Sin embargo, ahora que había llegado por fin, no sabía qué hacer. Drayton se acercó y leyó la notificación, que seguía sin abrir.

—Pompones. —Se puso recto—. Léelo. ¿Nena? Abre el correo.

—Tengo miedo.

—¿Quieres que vayamos a un sitio más íntimo?

—No.

—Vale… —Cambió de postura; parecía inquieto y cauteloso—. No sé qué más hacer.

—Ábrelo tú. —Le puse el teléfono en la mano—. Yo no puedo.

El corazón me latía desbocado; me martilleaba en el pecho con tanta fuerza que empezaba a sentirme mareada.

—Vale. —Comenzó a introducir el código. El anillo de oro que llevaba en el pulgar brillaba, reflejando las luces del local. Antes siquiera de darme cuenta de lo que estaba haciendo, le quité el móvil de golpe. Él se quedó con la mano abierta y vacía—. Vale.

—Perdona… No. No, hazlo tú.

Se lo devolví.

—¿Es un juego? ¿Vamos a seguir pasándonos el teléfono? —preguntó—. Si es así, deberíamos ir a casa y hacerlo desnudos. Será más interesante.

—Calla. —Le di un cachete en el pecho, pero había conseguido hacerme reír. Su descarado sentido del humor me mantenía en contacto con la realidad, y me tranquilicé un poco—. Ábrelo. Estoy bien. No te lo voy a volver a quitar.

—Chicos, ¿queréis algo más? —Hattie, una camarera mayor que trabajaba los fines de semana, recogió el plato de nachos con una sonrisa. Tenía las carillas manchadas de pintalabios rojo.

—No, gracias, señora. —Drayton me señaló con el móvil—. Tengo aquí mi plato preferido.

—No, gracias, Hattie —respondí a toda prisa, intentando que no se me notara la impaciencia en el tono de voz—. Estamos bien. Vale —dije mirando a Drayton. Inhalé, exhalé y asentí—. Hazlo.

Drayton desbloqueó el teléfono de nuevo. Yo lo miré a él en lugar de mirar la pantalla. Él desvió la vista hacia mis ojos un momento y me sonrió.

—Joder, eres adorable. —Volvió a mirar el teléfono. Oí el suave golpeteo de su pulgar sobre la pantalla, lo cual me indicaba que estaba cada vez más cerca de conocer lo que me deparaba el futuro.

La imagen se reflejaba en sus ojos verdes, pero no lograba leer lo que ponía. Lo único que supe, cuando sus cejas se unieron por un milisegundo, fue que se me paró el corazón. No me habían aceptado.

—Lo has conseguido, Pompones. —Me miró con una sonrisa tan luminosa que podría haber eclipsado el sol—. Lo has conseguido. Te han aceptado.

—¿Me han aceptado? —Le arranqué el móvil de la mano. Corría tanta adrenalina por mis venas que me sentía aturdida y me costaba leer—. ¿Dónde? ¿Dónde? ¡Ah, ahí! ¡Dray! ¡Me han aceptado!

Solté el móvil, que cayó sobre la mesa con un repiqueteo, y me abalancé sobre Drayton. Él se tambaleó hasta la esquina del banco, pero logró estrecharme con éxito entre sus brazos. Enterró la cara en mi cuello y me felicitó una vez tras otra. Nos abrazamos durante un rato. Luego volví a leer el correo, nos besamos y él decidió proclamarlo a los cuatro vientos.

—¡Eh! ¡Si conocéis a esta chica, felicitadla! —gritó—. ¡La acaban de aceptar en la universidad de sus sueños!

En el restaurante no había nadie que me conociera, pero me aplaudieron de todos modos. Me dio un poco de vergüenza, pero me pareció dulce. Hattie, Kenzie y Joe me felicitaron personalmente, y tras unos quince minutos regodeándome en el éxito, suspiré, satisfecha, y me relajé en el asiento. El correo seguía abierto.

—Dray… —Miré a mi chico, que estaba dándole un trago a un refresco que Kenzie me había traído a cuenta de la casa—. ¿Cómo es que cuando leías el correo parecías… decepcionado?

—¿Decepcionado? ¿Qué dices?

—Has fruncido el ceño mientras lo leías.

—Ves cosas donde no las hay. —Dejó el vaso sobre la mesa y apoyó los codos, como si me estuviera dando la espalda.

—Te he visto fruncir el ceño. —Intenté hablarle con gentileza—. ¿Es porque ahora es seguro que me iré a vivir a California?

—Pompones. —Me miró—. No he fruncido el ceño. No estoy decepcionado. Seguramente estaba concentrado, o buscando el párrafo en el que te comunicaban la resolución, no lo sé. No estoy decepcionado. ¿Es que tienes ganas de discutir?

—No.

—Entonces no me acuses.

Nos quedamos callados. Él movía una pierna arriba y abajo, nervioso. ¿Por qué le había dicho eso?

—¿Has escrito la carta de motivación para la universidad? —le pregunté cuando no pude soportar más el silencio—. Es que... ni siquiera sé adónde vas a ir. —Juntó las manos frente a su barbilla y negó con la cabeza—. Entonces ¿no sabes a qué universidad irás? Dray, se te va a pasar el plazo.

—¿Podemos irnos? —Volvió las rodillas hacia mí para que saliéramos del banco de cuero gastado.

A pesar de que estaba un poco cerrado en banda y de que yo había estropeado la mañana sin querer, en el coche me dio la mano.

—Dray, ¿a qué universidad vas a ir?

Se quedó mirando al frente. Al cabo de unos segundos, empezó a chispear y accionó el limpiaparabrisas.

—No lo sé. Depende de si puedo convencer a mi padre de que deje de ser un capullo.

—Vale. ¿A qué universidad quieres ir?

—A la Universidad de California en Los Ángeles. Es una buena universidad. —Me soltó la mano para encender las luces y el intermitente. La lluvia empezaba a arreciar—. Y está cerca de ti.

—Por favor, no elijas tu universidad pensando en mí. Es una decisión demasiado importante. No quiero cambiar tus planes.

Me ignoró. Siguió conduciendo con una mano en el volante y la otra cerrada en un puño delante de su boca, con el codo apoyado en la puerta. Al llegar a su casa, nos quedamos de pie en el jardín delantero, observando cómo se derretía la nieve. Los pedacitos de hielo blanco bajaban en un riachuelo por el camino de entrada.

—¿Por qué no iba a elegir una universidad que esté cerca de ti? —No me miraba—. Quiero estar contigo. Es una buena universidad y está en California. No le veo la desventaja.

—Porque yo no elegiría una universidad por estar cerca de ti. —Me puse delante de él, pero no me miró. Parecía dolido y se estaba mordiendo la mejilla—. Tengo un plan. Hace mucho tiempo que lo tengo y se está haciendo realidad. No lo cambiaría, y tú tampoco deberías cambiar tus planes por mí.

—Pero yo no tenía ningún plan. Nunca había pensado mucho en ello. —Me miró a los ojos—. Iba a ir a Baylor porque era lo que se había decidido desde siempre y no lo había cuestionado. Pero en realidad no me importa a qué universidad vaya. Si puedo seguir jugando al deporte que amo, ¿qué más da? Es mi padre quien tiene un puto problema.

—Yo no quiero estar en medio de esa discusión.

Él resopló y dio media vuelta.

—Lo que parece es que te importa una mierda lo que pase con nosotros.

—¿Perdona? —salté. No se volvió. La lluvia caía sobre el tejadillo, y los fuertes golpes iban al compás de los latidos de mi corazón—. Pero ¿qué dices? Por supuesto que me importa. Pero las cosas no tienen por qué cambiar. Y, aunque eso pase, mis sentimientos no cambiarán.

No me contestó. Siguió dándome la espalda y con las manos en los bolsillos. La conversación sobre la universidad siempre había sido un tema sensible, pues la posibilidad de que nos separara siempre había estado ahí. Sin embargo, si hubiera sabido que iba a terminar así, la habría tenido mucho antes.

—Me voy —anuncié. Me di la vuelta y empecé a bajar las escaleras, pero entonces recordé lo mucho que él odiaba que fuese sola de noche. Estaba enfadada, pero no era cruel.

En cualquier caso, no importó. Drayton se adentró bajo la lluvia de inmediato y tocó el botón del mando para abrir el Jeep. Increíble. Abrí la puerta del copiloto, entré y me senté. Mis vaqueros mojados chapotearon sobre el asiento de cuero. Condujo en silencio, desolado. Yo ansiaba continuar con la conversación, pero no tenía ni idea de qué decir.

Ni siquiera sabía por qué estaba tan disgustado. Yo quería que él eligiera su propio camino y su propio futuro sin que nadie lo influenciara. ¿Qué tenía eso de malo?

No llegó ni siquiera a la puerta de casa. Paró en la curva y bajé del coche. La situación era estúpida; era todo tan ridículo que ni lo entendía, pero parecía que antes de hablar sobre ese tema necesitábamos un poco de espacio.

Llegué hasta el buzón antes de oír que su puerta se abría y se cerraba. Se subió la capucha para protegerse los ojos de la lluvia.

—Teniendo en cuenta que quieres que tome mis propias decisiones, pareces tener muchas opiniones al respecto. —Abrió los brazos y se encogió de hombros—. Pensaba que la universidad a la que iré tenía que escogerla yo.

—¡Pues claro!

—Entonces ¿qué problema tienes con que elija la UCLA?

Las gotas de lluvia rodaban por mi rostro. Tenía el pelo empapado, pegado al cuello y al pecho. Me puse una mano a modo de visera para poder verlo con nitidez sin que la lluvia me nublara la vista, pero no sirvió de mucho.

—No tengo ningún problema. Pero no quiero que lo hagas por mí.

—Puedo elegirte a ti si es lo que quiero, Dallas. Puedo recibir una buena educación y tener un buen futuro aun eligiéndote a ti.

—¿Y qué hay de tu padre?

—De mi padre ya me preocuparé yo —gritó dando un paso al frente. La lluvia le había empapado la sudadera granate, que se veía más oscura—. Deja de poner excusas. Porque ahora mismo lo que siento es que estás intentando apartarme. Ya sé que no querías una relación, pero es lo que ha pasado. ¿Es que no quieres estar conmigo ahora que sabes que te vas a California?

—¡Claro que quiero estar contigo! Eso es lo que no entiendes. Podemos seguir juntos sin importar dónde estemos.

—Sí, claro que podemos, pero si yo quiero ir a la UCLA porque vivir cerca de mi novia me hace feliz, ¿por qué no debería?

—¿Tu padre lo permitiría?

El agua gorgoteó en el sumidero que había junto a la acera, teníamos la ropa empapada y me dolía discutir con la misma persona que me hacía sentir completa.

—No lo sé —confesó—. Es lo que estoy intentando. —No contesté—. No quiero discutir, Dallas. Me voy a casa —dijo en voz baja. El sonido de la lluvia casi no me dejó oírlo. Me observó a través de la gruesa cortina de agua—. Estar enamorado no tiene nada de malo, Dallas. Hacer espacio en mi vida para ti no es ninguna debilidad.

Sus palabras se me clavaron en lo más hondo. Lo que acababa de decirme era sincero y descarnado, pero también era algo que yo me había estado negando a mí misma hasta que lo vi subirse al Jeep. Se marchó, y cuanto más se alejaba, más deseaba que volviera.

No nos habíamos dicho que nos queríamos, pero Dray acababa de admitirlo con aquella frase. Corrí a casa pensando en que lo único que había deseado en la vida era ser independiente, ser fuerte y conseguir lo que quería sin que un hombre me lastrara. Pensaba que darle a una relación la misma importancia que a tu carrera profesional era un signo de debilidad. Pero Drayton nunca había sido una carga. Él no había hecho más que elevarme.

—Hola. —Nathan estaba en el sofá con una cerveza y unos pantalones cortos. Veía los momentos más destacados de la jornada de fútbol en la televisión. Era domingo—. Te has mojado un poco, ¿eh?

—He recibido un correo de CalArts. Me han aceptado.

Se puso de pie con unos ojos como platos y una sonrisa de orgullo.

—¡Tía! ¡Qué bien! Madre mía, qué orgulloso estoy.

Me dio un abrazo incómodo; yo me encontraba empapada después de haber estado bajo la lluvia y él no llevaba mucha ropa. Pero sabía que se enorgullecía muchísimo.

—Gracias, Nathan.

—Deberíamos celebrarlo. ¿Vamos... Vamos a cenar? Invita a Drayton y a Gabby. A quien quieras.

—Creo que es mejor que lo celebremos los dos solos. —Sonreí y fui hacia el pasillo—. Voy a ducharme y a vestirme.

—Será mejor que me ponga ropa más elegante.

Sabía que no había gestionado bien aquella discusión. Me había dejado con mal sabor de boca. Aproveché la ducha para disfrazar las lágrimas. Me sentía mal sabiendo que Drayton había dado por hecho que no querría estar con él solo porque iría a la universidad en California. ¿Tan desechable se consideraba? Y por muy convencida que estuviera de que nos iría bien aunque viviéramos en estados diferentes, me preocupaba su desesperación por estar cerca de mí. La pelea me había dejado disgustada y confundida, y necesitaba un poco de tiempo antes de volver a verlo. No quería terminar discutiendo la próxima vez que habláramos... o terminar incluso peor.

Mientras volvíamos a casa después de cenar, la carretera estaba resbaladiza. Nathan estaba aferrado al volante y tamborileaba con los dedos siguiendo el ritmo de la canción que sonaba por los altavoces. Había interferencias. Eran muy viejos.

—Ya sé que no quieres hablar de ello —dijo. Yo suspiré y apoyé la frente en el cristal frío de la ventanilla—. Pero tengo que decir una cosa. Solo una cosa, y luego dejaré el tema.

No había tardado mucho en darse cuenta de que tenía problemas de pareja cuando me había quedado mirando un plato de patatas fritas y pan de ajo y me había negado a tocarlo.

—Está bien. ¿De qué se trata?

—No he sido un buen ejemplo. —Lo miré de golpe—. No lo he sido. No he escondido mis costumbres. No he sido discreto con las chicas que entraban y salían de casa. No te he dado ningún ejemplo de exclusividad y creo que, sin querer, te he dado la impresión de que las relaciones son lo peor del mundo.

—No puedes responsabilizarte de eso, Nathan. Tenías diecisiete años. Nadie esperaba que fueras perfecto.

Me miró un instante y negó con la cabeza.

—No, podría haberlo hecho mejor. Debería haberlo hecho mejor. Adoptaste las mismas costumbres que yo y no quise admitirlo, pero en el fondo sabía que se debía a que era lo que habías visto desde que tenías una edad en la que eras influenciable. Pero, Dal…, no tengas miedo de tu relación. Es de las buenas. Se nota.

Lo observé con atención. Miraba al frente con el ceño fruncido.

—Nathan, soy como soy, y nunca lo he considerado malo. Drayton y yo… estamos pasando por una mala racha. Pero lo que siento por él no ha cambiado.

—No es malo que seas como eres, pero no lo alejes de ti por miedo. Te conozco, Dallas. Veo más de lo que crees. Quizá no te estés dando cuenta de lo que haces.

Las farolas iluminaban el coche y arrojaban sombras. Miré a través del parabrisas empañado y se me cayó el alma a los pies.

—¿Me puedes dejar en casa de Drayton, por favor?

No me miró, pero sonrió.

Cuando llegamos a la verja, le tendí mi tarjeta de acceso y él abrió la ventanilla, dejando que se colase una ráfaga de aire fresco en el coche caliente. Las puertas se abrieron y Nathan entró con cautela, despacio, hasta que la casa enorme e iluminada apareció en el horizonte. La luz de la habitación de Drayton estaba encendida.

—Gracias. Volveré más tarde. Tal vez.

—Mañana tienes clase —me recordó mientras salía del coche. Me estremecí, lo saludé con la mano y fui corriendo a la puerta principal, que se abrió antes de que llamara al timbre.

—Dallas. —Drayton me cogió de la muñeca y tiró de mí para que entrase al calor de la casa. Llevaba una gorra del revés, una camiseta ajustada de manga larga y unos pantalones de chándal. Me miró asustado—. ¿Qué pasa? ¿Estás bien?

—Estoy bien. —Se me encogió el corazón al ver que se preocupaba tanto—. ¿Podemos hablar, por favor?

Asintió. Me quité las botas y él me cogió de la mano y me llevó arriba. Su habitación estaba tan calentita que me tuve que quitar el abrigo y la bufanda mientras él esperaba sentado en la esquina de su cama. El fuego crepitaba y las llamas danzaban. Me sentía mejor que en toda la tarde. Su presencia, lo familiar que me resultaba, me hacía sentir como en casa, y así fue como supe lo que quería. Así fue como supe que no tenía nada de malo quererlo.

—Siento mucho cómo he gestionado las cosas esta tarde —admití. Me crucé de brazos, los descrucé y luego tiré de las mangas de mi jersey ancho. No podía parar quieta—. Sé lo que siento. Pero tú no puedes saber lo que siento si no te lo digo. Y eso es algo en lo que tengo que trabajar… En lo de verbalizar las cosas, quiero decir. Supongo que estaba poniendo un muro entre los dos sin darme cuenta, porque a veces me da miedo lo que siento, Dray.

Apoyó los codos en las rodillas y juntó las manos, alzando la vista para mirarme.

—¿Y qué sientes, Dallas?

Me faltaba el aliento.

—Te quiero.

Separó los labios; abrió mucho los ojos. Se puso de pie despacio y con cautela.

—Dímelo otra vez —murmuró. Estaba tan cerca de mí que tuve que echar la cabeza hacia atrás para contemplar la expresión cautivada de su rostro.

—Te quiero, Drayton. Y me asusta, porque es nuevo. Pero es lo que siento y necesitas oírlo. Por supuesto que deseo que estés cerca cuando vayamos a la universidad. Cuanto más cerca, mejor. Pero te quiero lo bastante para saber que, si no nos dan las cartas que queremos, seguiré queriéndote.

Me cogió de la nuca con una mano y juntó nuestras bocas. A veces, sus labios hablaban un idioma propio, un idioma que yo era capaz de comprender. Un idioma que sabía hablar. Lo sentí antes de que me lo dijera.

—Yo también te quiero. —Me acarició la cara y apoyó su frente en la mía—. Muchísimo.

—Pase lo que pase —añadí, y levanté los brazos para agarrarlo del cuello.

Nos dio la vuelta y caí de espaldas sobre la cama. Se subió encima de mí y me miró con tanto amor que era eléctrico. Sus caricias me prendían fuego. Sus besos me recordaron cómo respirar, aunque me hubieran robado el aire. Querer a Drayton nunca había sido difícil. Había pasado solo. El amor había tomado las riendas y yo no quería recuperarlas. Sin embargo, durante un tiempo, me había concentrado tanto en lo que ansiaba que me había olvidado de concentrarme en lo que merecía… Y esa perspectiva me dejaba sin respiración.

—Dímelo otra vez, por favor —murmuró Drayton con la boca pegada a mi cuello mientras me desabrochaba el botón de los vaqueros—. Te quiero, nena. Dime que me quieres.

—Te quiero, Drayton.

Él siempre había sido un apoyo para mí, siempre había celebrado mis éxitos, igual que hacía yo con él. Me equivocaba al pensar que una relación me haría débil. Podía conseguir todo lo que me propusiera y tener a Dray a mi lado, animándome… Era un privilegio. Lo quería y sabía que él también me quería a mí. Todo iría bien.

CAPÍTULO 24

La noche del baile de fin de curso empezó en casa de Gabby. Nos maquilló una artista freelance que hizo un trabajo exquisito. Estábamos perfectas, *contouring* e iluminador incluidos, y con unas cejas que podría haber esculpido un ángel.

Cuando Josh y Drayton llegaron, Gabby estaba frente al espejo del salón, pasándose los dedos por el pelo planchado. Llevaba la raya en medio y se lo había colocado detrás de las orejas. Aquella tarde, cuando habíamos ido a la peluquería, había llevado una foto de Kim Kardashian West como modelo. Yo había optado por un recogido rizado. Llevaba un moño en la nuca y unos mechones sueltos que me enmarcaban el rostro.

Drayton y Josh entraron en vaqueros y sudadera, pero, como nosotras, también habían ido a la peluquería. Drayton se había hecho el corte de siempre, rapado y un poco más largo por arriba. Le habían cortado más los lados y le habían fijado el cabello con un producto. Josh llevaba su peinado característico, con el pelo hacia atrás.

—Estás preciosa, joder —exclamó Drayton en cuanto me vio. Enseguida vino a besarme, pero me señalé el pintalabios color *nude* y le ofrecí mi cabeza como alternativa.

Josh y Gabby se pusieron de inmediato en modo selfi y empezaron a hacerse fotos.

—¿Os habéis acordado de recoger vuestros trajes de la tintorería? —preguntó Gabby, mirándose las uñas recién pintadas, cuando Josh se sentó en la esquina de la mesa de café—. ¿O tenemos que ir a buscarlos?

—Qué va, como somos tontos del culo, se nos ha olvidado —replicó Drayton con sarcasmo. Gabby lo miró a través del espejo y puso los ojos en blanco.

Camilla llegó desde la cocina con un delantal de flores manchado de harina y su larga melena negra recogida en una trenza apretada. En las manos llevaba un plato de bizcocho de chocolate que echaba humo. Había espolvoreado azúcar glas sobre los sabrosos cuadraditos, y el aroma a bollo recién horneado me hacía la boca agua.

—Aaah… —Asintió al ver a Drayton al lado del sofá—. Cuando he oído todas esas palabrotas ya me he imaginado que eras tú.

Él se llevó una mano al pecho y la obsequió con una sincera sonrisa de disculpa. Era encantador.

—Lo siento, señora Laurel.

Ella le respondió con otra sonrisa. Debía considerarse afortunado; si Gabby o yo hubiéramos gritado «tontos del culo», ya estaríamos a dos metros bajo tierra.

—¿Queréis un trozo?

—Esta es la razón por la que se me está quedando la ropa pequeña. —Gabby señaló a su madre y apartó la vista por fin de su propio reflejo. Tampoco podía reprochárselo; si yo tuviera su cara, también me pasaría el día mirándome al espejo.

Yo también rechacé el dulce, pero no porque me preocupara no caber en la ropa, sino porque no había mucho y Josh y Drayton estaban engullendo lo que quedaba en el plato casi sin respirar. Gabby protestó porque los hombres pudieran comer cuanto les diera la gana sin engordar, lo que le parecía una injusticia. En su defensa, pasaban horas en el gimnasio.

Cuando llegamos a casa de Drayton, para desesperación de Gabby, encontramos más comida tentadora. Y en mayores cantidades. Ellie había dispuesto todo un festín en uno de los salones de la planta inferior. La mesa de café estaba llena de pasteles, galletas, *cupcakes* y sándwiches.

Los cuatro nos separamos para vestirnos. Las chicas fuimos arriba y los chicos se quedaron abajo. Ellie lo había organizado así para que nosotras pudiéramos bajar las escaleras con los vestidos puestos. Su emoción era contagiosa.

La habitación de invitados olía a lirios y a ropa limpia. No le di mucha importancia, hasta que no vi el ramo en un jarrón en la mesita de noche. Los tallos estaban sujetos por un lazo del que colgaba una tarjeta. Gabby observó —obsesionada perdida— cómo yo caminaba por la suave moqueta para leerla en voz alta.

La flor preferida de mi chica preferida. Te quiero tal y como eres. Amo lo que tú amas. Quiero ser la persona que necesitas. Nunca dejaré de intentar conquistarte. Cada día será como el primero.

Tu quarterback

—Vaya, vaya. —A Gabby le temblaba la voz. Levanté la vista y vi que se estaba abanicando—. Nunca entenderé cómo puede ser un idiota redomado y el hombre más romántico del planeta a la vez.

—Ni tú ni yo. —Volví a leer la nota.

Se apartó con los hombros hundidos. Tan dramática como siempre, sorbió por la nariz y empezó a quitarse el mono.

—Josh tiene que ponerse las pilas. Ni siquiera me ha dicho nada del pelo. ¡Ni una palabra! Y está increíble.

—Pues sí. Está precio…

—¡Ya me lo has dicho! Está precioso. Ya lo sé. ¡Quiero que me lo diga él!

—Gabs… —La miré perpleja. Estaba a un paso de tener un berrinche al completo—. No los compares. Son personas diferentes. Josh te adora. No dramatices.

Estábamos de pie con nuestros vestidos largos, descalzas y con las cremalleras bajadas. Yo tenía razón: Gabby parecía una modelo. La tela de seda se ajustaba y fluía alrededor de su figura, como si fuera miel vertida desde una jarra, suave y sin costuras. El vestido era azul oscuro con tirante fino y un escote fruncido muy pronunciado que dejaba al descubierto su pecho terso y sus clavículas marcadas.

Se dio la vuelta para que le subiera la cremallera. Le quedaba más estrecho de lo que esperaba. Parecía justo de su talla cuando estaba desabrochado. Conseguí subirla, pero le apretaba mucho. Gabby se miró al espejo y frunció el ceño.

—Esto era de mi talla hace tres meses, ¿te acuerdas? Fuimos a comprarlo juntas y me quedaba como un guante. —Sí, era de su talla hacía tres meses, pero en ese momento sus tetas parecían estar a punto de estallar—. En fin. No me sentaré en toda la noche y punto.

—Seguro que Ellie tiene algo que te sirve en su armario —sugerí, mirando su espalda en el espejo. Tenía un culo fantástico—. ¿Quieres que se lo preguntemos?

—No. —Me cogió de los hombros y cambiamos de posición para que ella me subiera la cremallera a mí mientras me miraba en el espejo—. Voy a llevar este. Si la cremallera abrocha, es de mi talla.

Mi vestido no había decidido cambiar de talla: me quedaba igual que cuando me lo había probado tres meses antes. La parte de arriba, ajustada y favorecedora, tenía un armazón como el de un corsé que acentuaba mis curvas y mi pecho. Era de color blanco y estaba ribeteado con oro rosado. De la cintura para abajo, las capas de tela blanca y transparente me besaban las piernas como una nube de algodón. Era precioso.

Gabby estaba apoyada en la pared de al lado de la puerta. Se había puesto los zapatos de plataforma, igual que yo, pero no hacía ademán de salir. Le brillaba la frente un poco más que antes.

—¿Te encuentras bien, Gabs?

—Tengo un poco de calor. Y estoy un poco pegajosa. Es que creo que aquí hace calor. Me preocupa el pelo.

Si hubiera hecho calor, lo habría sabido. Yo era más calurosa que ella.

—Pues bajemos —propuse. Le miré la barriga. No podía ser lo que esa vocecilla en el fondo de mi mente me estaba diciendo. No podía ser porque ella lo habría pensado antes que yo.

—Hum… —Se apartó de la pared. Con los tacones, medía dos metros—. Necesito agua.

Nos dirigimos a la escalera, acompañadas del repiqueteo de los tacones contra el suelo de piedra. En la planta de abajo se oían voces. Ellie no había tenido una mala idea cuando había propuesto que nos reuniésemos con nuestros chicos al pie de la escalera. Me sentía como una princesa.

Yo lo vi antes de que él me viera a mí. El traje que llevaba era divino, hecho a la medida de su gran envergadura, ajustado. La corbata era del mismo color que el oro rosa de mi vestido, y esos zapatos de piel podrían haber caminado perfectamente por una alfombra roja. Estaba acostumbrada a verlo con ropa informal y unas Converse, pero aquel atuendo le quedaba increíblemente bien.

Cuando levantó la vista, se quedó boquiabierto.

—Jo-der. —Me eché a reír y vi que Ellie lo miraba contrariada—. Alguien estará haciendo una foto, ¿no? —gritó sin apartar la mirada de la mía—. Porque yo ahora mismo no soy capaz, pero ¡espero que alguien esté haciendo una foto de este momento!

—Sí, sí, ya lo hemos pillado —oí la queja monótona de Gabby detrás de mí—. Drayton está obsesionado con Dallas y lo demuestra. Qué bien.

Le eché un vistazo a Josh, que llevaba un traje similar al de Drayton pero sin corbata, y una camisa del mismo azul oscuro que el vestido de Gabby. La miró con el ceño fruncido.

—Gabby, estás preciosa.

Cuando llegué abajo, Drayton me cogió de la mano. Su piel estaba caliente, como de costumbre, y una bandada de mariposas había asolado mi estómago al ver su sonrisa sin filtros. Era la mejor de todas, luminosa y descarada.

—Estás perfecta. —Su mano bajó a mi cintura; nos habíamos olvidado de los demás.

—Tú sí que estás perfecto. —Lo memoricé todo. Su figura con aquel traje puesto, su perfección. La tela era como mantequilla bajo mis dedos. Era un Armani. Había ido con él a comprarlo, y aunque yo había sudado solo de pensar en gastar tanto dinero en un único atuendo, no podía negar que había merecido la pena.

Ellie estaba haciendo fotos; el flash se reflejaba en la suave mirada verde de admiración de Drayton.

—Estáis preciosas, chicas —dijo ella con voz cantarina.

Los cuatro nos colocamos ante la fuente del recibidor. El sonido del agua le confería un aire caprichoso al ambiente mientras posábamos para Ellie, que era una fotógrafa entusiasta. Nos hicimos fotos de grupo, de pareja y por parejas de amigos.

Ellie dijo que quería hacerse una foto con Leroy y Drayton. Antes de irse a buscar a su marido, me enseñó cómo manejar su cámara Canon, que era enorme. Me daba miedo solo sostenerla por el simple hecho de que me hacía sentir igual que si estuviera viendo un montón de billetes arder en la palma de mi mano. Si se me caía, me moriría.

—¡Drayton!

Levantamos la vista hacia el fondo del pasillo, de donde venía aquella voz frustrada y contrariada. Leroy apareció unos instantes después con un papel en la misma mano en la que lucía el Rolex. Si las miradas matasen...

Drayton observó a su padre con el semblante aburrido. Tenía las manos en los bolsillos y no había en su rostro ni una arruga de preocupación.

—Me dijiste que ya habías mandado a Baylor la maldita carta de motivación. —Aplastó el papel contra el pecho de su hijo, pero este no lo tocó—. La fecha límite ya se ha pasado. No te han dado la puta beca. ¿Se puede saber qué...?

Ellie se interpuso entre los dos y levantó una mano para detener a su marido.

—No le hables así. Tienes que tranquilizarte.

Yo tenía un nudo en la garganta al verme inmersa en tanta tensión. Drayton parecía tranquilo, pero apretaba los dientes y su pecho subía y bajaba con rapidez. Gabby y Josh señalaron la cocina discretamente y cruzaron el recibidor de puntillas. Habría sido preferible que los siguiera, y tal vez debería haberlo hecho, porque aquello se me antojaba personal. Pero no quería dejar solo a Drayton.

—No voy a ir a Baylor —anunció este, apenas separando los labios.

—Al parecer, no vas a ir a ningún sitio —replicó Leroy. Dio un paso atrás y tiró el papel al suelo—. Hablaré con el entrenador y harás una prueba para alumnos no becados.

—No. No la voy a hacer. Iré adonde yo quiera o no iré a ninguna parte.

Ellie se quedó entre ellos. Era mucho más menuda, pero estaba decidida a mantenerlos separados. Leroy y Drayton se fulminaron el uno al otro con la mirada; sus expresiones de contrariedad eran idénticas.

Leroy me miró.

—Esto es culpa tuya.

De algún modo, me dio la sensación de que decirle que estaba de acuerdo con que Drayton eligiera el camino que había planeado desde un principio habría empeorado las cosas. No supe qué contestarle. Me quedé con la cabeza alta e intenté no desmoronarme ante su mirada asesina.

—Leroy... —le advirtió Ellie.

—No había ningún problema con esto hasta que apareció ella. —Señaló a su hijo—. Te creía más listo. Felicidades. Te has cargado tu futuro por una chica.

—No hables así de ella. —Drayton respiraba pesadamente y movía las manos, que seguían en sus bolsillos—. No tienes ni idea de lo que dices.

—Por favor, dejemos esta conversación para más tarde —dijo Ellie con desesperación—. Los chicos se tienen que ir. La limusina no tardará en llegar.

—Lo has jodido todo.

Drayton pasó junto a su madre, se puso delante de mí y se encaró con su padre.

—Te estás pasando, tío.

—¡Ya basta! —gritó Ellie, colocándose de nuevo entre los dos—. Ya es suficiente, Leroy. Vete y tranquilízate. Ahora mismo.

Se había puesto roja y le temblaba la mano con la que señalaba la escalera. Sin decir otra palabra, Leroy dio media vuelta y subió.

—Mamá… —dijo Drayton.

—No lo dice en serio, Drayton —murmuró ella.

—¿Qué es lo que no dice en serio? ¿Lo de obligarme a ir a la universidad a la que fue él solo porque tiene el poder de hacerlo?

—Es donde fue su pa…

—Sí, ya lo sé. Es donde fue su padre y el padre de su padre. Ya lo pillo. Pero yo puedo elegir otro camino, mamá. No tengo por qué hacer lo mismo que ellos. La UCLA es una buena universidad.

—Lo sé. —Asintió y se apoyó en el pasamanos, como si no fuese capaz de sostener su propio peso—. Pero es más complicado de lo que crees. Recuerdas que el abuelo Lahey murió en aquel incendio cuando eras un bebé, ¿verdad? —Drayton asintió—. Bueno, antes de su muerte, en la última conversación que mantuvo con él, tu padre le dijo que tú asistirías a Baylor, su *alma mater*. Fue una charla informal mientras comían. No tuvo mayor importancia, pero fue la última vez que hablaron, Dray. Murió aquella misma tarde. Y tu padre ha intentado mantener esa promesa desde entonces.

Leroy había sufrido mucho. Tal vez fuera frío y duro, pero que hubiera perdido a sus padres y a su hija de forma tan trágica me resultaba inconcebible. Sentí compasión por él de inmediato. Yo sabía muy bien lo que era perder a tus dos padres.

Drayton exhaló y se pasó una mano por el pelo.

—¿Por qué nadie me lo había contado?

—No quería recurrir a la culpa para influir en tu decisión.

—¿Prefirió ser un capullo?

—Soy consciente de que no lo ha hecho bien, pero estaba muerto de miedo. Supo que esto podía pasar en cuanto apareció Dallas. —Me miró y me sonrió—. Lo que no significa que tú tengas la culpa, cariño. Pero, Dray, nunca te había importado tanto la universidad. Sabía que era posible que, si te enamorabas, eso influyera de algún modo en tu decisión.

—Aun así. Tendría que haber sabido cuál era la verdadera razón por la que insistía tanto en lo de Baylor.

—Se lo dije. Pero ¿habría servido de algo?

Drayton miró a su alrededor, pensativo por unos instantes. Luego se encogió de hombros y contestó:

—Puede que sí o puede que no. Al menos lo habría entendido y nos podríamos haber ahorrado esta puta mierda.

—Esa boca.

—Perdona, mamá.

Ella respiró hondo. No era capaz de imaginar lo agotador que debía de haber sido ver a su marido y a su hijo pelear de un modo tan intenso.

—Olvídalo por esta noche, si puedes. Pásatelo bien en el baile. Yo hablaré con papá y mañana trataremos de tener una discusión civilizada.

—Vale. —Le dio un abrazo a su madre, apoyando la barbilla en su cabeza—. Te quiero, mamá.

⚡

El techo estaba repleto de globos de color plateado y rosa palo llenos de helio. El hotel había abierto tres salas de banquetes para crear un salón lo bastante grande para albergar nuestro baile de fin de curso. Al fondo de la sala había una plataforma de madera pulida con la cabina del DJ, y el otro extremo estaba lleno de mesitas cuadradas con manteles negros. En medio de cada una de ellas parpadeaba una vela eléctrica de color rosa, y las sillas eran de acero plateado.

Estaba oscuro, pero las velas arrojaban luz, y también había unas lucecitas que titilaban y que iban de un lado al otro del techo, en zigzag. Era elegante y encantador. Al lado de las puertas que daban a una enorme terraza, habían preparado un fondo para las fotos. Las parejas y los grupos de amigos estaban esperando en fila, y el aire parecía cobrar vida con las carcajadas y la alegre música. La gente bailaba con energía, y aunque el inicio de la noche no había sido precisamente ideal, la tensión se disipaba poco a poco. Cuanto más se relajaba Drayton, más fácil me resultaba disfrutar del momento. Gabby y Josh desaparecieron en busca de comida en cuanto llegamos.

—Oye… —Drayton me tiró del brazo mientras yo me dirigía distraídamente a la pista de baile. Me volví y dejé que me estrechara en un tierno abrazo y me pusiera las manos en las caderas—. ¿Te he dicho ya que estás preciosa? En plan… Me quitas el hipo. Eres la chica más guapa que he visto nunca.

Me hizo reír, porque entre cumplido y cumplido me daba besitos en las mejillas con cuidado de no estropearme el maquillaje. Notaba montones de pares de ojos que nos miraban con envidia. La gente había aceptado que Drayton y yo teníamos una relación, pero eso no impedía que las demás chicas desearan lo que era mío y ansiaran conseguirlo.

—Me lo has dicho unas… —entorné los ojos y ladeé la cabeza, como si estuviera echando cuentas— mil veces.

—Y voy a seguir insistiendo, porque no consigo dejar de pensar en lo increíble que estás. —Dio un paso atrás y me levantó la mano para que hiciera un giro.

Sin soltarme, volvió a atraerme hacia él, exhalando un suspiro de satisfacción. Luego me llevó a la pista de baile. Sonaba una canción bastante lenta que nos permitía bailar de forma íntima. Descansó la otra mano en la parte baja de mi espalda, justo por encima del culo, y yo lo sostuve por el hombro. Mientras nos movíamos despacio y con dulzura al ritmo de la canción, levanté la vista, sintiéndome inexplicablemente agradecida por haber hallado un amor así, una persona que apreciaba tanto lo que tenía. Era edificante. Apoyé la cabeza sobre su pecho y escuché los latidos de su corazón. Iba al compás del mío.

—¿Sabes qué? —me dijo—. Me acabo de acordar de la primera vez que me di cuenta de lo preciosa que eres.

—¿Ah, sí?

—A ver, siempre supe que eras atractiva, incluso cuando no teníamos ningún tipo de relación. Pero la vez que me dejaste sin respiración, el momento en el que me quedé prendado de ti, fue la noche que te secuestré y te llevé a mi casa. Saliste del baño con mi camiseta puesta y te juro que estuve a punto de perder la cabeza.

—¿Fue en ese momento? —Me reí—. ¿Y no cuando llevaba la ropa que me había puesto para la discoteca?

—Estabas buenísima con ese vestidito oro rosa. —Se me paró el corazón al ver que se acordaba de lo que llevaba—. Pero, no sé por qué, me pareciste preciosa con mi camiseta, con una prenda más cómoda e informal. Verte con mi ropa me pone muchísimo, y fue justo en ese momento cuando supe que quería ver aquella imagen más a menudo. No sabes cuánto me costó dejar las manos quietas esa noche...

—¿Por qué lo hiciste?

—Porque habías bebido —respondió con una sonrisa torcida—. Llámame loco, pero sabía que eras especial, más especial que un rollo en una noche de borrachera. Después de aquello no fui capaz de dejarte en paz, pero quería que tú también me desearas a mí.

Solté una carcajada.

—No me puedo creer que no pasara nada desde un principio. Los dos sentíamos lo mismo. Eso sí que es falta de comunicación.

—Perdí mucho tiempo —añadió con una expresión más sombría—. Fui un idiota, jugando a tonterías y esperando a que quisieras algo conmigo. Debería haberte dicho lo que sentía y punto. —Me acarició la nuca suavemente con los nudillos, para luego desplegar los dedos y sostenérmela, clavándome una mirada intensa—. Estoy haciendo todo lo posible para compensar ese tiempo perdido, Pompones. Pienso decirte a todas horas, todos los días, lo mucho que significas para mí. Porque, como soy un idiota, tardé demasiado en decírtelo por primera vez.

Lo observé sin aliento.

—Te quiero, Drayton.

—Yo también te quiero.

Me cogió la cara con suavidad y ternura, pero con vigor. Y luego, como si no estuviese ya lo bastante cerca de él, bajó ambas manos, una detrás de la otra, para ponerlas de nuevo en mi espalda y abrazarme con fuerza. Mientras su lengua lamía la mía, casi me levantaba del suelo. Le rodeé el cuello con los brazos.

—Disculpad, vosotros dos. —Drayton y yo nos separamos y nos encontramos con la mirada de desaprobación de la señorita Fowler, que nos taladraba con el ceño fruncido detrás de sus gafas de montura metálica. Era incluso más alta que Drayton—. Ya basta.

La mujer de mediana edad chasqueó la lengua y siguió abriéndose paso entre la multitud de adolescentes que bailaban. Drayton y yo nos reímos y seguimos besándonos como si diéramos aire a los pulmones del otro. Si alguien quería detenernos, no le quedaría más remedio que separarnos físicamente.

Le deseaba mucha suerte.

Bailamos durante un rato sin soltarnos ni una sola vez. Drayton me contemplaba con una mirada ardiente; adoraba cada uno de mis movimientos con la expresión de admiración más rotunda que había adornado nunca su rostro. Más tarde, nos encontramos con Gabby y Josh y bailamos un rato con ellos antes de ir a la zona de las fotos, donde nos hicimos algunas en grupo, en pareja y en dúos de amigos. Las poses iban de adorables y románticas a indignantes y muy probablemente inapropiadas…, pero no esperaba menos de mi chico.

Lo dejé solo un rato para que pudiera hacerse fotos con sus amigos y su equipo, aunque tardó mucho. Todo el mundo quería una instantánea con su capitán. Hasta yo posé para algunas con el equipo de animadoras. Emily estaba guapísima. Cuando se lo dije no reaccionó, pero cuando se dio la vuelta, sonrió, pensando que yo no la veía.

—¿Vamos a esperarlo al balcón? —propuso Gabby mientras aguardábamos sentados a que Drayton terminase la sesión de fotos con el equipo—. Todavía no he salido.

Josh y yo asentimos. Nos levantamos y volvimos a colocar las sillas cubiertas de lazos en torno a la mesa.

El tamaño de la terraza me maravilló. Iba de una de las esquinas del edificio a la otra y se extendía al menos cuatro metros hacia el frente. Habían rodeado la barandilla de lucecitas que parpadeaban de forma rítmica y había varias mesas para dos personas y sillas ocupadas por algunos estudiantes que, si te fijabas bien, tenían pinta de estar compartiendo un porro.

Por supuesto.

El aire no era cálido, pero agradecí refrescarme un poco. Hasta que no respiré oxígeno fresco en el exterior, no me di cuenta de lo sofocada que había empezado a sentirme allí dentro. Nos acercamos a la barandilla y contemplamos el centro de Castle Rock. No había mucho tráfico, pero sí un par de coches parados en los semáforos en rojo. Las luces de los escaparates iluminaban las aceras.

—¿Cómo está Drayton después de lo que ha ocurrido antes? —preguntó Gabby. Le tendió la mano a Josh, que, aunque en un principio reaccionó con confusión, sacó una petaca del bolsillo interior de su chaqueta.

—Está bien. —Señalé el objeto que tenía en la mano—. ¿De dónde sale eso?

—Es de Josh. —Gabby señaló a su novio, que contemplaba la calle con un codo apoyado en la barandilla—. La ha llenado con algo del mueble bar de casa. ¿Qué es?

—Bourbon —respondió él.

La observé desenroscar el tapón y me sentí un poco rara. Ella bebía siempre; ese no era el problema. Miré lo ajustado que le quedaba el vestido. Le miré las tetas, que estaban enormes. Me puse recta, di un paso al frente y le tiré la petaca de la mano de un manotazo. Mientras la petaca salía volando por encima de la barandilla para desaparecer de nuestra vista, un líquido con un olor intenso salió disparado y estuvo a punto de aterrizar sobre mi vestido.

—¿Qué haces? —Gabby se asomó. Me preocupé por si su adicción había llegado a tal punto que saltaría solo por salvar su precioso veneno.

—¡No puedes beber! —grité, pero bajé la voz al ver que Josh y ella me estaban mirando sin entender lo que pasaba.

—¿Por qué no puede beber?

—Eso, ¿por qué? —Gabby alzó las manos al aire.

Aquella no era la forma más amable de decirle a alguien que creías que estaba embarazada. Joder; no debería tener que decírselo. Estaba segura de que ella misma lo sospechaba. Aunque… No, no habría bebido si lo creyera posible, lo que hacía resurgir mi incredulidad ante el hecho de que ni siquiera se le hubiera pasado por la cabeza.

—¿Podemos hablar? —La cogí de la muñeca—. En privado. Josh, ve con Drayton; nosotras… ahora vamos.

—Hum…, vale. —Nos siguió al interior del sofocante salón como un perrito abandonado. Noté una punzada de decepción al ver que sonaba *I Like Me Better*. Me habría gustado bailarla con Drayton. Sin embargo, todavía estaba haciéndose fotos con el equipo, así que nos alejamos de Josh y arrastré a Gabby por el pasillo, en dirección al ascensor.

—¿Qué coño está pasando? —Apreté el botón de la planta baja de forma agresiva mientras Gabby se golpeaba la cabeza contra la pared del ascensor.

—¡Creo que estás embarazada! —solté.

Ella se quedó con la frente apoyada en la pared, pero me miró de reojo con la boca abierta. Su pecho subía y bajaba velozmente, y cuando las puertas del ascensor se abrieron y sonó la campana, rompiendo aquel silencio ensordecedor, las dos dimos un brinco del susto.

—¿Adónde vamos? —masculló cuando la volví a coger de la muñeca y la arrastré por el vestíbulo del hotel.

—A comprar un test de embarazo en la farmacia que hay abierta ahí enfrente.

—No puedo estar embarazada.

Me detuve al llegar a la calle, en mitad de la acera, y me volví hacia ella. Parecía tan perdida bajo las luces del hotel…, como si su cerebro se hubiese ido flotando y ella no fuese más que un cascarón que no había cesado de existir.

—¿Estás segura de que no puedes estar embarazada? ¿Te ha venido la regla últimamente? ¿Has utilizado preservativo? ¿Todas las veces?

Debía de haber algo fascinante en el suelo, porque no apartaba la vista de ahí.

—No —murmuró.

—¿No qué? ¿A qué pregunta estás contestando?

—No.

—Muy bien. —Di media vuelta sobre mis talones y la falda del vestido revoloteó a mi alrededor. Negué con la cabeza, anonadada—. Vamos.

Tenía una misión. Al cabo de pocos minutos, dejé de un golpe el test de embarazo sobre el mostrador. Gabby seguía detrás de mí, confundida y aturdida. Era increíble.

—Ya puedes ir quitando esa cara, Jeremy —le advertí al asqueroso dependiente de diecisiete años que llevaba trabajando allí años. Era un pervertido gordo y grasiento, y no era nadie para juzgarnos—. Ponlo en una bolsa y métete en tus asuntos.

⚡

Metí a Gabby en el baño de mujeres de la planta baja del hotel. Había un cómodo sofá donde esperar y un montón de servicios. Los suelos de mármol resplandecían y los lavabos blancos estaban inmaculados. No había nada peor que un hotel con los baños mal cuidados.

—Cógelo y mea encima ahora mismo —le ordené mientras sacaba el test de la bolsa y tiraba con mucha agresividad el envoltorio de plástico de la caja. Dejé caer la basura al suelo y casi lancé la caja hacia atrás antes de quitarle el capuchón al palito y ponérselo a Gabby en la mano—. Toma, ya he hecho todo lo que podía hacer yo. Solo falta mear en el palito. Eso lo tienes que hacer tú. —La empujé suavemente hacia uno de los baños, pero se paró junto a la puerta y se volvió con unos ojos como platos.

—¿Y si estoy embarazada?

—Eso, de momento, son suposiciones; ya hablaremos cuando estemos seguras, ¿vale? No sirve de nada darle vueltas cuando puedes tener una respuesta definitiva ahora mismo.

Asintió y respiró hondo antes de entrar y cerrar la puerta. Cuando por fin pude tomarme un minuto para descansar, me sentí un poco mareada. La situación era abrumadora, pero mientras iba de un lado a otro cuidando de mi mejor amiga como si fuera un bebé (atención al juego de palabras), había logrado aislarme de la realidad.

Recogí la bolsa y la basura que había tirado y lo eché todo a la papelera antes de sentarme en el sofá. Recordé que me había vibrado el móvil en la farmacia, así que me lo saqué del escote y lo desbloqueé. Tenía un mensaje de Drayton.

¿Todo bien, nena? Josh me ha dicho que os habéis ido.

> Todo bien. Solo estoy ayudando a Gabs con una cosa abajo. Luego te lo explico. Volvemos enseguida.

—Es negativo. —Se encogió de hombros y se dejó caer en el sofá a mi lado. Gruñó cuando la seda del vestido se le clavó en el pecho.

La observé con atención, preguntándome por qué no estaba celebrándolo. Su vida podría haber dado un giro de ciento ochenta grados en cuestión de segundos. Me sorprendía un poco haber malinterpretado los síntomas, pero supuse que las náuseas y el aumento de peso se podían deber también a otras cosas.

—Te alegras, ¿no?

—Sí. A ver, no habría sido lo ideal. —Se inclinó hacia delante, apoyando la barbilla en la mano y el codo en la rodilla. Me preocupaba que reventara el vestido—. Pero, es raro… Estoy casi… decepcionada.

—Lo entiendo —admití, sonriendo al ver lo confundida que se encontraba—. He leído que hay muchas mujeres que dicen que, aunque de ningún modo querían que fuese positivo, se sienten decepcionadas al ver que no lo es. Es una emoción extraña, sobre todo teniendo en cuenta que no eres la persona más maternal que conozco.

—Por eso me resulta aún más raro estar decepcionada. No sé qué hacer con los niños. Aunque quizá habría sido distinto si hubiera sido mío.

—Espero que sí.

—Ya. —Resopló y se levantó, con el test todavía en la mano.

—¡Un momento, dame eso! —grité. Me puse de pie y corrí hacia ella antes de que lo tirase a la papelera—. ¡Gabby! ¡Me has dicho que había salido negativo! —Casi chillé, mirando fijamente el palito blanco—. ¡Tiene dos rayas! ¡Dos rayas muy rojas!

—¡Pensaba que dos rayas era negativo! —chilló ella, arrancándome el test de la mano para mirarlo.

—¡No! ¡Dos rayas es positivo! ¡Estás embarazada!

—¿Estoy embarazada?

—¡Sí!

—¿Sí?

—¡Sí!

Ahogó un grito.

—¡Joder!

—Joder —dijo una tercera voz masculina. Las dos nos volvimos de golpe hacia la puerta, desde donde Josh nos miraba tan blanco como un papel. Drayton estaba a su lado con una expresión similar.

Josh parecía estar a punto de vomitar. Miraba fijamente el test que Gabby tenía en la mano y tartamudeaba, presa del pánico. Era incapaz de pronunciar una palabra coherente.

—Deberíais hablar. —Fui hacia la puerta, y el repiqueteo de mis tacones sobre el suelo de mármol fue el único ruido en aquel silencio tan incómodo.

—Es el servicio de mujeres —murmuró Gabby mientras yo metía a Josh en el baño. Le di un empujón para sacarlo de su estupor.

—¿Y a quién coño le importa? —contesté. Cerré la puerta y aparté a Drayton con el culo—. ¡Hablad!

⚡

Emily fue elegida reina del baile. El rey fue Drayton y a mí me declararon princesa. No hubo baile del rey y la reina, y yo no subí al escenario a buscar mi tiara, porque en ese momento no estábamos en el salón. Pero a Emily le daba igual su primer baile. Estaba muy complacida con su corona.

En lugar de terminar la noche en la fiesta, Drayton y yo estuvimos consolando a nuestros amigos, que pronto serían padres. Nos enteramos de todo eso de los ganadores y los bailes por Melissa, que me había llamado a medianoche para ponerme al día.

—Tía, tendrías que haberla visto en ese escenario, como si acabase de ganar un Globo de Oro... Y toda la sala buscando a Drayton en plan Nancy Drew. Ya te imaginarás a qué conclusión han llegado: que estabais haciendo vuestras cositas en una habitación del hotel. Guarradas. Eso decían. Yo no he dicho nada... Pero tampoco he intentado corregirlos porque pensaba lo mismo que ellos...

La conversación duró un buen rato, pero no le confesé la verdadera razón por la que no estábamos allí cuando Drayton debía recibir su corona. Dejé que pensara que estábamos haciendo aquello de lo que se nos acusaba.

En realidad, lo habíamos hecho, justo después de dejar a Gabby y a Josh en casa de la primera. En el asiento trasero del coche.

Y luego otra vez, cuando llegamos a casa de Dray.

Gabby sabía que necesitaba contárselo a su madre. Por mucho que la aterrorizaran las consecuencias, sabía que era lo que tenía que hacer. Y Josh no quiso dejar que lo hiciera sola, lo que me enorgulleció.

Drayton y yo estábamos en su cocina. Sus padres se habían ido a pasar el día fuera, lo que secretamente me aliviaba. El sol de media mañana entraba a través de las puertas de cristal, y me relajaba sentarme en el sofá y absorber los rayos de vitamina D sin tener que soportar el frío. Todavía llevaba el pelo rizado de la noche anterior, pero me lo había recogido en un moño en la parte alta de la cabeza y me había puesto unos pantalones cortos y una camiseta.

Drayton estaba en el otro extremo del sofá en calzoncillos. El sol iluminaba su piel aceitunada. Estaba radiante. Apoyé los pies en sus piernas y él me acarició las mías mientras yo leía un mensaje de Gabby.

> Hemos estado toda la noche despiertos con mamá. Ha llorado UN MONTÓN. Ha amenazado con matar a Josh. Luego se ha disculpado por ser violenta. Después ha llorado un poco más. Me ha dicho que soy idiota. Pero ahora ya está. Aunque todavía tenemos mucho de lo que hablar. No me lo puedo creer todavía. Pero ¡vamos a seguir adelante!

—No me puedo creer que Gabby vaya a tener un bebé. —Solté el teléfono y cogí la taza de café que tenía al lado del sofá. Me froté el lagrimal para desembarazarme los lagrimales del sueño.

Drayton asintió.

—Josh me ha mandado un mensaje. Está que no se lo cree, pero va a estar a su lado.

—Como debe ser. —Miré la legaña negra que tenía en el dedo e hice una mueca. Habría jurado que la noche anterior me había lavado bien la cara. Me froté bajo los ojos—. Él también ha tenido algo que ver. Si la deja, lo muelo a palos.

—Madre mía. —Se echó a reír—. Tú sí que sabes cómo excitar a un hombre.

Sonreí mientras me llevaba la taza a los labios y bebía un trago de cafeína calentita. Qué noche más larga.

—¿Querrás hacerlo algún día? —Apoyó un brazo en el respaldo del sofá y me observó. Una sombra de barba empezaba a despuntar en su mentón; le quedaba bien.

—¿Hacer qué?

—Tener mis bebés.

—No me importaría tener un par de pequeños deportistas. —Nos miramos y me pregunté si se sentiría tan seguro como yo o si solo me estaba tomando el pelo.

Se acercó para ponerse encima de mí, deslizando la mano por mi muslo.

—Deberíamos practicar. Mucho. Para asegurarnos de hacerlo bien.

—Claro —murmuré con una sonrisa. Se movió de forma que quedé aprisionada debajo de él, se agarró al respaldo del sofá y puso las rodillas a los lados de mi cuerpo. Me besó con suavidad y dulzura; deslizó una mano bajo mi espalda para atraerme hacia sí.

—Pompones… —susurró, con la boca pegada a la mía—. Te lo digo en serio… No me importa lo que pase a partir de ahora. Veo un futuro contigo.

Me incliné hacia atrás. Movió las caderas contra las mías y noté un cosquilleo de la cabeza a los pies.

—Y yo.

—¿Aunque termine yendo a Baylor? ¿Seguirás queriéndome? ¿Me llamarás todas las noches y me dejarás dormir en tu camita de la residencia cuando vaya a visitarte? ¿Te desnudarás por FaceTime?

Resoplé, divertida.

—Ya hablaremos de lo de FaceTime. —Lo cogí del cuello, uniendo los dedos en su nuca—. Pero por supuesto que sí, Drayton. Ya te lo he dicho. Quiero estar contigo.

CAPÍTULO 25

El día de nuestra graduación, Gabby estaba embarazada de doce semanas. Salía de cuentas a principios de diciembre. Hasta el momento, sus principales quejas tenían que ver con las náuseas, el aumento de peso, el hecho de tener que sacar a un ser humano por la vagina y con no poder beber.

Quizá no en ese orden.

Ellie, que sabía muy bien lo que era ser madre adolescente, les había ofrecido toda la ayuda posible. Sin embargo, para decepción de Josh, no sería ella quien les diera la noticia a sus padres, que estaban en Canadá. Eso era cosa suya. De todos modos, aunque Josh no fuese su hijo, Ellie había recibido a Gabby con los brazos abiertos y le había ofrecido que se mudara con ellos.

Pero Camilla no era partidaria de que su hija se fuera de casa. Quería estar a su lado durante el embarazo. No me había sorprendido, ya que nunca había tenido mucha prisa por que mi amiga se independizara. Lo llevaba mejor de lo que lo habrían llevado muchas madres, pero todavía estaba disgustada. Camilla le había dado a Gabby mucha libertad y había confiado en ella porque era inteligente, y ella había vuelto a casa con un bombo.

Sin embargo, todos los implicados habían adoptado una actitud en plan «a lo hecho, pecho».

—¿Qué te parece ponerle Han si es un niño? —Josh dio unos golpecitos en su botella de cerveza. Una gota de condensación resbaló por el cristal y cayó en la piscina—. Como Han Solo. De *La guerra de las galaxias*.

Gabby, que estaba disfrutando de «los últimos días que se podría poner un bikini» en el agua, fulminó la cerveza con la mirada y lo observó con el ceño fruncido.

—No pienso ponerle a mi hijo el nombre de un extraterrestre.

Josh se movió, inquieto. Tartamudeó e hizo un gesto de incredulidad con la mano.

—¿Un extraterrestre? Pero ¿qué…? Pero ¿tú ves las películas cuando las pongo?

—No —replicó Gabby—. Del mismo modo que tú no ves *Crónicas vampíricas* conmigo.

Drayton me miró aburrido. Estábamos sentados en el borde de la piscina. Él llevaba un bañador tipo bermuda azul oscuro y la gorra del revés, y yo, un bikini y unos pantalones cortos de encaje para la playa.

Nos habíamos graduado esa mañana. Los tres. Adiós al instituto. Adiós a las animadoras. Y a los deberes. La sensación que me provocaba saber que no iba a volver era surrealista, pero estaba emocionada ante el próximo capítulo que me iba a ofrecer la vida.

Drayton había sido muy amable y había ofrecido su casa para celebrar una fiesta de graduación en la piscina. Su madre estaba contentísima —es sarcasmo—, pero había sido una especie de acuerdo a cambio de que él accediera a hacer una prueba para alumnos no becados en Baylor. Las cosas entre su padre y yo estaban tensas. En realidad, yo no había pasado mucho tiempo en esa casa últimamente, y cuando iba estaba siempre en la planta de arriba.

El jardín trasero estaba lleno de estudiantes de nuestro instituto: en la piscina, en la zona cubierta… Puede que a Ellie no le hiciera ninguna gracia que su casa fuera el escenario de una celebración —no tenía ni idea de las locuras que hacía Drayton por su cumpleaños—, pero jamás se habría arriesgado a que la acusaran de mala anfitriona. El patio estaba repleto de mesas atiborradas de comida que había encargado a un cáterin, bebidas frías y bandejas de postres.

Antes de que Drayton me propusiera que nos fuéramos y dejáramos a los futuros padres discutiendo sobre qué nombres eran terribles y cuáles eran aún peores, sus compañeros del equipo reclamaron su atención.

—Solo propongo que tengamos en cuenta Luke y Leia. No son nombres tan raros, Gabs.

Suspiré y me puse de pie. Caminé por los charcos que había en el borde de la piscina en dirección a la zona cubierta. Una vez allí, cogí un pedazo de sandía y fui hacia la cocina, que estaba tranquila. La entrada a la casa solo estaba permitida para ir al baño. Yo era la excepción, por supuesto. Allí me encontré a Ellie, sentada en un taburete con una copa de vino.

—¿Estás montando guardia? —Me senté a su lado y me eché la melena rizada por detrás de los hombros.

Ella dio un trago a su *cabernet sauvignon*.

—Bueno… Ya sé que a las chicas les gusta ir al baño acompañadas, pero siete a la vez me parecía excesivo.

Solté una carcajada. Ellie estaba muy guapa con un maxivestido que llegaba hasta el suelo; el estampado y los colores eran de pavo real. Azules y verdes. Tenía los hombros bronceados llenos de pecas y los mismos ojos verdes que Drayton.

De repente, apareció Leroy. Entró en la cocina vestido con ropa informal: una camiseta y unos pantalones cortos. Se detuvo al lado de Ellie y le dio un beso en la cabeza, y esta sonrió. Tal vez tuviera sus virtudes, aunque yo no las hubiera visto. Ellie era una mujer de éxito. Ganaba su propio dinero; no habría seguido casada con ese hombre si hubiera sido un completo capullo.

—Estás muy guapa —le murmuró al oído mientras se inclinaba por encima de ella para coger el vino. Creo que no pretendía que yo lo oyese, pero lo hice. Le rellenó la copa mientras ella sonreía y luego me miró—. Hola, Dallas.

—Hola.

Dejó la botella sobre la mesa y se metió las manos en los bolsillos. Ellie dio un trago de vino.

—¿Podemos hablar un momento, por favor? —preguntó él.

Me levanté a toda prisa.

—Os dejaré solos.

—No. —Casi soltó una risita. Casi—. Tú y yo, Dallas. ¿Podemos hablar un momento, por favor?

Lo miré dubitativa. Ellie no me ofreció mucha seguridad, aunque sonrió y asintió cuando la miré pidiéndole ayuda. No era que odiase a Leroy. Tampoco le tenía miedo. Simplemente, no tenía ganas de que nadie me gritase. Sin embargo, respondí con un tímido asentimiento y lo seguí fuera de la cocina. No nos fuimos muy lejos. Se detuvo en el salón y respiró hondo, subiendo y bajando los hombros.

—Quiero pedirte disculpas —afirmó, directo al grano, mientras miraba por la ventana. Acababa de llegar otro coche lleno de recién graduados—. Dije cosas de las que no estoy orgulloso. Cosas que odiaría que otro adulto le dijera a mi hijo. O a mi hija, si… —Se le rompió la voz. Me sentía muy incómoda; no sabía cómo gestionar la situación, pero también noté una punzada en el pecho al ver el dolor que afloraba en sus rasgos—. El quid de la cuestión es que no debería haberte culpado a ti de las decisiones que toma Drayton —continuó, tras encogerse de hombros rápidamente y dejar atrás la pena—. Me pasé de la raya. —Parte de mí se preguntó si se estaría disculpando solo porque se había salido con la suya—. Espero que puedas perdonarme y que dejemos todo esto atrás. —Por fin se volvió para mirarme—. Que Drayton sea feliz es lo que más nos importa a su madre y a mí.

«No lo digas. No lo hagas. No lo hagas».

—Que haya elegido Baylor habrá contribuido un poco.

«Bien hecho, Dallas».

En lugar de mirarme mal o gritarme, se echó a reír. Nunca lo había visto reírse con tanto gusto. Parecía encontrar mi respuesta graciosísima.

—Eres perfecta para él.

—Eh...

—Disfruta de la fiesta, Dallas.

Asintió y pasó por mi lado. Me giré para observarlo salir de la sala justo cuando entraba Drayton, que miró a su padre, luego a mí y luego a su padre otra vez. Su nivel de confusión crecía con cada segundo que pasaba.

Se detuvieron el uno enfrente del otro. Drayton observó a Leroy con el ceño fruncido de forma intimidante, aunque tampoco podía reprocharle su recelo. Sin embargo, Leroy se echó a reír —parecía que esa tarde se reía mucho— y le dio una palmadita en el hombro desnudo.

—Relájate, hijo. No pasa nada.

Drayton era muy protector conmigo.

Cuando su padre se hubo ido, se me acercó y señaló hacia atrás con el pulgar.

—¿De qué iba esto?

—Se estaba disculpando.

—Ya. —Drayton se cruzó de brazos. Su pecho era una delicia—. Se lo ha tomado con calma.

—No pasa nada. —Hice un gesto para quitarle importancia a su ligera frustración. No veía la necesidad de seguir dándole vueltas al tema. Algunas cosas todavía me molestaban, como que el berrinche no se le hubiera pasado antes de que Drayton accediera a ir a Baylor, pero no se lo dije. No valía la pena poner trabas a los progresos que había hecho con su padre.

—Ven arriba. —Señaló al techo con la cabeza y me tendió la mano. Yo se la tomé—. Tengo un regalo de graduación para ti.

—¡¿Qué?! —Intenté clavar los pies en el suelo para que no me llevara arriba. No sirvió de nada—. Dray, habíamos dicho que nada de regalos de graduación. Yo no te he comprado nada.

—¿Te encuentras bien hoy? ¿Estás bien? ¿Eres feliz?

—Sí —murmuré, sin entender a qué venían tantas preguntas—. Sí a todo.

—Entonces ya me has dado todo lo que necesito.

No creo que fuera consciente de que no podía decirme ese tipo de cosas y esperar que yo sola supiera lidiar con lo embelesada que me tenía. Cuando llegamos a su cuarto, cerró la puerta de una patada mientras yo intentaba concentrarme en que habíamos ido hasta allí por una razón, porque aquella confesión me había dejado bastante excitada.

Me dejó junto a su cama y rebuscó en el primer cajón de su cómoda. Mientras tanto, yo admiré su trasero y sonreí.

—Tienes un trasero muy jugoso.

Se volvió para mirarme y se rio.

—Dame diez minutos y el tuyo también lo estará —murmuró mientras seguía hurgando. Hacía que me temblaran las piernas—. Date la vuelta —me ordenó. Todavía tenía la mano dentro del cajón, pero parecía que por fin había encontrado lo que estaba buscando.

Cuando me puse de cara a la puerta, oí el sonido de sus pasos sobre la moqueta. Unos segundos después, un objeto apareció ante mis ojos y noté una cadena fría contra la piel del cuello. Bajé la vista y cogí la llave que colgaba de ella. Mi confusión al ver aquel objeto en la palma de mi mano era patente. Empecé a darme la vuelta sin dejar de mirarla.

—¿Para qué es esta llav…?

Drayton sujetaba su teléfono frente a mí. En la pantalla había una foto de una moto negra impresionante, con detalles lilas en los embellecedores y el manillar. Pero no era un lila demasiado chillón. Era bonito y llamativo, pero de muy buen gusto.

—Esto está en un almacén de California —me contestó entusiasmado, con una sonrisa de oreja a oreja—. Es tuya.

—¡Joder, me has comprado una moto! —chillé. Le arranqué el móvil de la mano para mirar bien la foto. No me lo podía creer. Sabía que estaba loco, pero aquello ya era demasiado.

—¡Pues sí! —Se metió las manos en los bolsillos del bañador, que quedaban por debajo de su caderas—. He pensado que necesitarías un medio de transporte y sé que te encanta montar en mi moto. Cuando no me estás montando a mí, por supuesto. —Me guiñó un ojo y no fui capaz ni de responder. Estaba anonadada ante ese gesto tan escandaloso.

—¡Es demasiado! —grité mientras tiraba el móvil encima de la cama—. Yo no te he comprado nada. Debe de haberte costado mucho dinero, no puedes...

Me acalló poniendo su boca sobre la mía. Me rodeó la cintura con los brazos y me atrajo hacia él para besarme durante un largo rato. Su lengua exploraba la mía y sus manos me recorrían la cintura y la parte baja de la espalda. Cuando por fin nos separamos, estaba sin aliento, jadeante, incapaz de pensar con claridad. No me soltó; se limitó a dedicarme esa sonrisa seductora que me encendía hasta las entrañas.

—Te quiero, Pompones. Y me basta con que tú también me quieras a mí. No necesito nada más. Tengo dinero suficiente para comprarme lo que quiera. —Agachó la cabeza para darme un beso casto—. Solo te necesito a ti. Mientras te tenga, estaré bien.

—Vale... Pero yo también —protesté—. No hacía falta que me compraras una moto.

—Pero quería hacerlo. —Me dio un golpecito en la nariz—. Y podía. Por eso lo he hecho. Así que cállate y dime que me quieres.

Puse los ojos en blanco con una expresión juguetona.

—Te quiero.

⚡

—Guau. —Nathan miraba con unos ojos como platos la pantalla del móvil mientras le enseñaba las fotos de la moto—. Qué generoso.

—¡Dímelo a mí! —Asentí. La fiesta de graduación había terminado a altas horas de la noche, pero ya tocaba que Nathan y yo pasáramos un poco de tiempo juntos. Teníamos planes de ir a comer y a jugar a lanzarnos el balón en el campo.

—Supongo que tendrás que sacarte el carnet. —Me devolvió el móvil y yo levanté un poco el culo de la silla del restaurante para metérmelo en el bolsillo de atrás.

—Y también tendré que aprender a conducirla. Puedo ir a clases o algo así. Me ha dicho Dray que me las va a pagar.

—Pareces avergonzada.

—Hace demasiado por mí. —Me encogí de hombros y cogí la pajita para darle un trago a mi refresco—. Cuando llegue a California tendré que buscarme un trabajo.

Nathan movió el tenedor por el plato, paseando la ensalada y las alubias.

—Cada cosa a su tiempo. Primero instálate... No sabes cuántos deberes tendrás.

—Necesito un trabajo —insistí—. No importa cuántos deberes tenga. No puedo sobrevivir sin trabajar.

Movió la cabeza de lado a lado.

—Ya... No me gusta la idea de que te quemes.

—Me irá bien. —Su preocupación me hizo sonreír—. Quizá me presente a varios puestos la semana que viene, cuando vaya a arreglar lo de la residencia. Tener trabajo antes de llegar sería aún mejor.

—Nadie puede acusarte de vaga.

—Solo necesito estar preparada. No quiero fracasar.

—Eres muy capaz. No te estreses.

Drayton y yo nos íbamos a California de vacaciones. Yo tenía que ir para organizar algunas cosas en la universidad, pero habíamos decidido aprovechar el viaje y quedarnos una semana.

Estaba un poco nerviosa por ver cómo repartiría el tiempo con todos para aprovecharlo al máximo. Con Gabby, Josh, Nathan... Melissa me había hecho jurarle que iríamos a ver una peli o a una clase de *pole dance* juntas. Sonaba bastante divertido.

Era consciente de que, a pesar de que estaba viviendo el que era mi sueño desde que tenía memoria, iba a echar de menos a la gente que quería. Cuando llegara la hora de marcharme sería duro, y tenía la sensación de que no lo comprendería del todo hasta que me hubiera ido.

—Muy bien. —Nathan se metió la mano en el bolsillo trasero—. No puedo competir con una moto. No es posible y punto. Tendría que haberte dado mi regalo primero, pero ahora ya está hecho. Felicidades por haberte graduado.

Deslizó una cajita de terciopelo por la mesa de madera. Era pequeña, como el cofrecito de un anillo. La cogí, lo miré con curiosidad y levanté la tapa.

Estuve a punto de romper a llorar.

—¡Nathan!

Era un medallón que había pertenecido a nuestra madre y que había estado en nuestra familia durante generaciones. Solía estar colgado en el tocador de mamá. Le había rogado una y otra vez que me dejase ponérmelo, pero ella nunca me lo había permitido. Era demasiado valioso y mamá no quería arriesgarse a perderlo, pero me había prometido que algún día sería mío.

Tras su muerte lo había buscado, pero no lo había encontrado por ninguna parte. Supuse que lo tenía la abuela y que no quería que nosotros lo supiéramos, pero en ese momento, al abrirlo y ver las nuevas fotos, supe que había sido mi hermano quien lo había guardado todo ese tiempo.

Dentro había una foto nuestra que nos habíamos hecho en febrero. Habíamos salido a cenar por mi cumpleaños, a un sitio sencillo, porque no me apetecía hacer nada exagerado, pero nos habíamos hecho un selfi al lado de la ventana. Lo había revelado con el tamaño perfecto para el medallón. En el otro lado había una foto de mamá y papá apenas unos meses antes de su muerte. Era verano. Mamá llevaba su sombrero en la mano y papá la abrazaba.

Su amor era innegable.

—Habrían estado orgullosísimos de ti. —Lo vi sonreír, a pesar de que veía borroso por culpa de las lágrimas—. Has llegado muy lejos. Has conseguido muchas cosas. Me imagino perfectamente lo mucho que habría significado para ellos.

Me toqué las comisuras de los ojos para enjugarme las lágrimas, que me habrían estropeado la máscara de pestañas en cuestión de segundos.

—¿Por qué me has hecho esto en público? —Solté una risita y sorbí por la nariz.

—Lo tenía desde hace siglos. —Se inclinó hacia delante y apoyó los codos en la mesa—. Pensé que sería un buen regalo de graduación.

Habían lustrado el oro. Cuando lo giraba, lo abría y lo cerraba, relucía.

—Lo busqué durante mucho tiempo. Te debiste de reír de lo lindo viéndome poner la casa patas arriba.

—Tenías nueve años. —Me miró con el rostro inexpresivo—. Lo buscaste durante unos días. Y no muy bien. Pero sí, fue entretenido.

Me lo coloqué alrededor del cuello. Nathan ladeó la cabeza; por un instante, al ver que me costaba abrocharlo, me pareció que quería levantarse y ayudarme. Pero entonces el cierre funcionó y la fría joya quedó sobre mi pecho.

—Muy bonito.

—Gracias, Nathan.

—De nada.

Me negué a seguir lloriqueando en público. Era el regalo más bonito que me habían hecho nunca, aunque Drayton hubiera perdido la cabeza y me hubiera comprado una moto. Nada podía compararse a algo tan sentimental.

Un camarero pasó junto a nuestra mesa con platos de comida caliente. Me despertó el apetito, así que decidí echar un vistazo a la carta de postres. No podía leer las palabras «Pastel de lava derretida de chocolate» y no pedirlo, así que tomamos el postre y luego fuimos al parque que había cerca de casa. Nathan cogió su balón de fútbol del asiento de atrás y caminamos por la hierba. El sol brillaba y hacía calor. Sentí esa satisfacción tan familiar que se adueñaba de mí en verano. Esperé a que Nathan me lanzara el balón.

—¿Qué planes tienes para el verano? Además de California. ¿Nos vamos unos días de camping?

Atrapé el balón y le sonreí, perpleja. Teníamos que gritar un poco, pero no estábamos demasiado lejos.

—¿Quieres ir de camping conmigo?

—Me encanta ir de camping.

—Ya. —Le lancé el balón. Él levantó un brazo y lo cogió con una sola mano—. Pero siempre vas con tus amigos.

—Deberíamos ir juntos. —Sostuvo el balón con las dos manos, se encogió de hombros y me lo lanzó—. Si quieres, puedes invitar a Drayton. O a Gabby. A quien quieras.

—Gabs se quejará de que está demasiado preñada para ir de camping. —Suspiré divertida.

—¿Cómo va eso? Hablamos un poco durante la graduación, pero no quería sacar el tema en público.

—Probablemente lo agradeció. —Asentí—. Supongo que está bien. Paso a paso.

—No te voy a mentir: me alegro de que no te haya pasado a ti. Joder.

—Tardará mucho tiempo en pasarme a mí —contesté riéndome.

—Bueno. —Cogió el balón—. Aprovecha el verano al máximo. Vívelo. Pórtate bien con tu mejor amiga, pero no te quedes a hibernar con ella si no quiere salir de casa. Y no te pases los tres meses lamentándote por no ir a la universidad en el mismo estado que tu novio.

—Nathan... —Suspiré.

Por supuesto, era un rollo que Drayton y yo fuésemos a estar separados. Lo iba a echar muchísimo de menos, más de lo que era capaz de comprender. Extrañaría los arrumacos en la cama por las noches, mientras veíamos documentales de deportes o pelis románticas que me gustaban a mí y por las que siempre se metía conmigo. Extrañaría cómo me acariciaba el pelo, y que me arropara cuando pensaba que me había quedado dormida. Extrañaría también que me llevase a citas espontáneas, a jugar a los bolos, a cenar, al cine… E ir con él al gimnasio, aunque me dedicase más a mirar que a levantar pesas. Incluso extrañaría pasar vergüenza, esos momentos en los que, por ejemplo, estábamos paseando por el centro comercial, oía una canción que le gustaba y me hacía girar y girar de forma que no tenía más remedio que bailar. O sus comentarios para mayores de dieciocho en las tiendas, delante de quienquiera que nos estuviese escuchando. No tenía filtro, y yo lo amaba todo de él.

De acuerdo, tal vez llorase un poco cuando me marchara. Pero sobreviviríamos. Estaba segura. Aprovecharíamos al máximo lo que quedaba del verano y ya nos preocuparíamos de lo demás después.

Y eso fue exactamente lo que hicimos.

*

Última llamada para el vuelo KO3348 de Colorado Springs a Los Ángeles. Última llamada para el vuelo KO3348 de Colorado Springs a Los Ángeles.

—Dal… —Gabby me sonrió compungida—. Tienes que irte. Vas a perder el vuelo.

—Pero no ha llegado. —Miré la puerta y luego me di la vuelta y miré a la azafata, quien sin duda sabía que yo era la única pasajera que no había embarcado. Tenía que irme, pero él no estaba—. Me dijo que vendría.

—Sí, pero…

Me vibró el móvil en la mano. Leí la pantalla tan rápido que tuve que leerlo otra vez para encontrarle sentido.

> Pompones… Lo siento, no llego, nena. Hay tráfico. Mierda. Te quiero. Nos vemos pronto, ¿vale? Esto no iba a ser un adiós, así que no pasa nada. Que tengas un buen vuelo.

—No va a venir. —Tragué saliva. Me escocían los ojos y me picaba la nariz, pero les dediqué una ancha sonrisa a Gabby y a Nathan—. Tengo que irme. Pero volveré, así que... esto no es un adiós.

—No seas cursi. —Nathan me dio un golpecito en el hombro, pero no se me pasó por alto que tenía los ojos rojos. No quería ponérselo más difícil.

—Más te vale volver. —Gabby tenía una barriguita muy mona. Le quedaba bien—. Tendrás que subirte a un avión y venir a casa en cuanto me ponga de parto. Necesito que estés a mi lado y me des la mano.

—Eso es cosa de Josh.

—Tú me darías la mano mejor, créeme. —Asintió y los rizos oscuros se le movieron arriba y abajo—. Vendrás, ¿verdad?

La abracé con fuerza.

—Pues claro que vendré. Podrás romperme la mano todo lo que quieras.

—Así me gusta.

—Siempre que pueda enviarte mis trabajos para que los hagas por mí.

—Trato hecho.

Las dos poníamos el culo un poco en pompa, porque teníamos un bulto en medio. Pero me encantaba. Me agaché, le di un beso a mi futura sobrina por encima de la camiseta y me volví hacia Nathan.

—Vete ya. —Me dio un abrazo enorme—. Vas a perder el vuelo y me tocará seguir aguantándote. No veo la hora de tener la casa para mí solo.

—Ya, claro.

Disfruté de un último abrazo y cogí la mochila que llevaba como maleta de mano para irme corriendo hacia la puerta. La azafata parecía exasperada, pero me sonrió de todos modos y escaneó mi tarjeta de embarque. Me di la vuelta para despedirme por última vez. Gabby y Nathan también me saludaron con la mano, uno con más entusiasmo que el otro.

Cuando llegué al avión, todos los asientos ya habían sido ocupados. Estaba en la fila D, asiento 2. Los números estaban en los compartimentos superiores, así que recorrí el pasillo mirando hacia arriba. Cuando llegué a mi sitio, me quité la mochila y la guardé al lado de otra mientras me preguntaba si debería sacar una sudadera. Llevaba un mono porque fuera hacía un calor abrasador, pero tal vez en el avión hiciera frío.

Al final decidí no hacerlo. Bajé la vista hacia el asiento y me encontré con unos ojos verdes que conocía muy bien y que me observaban; su sonrisa era más ladina que nunca.

—¿Qué…, Dra…, qué coño haces aquí?

Estaba allí. En el avión. Estaba en el asiento de al lado del mío, con su gorra hacia atrás y una camiseta azul claro.

—Deberías sentarte, Pompones. —Señaló el asiento—. Me parece que la azafata se está cabreando.

Me senté en el asiento a su lado sin dejar de mirarlo, porque no me podía creer que estuviera allí.

—¿Qué está pasando?

—Bueno, he pensado que podíamos ir en el mismo vuelo. Y podemos compartir el taxi. Aunque, claro, cuando te hayas instalado en tu residencia tendremos que separarnos, porque yo tendré que ir a la mía en la UCLA, pero no está tan lejos.

—¿La UCLA?

—Sí. —Asintió con una sonrisa, como si yo debiera comprender aquello por el contexto, sin una explicación—. La universidad a la que voy a ir. La UCLA. En Calif…

—¿Vas a la UCLA?

Su sonrisa se tornó más dulce mientras me recorría el rostro con la mirada.

—Pues sí, Pompones.

—Pero ¿qué dices? —Le di un puñetazo en el brazo y él retrocedió.

—Madre mía, ¿no podemos guardarnos estas cosas para cuando estemos en el dormitorio? —Se frotó la piel desnuda—. O la residencia.

—¿Por qué no me lo habías dicho? O sea… ¿Cómo es posible? ¡Pensaba que no habías escrito la carta de motivación!

—Sí que la escribí…, pero a la UCLA. Hace meses. Fue arriesgado, pero me salió bien. Papá cambió de opinión después de toda la mierda de la noche del baile de fin de curso. Accedió a dejarme hacer una prueba donde yo quisiera, pero ya había escrito la carta de motivación.

—¿La escribiste hace meses?

—Ajá. —Cogió el dobladillo de mi mono y empezó a jugar distraídamente con la tela—. Papá me dio luz verde para elegir a qué universidad quería ir, pero se cabreó otra vez cuando le dije que ya había elegido la UCLA. Ahora ya estamos bien.

—¿Por qué no me lo contaste? Con toda esa… tensión que había. Podrías haberme dicho algo.

—No quería que te hicieras ilusiones por si no salía bien o no conseguía que mi padre cambiara de opinión.

—Vas a estar muy cerca —murmuré, mientras él posaba una mano en mi rodilla y la deslizaba por debajo del mono.

—Muy cerca. —No se molestó en esperar a que pasara la azafata, que estaba cerrando los compartimentos superiores. Me acarició la cara con una mano y me besó.

Nos habría ido bien aunque hubiéramos vivido en estados diferentes. Estaba convencida de ello. Pero no tener que vivir separados, pensar que Dray estaría a media hora de donde estaría yo y que podríamos vernos cuando quisiéramos… era un sueño que no me había atrevido a albergar. Y ahora se había hecho realidad con creces.

Estar enamorada de él, compartir un futuro y lograr el éxito juntos era más poderoso de lo que jamás habría podido imaginar. Y darme cuenta de que no tendría que elegir entre una cosa y la otra, que podía tener la universidad de mis sueños y mis objetivos y estar enamorada al mismo tiempo, fue tal vez la lección más valiosa de todas.

Me moría de ganas de ver adónde nos llevaba el camino.

EPÍLOGO

Drayton. Dos años después.

Ahí estaba. La mujer a la que amaba. Su pelo, suave como la seda, le caía sobre los hombros. Bajaba las escaleras de la residencia con un montón de libros aferrado contra el pecho. No estaba sola: decenas de chicas iban en la misma dirección —las clases empezaban en quince minutos—, pero yo solo la veía a ella. Me apoyé en la moto, que había aparcado junto a la acera, y contemplé cómo su sonrisa iluminaba el mundo. No había nada que brillase tanto como ella.

Cuando me vio, sonrió todavía más. Estaba embelesado. Pasara lo que pasase, su felicidad me daba paz. Corrió hacia mí y su fino vestido veraniego ondeó al viento, pegándose a sus preciosas curvas.

—¿Qué haces aquí? —Se lanzó a mis brazos y le di un beso en la cabeza—. Tengo clase. ¿Y tú no deberías estar en algún sitio?

—Sí. Aquí. —Le acaricié la espalda con la mano y la miré. Ella sonrió y se puso de puntillas, pero, aun así, tuve que agacharme un poco para besarla—. Pero, dentro de una hora y media, los dos tenemos un sitio en el que estar.

Cambió el peso de un pie a otro y frunció el ceño, confundida.

—¿Dónde?

—Es una sorpresa.

Se estaba acostumbrando a las sorpresas, porque yo la sorprendía constantemente. Sin embargo, hizo un puchero y frunció el ceño.

—Vamos. —Le di una palmadita en el culo e hice un gesto—. Vete a clase. Te espero en tu habitación. Te quiero.

Sonrió y tiró de mí para darme un beso.

—Yo también te quiero.

Mientras ella estaba en clase, esperé en el dormitorio que compartía en la residencia. Lennon, su compañera de cuarto, me dejaba estar allí siempre y cuando no me acercara a su lado o tocara sus cosas. Lo que no era un problema. Me tumbé en la pequeña cama (en la que habían pasado más cosas que en la mía) y saqué el móvil. Dallas y yo pasábamos casi todo nuestro tiempo en su habitación, ya que Lennon salía mucho y a mí no me gustaba un pelo cómo la miraba Oliver, mi compañero de cuarto.

Era una de las razones por las que no veía la hora de sorprender a Dallas aquella tarde. Mi chica solo estaba en su segundo año de universidad y ya estaba haciendo cosas increíbles. Había salido en tres vídeos como bailarina y había participado en algunos conciertos de varios artistas en California. Se estaba dando a conocer, iba a sus clases y trabajaba en una tienda de deportes a media jornada. No podía estar más orgulloso de ella.

Cada vez hablábamos más de irnos a vivir juntos, ya que habíamos pasado gran parte del verano separados por culpa de nuestras agendas. Yo había vuelto a casa y ella iba y venía entre Colorado y California. La había echado de menos y pensaba que ya había llegado el momento.

Cuando volvió, entró corriendo y dejó sus cosas. Era yo quien le iba a dar la sorpresa a ella, pero de algún modo se las arregló para obligarme a salir de la habitación cuando intenté llevármela a la cama. No podía evitarlo, hacía que me palpitara la polla. Bajamos y nos pusimos el casco al lado de mi moto. Ella conducía la suya casi siempre, pero todavía le encantaba ir en la mía de paquete.

—Deberías dejarme conducir a mí —dijo levantándose la pantalla del casco.

—Esta moto es demasiado grande para ti —contesté, casi riéndome cuando me miró con los ojos entornados—. Ya das suficiente miedo con la tuya.

—Y una mierda. Soy una conductora excelente.

Era cierto. Había aprendido muy rápido. Monté en la moto y le indiqué con un gesto que se subiera detrás. Me encantaba notar su cuerpo contra el mío, que deslizara las manos por debajo de mi cazadora de cuero y me acariciara el abdomen. Bajó la pantalla y se abrochó la cremallera de la chaqueta. Odiaba ponerse la cazadora de cuero cuando hacía calor, pero ni de coña iba a comprometer su seguridad. Me rodeó con los brazos, adueñándose de mí igual que se había apropiado de mi vida entera, y me estrechó.

—Tú has tenido más accidentes que yo —me dijo gritando por encima del ruido del motor—. No te habrás olvidado de cómo nos conocimos… ¡Chocaste contra mi coche!

—Ya, pero lo hice a propósito —grité—. No cuenta.

—¿Qué?

Me eché a reír, bajé la pantalla de mi casco y salí antes de que pudiera seguir interrogándome. Al cabo de quince minutos, llegamos a un complejo de apartamentos en Panorama City. Dallas bajó de la moto y se quitó el casco. Se había despeinado, así que le alisé el pelo. Ella no dejaba de mirarme.

—¿Chocaste contra mi coche a propósito?

Me quité el casco y los dos empezamos a desabrocharnos la chaqueta.

—Sí. Tenía que llamar tu atención de algún modo.

Echó la cabeza atrás y, contemplando las nubes, exhaló un largo suspiro.

—No sé de qué me sorprende. Es algo muy propio de Drayton. Supongo que no se te ocurrió hablar conmigo, como una persona normal.

—Me ponías nervioso.

Apretó los labios, divertida.

—Te quiero.

Oír aquello de su boca me aceleraba el corazón.

—Yo también te quiero.

Exhaló y por fin miró el edificio, que era de ladrillo blanco y rojo; las terrazas tenían las barandillas de acero blanco y los cantos cuadrados. El aparcamiento, que estaba en la parte delantera, estaba rodeado de árboles. Me miró confundida.

—¿Qué hacemos aquí?

—Vamos a ver un apartamento… en el que quizá podamos vivir los dos. —Se quedó boquiabierta—. Hay uno disponible y nos lo podemos permitir. Querría pagarlo yo, pero te conozco. Querrás contribuir con los gastos y…

—Hombre, pues claro.

—Está bien. —Sonreí, guardé las cazadoras en el compartimento del asiento y la rodeé con un brazo. Nos dirigimos a la entrada del edificio. En el arco de cemento se leía «Sunset Terrace»—. Si te gusta, podemos firmar el contrato hoy mismo.

—Me encanta.

—Pero si todavía no lo has visto.

—Pero tú sí, ¿no?

—Sí.

—Confío en ti. —Se paró y me miró con los ojos entornados para protegerse del sol—. Tienes buen gusto, y así podremos vivir juntos. Eso es lo más importante.

—Está a quince minutos de CalArts y a veinte de la UCLA.

—Has pensado en todo, ¿eh?

Se rio cuando la cogí de la cintura y la atraje hacia mí.

—Entonces, ¿quieres?

—Siempre. —Me acarició la cara trazando círculos con el pulgar—. Siempre que tú estés ahí.

Fin

AGRADECIMIENTOS

Mi sueño de convertirme en una autora publicada se ha hecho realidad y tengo mucha gente a la que agradecérselo. En primer lugar y principal, a Wattpad. Un día, me tropecé con esta app y fue amor a primera vista: una comunidad para leer, escribir e interactuar con autores y lectores. Fue el paraíso donde se volvió a encender la llama de mi pasión por la escritura. *Marley Meets Josh* [Marley conoce a Josh] y *Never Met a Girl Like Her* [Nunca conocí a nadie como ella], mis primeras historias, me pusieron en contacto con muchos lectores fieles que continúan a mi lado a día de hoy. No podría haber seguido adelante sin lo mucho que me motivaban sus comentarios, sus opiniones y sus ánimos. Cuando empecé a escribir *The QB Bad Boy and Me* [El quarterback y yo], había recibido, en conjunto, cien mil lecturas y dos mil seguidores. Nada mal. Sin embargo, este libro lo cambió todo: de repente, tenía millones de lecturas y decenas de miles de seguidores. Mis lectores son el mejor grupo de gente que he encontrado nunca. Sus comentarios positivos, sus mensajes y su apoyo jamás dejan de maravillarme. Si hoy estoy aquí es gracias a esta app, a su comunidad y a las mejores personas que conozco.

Quiero darle las gracias a Dios. A través de él, todo es posible. A mi abuela y a mi abuelo…, guau. Nunca olvidaré todas las veces que iba a visitarlos después de dejar a los niños en el colegio. Mi abuela y yo nos pasábamos el día sentadas en la cocina hablando sobre escribir. Ella había publicado en Mills & Boon en los años setenta, así que podíamos echar horas charlando sobre las diferencias que había entre escribir entonces y hacerlo ahora. Mis abuelos siempre me animaron; siempre me preguntaban cómo iban los libros, cuántas lecturas había recibido y cuál sería mi proyecto siguiente. Su fe en mis capacidades era tan conmovedora que ni siquiera puedo describirla. Os quiero mucho. Muchas gracias por creer en mí.

Gracias a mi madre y a mi hermana, que me han leído desde el principio. Comentan mis historias, les hablan a otras personas sobre ellas y me dan ideas. Si estaba bloqueada o tenía problemas con algún capítulo o alguna idea, mamá venía al rescate y me aportaba sugerencias que, al final, contribuían al progreso de la historia. Me encanta sentarme con ellas y escucharlas discutir sobre alguna trama, lo que les gusta sobre ellas o lo que les parece divertido. A veces, mi hermana se leía algún capítulo mientras estaba con ella, y cuando se reía a carcajadas o expresaba su amor o su exasperación por algún personaje, me alegraba el alma. Sabía que, si conseguía que ella se enganchase a mis libros, teniendo en cuenta que nunca había sido una gran lectora, estaba haciéndolo bien. Os quiero.

Gracias a Ashley. Esta chica ha sido muy importante en mi experiencia con Wattpad. Empecé leyendo allí sus libros y nos hicimos amigas enseguida; teníamos mucho en común. Cuando publiqué mi primera historia, ella me hizo la portada…, y el resto es historia. Es la responsable de todas mis cubiertas, de mi estética y de cualquier solución gráfica que le haya pedido. Siempre está disponible para aportarme sugerencias, y hacemos lluvias de ideas juntas para nuestros libros. Hablamos y hablamos sobre el temor a la página en blanco. Charlamos cada día y es una de mis mejores amigas. Algún día, lograré ir a Canadá y nos conoceremos en persona. ¡No veo la hora!

A Jess. Veinte años de amistad hacen que esta chica ascienda de mejor amiga a hermana. Estaría perdida sin ella. Es mi alma gemela. Ha leído mis libros desde el principio, siempre ha creído en mí, me ha animado y me ha brindado su apoyo incondicional. Somos dos mitades de una misma cosa. Te quiero y te querré siempre.

A Isaac, mi marido. Si no fuera por lo duro que trabaja, nada de esto habría sido posible. Gracias a él, pude quedarme en casa y dedicar mi tiempo a escribir. Le prometí que alcanzaría el éxito y que, con un poco de tiempo, haría de esto mi carrera profesional. Él creyó en mí… y ha merecido la pena. Te quiero.

Deseo dar las gracias a Deanna y a Alysha por cambiarme la vida al ofrecerme esta oportunidad. Trabajar con estas dos mujeres ha sido maravilloso; siempre me han animado y apoyado. Me fascina que sean capaces de trabajar con tantos autores diferentes y aun así tener una relación personal con cada uno de ellos. Siempre están disponibles y nunca tardan en responder mis muchas muchas preguntas. Me siento muy afortunada por haber podido trabajar con dos mujeres tan maravillosas. Quiero darle las gracias también a Adam Wilson por su ayuda al principio del proceso de edición. Si no fuera por sus fantásticas notas, no habría sabido por dónde empezar.

Y, por supuesto, gracias a mis lectoras. Gracias a Alyssia, Sharlene y Hayley, tres de mis primeras lectoras. Gracias a Lina. Gracias a Isabelle Ronin por esos consejos que no sabía que necesitaba. Y gracias a todas aquellas a las que desearía poder nombrar individualmente con mensajes personales, pero para eso necesitaría un libro aparte… ¡Sois muchísimas! No podría haber llegado donde estoy sin vuestros votos, lecturas y comentarios, sin las conversaciones y las risas en Instagram. Todo esto ha marcado la diferencia. Todo esto hizo que *El quarterback y yo* fuera el libro más leído en Wattpad en 2018. Eso me dio un nombre e hizo mi sueño realidad. Gracias. No lo diré nunca lo suficiente.